W0216932

Herman Koch

DER GRABEN

Herman Koch

DER GRABEN

Roman

Aus dem
Niederländischen
von Christiane Kuby
und Herbert Post

Kiepenheuer & Witsch

MIX
Papier aus verantwortungsvollen Quellen
FSC® C083411

Verlag Kiepenheuer & Witsch, FSC® N001512

1. Auflage 2018

Der Roman erschien 2016 unter dem Titel
»De greppel« bei Ambo Anthos, Amsterdam
© 2016 Herman Koch
All rights reserved
Aus dem Niederländischen von
Christiane Kuby und Herbert Post
© 2018, Verlag Kiepenheuer & Witsch, Köln
Alle Rechte vorbehalten. Kein Teil des Werkes darf in irgendeiner Form (durch Fotografie, Mikrofilm oder ein anderes Verfahren) ohne schriftliche Genehmigung des Verlages reproduziert oder unter Verwendung elektronischer Systeme verarbeitet, vervielfältigt oder verbreitet werden.
Umschlaggestaltung: Rudolf Linn, Köln
Umschlagmotiv: © czarny_bez/Fotolia.com
Autorenfoto: © Annaleen Louwes
Gesetzt aus der Albertina
Satz: Buch-Werkstatt GmbH, Bad Aibling
Druck und Bindung: CPI books GmbH, Leck
ISBN 978-3-462-05082-0

I

1

Ich nenne sie Sylvia. Das ist nicht ihr richtiger Name – ihr richtiger Name würde nur ablenken. Die Leute verbinden alles Mögliche mit Namen, vor allem wenn es keine einheimischen sind, wenn sie keine Ahnung haben, wie man sie ausspricht, geschweige denn, wie man sie schreibt.

Sagen wir, dass es kein holländischer Name ist. Meine Frau stammt nicht aus den Niederlanden. Woher sie kommt, darüber hülle ich mich vorläufig noch in Schweigen. Natürlich wissen die Leute aus unserem näheren Umkreis, wo sie herkommt. Und auch denen, die regelmäßig Zeitung lesen und Nachrichten sehen, kann es kaum entgangen sein. Doch die meisten haben ein kurzes Gedächtnis. Vielleicht haben sie es mal gehört, aber wieder vergessen.

Robert Walter, hat der nicht eine ausländische Frau?

Ja, in der Tat, das stimmt, aus … aus … Na sag schon …

Die Leute verbinden alles Mögliche mit fremden Ländern. Jedes ist mit je eigenen Vorurteilen behaftet. Je südlicher oder östlicher, desto größer die Vorurteile. Das fängt schon mit Belgien an. Muss ich hier noch wiederholen, welche Vorurteile wir gegen Belgier haben? Gegen Deutsche, Franzosen, Italiener? Weiter östlich und südlich nehmen die Menschen allmählich eine andere Farbe an. Zuerst betrifft es nur das Haar, das dunkler und schließlich pechschwarz wird. Dann passiert das Gleiche auch mit der Hautfarbe.

Richtung Osten wird sie gelber, Richtung Süden nur immer dunkler.

Und es wird wärmer. Südlich von Paris steigt die Temperatur. Wenn es heiß ist, fällt das Arbeiten schwer. Dann setzen wir uns lieber ein wenig in den Schatten der Palme dort. Noch südlicher arbeiten wir überhaupt nicht mehr. Wir ruhen uns vor allem aus.

»Sylvia« war ursprünglich die zweite Wahl für den Namen unserer Tochter. Der zweite Name von dreien, der, den wir ihr gegeben hätten, wenn wir sie nicht Diana genannt hätten. Oder anders gesagt: Wenn wir statt einer drei Töchter bekommen hätten, hätten wir sie Diana, Sylvia und Julia genannt. Für eventuelle Söhne hatten wir auch drei Namen, aber die nenne ich hier nicht. Denn wir haben keine Söhne. Wir haben auch keine Töchter. Wir haben nur Diana.

Es liegt auf der Hand, dass auch Diana nicht der richtige Name unserer Tochter ist. In erster Linie, um ihre Privatsphäre zu schützen – sie soll ihr eigenes Leben leben, was schwierig genug ist mit einem Vater wie mir. Aber es ist kein Zufall, dass alle drei Namen aus drei Silben bestehen und alle auf a enden. Bei der Wahl des Namens (des richtigen) habe ich ein Zugeständnis gemacht: Ich war der Meinung, meine Frau hat es schon schwer genug in der Fremde, ich wollte sie nicht auch noch mit einer Tochter mit holländischem Namen belasten. Ein Name aus ihrem Land sollte es sein. Ein vertrauter Name, den sie täglich aussprechen konnte, ein warmer Klang zwischen all dem herzlosen Gegurgel und schroffen Geräusper, das wir die niederländische Sprache nennen.

Das Gleiche gilt für den Namen meiner Frau. Denn nicht nur in sie, sondern auch in ihren Namen hatte ich mich sofort verliebt. Ich spreche ihn so oft wie möglich aus, früher einmal sogar mitten in der Nacht, als ich mutterseelenallein in einer Pension übernachtete, weil in ihrem Elternhaus kein Platz für mich war. Es liegt am Klang, der die Mitte hält zwischen schmelzender Schokolade und einem Kaminfeuer, sowohl was den Geschmack als auch was den Geruch betrifft. Wenn ich sie nicht mit ihrem Vornamen anspreche, nenne ich sie »mein Schatz« – nicht auf Holländisch, nein, auf Holländisch würde ich das nur mit größter Mühe über die Lippen bringen und höchstens ironisch, etwa wie in: »Das hättest du dir vielleicht besser vorher überlegen sollen, mein Schatz.«

Aber in der Sprache meiner Frau klingt »mein Schatz« genauso, wie es klingen sollte. Wie der Name einer Süßspeise oder eher noch wie der eines warmen, klebrigen Getränks, das ein angenehmes Brennen in der Speiseröhre hinterlässt, und zugleich weckt es Assoziationen mit einer warmen Decke, in die man jemanden hüllt: *Komm zu mir, mein Schatz.*

Meine Frau, Sylvia! – allmählich gewöhne ich mich schon an ihren neuen Namen – kommt aus einem Land, das ich vorläufig hier nicht nennen werde. Ein Land, gegen das es eine ganze Reihe von Vorurteilen gibt. Positive wie negative. Von »leidenschaftlich« und »temperamentvoll« ist es nur ein kleiner Schritt zu »hitzköpfig«. Den *crime passionnel,* das Verbrechen aus Leidenschaft, siedeln wir doch eher in südlichen und östlichen Gefilden an als im Norden. In manchen Ländern drehen die Leute nun einmal schneller durch als bei uns, zuerst sind es nur laute Stimmen in der Nacht, dann aber blitzt auch schon ein Messer im Mondlicht. Der Lebensstandard ist niedriger als bei uns, das Gefälle zwischen Arm und Reich enorm, Diebstahl stößt auf mehr Verständnis, der Täter allerdings auf weniger – er kann sich glücklich preisen, wenn er der Polizei in die Hände fällt, bevor der Bestohlene sein Mütchen an ihm kühlt.

Nun ist es gewiss nicht so, dass ich selber ganz frei von Vorurteilen bin, obwohl ich das aufgrund meiner Funktion eigentlich sein müsste – aber ich weiß mir zumindest den Anschein zu geben. Mit jeder Bevölkerungsgruppe unserer Stadt habe ich inzwischen eine Tasse Tee (oder ein Bier oder etwas Stärkeres) getrunken, zu einer Musik geschunkelt, die nicht die meine ist, ein undefinierbares Fleischgericht mit der Hand zum Mund geführt – aber deswegen bin ich noch lange nicht frei von Vorurteilen. Ich habe sie immer gepflegt als etwas, das untrennbar zu mir gehört. Oder besser gesagt: Ohne sie wäre ich ein anderer Mensch. Jeden Ausländer betrachte ich zunächst mit dem natürlichen Argwohn des Bauern, der sieht, wie sich ein Fremder seinem Hof nähert. Kommt der Fremde mit friedlichen Absichten oder muss ich die Hunde auf ihn hetzen?

Jetzt aber hat sich etwas ereignet, das alles infrage stellt. Etwas, das meine Frau betrifft. Etwas, das vielleicht mehr mit ihrem Herkunftsland, ihrer Heimat, zu tun hat, als mir lieb ist – mit ihrem kulturellen Hintergrund, sage ich vorsichtig, um das Wort *Volkscharakter* nicht in den Mund zu nehmen. Zumindest vorläufig nicht.

Ich frage mich, inwieweit ich es ihr persönlich übel nehmen muss, oder ob es aufs Konto ihrer Heimat geht.

Dabei habe ich meine Zweifel, ob ich das eine noch vom anderen trennen kann – ob ich das überhaupt je wieder können werde. Ob ich anders reagiert hätte, wenn Sylvia eine ganz normale Holländerin wäre.

Manchmal ist ein Vorurteil ein mildernder Umstand, manchmal ein erschwerender. *So sind diese Leute nun einmal, es liegt ihnen im Blut.* Was ihnen alles genau im Blut liegt, kann jeder selber ergänzen: der Hang zum Diebstahl oder zur Messerstecherei, zur Lüge, zum Misshandeln von Frauen, zum Verprügeln von Angehörigen bestimmter Bevölkerungsgruppen, die nicht aus ihrem rückständigen Dorf stammen, grausame Spielchen mit Tieren, religiöse Praktiken, bei denen Blut fließt, Selbstverstümmelung, zu viele Goldzähne, Zwangsverheiratung der eigenen Kinder; andererseits aber auch das Essen, das so viel besser schmeckt als bei uns, die durchgefeierten Nächte, das Gefühl, *man lebt nur einmal, und morgen sind wir vielleicht tot,* die Musik, die mitreißender, melancholischer klingt, einem ans Herz geht, Männer, die sich eine bestimmte Frau in den Kopf gesetzt haben und nie mehr von ihr loskommen, Frauen, die nur diesen einen Mann wollen, man sieht es in ihren Augen, in ihren feurigen Blicken – nur dich, dich, dich will ich, komm heut Nacht zu mir, ich lass das Fenster offen –, aber wehe, sie erwischen ihren Ehemann mit einer anderen, und schon stecken sie ihm ein Messer zwischen die Rippen oder schneiden ihm im Schlaf die Hoden ab.

Und so gehört es sich natürlich auch, denke ich im Stillen, ich, der ich frei von Vorurteilen sein möchte, aber es nicht bin – auch nie gewesen bin. Und was, wenn diese Vorurteile sich plötzlich gegen einen selbst kehren? Wie reagiert man dann? Als Holländer, der sich damit brüstet, anderen Völkern und Kulturen gegenüber tolerant und verständnisvoll zu sein? Oder eher so, wie es dem Land, dem »Volkscharakter« der anderen, entspricht?

Bis jetzt habe ich immer danebengelegen. Nacht für Nacht habe ich mein Bett mit meinen Vorurteilen geteilt. Aber was, wenn du frühmorgens aufwachst und das Bett neben dir ist unbeschlafen? Es ist noch dunkel, durch die Vorhänge fällt ein Streifen Licht von der Straßenlaterne auf die zurückgeschlagene Decke. *Verdammt, wie spät ist es? Sie hätte schon längst zurück sein müssen.*

Du spitzt die Ohren, hörst nackte Füße auf dem Flur, aber es ist nur deine Tochter, die jetzt an die Tür klopft.

»Wo ist Mama?«, fragt sie.

»Ich weiß es nicht«, antwortest du wahrheitsgemäß.

2

Es ereignete sich am Donnerstag, dem 16. Januar, beim Neujahrsempfang. Warum so spät?, fragte ich das erste Mal nach meiner Ernennung und auch später noch ein paarmal. Warum so spät im Monat, wo gerade alle erleichtert aufatmen, weil die Neujahrsempfänge wieder für ein Jahr hinter uns liegen? Die genaue Antwort habe ich vergessen. Irgendwas mit Tradition. Das sei nun einmal so, sagte der Stadtdirektor, wie ich mich vage erinnere (genau genommen war es der *vorige* Stadtdirektor, denn eine unserer ersten Aufgaben im neuen Jahr bestand gerade darin, einen Nachfolger für ihn zu finden). Dabei zuckte er mit den Schultern, doch aus seinem Blick las ich etwas anderes. Darum nicht, sagte der Blick, als würde der Stadtdirektor zu einem Kind reden, das wissen möchte, warum es vor dem Essen nicht noch fünf Minuten draußen spielen darf.

Alle waren sie da. Vom »Dreigespann« – so wurde das Triumvirat genannt, das aus dem Polizeipräsidenten, dem Oberstaatsanwalt und mir bestand – sah ich fürs Erste nur den Oberstaatsanwalt. Er stand beim Büfett und warf sich mit einer Hand Erd- oder Cocktailnüsse in den Mund. In den Käsewürfeln und Heringstücken steckten rot-weiß-blaue Fähnchen.

So weit ich das mit einem Blick überschauen konnte, waren schon alle Dezernenten da wie auch die meisten Ratsmitglieder. Außerdem einige Vertreter der Wirtschaft, Leute aus dem Kunstsektor und der Vorsitzende von Ajax. Er würde bestimmt früher oder später von der Meisterschaftsfeier anfangen. Von der Meisterschaftsfeier des vergangenen Jahres, um genau zu sein, die schon drei Mal hintereinander auf einem freien Gelände neben der ArenA, dem Ajax-Stadion, stattgefunden hatte, eingeklemmt zwischen der Heineken Music Hall und dem Büroturm der Deutschen Bank – einem Zugloch. Der ArenA Boulevard saugt die Luft an, der Turm und das Stadion tun das Übrige. An stillen Tagen ist das Gelände die ideale Spielwiese für Windhosen und Mini-Tornados. Sand, Zeitungen, leere Pommes- und Hamburgertüten werden in die Höhe gewirbelt, wo sie ihre Runden drehen, bis der Wind sich zu langweilen beginnt und sie ein paar Hundert Meter weiter wieder hinwirft – nicht selten auf die Köpfe der Leute, die zwischen Media Markt, Decathlon und Perry Sport einkaufen.

Ich wurde ausgepfiffen. Zu Recht ausgepfiffen. Mir wurde klar, dass mir eine gravierende Fehleinschätzung unterlaufen war, ich hatte mich zu rasch den Argumenten der beiden anderen Mitglieder des Dreigespanns angeschlossen. Die Stadt. Die Innenstadt. Das Sicherheitsrisiko. Aber die Meisterfeier eines Fußballvereins gehört nun einmal in die Innenstadt. Auf dem Leidseplein, auf dem Balkon der Stadsschouwburg recken Spieler und Trainer vor den jubelnden Fans der Reihe nach die Meisterschale in die Höhe. Doch in den vergangenen Jahren waren diese Events immer aus dem Ruder gelaufen. Bus- und Tram-Wartehäuschen waren demoliert, Blumenkübel durch Schaufenster geworfen worden. Es hatte Plünderungen gegeben. Betrunkene und bekiffte Hooligans waren auf die Lichtmasten geklettert. Und als krönenden Abschluss hatte die berittene Polizei zum Angriff geblasen, als gelte es, ein von Indianern belagertes Fort zu befreien. Es sei zu »lebensgefährlichen Situationen« gekommen, zitierten die

Zeitungen am nächsten Tag den Polizeipräsidenten. Es hätte noch viel schlimmer kommen können. Schwerverletzte. Tote.

Daher die Brachfläche mit den Windhosen. Hier gab es wenig zu demolieren, und der ArenA Boulevard mit seinen verlockenden Schaufenstern war durch Einsatzkräfte der Bereitschaftspolizei leicht abzuschirmen. In der Innenstadt mit ihren vielen verwinkelten Gassen war das weitaus schwieriger. Aber das Ganze machte einen furchtbar traurigen Eindruck, trotz der roten Fackeln, der Rauchschwaden und der verzweifelt zwischen den hohen Gebäuden umherirrenden Beats von Bob Marleys »Three Little Birds«. Vor allem abends in den Nachrichten war das gut zu erkennen, die Bilder gingen um die Welt: Ajax war zwar nicht mehr die Großmacht im europäischen Fußball, die es in den Siebzigern und Mitte der Neunzigerjahre gewesen war, aber noch immer ein legendärer Name, der mit Respekt ausgesprochen wurde. Die ganze Welt würde sehen, dass die Meisterfeier des besten Fußballvereins der Niederlande auf einem öden Parkplatz stattfand.

Meine Frau begleitet mich immer zum Neujahrsempfang. Obwohl sie nicht die geringste Lust dazu hat – das gilt eigentlich für alle offiziellen Veranstaltungen. Sylvia hat nie »die Frau von« sein wollen, die Frau im Schatten; sie führt am liebsten ihr eigenes Leben, und wir versuchen, ihr Auftreten in der Öffentlichkeit auf ein Minimum zu beschränken. Doch der Neujahrsempfang ist eine Ausnahme. Sie weiß, wie sehr ich mich bei solchen Veranstaltungen immer langweile. Ich kann einfach nichts dagegen machen. Das Glas in der Hand. Die Schale mit den Nüsschen. Das Gerede über nichts – man sieht es mir garantiert schon von Weitem an, dass ich am liebsten so schnell wie möglich wieder verschwinden würde. »Du musst sagen, wenn du es möchtest«, sagt sie immer. »Wenn du wirklich möchtest, dass ich dabei bin, dann komme ich mit. Deinetwegen.«

So haben wir die Rollen verteilt. So haben wir es verabredet. Wenn ich mein kläglichstes Gesicht aufsetze und sie mit dem gespielt flehenden Blick ansehe, den ich ausschließlich für Notfälle reserviere, weiß Sylvia sofort, was die Glocke geschlagen hat. Sagen muss ich dann nichts mehr. »Lass gut sein«, erklärt sie. »Ich komme mit. Was soll ich anziehen?«

Ausländische Staatsoberhäupter übernehme ich locker alleine, die Eröffnung einer neuen U-Bahn-Station, die Verabschiedung eines Museumsdirektors, den siebzigsten Geburtstag eines Dirigenten ebenfalls. Die Staatsoberhäupter machen oft einen etwas verlorenen Eindruck, sie haben dann schon einen halben Tag in Gesellschaft unseres Ministerpräsidenten in Den Haag hinter sich. Und nach diesem halben Tag haben sich das Staatsoberhaupt und der Ministerpräsident ganz offensichtlich nichts mehr zu sagen. Die Langeweile schwebt wie ein geruchloses, aber tödliches Gas über ihnen. Ich kann es ihnen nachempfinden, den Staatsoberhäuptern. Auch ich habe schon einmal einen halben Tag mit dem Ministerpräsidenten verbracht. Nein, keinen halben Tag, höchstens ein paar Stunden, bei einem Abendessen, bei einer Rundfahrt durch die Grachten, einer Filmpremiere. Man wirft etwas rein, und es kommt immer etwas raus – aber selten ist es in irgendeiner Weise verwertbar. Solche Menschen gibt es: Man sagt etwas zu ihnen, und sie antworten sofort, zu rasch vielleicht, sie nehmen sich zum Nachdenken keine Zeit. Womöglich haben sie Angst vor der Stille, ich weiß es nicht, schon die Stille einer halben Sekunde kommt ihnen wie eine Ewigkeit vor. Auf alle Fälle bin ich nicht der Einzige, auch die ausländischen Staatsoberhäupter machen sich nach ein paar Stunden in der Gesellschaft unseres Ministerpräsidenten auf die Suche nach etwas oder jemand anderem – und sei es frische Luft.

Ich muss hier zunächst etwas von mir selbst berichten. Etwas, das ohne nähere Erläuterung als reine Eitelkeit aufgefasst werden könnte, es aber bestimmt nicht ist. Ich werde versuchen, mich an die Fakten zu halten. Tatsache ist zum Beispiel, dass man sich in meiner Gegenwart nicht so leicht langweilt. Ich bemerke die suchenden Blicke der Staatsoberhäupter, noch stehen sie beim Ministerpräsidenten und dem Außenminister, aber sie wollen weg, sie hören schon nicht mehr zu, sie starren mit glasigen Augen ins Leere. Vielleicht würden sie sich jetzt am liebsten hinlegen oder, da das unmöglich ist, einen doppelten Wodka kippen und auf dem Balkon eine Zigarette rauchen. Ich brauche nur abzuwarten, bis der glasige suchende Blick auf mich fällt, da kann ich die Uhr nach stellen. Ich strahle es aus, ich brauche nichts dafür zu tun, es ist mir vom Gesicht abzulesen: Auch ich halte es hier kaum noch aus, auch ich langweile mich schrecklich.

Sie lösen sich aus ihrer Gesellschaft und kommen auf mich zu. »Herr Bürgermeister ...«, heben sie an, meinen Namen haben sie natürlich vergessen, das nehme ich ihnen nicht übel. »Robert«, sage ich und deute mit dem Kopf in Richtung Balkon. »Eine Zigarette?« Ich habe zwar schon vor zwanzig Jahren mit dem Rauchen aufgehört, aber für Notfälle habe ich immer ein Päckchen und ein Feuerzeug dabei.

Auf dem Weg zum Balkon winke ich einem der Ober, die mit Tabletts mit Gläsern Rot- und Weißwein, Wasser und Orangensaft herumgehen.

»Oder für Sie vielleicht etwas anderes?«, wende ich mich an das Staatsoberhaupt. »Wodka, Whisky? Vielleicht einen Cognac? Für mich einen doppelten Wodka«, sage ich zum Ober, um es dem Staatsoberhaupt leichter zu machen. »Wenn es geht, tiefgekühlt. Sonst mit Eis. Wir sind drüben, auf dem Balkon.«

Nein, mit den offiziellen Besuchen der Präsidenten, Premiers, Bürgermeister und Mitglieder ausländischer Königshäuser werde ich auch ohne meine Frau fertig. Hin und wieder mache ich eine Ausnahme: wenn sie selber andeutet, sie würde mich liebend gern begleiten. Als Barack Obama kam beispielsweise. »Du musst mir versprechen, dass du mich mitnimmst, wenn Obama kommt«, hatte sie gesagt. »Wieso?«, hatte ich gefragt, obwohl ich die Antwort kannte. »Der ist einfach angenehm anzuschauen, mein Schatz«, sagte sie. »Das finden alle Frauen.« – »Wie George Clooney?«, fragte ich. »Wie George Clooney«, sagte sie, »obwohl ich mir Obama nicht so leicht in einem Nespresso-Werbeclip vorstellen kann.«

Wenn allerdings Mitglieder unseres Königshauses nach Amsterdam kommen, möchte ich Sylvia immer unbedingt an meiner Seite haben. Ich weiß nicht, woran es liegt, aber in Gesellschaft dieser Weißwein schlürfenden, Bier vernichtenden und kettenrauchenden Familie verschlägt es mir buchstäblich die Sprache. Ich ziehe geräuschvoll die Luft ein. Es juckt mich da, wo ich gerade nicht hinkann. Wie ein Mückenstich unter einem Gipsverband. Der Schweiß bricht mir aus, die feuchten Flecken werden sichtbar, und das bringt mich nur noch mehr zum Schwitzen. Ich gehe aufs Klo, knöpfe das Hemd auf und reibe mir mit Papiertüchern mehr schlecht als recht Brust, Achselhöhlen und Bauch trocken. Ich trödle so lange wie möglich, schließe mich in einer Kabine ein und lese die Nachrichten auf der Teletext-App meines iPhones, obwohl mir kein einziger Bericht wirklich ins Bewusstsein dringt. Lieber Gott, lass diesen Tag an mir vorübergehen, flüstere ich vor mich hin oder Worte ähnlichen Inhalts.

Manchmal geht es einem im Kino so: Man weiß schon nach zehn Minuten, dass der Film nichts taugt, man will weg, bleibt aber sitzen. Vielleicht wird er ja doch besser, sagt man sich, obwohl der Körper schon ganz auf die Flucht eingestellt ist.

Mit Sylvia an meiner Seite lässt es sich dann gerade noch aushalten. Sie ist nie um ein Wort verlegen. Alle ihre Landsleute sind flotte Plauderer, es fällt ihnen so leicht wie das Atmen. Sie erkundigt sich bei der Prinzessin, inzwischen Königin, wo sie ihre Schuhe gekauft hat. Mit dem Prinzen, inzwischen König, plaudert sie über die Fasanenjagd. Hilfreich ist, dass in ihrer Kultur das Verhältnis zur Jagd anders ist als bei uns. Unkomplizierter. Da, wo meine Frau herkommt, ist die Erkenntnis, dass das Fleisch auf dem Teller von einstmals lebenden Tieren stammt, stärker ausgeprägt als bei uns. Weil es noch nicht so lange her ist, dass man dort auf die Jagd gehen musste, um etwas in den Magen zu bekommen, erlaube ich mir zu denken.

Was sich auf dem Neujahrsempfang ereignete, war Folgendes: Ich kam in der Tat mit dem Vorsitzenden von Ajax ins Gespräch. Meine Frau erklärte, sie gehe mal kurz zum Büfett. »Kann ich euch etwas mitbringen?«, fragte sie noch, doch wir schüttelten beide den Kopf.

Noch keine Minute später – ich hatte dem Vorsitzenden gerade versichert, die Meisterfeier werde in diesem Jahr auf jeden Fall in der Stadt stattfinden, trotz der möglichen Bedenken der anderen beiden Mitglieder des Dreigespanns – schaute ich mich suchend nach ihr um und entdeckte sie nicht in der Nähe des Büfetts, sondern weiter hinten bei der Tür, die zum Foyer des Rathauses und den Toiletten führt. Ihr Gesprächspartner stand halb mit dem Rücken zu mir; es war ein Mann, aber wer es war, das konnte ich nicht erkennen. Doch als Sylvia die Bierflasche hob und mit seiner anstieß und der Mann sich umdrehte und in den Saal blickte, erkannte ich den Dezernenten Maarten van Hoogstraten.

»Wir als Verein würden uns natürlich sehr freuen, wenn die Meisterfeier wieder in der Innenstadt stattfindet«, hörte ich den Ajax-Vorsitzenden sagen. »Und wir werden alles tun, damit sie friedlich über die Bühne geht. Krawalle sind selbstverständlich für die Marke Ajax keine gute Reklame.«

»Es geht mir auch um die Stadt«, sagte ich. »Natürlich muss man noch abwarten, aber es wäre der fünfte Landestitel in Folge. Das wird im In- und Ausland viel Beachtung finden. Da möchte man keine Bilder von einem trübseligen Parkplatz sehen, sondern Grachten, das Rijksmuseum, das Concertgebouw, die Stadsschouwburg.«

Ich zählte bis drei und blickte noch einmal zu der Stelle an der Tür hinten im Saal. Meine Frau warf gerade den Kopf in den Nacken und lachte, der Dezernent umfasste mit der Hand ihren Ellenbogen und flüsterte ihr etwas ins Ohr.

»Da Sie selber davon sprechen«, sagte der Vorsitzende. »Es wäre ja tatsächlich das fünfte Mal, also sollten wir uns etwas Besonderes einfallen lassen. Eine Rundfahrt durch die Grachten beispielsweise.«

Jetzt schaute Sylvia um sich, ihr Blick musterte die Anwesenden. Suchte sie mich? Oder wollte sie sich nur vergewissern, dass niemand auf sie und den Dezernenten achtete? Für den Bruchteil einer Sekunde war ich mir hundertprozentig sicher, dass unsere Blicke sich kreuzten, doch im nächsten Moment sah sie schon wieder weg. Hatte sie mich gesehen? Oder tat sie nur so, als hätte sie mich nicht gesehen?

»Ich sage jetzt nicht, daran habe ich auch schon gedacht«, sagte ich. »Aber eine Rundfahrt ist genau das, was mir vorschwebt. Tausende entlang der Grachten. Die Fernsehzuschauer in Frankreich, Italien, China und Amerika bekommen einen wunderbaren Eindruck von Amsterdam. Natürlich müssen Hubschrauber alles von oben filmen. Aber nehmen Sie es mir nicht übel, wir können uns gleich weiter darüber unterhalten, aber ich muss jetzt doch unbedingt …« Ich zeigte auf einen imaginären Gast am Büfett.

»Selbstverständlich. Sie müssen weiter. Hiermit bin ich schon sehr zufrieden. Darf ich das, was wir besprochen haben, dem Vorstand unterbreiten, oder ist es dafür noch zu früh?«

»Warten Sie noch ein bisschen damit. Ich werde es der Form halber erst noch dem Dreigespann vorlegen. Sie hören so bald wie möglich von mir.«

Ich machte ein paar Schritte diagonal nach vorne, Richtung Büfett, und bog dann links ab. Mit gesenktem Kopf, damit niemand den Versuch unternahm, mich aufzuhalten, bahnte ich mir einen Weg durchs Gedränge.

»Maarten«, sagte ich.

»Robert …«

Ich hatte mich meiner Frau und dem Dezernenten ungesehen genähert, mit einem letzten Schritt tauchte ich in ihrem Blickfeld auf.

»Langweilst du dich?«, fragte meine Frau.

Ich studierte ihr Gesicht. Suchte nach Anzeichen, die etwas verraten könnten: ein leises Erröten, ein Blinzeln mit den Augen oder nur eine kaum zu verhehlende Verärgerung, weil ich ihr gemütliches Tête-à-Tête störte.

»Ja, ich langweile mich«, sagte ich. »Ich könnte locker schon wieder nach Hause.«

»Aber wir sind doch gerade erst gekommen!«

Maarten van Hoogstraten sah mich an, ich erwartete, dass er jetzt auch Sylvia ansehen würde – aber das tat er nicht.

»Ich muss los …«, sagte er. »Ich muss noch … Ich wollte eigentlich für Lodewijk etwas zu trinken holen. Hätte schon längst zurück sein müssen.«

Wieder berührte er meine Frau kurz am Ellenbogen.

»Sylvia«, sagte er.

Dann stieß er mit seiner Bierflasche mit mir an.

»Robert.«

Und weg war er.

»Wir gehen«, sagte ich.

»Aber das kannst du doch nicht machen, oder?«

»O doch, das kann ich. Du gehst aufs Klo, ich bleibe noch fünf Minuten. Hinter den Toiletten ist die Nottreppe, zwei Stockwerke nach unten und wir stehen draußen.«

»Ist was, Robert? Fühlst du dich nicht gut?«

»Ich fühle mich prima. Aber es ist mir gerade alles etwas zu viel. Heute ist einfach nicht mein Tag. Und wir haben das doch schon öfter gemacht, Sylvia. Die Hochzeit von Bernhard und Christine, weißt du noch?«

»Ja. Und bei der Krönung.«

Auf dem Empfang nach der Trauung meines besten Freundes und seiner dritten Frau hatten wir uns erst in einen Nebenraum verdrückt und waren dann im Abstand von fünf Minuten auf die Gracht hinausgeschlichen. Und bei der Krönung von Willem-Alexander waren wir durch eine Seitentür entkommen, hatten das erste Stück rennend zurückgelegt und waren dann in eine Kneipe abgetaucht.

Der Trick bestand darin, dass man sich von niemandem verabschiedete. Einfach verschwand. Die Gäste nahmen an, man sei noch da. Vielleicht war man ja in der Küche oder im Obergeschoss, wo die laute Musik spielte.

»Sehe ich dich in fünf Minuten?«, fragte ich.

»Ja«, sagte sie.

3

An jenem Abend im Bett – meine Frau war noch im Bad – spulte ich die Szene mindestens zehnmal in meinem Kopf ab. Erst von vorne nach hinten, dann von hinten nach vorne. In Zeitlupe. Bild für Bild. Dann der Moment, als meine Frau von mir zum Dezernenten blickte. Beziehungsweise es gerade nicht tat, korrigierte ich mich.

»Sylvia.« Mit der freien Hand berührte Maarten van Hoogstraten beim Abschied noch kurz ihren Ellenbogen. Noch einmal ihren Ellenbogen, konnte ich mir nicht verkneifen zu denken. Schon zum zweiten Mal! In der anderen Hand hielt er die Bierflasche. Eine Flasche, aber kein Glas. Um die Hände frei zu haben, durchfuhr es mich. Und jetzt, im Bett, mit geschlossenen Augen, wieder. Um auf alle Fälle eine Hand frei zu haben, mit der er die Frauen anfassen konnte. Die Frau des Bürgermeisters. Die rechtmäßige Ehefrau des Bürgermeisters, dachte ich ganz kurz, schob aber den Gedanken so rasch beiseite, wie er gekommen war.

»Robert.« Jetzt sah Van Hoogstraten mich an, er hob die Flasche und stieß sie mit der Unterseite an meine.

Er müsse los, verkündete er. Ich hatte mich kaum zu ihnen gestellt, und schon machte er sich davon. Mit einer völlig übertriebenen, fadenscheinigen Ausrede. Irgendwas von einem Drink, den er jemandem bringen müsse. Nichts, was nicht auch ein paar Minuten warten konnte.

Irgendetwas stimmte nicht, aber was?

Nachdem wir das Rathaus durch den Haupteingang verlassen hatten, spazierten wir Richtung Rembrandtplein.

»Ob sie dich schon vermissen?«, fragte meine Frau, als wir über die Blauwbrug gingen. Eine ganz normale Frage – zu normal vielleicht. Wir wussten es ja; wir wussten beide, dass wir nirgends vermisst wurden. *Wo warst du?*, fragen die Leute manchmal am Tag nach einer Party. *Ich habe dich nicht mehr gesehen.* Am besten antwortet man mit einer Gegenfrage: *Und wo warst du? Ich habe dich überall gesucht. Auf dem Balkon. In der Küche. Ich habe mich sogar noch eine ganze Weile in dem Raum unterhalten, in dem die Mäntel lagen. Mit …, na, wie heißt sie doch gleich … die mit den langen Schneidezähnen …*

»Ich glaube nicht«, antwortete ich so neutral wie möglich. »Nur Leute, die sich viel zu wichtig nehmen, meinen, man würde sie überall vermissen.«

Ein spätes Fahrgastschiff fuhr unter der Brücke hindurch, Kerzen auf allen Tischen – höchstwahrscheinlich wurden den Gästen billiger Rotwein und Käsewürfel mit Senf serviert. Es war so still auf der Brücke, dass ich mir einbildete, mein Herz hämmern zu hören. Um es hinter mich zu bringen, hätte ich Sylvia einfach fragen können. *Wie lange habt ihr schon was miteinander?* Je direkter die Frage, desto aufschlussreicher die Reaktion. Ich konnte die Sache auch vorsichtiger angehen. *Ihr hattet ja mächtig Spaß, du und Maarten. Worum ging es?* Aber ich wusste, wovor ich Angst hatte. Meine Frau würde mich auslachen. *Ich bitte dich, Robert, das ist nicht dein Ernst!* Sie würde losprusten, und ich würde nicht feststellen können, was das Rot auf ihren Wangen verursacht hatte.

Aber sie könnte auch ganz anders reagieren. Gekränkt. *Das kannst du doch nicht wirklich meinen. Ich und Maarten van Hoogstraten? Wofür hältst du mich?* Sie könnte in Tränen ausbrechen. Ein paar schimmernde Tropfen würden schon genügen. Ich würde nicht mehr weiter fragen. Ich würde wahrscheinlich stammeln, es täte mir schrecklich leid, auf diesen idiotischen Gedanken gekommen zu sein. Sie und Maarten van Hoogstraten! Es war auch ein idiotischer Verdacht, der jeder Grundlage entbehrte. Meine Frau hatte sich auf dem Neujahrsempfang mit einem meiner Dezernenten unterhalten. Sie hatten sich ganz offensichtlich amüsiert. Meine Frau hatte den Kopf zurückgeworfen und laut gelacht über etwas, was der Dezernent gesagt hatte. Es war zwar schwer vorstellbar, denn Maarten van Hoogstraten hatte nicht gerade den Ruf eines Witzboldes, aber theoretisch war es auch wieder nicht ganz unmöglich. Der Dezernent hatte sich für meine Frau ins Zeug gelegt und war über sich hinausgewachsen. Er hatte eine intelligente Frau zum Lachen gebracht. Keine geringe Leistung. Doch was genau hatte er gesagt? Ja, das wollte ich jetzt wirklich wissen. Was um alles in der Welt war so witzig gewesen, dass meine Frau den Kopf in den Nacken geworfen hatte und in Gelächter ausgebrochen war?

Wir überquerten den Rembrandtplein und kamen am Café Schiller vorbei. Ich schlug vor, noch etwas zu trinken, so beiläufig wie nur möglich, ohne langsamer zu gehen und ohne sie anzuschauen. Doch ich achtete wie ein Luchs auf ihre Reaktion. Wenn sie eine Affäre mit dem Dezernenten Van Hoogstraten hatte, würde sie dann nicht viel lieber rasch nach Hause wollen? Ins Bett mit einem Buch oder noch das Ende einer späten Talkshow im Fernsehen – alles, um nur nicht reden zu müssen, keine Frage gestellt zu bekommen, die sie nicht beantworten könnte, ohne rot zu werden. Ich hatte nicht nur Angst, sie könnte mich auslachen oder in Tränen ausbrechen, Angst hatte ich vor etwas ganz anderem: dass sie, ohne mit der Wimper zu zucken, die Affäre eingestehen würde. Vielleicht sogar mit den gleichen, allzu bekannten Worten, die man normalerweise nur in Fernsehserien oder Filmen hört, doch nie und nimmer im eigenen Leben.

Ja, Robert, Maarten und ich haben was miteinander. Schon eine ganze Weile. Er hat es seiner Frau noch nicht gesagt, aber er wird sie verlassen. Und ich verlasse dich. Ich hätte nicht gedacht, dass ich dir das einmal sagen muss, aber es stimmt: Ich liebe einen anderen. Maarten und ich, wir lieben uns.

Nach diesen Sätzen würde mein Leben zu Ende sein. Mein ganzes Leben, alles, was ich hatte. Ich dachte an unsere Tochter, an Diana. Sie machte in diesem Jahr ihr Abitur. Ich hörte mich zu meiner Frau sagen: *Sollen wir es ihr erst nach dem Abi sagen? Sonst bringt es sie vielleicht zu sehr durcheinander.*

Ja, mein Leben würde aufhören. Unser Leben. Das Leben, wie wir es bis dahin zu dritt gelebt hatten. Meine Tochter würde sich heulend in ihr Zimmer einschließen. Und obwohl ihre Mutter die Hauptschuldige wäre, würde sie auch mich nie mehr so ansehen wie früher. Wir waren ihre Eltern, wir hatten gemeinsam alles vermasselt. So war es doch? Wäre Sylvia mit mir glücklich gewesen, dann hätte sie sich doch nie in einen anderen Mann verliebt? Auch Diana hatte eine glückliche Kindheit gehabt, durch unsere bedingungslose Liebe hatte sie ein gesundes Selbstvertrauen. Unsere Liebe zueinander und unsere gemeinsame Liebe zu ihr. Sie stand mit beiden Beinen fest im Leben, so fest, dass sie nicht einmal in der Pubertät das Bedürfnis hatte, sich gegen uns aufzulehnen. Abends drängte sie sich zwischen uns auf die Couch, den Kopf an meiner Schulter, die Beine über die ihrer Mutter. Doch etwas von all dem würde rückwirkend unwiderruflich in die Brüche gehen, wenn meine Frau das Haus verließ und zum Dezernenten zog. Vielleicht würde Diana am Anfang noch für mich Partei ergreifen, doch so, wie es sich kein Vater wünscht: aus Mitleid mit dem betrogenen Ehemann. *Armer Papa.* Vielleicht würde sie noch ein paar Monate für mich kochen, meine Wäsche waschen, meine Hemden bügeln. Sie würde Bemerkungen über meinen Dreitagebart machen, über die Menge Spirituosen, die ich mir aus Wut und Kummer hinter die Binde goss. *Wenn du dich selber sehen könntest, Papa! Und riechen. So willst du doch gar nicht sein.* Schließlich würde sie allen Respekt vor mir verlieren, vielleicht nicht ihre Liebe, aber die würde höchstens noch aus Mitgefühl bestehen. Wie für ein angefahrenes Haustier, eine Katze mit gelähmtem Hinterleib, einen Alten, der nicht mehr alleine aufs Klo gehen kann. Und nach den ersten Monaten würde auch sie mich im Stich lassen. Im Nachhinein würde sich ihr ganzes so geborgenes Leben in ihrem Elternhaus als große Lüge herausstellen. So geht das nun einmal. Auch wenn erst ganz am Schluss etwas schiefläuft. Aber vielleicht war es ja auch davor nicht ganz so perfekt gewesen, wie es den Anschein hatte. Wer weiß, vielleicht war es nicht das erste Mal, dass so etwas passierte. Vielleicht war sie damals nur zu klein, zu naiv, zu lieb gewesen, um etwas davon mitzukriegen. Ihre Eltern, ihre perfekten Eltern, die sie gegenüber ihren Freunden und Freundinnen immer in den höchsten Tönen gelobt hatte, Eltern, die sich von denen derselben Freunde und Freundinnen so positiv abhoben, von Eltern, die sich schon lange getrennt hatten oder sich ständig stritten – auch ihre Eltern hatten sich schließlich als genauso verdorbene und verächtliche Geschöpfe erwiesen.

»Also gut, noch eins«, sagte meine Frau. »Aber wirklich nur eins. Ich bin müde und möchte nicht zu spät ins Bett.«

Wir fanden einen Tisch ganz hinten, wo sonst niemand war. Nicht ungünstig, konnte ich nicht umhin, zu denken, falls gleich jemand in Tränen ausbrach. Wenn einer von uns beiden den anderen anschrie. *Guck nicht gleich hin, aber an dem Tisch dahinten in der Ecke, da sitzt der Bürgermeister. Und die Frau ist wahrscheinlich seine Ehefrau. Sie haben ganz eindeutig Zoff. Ich glaube, sie weint.*

Sylvia bestellte Rotwein, ich Bier.

»Mein Gott, war das wieder schlimm«, sagte ich. »Ich kann das einfach nicht. Vielleicht hätten sie mich bei der Bewerbungsrunde fragen sollen: ›Vertragen Sie Empfänge, auf denen Leute mit einem Glas in der Hand Small Talk von sich geben? Nein? Wirklich nicht? Dann scheint es uns unvernünftig, Sie zum Bürgermeister zu ernennen. Drei Viertel der Zeit werden Sie mit einem Glas in der Hand über Gott und die Welt reden müssen.‹«

Den Blick, den mir meine Frau jetzt zuwarf, konnte ich nur als *liebevoll* bezeichnen. Ich hatte beschlossen, mich möglichst normal zu verhalten, oder besser gesagt: mich ganz darauf zu konzentrieren, mich genauso wie immer zu verhalten – und unterdessen scharf aufzupassen.

»Was ist? Warum lachst du?«, fragte ich.

»Nichts. Ich kann es dir immer gleich ansehen. Wenn du wegwillst. Und du guckst jetzt immer noch so. Du kannst es einfach nicht verbergen. Du kannst eigentlich nichts verbergen. Dein Gesicht ist ein offenes Buch. Komisch ist das.«

Ich hörte meiner Frau zu. Ich hörte jedes Wort. Jeden Satz. Und soweit es die Zeit erlaubte, spulte ich jedes Wort und jeden Satz noch ein zweites Mal in meinem Kopf ab. Das erste Mal hörte ich ihr zu, als wäre nichts passiert, als würden wir einfach noch ein letztes Glas trinken, der Bürgermeister und seine Frau, die sich von einem stinklangweiligen Neujahrsempfang heimlich davongemacht hatten. So nett, wie sie da jetzt saßen und den Abend ausklingen ließen, so froh, dass sie tatsächlich abgehauen waren – und wie glücklich die beiden noch waren nach so vielen gemeinsamen Jahren.

Das zweite Mal lauschte ich den Sätzen, als hätten sie noch eine zweite Bedeutung. Als würde meine Frau nur schauspielern und als müsste sie sich furchtbar anstrengen, um möglichst normal klingende Sätze über die Lippen zu kriegen. Wenn sie schauspielerte, dann machte sie das außergewöhnlich gut. Aber übertrieb sie ihre Begeisterung über mein Bände sprechendes Gesicht nicht ein bisschen?

Ich könnte mit der Tür ins Haus fallen, sie in einem unbewachten Augenblick überraschen. *Off guard*. Nein, doch nicht, es war noch zu früh, entschied ich eine halbe Sekunde später.

Erst noch über Gott und die Welt, warten bis zum zweiten Bier. Ich musste vor allem meinen Gesichtsausdruck unter Kontrolle halten. Es stimmte, sie hatte völlig recht, mein Gesicht war ein offenes Buch. *Worüber hast du eigentlich mit Maarten van Hoogstraten geredet? Ihr habt euch ja ordentlich amüsiert.* Wenn ich dabei eine falsche Miene aufsetzte, würde ich alles verderben. Am besten wäre es, ich würde erst ein Lächeln auf mein Gesicht bringen. Kein Politikerlächeln, sondern ein echtes. Das war schwierig genug. Alle Politiker, die ein Medientraining absolviert hatten, hatten dieses Lächeln geprobt. Aber man sah es immer sofort, es war nicht echt, die Augen lachten nie mit, das Lächeln klebte auf dem Gesicht wie ein Sticker auf einer im Preis reduzierten DVD.

Ich habe kein Medientraining absolviert. Ich bin ein sogenanntes Naturtalent. Ein Naturtalent braucht kein Medientraining. Kein Schnickschnack lautet meine Devise. Wenn ich mich über die Frage eines Journalisten ärgere, kann man mir die Verärgerung ansehen. Wenn ich über etwas lachen muss, lache ich. Ich mag es im Allgemeinen nicht, mich im Fernsehen zu sehen, aber manchmal lässt sich das nicht vermeiden. Ich sehe mein Gesicht bei einem regionalen Nachrichtensender oder in der Tagesschau, und wie kritisch ich mich auch betrachte, ich sehe sofort, dass alles stimmt. Die richtige Distanz bei einer Frage über unangebrachte Sprechchöre während eines Fußballspiels, der tiefe, aufrichtige Seufzer nach der soundsovielten Liquidierung in dem sich schon Monate hinziehenden Kampf um die Vorherrschaft in der Unterwelt, aber vielleicht vor allem der perfekt getroffene Ton meiner kurzen Rede beim letzten Totengedenktag. Jeder merkte, dass es mir ernst war, weil es mir ernst war, so einfach ist es manchmal. Und bevor ich die Rede hielt und vor den zwei Schweigeminuten sah man vielleicht mein echtestes Gesicht, als ich mit dem Königspaar aus dem Palast trat, auf dem kurzen Gang zum Monument. Ich ging neben ihnen her, aber an meinem Gesicht, nein, an meiner ganzen Körperhaltung war abzulesen, dass ich mich distanzierte, dass ich nicht zu ihnen gehörte. *Ich gehe hier, weil das Protokoll es verlangt,* sagte mein Gesicht, sagte auch der Abstand, den ich zum Königspaar einhielt. *Wenn ich mich einmal unglücklich oder einsam fühle, wären das wirklich die allerletzten, die ich anrufen würde.*

Ich hatte mein Bier längst ausgetrunken, meine Frau ließ sich noch Zeit mit ihrem Rotwein.

»Sollen wir uns noch einen genehmigen?«, fragte ich.

»Sag mal, dieser Maarten van Hoogstraten«, sagte meine Frau. »Ich dachte immer, der hat überhaupt keinen Humor. Das hast du mir auch schon öfter gesagt. Aber er hat mir da vorhin eine Story erzählt, ich konnte mich gar nicht mehr einkriegen. Nein, wirklich, das hätte ich ihm nicht zugetraut.«

Und während Sylvia erzählte und ich der Kellnerin winkte und noch ein Bier und einen Rotwein bestellte, musste ich mich richtig anstrengen, um nicht ganz ungehemmt loszulachen – und mich selbst und meinen Argwohn dadurch zu verraten.

Denn was konnte die Tatsache, dass meine Frau mir jetzt ausführlich die »lustige Story« vom Dezernenten Van Hoogstraten erzählte (irgendwas über das Kaninchen seiner Kinder, das das HDMI-Kabel vom Fernseher durchgenagt hatte – ich hörte nur halb zu, in Momenten großer Erleichterung hören wir immer nur halb zu), anderes bedeuten, als dass ich mich wegen nichts und wieder nichts verrückt gemacht hatte?

»Ich wusste nicht, worüber ich mehr lachen sollte«, hörte ich meine Frau sagen, »über das Kaninchen oder über Maarten, der es einzufangen versuchte. Ich meine, er ist doch ein etwas steifer Mann. Nein, nicht steif: geradlinig. Jemand, der sich in seiner Haut nicht ganz wohlfühlt. Ich stellte mir jedenfalls vor, wie er unter das Sofa kriecht und vergeblich nach dem Kaninchen grapscht, und da bekam ich einen Lachanfall. Er machte ein Gesicht, als wollte er sagen: So komisch war die

Geschichte nun auch wieder nicht. Aber es war wirklich eine komische Geschichte, er erzählte sie mit Humor, und doch war es zum Teil auch unfreiwillig komisch. Und jetzt denke ich: ob er es gemerkt hat, dass ich nicht nur über seine Story lachte, sondern auch ein bisschen über ihn? Dass ich ihn auslachte?«

Unwillkürlich grinste ich jetzt wohl doch, ich konnte nichts dagegen machen. Meine Frau und der Dezernent Van Hoogstraten! Wie war ich bloß auf die Idee gekommen? Irgendwann, vielleicht in einem Jahr, würde ich es ihr als eine Art Anekdote erzählen. *Weißt du, bei dem Neujahrsempfang, als du dich mit Maarten van Hoogstraten unterhieltst, weißt du, was ich damals ganz kurz gedacht habe?* Nein, beschloss ich im selben Moment im Café Schiller, ich würde es ihr nie beichten. Nie und nimmer! Sie würde es bestimmt als Beleidigung auffassen.

»Ich würde mir deswegen keine Sorgen machen«, sagte ich stattdessen. »Er hat in der Tat etwas Geradliniges, wie du zu Recht sagst. Solche Typen hören immer nur eine Bedeutung. Ich wette, er platzt jetzt vor Stolz, dass er dich zum Lachen gebracht hat.«

Eine Frau wie dich, hätte ich beinahe hinzugefügt. *Eine Frau, die einen geradlinigen Holländer durchschaut, als ob er aus Glas wäre.*

4

An jenem Abend im Bett spulte ich, wie gesagt, die ganze Szene noch mal in meinem Kopf ab – aber inzwischen in der beruhigenden Gewissheit, dass ich mich wegen nichts aufgeregt hatte. Ich fing mit dem Ende an, bei dem Moment, als wir das Café Schiller verließen und Sylvia mir auf der Straße den Arm gab. So schlenderten wir die paar letzten Hundert Meter nach Hause, ein ganz normales Ehepaar in gesetztem Alter, das noch untergehakt geht. Nicht um einander zu stützen, sondern aus Liebe, aus Zuneigung, weil beide, Mann und Frau, diese Nähe angenehm finden.

Haben wir noch etwas geredet? Kaum. Das Thema Van Hoogstraten hatten wir jedenfalls schon vorher im Café abgehakt. Mein Gedächtnis ist eine meiner starken Seiten, ich behalte viel, manchmal mehr als nötig. Von einer sechswöchigen Reise durch den Westen der Vereinigten Staaten vor mehr als zwanzig Jahren erinnere ich mich an jedes Städtchen und jedes Dorf, wo wir übernachtet, jedes Motel, jedes Restaurant, wo wir gegessen haben. Das war vor Dianas Geburt, wir rauchten beide noch, das Armaturenbrett unseres Chevrolet Lumina war übersät mit angebrochenen Marlboro-Schachteln. Was hat man davon?, könnte man fragen. Aber für mich hat es etwas Angenehmes, Beruhigendes: der Gedanke, dass sich nicht alles in Luft auflöst. Nachts im Bett, wenn ich nicht schlafen kann, mache ich die ganze Reise noch einmal, von der Landung in Los Angeles, der Happy Hour im Hotel, den fünf oder sechs Margaritas, die wir dort tranken, der Hitze am nächsten Tag auf dem Weg nach Las Vegas, den schier endlosen Güterzügen, den nackten roten Felsen in den Nationalparks, Zion Park, Bryce Canyon, bis zu den Bisons und dem speienden Geysir im Yellowstone Park. Eine Erinnerung wie ein Film, ohne Hilfe von Fotos. Nein, für uns keine Fotoalben, keine Ordnung, kein chronologisch dokumentierter Urlaub, keine genauen Daten, keine gewollt witzigen Untertitel, alles liegt in Schachteln, in denen nur selten gekramt wird: höchstens fünf oder sechs Mal in den vergangenen zwanzig Jahren, schätze ich.

Dabei handelt es sich um das sogenannte Langzeitgedächtnis, um das Kurzzeitgedächtnis ist es in meinem Alter – ich bin im letzten Jahr sechzig geworden – schlechter bestellt: wo ich meine Lesebrille hingelegt habe, mein Handy, die Fahrradschlüssel – ich stehe im Bad, da wollte ich doch irgendwas holen, irgendwas machen, wahrscheinlich habe ich etwas gesucht. Aber was?

So rekonstruierte ich auch jetzt schrittweise, in umgekehrter Reihenfolge, den Augenblick, in dem ich unten den Schlüssel ins Schloss steckte. Die Straßenlaternen an der Gracht, die schwarzen Äste der Bäume, eine Ente zwischen den geparkten Autos, die vor uns erschrak und laut quakend ins Wasser sprang. *Ich finde ihn eigentlich ganz nett.* Das sagte meine Frau, ja, denn zwischen Rembrandtplein und unserem Haus unterhielten wir uns über den neuen Freund unserer Tochter. *Ich mag es, dass er kein waschechter Holländer ist.*

»Neuer Freund« stimmte nicht ganz, »erster echter Freund« schon eher. Die Jungen kamen und gingen, sie standen für Diana Schlange, manchmal blieb einer zum Essen da und sagte kein Wort, höchstens »Vielen Dank, Frau Walter …«. Oder: »Vielleicht European Studies, Herr Walter …« Wenn sie die Zunge hätten raushängen lassen können, hätten sie es getan.

Sie konnten es einfach nicht glauben, dass sie mit einem Mädchen wie unserer Diana am selben Tisch saßen. Aber es dauerte selten länger als ein paar Wochen, am Tisch erschienen sie jedenfalls nie mehr.

Zwei Monate, das war schon etwas Besonderes. In diesen zwei Monaten war der neue Freund mindestens schon fünfmal zum Essen dageblieben. Und im Unterschied zu den schmachtenden Jungen vor ihm unterhielt er sich ganz normal mit uns. Er sagte weder zu viel noch zu wenig, war kein arroganter Schnösel, der wie ein Wasserfall redete. Er war höflich, ein bisschen verlegen vielleicht; auch nachdem ich ihn wiederholt aufgefordert hatte, mich zu duzen, blieb er beim Sie. Schließlich ließ ich es dabei bewenden, wahrscheinlich lag es an seiner Erziehung und war das einfacher für ihn, dachte ich – bis er vor drei Tagen, wir saßen auf der Couch und sahen im Fernsehen *Expedition Robinson,* auf einmal »Sylvia« zu meiner Frau sagte. »Diese Schwimmerin ist wirklich ein hoffnungsloser Fall, das finde ich auch, Sylvia«, sagte er über eine der Teilnehmerinnen. »Die muss so schnell wie möglich raus.«

Wie meine Frau mochte auch ich den neuen Jungen. Das will in meinem Fall etwas heißen. Ich habe mir oft genug vorgestellt, wie ich reagieren würde, wenn meine Tochter einen weniger netten Jungen mit nach Hause bringen würde. Es wäre mir anzumerken: Ich würde dem weniger netten Jungen die Hand schütteln und dazu ein Gesicht machen, als würde ich an einer Tüte ranziger Milch riechen. *Weit über das Haltbarkeitsdatum* würde jeder, vor allem aber meine Tochter in meinem Gesicht lesen können.

Doch bei dem neuen Jungen brauchte ich mir keine Sorgen zu machen, jedenfalls nicht wegen meines Gesichtsausdrucks. Das erste Mal, als wir uns die Hand gaben, sah er mich offen und unbefangen an und sagte dann seinen Namen. Aber ich sah es sofort. So offen und unbefangen, wusste ich aus eigener Erfahrung, gucken nur verlegene Menschen. Diesen Blick hatte ich schließlich oft genug selber vorm Spiegel eingeübt. Und tatsächlich blickte der Junge sofort zu Boden, ließ meine Hand los, sah wieder auf und lächelte. Und dieses Lächeln war zwar nicht ganz unbefangen, dafür aber entwaffnend echt. Er hatte es auch bemerkt, gab er mir durch sein Lächeln zu verstehen. Es war wie die Begrüßung zwischen Motorradfahrern oder Joggern, die kurz die Hand heben, wenn sie sich begegnen. Verlegene Menschen können ihre Verlegenheit manchmal sehr lange vor der Außenwelt verbergen, aber niemals vor jemandem, der genauso verlegen ist wie sie.

Dass meine Frau auf unserem kurzen Gang vom Café Schiller nach Hause gesagt hatte, sie finde den Jungen nett, weil er kein waschechter Holländer sei, hatte mich überrascht. Einerseits war das in Anbetracht ihres eigenen Hintergrunds ja verständlich, auf der anderen Seite sind gerade in ihrer Kultur die Vorurteile gegen andere Kulturen viel stärker ausgeprägt als bei uns. Oder anders gesagt: Vorurteile gegen das Hegen von Vorurteilen gab es bei ihnen noch nicht. Alles diente dem Erhalt der eigenen Art. Wen ein Junge oder Mädchen mit nach Hause brachte, wurde im Land meiner Frau auf einer empfindlicheren Waage gewogen als bei uns. Fremdes Blut wurde mit einem gewissen Argwohn beäugt. Wer von außerhalb kam, konnte schließlich die eigene Art schwächen.

»Weißt du, was Diana mir neulich erzählt hat?«, fragte sie, als wir die letzten drei Stufen zur Haustür hinaufgingen. »Dass er ihr immer die Tür aufhält. Zur Kneipe. Zum Restaurant. Er schiebt ihr sogar den Stuhl hin. Und wenn er das Auto geparkt hat, geht er gleich auf die andere Seite und öffnet ihr die Tür.«

Will er etwa Taxifahrer werden? Die Frage lag mir auf der Zunge, aber ich hielt mich zurück – es war nicht der richtige Moment für Sarkasmus. Da, auf der Schwelle unserer Wohnung, der Dienstwohnung, dachte ich ganz kurz an Maarten van Hoogstraten, aber inzwischen nur noch wie an etwas, das schon weit hinter dem Horizont verschwunden ist; wie man an einen Besuch bei der Dentalhygienikerin denkt, nachdem das Zahnfleisch noch nachglüht, so rosig und frisch, als hätte man einen langen Strandspaziergang gemacht.

Holländischer als Maarten van Hoogstraten war einfach undenkbar. Holländischer als ein Kopf Endiviensalat nach einer Frostnacht, ein Paar Holzschuhe mit Windmühlen vornedrauf, Käse, Milch, Butterbrote, ein Eisloch, ein Keks zum Tee und die Keksdose gleich wieder zu.

Ich öffnete die Haustür, ging schnell hinein und hielt sie dann für meine Frau auf.

»Bitte nach Ihnen«, sagte ich.

5

Und da, im Bett, als Sylvia im Bad gerade die elektrische Zahnbürste einschaltete, da wusste ich es auf einmal.

Was nicht stimmte.

Beim Zurückspulen des Abends war ich beim Café Schiller angekommen, nicht bei dem Moment, als wir wieder rausgingen, sondern vorher, als wir auf dem Rembrandtplein stehen geblieben waren und ich noch einen kleinen Umtrunk vorgeschlagen hatte.

Und sie nach einem winzigen Zögern zugestimmt hatte.

So weit war alles in Ordnung. Wenn sich meine Frau darüber im Klaren war, dass ich sie einer Affäre verdächtigte, hätte sie tunlichst vermieden, meinen Vorschlag, noch einen trinken zu gehen, abzulehnen.

Aber in der halben Sekunde oder weniger, die das Zögern dauerte, hatte sie mich nicht angesehen.

Sie hatte den Kopf schräg zum Eingang des Cafés gedreht.

Okay, gut. Nein, sie hatte etwas anderes gesagt, sie sei müde und wolle es nicht zu spät machen. *Ich bin müde und möchte nicht zu spät ins Bett.*

Drinnen war es natürlich nicht zu vermeiden gewesen, dass sie mich ansah. Da hatte sie mir die Story vom Dezernenten aufgetischt – über seinen bewussten oder unbewussten Sinn für Humor.

Aber als wir wieder draußen waren, hatte sie sich bei mir

untergehakt und, soweit ich mich erinnern konnte, vor allem zu Boden geblickt, auf die Straße, den Bürgersteig.

Nun, es war natürlich dunkel, und nachts schaute man in Amsterdam öfter auf den Boden, um nicht in etwas zu treten oder sich den Fuß zu verstauchen auf einer losen Gehwegplatte.

Aber auch als ich ihr zu Hause galant die Tür aufhielt, sah sie mich nicht an. Sie trat sich die Stiefel ein paarmal an der Fußmatte ab, wie man das zu tun pflegt, wenn man durch den Schnee gegangen ist und ihn nicht mit in die Wohnung nehmen will.

Aber es hatte nicht geschneit. Geregnet auch nicht.

Sie hatte auf ihre Füße geschaut. Dann war sie vor mir die Treppe hinaufgegangen.

Jetzt spulte ich mehrere Szenen zurück, bis wir uns wieder auf dem Neujahrsempfang befanden. Ich hielt an bei dem Moment, als ich mich zu meiner Frau und dem Dezernenten stellte.

Maarten.

Robert …

Es folgte eine kurze Konversation, an die ich mich nicht mehr Wort für Wort erinnerte. Innerhalb einer halben Minute hatte sich der Dezernent verabschiedet, jemand warte auf ihn, dem er etwas zu trinken versprochen habe.

Er hatte mich kurz angesehen.

Nicht aber Sylvia.

Was an der ganzen Sache nicht stimmte, war, dass Maarten van Hoogstraten und ich uns seit den Weihnachtsferien noch gar nicht gesprochen hatten. Das war an sich nichts Besonderes. Er hatte sich eine Woche länger freigenommen und war daher bei der ersten Ratsversammlung im neuen Jahr nicht erschienen.

Deshalb wäre jetzt genau der Moment gewesen, sich nach einer allgemeinen Bemerkung über das Wetter, die Qualität des Weins oder die Tagesaktualitäten nach den Kindern des Gesprächspartners zu erkundigen. Nach den Weihnachtsferien, die erst knapp drei Wochen zurücklagen (»Seid ihr über die Feiertage noch weg gewesen oder zu Silvester?«). Aber nichts von all dem passierte. Meine Frau und der Dezernent wechselten keinen Blick, das fiel mir im Nachhinein auf. Ja, beide hatten mich angesehen. Es aber vermieden, einander anzusehen. Aus Angst, ihre Blicke könnten sie verraten, sie könnten rot werden.

Hier hielt ich den Film an. Ich versuchte, Abstand zu gewinnen. Vielleicht ging ja meine Fantasie mit mir durch. Vielleicht bildete ich mir alles nur ein. Möglich war es. Immer noch. Es gab keine Beweise. Nichts Konkretes. Niemand hatte gestottert und niemand war rot geworden. Ich konnte nur nach meinem Gefühl gehen. Und mein Gefühl sagte mir, dass es gelinde gesagt merkwürdig war, dass meine Frau und Maarten van Hoogstraten kein einziges Wort mehr gewechselt hatten, nachdem ich dazugekommen war – und sich beim Abschied auch nicht mehr angesehen hatten.

Aus dem Bad erklang immer noch das Geräusch der elektrischen Zahnbürste, ich kniff die Augen noch fester zu, konzentrierte mich auf das Geräusch, das Bild meiner Frau am Waschbecken. Vor dem Spiegel über dem Waschbecken. Betrachtete sie sich in diesem Augenblick? Sah sie sich ins Gesicht? Ins schuldige Gesicht, durchfuhr es mich. Putzte sie sich die Zähne anders als an anderen Abenden? Blieb sie länger als normal im Bad? Um einen neutralen Gesichtsausdruck einzustudieren, wenn sie gleich ins Schlafzimmer kam?

Wie guckt eine Frau, die ihren Mann betrügt? Wie sollte sie vor allem nicht gucken?

Ich lauschte andächtig. Die Zahnbürste legte alle dreißig Sekunden eine kleine Pause ein. Links oben, rechts oben, links unten, rechts unten. Jeden Abend strengte ich mich an, die zwei Minuten durchzuhalten, aber ich schaffte es selten.

Irgendwann mittendrin, aber wahrscheinlich schon früher ließ die Konzentration nach. Zahnpastaschaum und Wasser tropften von der Bürste, über meine Finger, meine Hände, mein Kinn. Im Spiegel sah ich aus wie ein sabbernder Greis. Ich schaltete die Bürste aus. Und wusste dann schon nicht mehr, wie viele halbe Minuten ich geschafft hatte.

Putzte sich Sylvia die Zähne heute Abend gedankenloser als sonst? Oder nur weniger konzentriert? Weil sie an ihn dachte? Ich stöhnte leise. Ich horchte. Die Zahnbürste brummte noch ein wenig, dann war es still im Bad. Mit den Fingerspitzen rieb ich mir leicht über die Augenlider und versuchte, mir meine Frau vorzustellen. Ihr Gesicht im Spiegel – wie sie sich selbst betrachtete.

War ihr Blick schuldbewusst? Oder lächelte sie? Weil es ihr so gut gelungen war, ihren Mann zu betrügen? Ohne dass er es gemerkt hatte? Oder lächelte sie einfach nur verliebt? War sie verliebt? Das dachte ich jetzt zum ersten Mal. Verliebt. Ein so gut wie unerträglicher Gedanke. Ein unzulässiger Gedanke sogar. Zehn Sekunden lang versuchte ich mit aller Macht an etwas anderes zu denken: an den Ajax-Vorsitzenden, wie er sich die Nüsse in den Mund warf und wie sein Adamsapfel sich beim Schlucken auf und ab bewegte, aber noch bevor die zehn Sekunden um waren, drängte sich mir schon wieder das Gesicht des Dezernenten auf. Sein läppisches Gesicht, dachte ich sofort, aber nein, so durfte ich nicht denken: Ich musste objektiv bleiben. Ich musste versuchen, es zu begreifen. Ich musste bei klarem Verstand einen Grund finden, warum meine Frau Lust hatte, dieses läppische Gesicht zwischen die Hände zu nehmen und die Lippen auf die schlaffen, immer etwas zu feuchten, weichlichen Lippen des Dezernenten zu drücken.

Ich hatte Sylvia weder hereinkommen sehen noch gehört: Offenbar hatte ich mit geschlossenen Augen nachgedacht. Plötzlich schlug sie die Bettdecke zurück und kroch neben mich.

Sie legte ihr iPhone auf den Nachttisch und knipste die Leselampe aus.

»Gute Nacht«, sagte ich.

»O, ich dachte, du schläfst schon.«

Auch ich knipste die Leselampe aus.

Was ich jetzt sagen musste, ging am besten im Dunkeln.

»Sylvia?«

»Ja?«

»Morgen Mittag ist die Beerdigung von Hans van Wezel, weißt du noch, der Stadtdirektor?«

Es blieb kurz still.

»O ja, diese schreckliche Geschichte.«

Ich holte tief Luft – ich versuchte, nicht zu schwer zu atmen.

»Normalerweise würde ich dich nicht darum bitten, aber würdest du bitte mitkommen?«

»Robert …«

»Ich dachte plötzlich, es wäre schön, wenn du mitkommst. Ich muss da ein paar Worte sprechen. Ich meine, es ist so schon schwierig genug. Wenn ich … Ich würde gerne dein Gesicht sehen. Alle werden da sein. Es wäre schön, wenn ich dich ab und zu anschauen könnte, wenn ich die Rede halte.«

Meine Frau seufzte.

»Morgen hatte ich schon was vor. Ich wollte mit Diana shoppen gehen. Ist es wirklich … Es ist so eine unangenehme Geschichte, Robert. Muss ich wirklich dabei sein?«

Ich drehte mich auf die Seite, legte ihr behutsam die Hand auf den Bauch.

»Ich hatte auch gar nicht die Absicht, dich darum zu bitten. Aber jetzt, nach heute Abend, all diese Gesichter auf dem Empfang … Bitte? Komm doch bitte mit. Meinetwegen.«

Ich hatte den flehentlichen Ton angeschlagen – in Gedanken lag ich vor ihr auf den Knien.

»Wann fängt es denn an? Ich meine, vielleicht kann ich ja

danach noch mit Diana in die Stadt. Ich muss doch hinterher nicht noch stundenlang bleiben, oder?«

Ich lag mit geschlossenen Augen da und lauschte den regelmäßigen Atemzügen meiner Frau. Manchmal schnarchte sie ein wenig, aber es war eine liebliche Form des Schnarchens: nicht das Gesäge, weswegen schon so manche Ehe in die Brüche gegangen ist, nein, eher ein leises Flöten oder Piepsen – ein ländliches Geräusch wie bei einem vom Wind bewegten Scheunentor oder Fensterladen. Doch heute Nacht war da nur ihr Atmen, ihr gleichmäßiges Atmen; Ein- und Ausatmen dauerten exakt gleich lang. Ich versuche mich manchmal auf meinen eigenen Atem zu konzentrieren, wenn ich nicht einschlafen kann, aber länger als eine halbe Minute gelingt mir das selten; wenn ich dagegen den Atemzügen meiner Frau lausche, werden meine Lider schon nach kürzester Zeit schwer.

Morgen Nachmittag würde ich alle Zweifel ein für alle Mal ausräumen. Alle würden da sein: die meisten Beigeordneten, fast alle Dezernenten. Irgendwann würde sich eine Gelegenheit bieten, und Sylvia und Van Hoogstraten würden zusammentreffen, entweder gleich am Anfang, bei der Begrüßung, oder später auf dem Weg zum Grab – auf jeden Fall danach in der Cafeteria.

Ich würde die beiden diesmal anders betrachten. Ich würde sie mit den Augen des Ehemanns betrachten, der weiß, dass er betrogen wird.

6

Der alte Stadtdirektor ist fort. Hans van Wezel hat weder um seine Entlassung nachgesucht noch haben wir ihn entlassen. Oder besser gesagt: Er hat uns keine Gelegenheit dazu gegeben. Er hätte es machen können, um Entlassung bitten. Eine ehrenvolle Entlassung wäre es zwar nicht gewesen, das war unmöglich, es hätte sich früher oder später doch herumgesprochen, aber wir hätten es jedenfalls diskret abwickeln können, es nicht an die große Glocke zu hängen brauchen.

»Nehmen Sie sich in letzter Zeit mehr Geld aus der Kasse?«, fragte meine Sekretärin mich kurz nach den Weihnachtsferien.

»Nein, nicht dass ich wüsste«, sagte ich. »Eigentlich nie. Ich meine, ich nehme mir manchmal was, aber nie mehr als zehn, fünfzehn Euro für ein Sandwich und einen Kaffee in der Stadt.«

Die Kasse. Ich muss das kurz erläutern. Die Kasse ist eine kleine rote Metallkiste mit einem Schloss. Sie hat noch am meisten Ähnlichkeit mit einer Butterbrotdose und steht im Bücherschrank meines Büros. Für alle sichtbar. Bargeld eben. Auch ein Bürgermeister braucht manchmal Kleingeld. Meine Sekretärin legt hin und wieder ein paar Hundert Euro hinein, in kleinen Scheinen, zehn, zwanzig Euro, und sorgt dafür, dass immer genug drin ist.

Der Schlüssel liegt in meiner obersten Schreibtischschublade, die ich selten abschließe, obwohl sie natürlich abschließbar ist. Genauso wie die Tür meines Büros, die ich nur abends abschließe, wenn ich nach Hause gehe.

Der langen Rede kurzer Sinn: Meiner Sekretärin war aufgefallen, dass sich die Kasse in den letzten drei Monaten ziemlich schnell geleert hatte. Daher ihre Frage. Aber ich war mir absolut sicher, dass sich mein Ausgabeverhalten nicht verändert hatte. Am liebsten nahm ich mir von dem Geld gar nichts. Es war rein gefühlsmäßig: Warum sollte ich bei meinem Gehalt auch noch jede Tasse Kaffee als Spesen abrechnen? Meist bezahlte ich den Kaffee, die Käse-Schinken-Toasts, die Tartarbrötchen aus der eigenen Tasche; im Grunde nahm ich mir nur deshalb ab und zu etwas aus der Kasse, um meiner Sekretärin eine Freude zu machen – dann ließ ich mir einen Kassenzettel geben und legte ihn in das rechte Fach zu den anderen, während links die Zehn- und Zwanzigeuroscheine lagen.

Meine Sekretärin, der Stadtdirektor und ich waren die Einzigen, die einen Schlüssel zu meinem Arbeitszimmer hatten. Zu dem Zimmer, das ich tagsüber so gut wie nie abschloss. Rein theoretisch konnte jeder hineingehen, den Schlüssel aus der Schublade nehmen und sich aus der Kasse bedienen – aber wirklich nur rein theoretisch.

»Um was für Beträge handelt es sich denn?«, fragte ich meine Sekretärin.

»In den letzten drei Monaten etwa sechs- bis achthundert Euro. Wenn Sie nicht mehr als dreißig im Monat rausgenommen haben, meine ich. Für die Monate davor muss ich es noch ausrechnen.«

Wir hatten geglaubt, der Stadtdirektor würde alles abstreiten, aber schon bei der ersten Konfrontation brach er in Tränen aus. »Ich weiß es nicht«, antwortete er jammernd auf die Frage nach dem Warum. »Ich weiß es wirklich nicht.«

Es verschlug uns die Sprache. Ich hatte gerade fragen wollen, was er mit dem Geld gemacht habe, ob er damit ins Kasino gegangen sei oder ob er sich nur einen neuen Fernseher angeschafft habe, als er sagte, er werde alles zurückzahlen.

»Alles«, sagte er schniefend. »Nicht nur das Geld. Auch die Laptops und die Smartphones. Ich habe nichts verkauft. Alles liegt noch bei mir zu Hause im Schuppen.«

Später versuchten meine Sekretärin und ich uns vergeblich zu erinnern, ob wir ihn womöglich noch direkt oder indirekt auf andere Diebstähle angesprochen hatten. Es wurde viel gestohlen im Rathaus, kein Ort war sicher, sogar aus dem Sitzungszimmer verschwanden Laptops, iPads und Smartphones. Wir beschlossen, die Polizei nicht einzuschalten. Wir beließen es bei der Beendigung des Dienstverhältnisses zum Monatsende. Und natürlich kam ein Empfehlungsschreiben nicht infrage.

Ein paar Tage nach seiner Entlarvung klopfte der Stadtdirektor an die Tür meines Arbeitszimmers.

»Wollen Sie nicht noch einmal darüber nachdenken?«, fragte er, nachdem er die Tür hinter sich zugezogen hatte und sich mir gegenüber auf den Stuhl hatte sinken lassen. »Ich kann wirklich alles zurückgeben. Auch das Geld. Ich habe es ja.«

»Darum geht es nicht, Hans«, sagte ich. »Aber vielleicht sollten Sie Hilfe suchen. Sich behandeln lassen, meine ich.«

Seine Unterlippe fing an zu zittern, ich dachte, jetzt bricht er wieder in Tränen aus, aber er holte ein paarmal tief Luft und sah mich an.

»Das ist völlig ausgeschlossen«, sagte er. »Meine Frau würde es nicht verstehen. Und meine Kinder. Wie soll ich es ihnen erklären?«

Ich meinte mich zu erinnern, dass er zwei Kinder hatte. Einen Jungen und ein Mädchen … Teenager. Nein, zwei Mädchen. Es war mir immer wichtig gewesen, all das im Kopf zu behalten: die Namen der Ehefrauen und Kinder, die Geburtstage. Natürlich tat nicht ich das persönlich, sondern meine Sekretärin, Frau Schreuder. Dafür hatte sie sich einen speziellen, dicken Terminkalender zugelegt. Einen schwarzen länglichen Terminkalender, den sie sich unter den Arm klemmte, wenn sie mir gegen zehn Uhr morgens meine zweite Tasse Kaffee brachte. »Hawinkels' Sohn wird heute achtzehn«, las sie vor. »Er heißt Pieter. Die Frau von Theo, dem Pförtner – sie heißt Anne –, kommt morgen aus dem Krankenhaus. Aber fragen Sie nicht nach. Austherapiert heißt das, glaube ich, aber das soll er Ihnen selber erzählen, wenn er will.«

Und wenn ich dem Dezernenten Hawinkels im Lauf des Tages irgendwann im Gang oder beim Selbstbedienungsbüfett in der Kantine über den Weg lief, drückte ich ihm lässig die Hand. »Herzlichen Glückwunsch zur Volljährigkeit Ihres Sohns! Schafft er es, das Abitur?« Ich schaute beim Pförtner vorbei und zog ein Päckchen Taschentücher aus der Innentasche. »Ich verstehe, Theo. Ich verstehe es sehr gut. Wissen Sie was, warum nehmen Sie sich morgen nicht einfach den Tag frei? Ihre Frau braucht Sie zu Hause mehr als wir hier. Wir werden ja wohl noch einen Tag ohne Sie auskommen.«

Der menschliche Bürgermeister, so hatten sie mich einmal in einem vierseitigen Profil im Magazin des *Parool* genannt. Es stand über dem Interview: »Robert Walter: der menschliche Bürgermeister«. Es hatte etwas Anrüchiges, ich hatte den Posten erst seit einem knappen Jahr inne, und es schien nahezulegen, dass mein Vorgänger ein Unmensch gewesen war. Völlig aus der Luft gegriffen war das übrigens nicht. Jan van Hiemstra-Henegouwen hatte gelinde gesagt eine aristokratische Ausstrahlung. Als fühlte er sich zu fein für eine Stadt wie Amsterdam. Ein Mann, der kopfschüttelnd über die Hundehaufen stieg und dabei auch noch das Hosenbein hochzog. Am Königinnentag hatte er einmal bei einem Stand, der Hamburger und Hotdogs verkaufte, um Messer und Gabel gebeten. Und bei einer der jährlichen Gedenkfeiern für die Opfer des Flugzeugabsturzes in Bijlmermeer hatte er gesagt: »Sie gehörten doch auch zu uns. Wie man es auch dreht und wendet, auch sie waren Amsterdamer.«

Ich war vielleicht distanziert, streng, leicht aufbrausend – Charakterisierungen, die alle mehr als einmal in dem erwähnten Profil vorkamen –, aber mein Gesicht war mein Aktivposten. Oft blickte ich schlecht gelaunt drein, finster sogar, mürrisch, aber wenn ich dann plötzlich lachte oder einen Witz machte, entspannten sich alle sichtlich.

Jetzt sah ich zu meinem Schreck oder zu meiner Verwunderung – es fällt mir schwer, mich an die genaue Emotion zu erinnern (und sind Schreck und Verwunderung nicht genau genommen zwei Triebe am gleichen emotionalen Baum?) –, wie der Stadtdirektor sich nach seiner Tasche bückte, die am Stuhlbein lehnte, und etwas hervorzog. Nein, an die genaue Emotion erinnere ich mich nicht mehr, wohl aber an einzelne Details. Wie man sich bei einem Unfall nur an die Radkappe erinnert, an die Scheibenwischer, die sinnlos hin- und hergehen, obwohl es schon längst zu regnen aufgehört hat, das Autoradio, aus dem noch die Liveübertragung eines Fußballspiels schallt.

Die Tasche des Stadtdirektors war eine braune abgegriffene lederne Schultasche. Die Art von Schultasche, mit der vor langer Zeit die Streber zur Schule kamen, die Jungens mit Seitenscheitel, die während des Vietnamkriegs für die Amerikaner statt für die Vietcong waren. Heutzutage sieht man solche Schultaschen nur noch bei weltfremden Lehrern, Beamten oder Buchhaltern, Männern über fünfzig, für die auch das Handy noch als Erfindung des Teufels gilt.

Hans van Wezel holte einen Strick hervor. Auch bei diesem Strick reduziert sich meine Erinnerung auf einzelne Details. Dass es ein ziemlich dicker Strick war, von der Art, an die man Schaukeln aufhängt, etwas weniger dick als die Kletterseile in der Turnhalle. Ein funkelnagelneuer, unbenutzter, heute Morgen oder gerade erst im Baumarkt gekaufter Strick, zu dem einzigen Zweck, ihn jetzt vor meinen Augen aus der abgegriffenen Schultasche zu ziehen.

»Ich bin mit meinem Latein am Ende«, sagte der Stadtdirektor. »Sie sollten sich klarmachen, was Sie mir antun. Wenn Sie bei Ihrer Entscheidung bleiben, hänge ich mich heute noch auf.«

7

Die Beerdigung fand auf dem Nieuwe Ooster statt, meinem Lieblingsfriedhof. Leute, die sich wichtignehmen, lassen sich oft zu Lebzeiten schon auf die Warteliste für Zorgvlied setzen. Natürlich ist auch Zorgvlied ein schöner Friedhof, aber mir ist er zu voll. Keine Ahnung, wie Friedhofsverwaltungen mit ihren Wartelisten umgehen, aber irgendwann kommt doch der Moment, wo wirklich keiner mehr reinpasst. Und man ein Schild ans Gitter hängen muss: »Belegt«. Ein Leuchtschild wie bei einem Motel oder einer Pension. Auf dem Nieuwe Ooster ist noch auf Jahre hinaus Platz. Zwischen alten, dicken Bäumen. Hier gibt es Licht und Schatten. Der Friedhof atmet. Zorgvlied ähnelt mehr einem Provinzstädtchen, einem Dorf, einem Ferienpark, auf dem man für maximalen Profit die Häuschen so eng wie möglich zusammengerückt hat.

Auf Beerdigungen von Selbstmördern bin ich schon öfter gewesen. Bei manchen hing der Freitod schon jahrelang in der Luft, bei anderen kam er völlig überraschend. Äußerlich ist alles wie bei anderen Beerdigungen: die Blumen, die Kränze, die Kleidung, die Sonnenbrillen bei schönem Wetter, die Tasse Kaffee hinterher, der Sandkuchen, die dünn belegten Sandwiches; der eine oder andere – es ist elf Uhr vormittags – kippt sein erstes Glas Weißwein hinunter. Aber aus den Grabreden spricht häufig Unverständnis. Die Frage nach dem Warum. *Wir respektieren deinen Entschluss.* Ja, das steht gelegentlich in Todesanzeigen, es ist der Code, mit dem Außenstehenden mitgeteilt wird, dass es sich um einen selbst gewählten Tod handelt, er kommt auch in den Reden immer wieder vor.

Aber eigentlich gibt es nichts zu respektieren. Wir machen allerlei Verrenkungen, um auch dem Selbstmörder ein würdevolles letztes Geleit zu geben, ihn zu seiner letzten Ruhestatt zu begleiten. Aber wie steht es um die Ruhe derer, die zurückbleiben? Um ihre Bestürzung? Ihre Wut?

Was hast du dir bloß dabei gedacht, du egoistisches Arschloch! würden wir dem Toten gerne nachbrüllen. *Was hast du dir dabei gedacht, dich zu verdrücken und anderen den Schlamassel zu überlassen? Weil der gnädige Herr gerade ›nicht mehr weiterwusste‹? ›Ich sah keinen anderen Ausweg‹, schreibst du in deinem Abschiedsbrief. Wie kommst du darauf? Natürlich gab es einen Ausweg. Du warst nur zu faul, du hattest keine Lust, auf uns zu hören, du hast sowieso nie zugehört. Feigling! Verpiss dich doch in dein Grab.*

Man sollte den Tatsachen ins Auge blicken. Abgesehen von den psychiatrischen Fällen – Menschen mit Psychosen, Manisch-Depressive –, zeichnen sich Selbstmörder selten durch einen besonders starken Charakter aus. Aber damit ist nicht alles gesagt. Es ist etwas, was sich schwer erklären lässt und noch schwerer laut aussprechen, die Hinterbliebenen sollte man damit jedenfalls verschonen. Obwohl ich manchmal das Gefühl habe, gerade sie würden es am besten verstehen: Menschen, die Hand an sich legen, gehören nicht zu den Intelligentesten. Es hat mich Jahre, mehr als ein halbes Menschenleben, gekostet, um das zu begreifen. Es ist der rote Faden, der die Selbstmörder miteinander verbindet. Durchschnittliche Intelligenz. Beziehungsweise noch etwas weniger. Jedenfalls sind es keine Koryphäen. Ein Döskopp mit einem IQ von null Komma null käme gar nicht erst auf den Gedanken, weil er zu blöd ist oder zu faul. Er lümmelt lieber auf dem Sofa herum, statt sich den Kopf darüber zu zerbrechen, wie viele Schlaftabletten er bräuchte, um nie wieder aufzuwachen.

Was die etwas überdurchschnittliche Intelligenz betrifft, nehme ich der Bequemlichkeit halber mich selber zum Maßstab. Würde ich mir das Leben nehmen? Nein. Niemals. Unter keinen Umständen. Natürlich habe ich gelegentlich mit dem Gedanken daran gespielt. Früher öfter als heute. Zwischen zwanzig und dreißig. Aber ich glaube, das tun alle intelligenten Menschen, mit dem Gedanken spielen. Man steht auf einem Wolkenkratzer und schaut auf die Spielzeugautos und die ameisengroßen Menschen in der Tiefe, hört die Sirenen von Feuerwehr und Krankenwagen aus weiter Ferne. Und stellt sich vor, man würde über das Geländer klettern und zum letzten Fall seines Lebens ansetzen, zum allerletzten freien Fall.

Was die Selbstmörder nicht kapieren, ist, dass man sein Leben einfach bis zum Ende leben muss. Auch wenn man als ordinärer Dieb entlarvt wird, wiegt die Schande doch nie das Leben an sich auf. Auch durch die Gitterstäbe der Zelle können wir den Sonnenaufgang sehen, das Zwitschern der Vögel hören; aus der Gefängnisküche weht der Essensgeruch herüber, auch wenn es vielleicht nicht das schmackhafteste Essen ist, aber wer tot ist, riecht eben gar nichts mehr. Warum klammern sich zum Tod Verurteilte so an das Leben? Warum sind sie dankbar für jede Gnadenfrist? Weil sie lieber lebenslänglich bekommen. Lebenslänglich – das Wort sagt es schon. So lange, wie das Leben dauert. Ein Mensch unterschlägt zehn Millionen und stürzt sich lieber vom zehnten Stock eines Bürogebäudes, als dass er sich entlarven lässt. Nicht besonders klug. Man könnte auch sagen: ganz schön dumm. Ein anderer verliert seinen Partner. Ohne sie oder ihn kann ich nicht mehr leben, verkündet die Witwe oder der Witwer im Brustton der Überzeugung. Das stimmt aber gar nicht. Trauer, Verlust, Schmerz, das schon – aber Trauer, Verlust, Schmerz sorgen auch dafür, dass man das Leben wieder spürt, vielleicht sogar intensiver als vor dem Verlust. Ohne sie oder ihn hat das Leben keinen Sinn mehr, sagen die Hinterbliebenen, doch wenn das Leben je einen Sinn gehabt hat, dann jetzt. Wieder ein anderer nimmt sich Geld aus der Kasse, steckt sich ein herumliegendes iPad in die braune Schultasche, in der Garderobe tastet er die Manteltaschen nach Wertsachen ab. Er wird erwischt und entlassen. Aber nicht angezeigt. Er bekommt die Gelegenheit, seine Niederlage zu akzeptieren, unehrenhaft zwar, aber ohne öffentliche Bloßstellung. Dann macht er einen kapitalen Fehler. Er droht mit Selbstmord. Er traut sich nicht mehr, seiner Familie unter die Augen zu treten. Er begreift nicht, dass das Leben damit nur an Tiefe gewinnen kann. Seine Frau wird erkennen, dass er weniger langweilig ist, als sie immer geglaubt hat. Seine Kinder werden sehen, dass ihr Vater kein Heiliger ist. Möglicherweise haben sie selber auch schon mal ein Mars oder eine Tüte Chips im Supermarkt geklaut oder ein paar Euro aus dem Portemonnaie der Eltern mitgehen lassen. *Aber du wusstest doch, dass das verboten ist, Papa? Ja, ich wusste es, aber es war stärker als ich.* Schande gibt es nicht. Tiere empfinden keine Scham. Es ist eine menschliche Erfindung. Wer ohne Schamgefühl lebt, ist freier, ist der Natur näher. Ein erwachsener Mann wird bei einem Diebstahl ertappt. Im Baumarkt kauft er sich ein Seil, steckt es in seine Schultasche und droht seinem Arbeitgeber mit Selbstmord. Es ist eine Szene wie aus einem komischen Film. Nur humorlose Menschen erhängen sich dann auch wirklich. Dumme Menschen.

Auch auf Hans van Wezels Beerdigung hörte man aus den Reden hauptsächlich Unverständnis und Bestürzung. Ein ehemaliger Kommilitone erinnerte an den »Enthusiasmus« des Stadtdirektors. Bei dem Wort wurde es in der Trauerhalle noch eine Spur stiller, als es schon war. Man konnte von Hans van Wezel vieles behaupten, aber »Enthusiasmus« war die allerletzte Charaktereigenschaft, die man dieser grauen Maus nachsagen konnte. Es sei denn, man wollte eine Leidenschaft für Geldkassen und herumliegende Laptops als Enthusiasmus auffassen. Während der Rede seiner älteren Schwester stellte ich mir die Frage, wie viel Hans zu Hause wohl von sich mitgeteilt hatte. Seiner Frau, seiner Familie, seinen Freunden und ehemaligen Kommilitonen. Rein gar nichts, vermutete ich. Die Schwester erzählte eine Anekdote von einem Sandkasten und einem Hündchen – und zum ersten Mal erklang so etwas wie leises Gelächter in der Trauerhalle.

Dann war ich dran. Da die Schwester klein war, musste ich das Mikrofon erst nach oben biegen. Ich hüstelte, räusperte mich. Mit beiden Händen stützte ich mich auf das Pult, auf das ich weder Manuskript noch Spickzettel gelegt hatte. Ich bin der Bürgermeister, der für seine Ansprachen aus dem Stegreif bekannt ist. Ich schaute in den Raum, zuerst zur hintersten Reihe, dann allmählich nach vorne, über die Köpfe hinweg, bis mein Blick schließlich an den Hinterbliebenen haften blieb. Ich sah die Frau des Stadtdirektors an, und sie erwiderte meinen Blick. Sie hatte nicht geweint, ihre Augen waren trocken, mit geradem Rücken saß sie auf der unbequemen Holzbank, würdig trug sie ihren Schmerz. Ich hatte sie bestimmt schon mal auf irgendeinem Empfang im Rathaus kennengelernt, ich kannte ihren Vornamen, ihr Alter, ihren Geburtstag. Aber an ihr Gesicht hatte ich keinerlei Erinnerung. Es war nicht unattraktiv, es prägte sich einem nur nicht ein. Eine Frau eben, wie es unendlich viele gibt. Eine Frau, die mit einem Mann verheiratet ist, weil der Mann sonst keine Frau hätte. Ich sah auch die Töchter an. Auch ihre Vornamen kannte ich, die Geburtstage hatte ich heute Morgen noch rasch nachschauen müssen, aber ich wusste, in welche Schulen sie gingen. Ich nickte ihnen kurz zu, es sollte aufmunternd wirken – aber in welcher Hinsicht eigentlich, fragte ich mich im nächsten Moment. In der Bedeutung von *Kopf hoch! Jetzt ist es zwar ein ziemlicher Schock, aber ich werdet darüber hinwegkommen. Ihr habt doch noch ein langes und glückliches Leben vor euch.* Ich hoffte, es würde so sein, sie würden darüber hinwegkommen, vielleicht sogar früher, als sie es für möglich hielten. Doch ich wusste, dass es nicht stimmte. Kinder von Selbstmördern kommen nie darüber hinweg. Wir waren ganz offensichtlich nicht wichtig genug, um unseretwegen am Leben zu bleiben, das ist der Gedanke, der sie von nun an immer begleiten wird.

Ich tippte an das Mikrofon, um zu prüfen, ob es funktionierte. Natürlich funktionierte es, schließlich hatte die Schwester des Stadtdirektors gerade gut verständlich ihre Rede gehalten. Es ist einfach ein Tick, so fange ich immer an. Zeit gewinnen, in den Redemodus geraten, wie ein Fußballer sich bekreuzigt, bevor er den Rasen betritt, ein Tennisspieler den Ball erst ein paarmal aufspringen lässt, sein Haarband zurechtrückt und an seinem Hosenboden zupft, bevor er aufschlägt.

Was hatte der Stadtdirektor zu Hause gesagt?, fragte ich mich erneut, während ich mich zum Mikrofon vorbeugte. Gar nichts – ich war mir auf einmal sicher. Was hätte er sagen sollen? *Ich bin bei einem Diebstahl ertappt und entlassen worden, aber ich werde dem Bürgermeister drohen, mich aufzuhängen, dann wird er schon klein beigeben.* Nein, seine Frau und seine Kinder würden es nie erfahren. Sie würden sich ihr Leben lang den Kopf darüber zerbrechen. Vielleicht malten sie sich die wildesten Sachen aus. Hatte der Stadtdirektor in seiner Freizeit nach Kinderpornoseiten gesurft? War er in der Mittagspause zum Treffpunkt für Schwule am Nieuwe-Meer gefahren? Hatte er nach Büroschluss einen Umweg zum westlichen Hafengebiet gemacht, um sich von einer ukrainischen Hure einen blasen zu lassen? Hier meldete sich die Schande wieder. Welche von diesen Handlungen war schlimm genug, um eine Frau zur Witwe und zwei Kinder zu Halbwaisen zu machen?

Ich holte noch ein letztes Mal tief Luft. Während es jetzt wirklich totenstill wurde – wenn der Bürgermeister das Wort ergreift, hat das doch einen ganz anderen Stellenwert, als wenn sich ein ehemaliger Kommilitone oder eine ältere Schwester zu Wort melden –, streifte ich in Gedanken noch einmal ganz kurz die Schuldfrage. Fühlte ich mich schuldig? Hatte ich mir irgendetwas vorzuwerfen? Selbstverständlich hatte ich mir diese Frage in den vergangenen Tagen mehrmals gestellt. Vor zehn Jahren, als wir noch in Zeeland wohnten, kam ich mal vom Einkaufen nach Hause zurück. Wir bewohnten damals ein kleines Haus am Deich in Graauw, am Rand des Dorfs. Ich stellte das Auto immer links von der Straße ab. Direkt hinter mir fuhr ein anderes Auto. Als ich abbremste und den Wagen ins Gras steuerte, sprang eine Katze, die dort offenbar gelegen hatte, auf die Fahrbahn und geriet unter das Hinterrad des anderen Wagens. Der Fahrer bemerkte es nicht und fuhr weiter. Mit zitternden Händen stellte ich den Motor ab und stieg aus. Die Katze lag am Wegrand im hohen Gras, sie blutete nicht, wand sich nur und zappelte wie wild, gab aber keinen Laut von sich. Nur still, sagte ich. Nur ruhig, ich gehe nicht weg, ich bleibe ja bei dir. Die Katze sah mich nur immer mit zusammengekniffenen Augen an und zappelte und wand sich. Es war, als würde sie mich anlächeln. Ich schaute nach links und rechts die Straße hinunter, aber es war niemand zu sehen. Ich bleibe bei dir, sagte ich leise zur Katze, aber da bewegte sie sich schon nicht mehr, die lächelnden Augen blieben geschlossen.

Wenn ich Hans van Wezel mit seinem Strick vom Baumarkt vor einer knappen Woche nicht ausgelacht hätte, würden seine Angehörigen heute nicht in der ersten Reihe der Trauerhalle des Nieuwe Ooster sitzen. Aber fühlte ich mich deswegen schuldig? Tief im Innern war ich davon überzeugt, dass Menschen mit der Persönlichkeitsstruktur des Stadtdirektors früher oder später doch im Baumarkt landen, um sich einen Strick zu kaufen.

Ich richtete den Blick auf die hintersten Reihen. Da saßen meine Frau, meine Sekretärin, ein paar Dezernenten und Beigeordnete – es dauerte eine Weile, bis ich auch Maarten van Hoogstraten entdeckte. Er saß am anderen Ende des Raums, in der Nähe des Ausgangs, ziemlich weit entfernt von meiner Frau.

Siehst du, dachte ich. Wenn sie nichts zu verbergen hätten, würden sie wahrscheinlich viel näher beieinander-, ja nebeneinandersitzen. Jetzt wirkte es fast so, als würden sie sich meiden. Und eben weil sie so taten, als wäre nichts, war etwas. Es ist nur allzu durchsichtig, dachte ich, und eigentlich unvorstellbar, dass sie selber nicht merken, welche schlechte Komödie sie aufführen.

Ich sprach die ersten Worte. Ich richtete mich an die geehrten Anwesenden, die Angehörigen des Verstorbenen, ich nannte seine Frau und Töchter bei den Namen. An diesem tragischen Tag, sagte ich. Ein treuer Angestellter, auf den ich mich immer verlassen konnte. Alles ging gut, lief wie am Schnürchen, ich redete noch gerade nicht wie auf Autopilot, aber wenn ich ein bestimmtes Tempo einhalte, zieht der eine Satz den anderen fast wie von selbst nach sich. Ich bin, was man einen »begnadeten Redner« nennt, falsche Bescheidenheit wäre da völlig fehl am Platz. Ich finde immer den richtigen Ton, auch auf der Beerdigung eines Mannes, der seinen Arbeitgeber mit einem Strick zu erpressen versucht hat und dem, als man ihn auslachte, nichts Besseres einfiel, als seine Drohung wahr zu machen. Auch jetzt war auffällig, wie viel stiller es plötzlich in der Trauerhalle war. Bei den vorangegangenen Reden hatten die Leute des Öfteren gehustet und waren auf ihren Stühlen hin- und hergerutscht. Es geschah vor meinen Augen, ein Mann führte die Hand zum Mund, traute sich aber nicht zu husten. Und dann waren alle hellwach. Man war nicht alle Tage bei einer Rede des Bürgermeisters zugegen. Eines landesweit bekannten Politikers. Aber es gibt Bürgermeister und Bürgermeister, Politiker und Politiker: Die meisten sind sterbenslangweilig. Wer je einer Parlamentsdebatte beigewohnt hat, kann ein Lied davon singen. Eine Ansprache des heutigen Ministerpräsidenten löst bei den Zuhörern Fremdschämen aus. Warum grinst er nur so die ganze Zeit? Warum gebärdet er sich so flott, obwohl er es gar nicht ist? Wen will er mit seinem jungenhaften Verhalten beeindrucken? Ich habe, wie gesagt, mich selber mehr als einmal in den Nachrichten reden sehen. Verstehen Sie mich recht, ich bin kein Narzisst. Auch mich ergreift dann eine gewisse Scham: wie das Haarbüschel links hinterm Ohr ein bisschen zu weit absteht, darauf hätte mich jemand, meine Sekretärin zum Beispiel oder mein Stadtdirektor, durchaus aufmerksam machen dürfen. Ich stehe vielleicht etwas zu sehr vorgebeugt, ich gucke möglicherweise eine Spur zu grantig – aber jedenfalls stehe ich da. Man hört mir aufmerksam zu. Ich schaute die ganze Zeit in den Raum hinein und sprach aus dem Stegreif. Nicht zu hastig, als wollte ich es so schnell wie möglich hinter mich bringen, nicht zu langsam, sodass die Zuhörer einer nach dem anderen zu gähnen anfangen und heimlich auf die Uhr oder das Handy schauen. Nein, wenn ich einmal angefangen habe, hängen alle an meinen Lippen. Und es dauert auch nie zu lang. Ich kann Maß halten. Manche hören sich selber gerne reden, so lange wie möglich. Sie haben kein Gespür für die Aufmerksamkeitsspanne des Publikums.

Und dann musste ich plötzlich unvermittelt an das kurze Gespräch denken, das ich vor einer Woche mit dem Stadtdirektor geführt hatte. Was hätte ich denn sagen sollen, als er die Schultasche aufschnappen ließ und den Strick herausholte? Was hätte ich sagen können? *Hans, hör mal zu, so schlimm ist es doch auch wieder nicht, das bisschen Geld und die paar iPads und Smartphones. Wenn du alles ordentlich zurückzahlst und zurückbringst, reden wir nicht mehr davon.* Aber gerade dazu hatte ich nun mal keine Lust gehabt. Es war die Kombination der abgegriffenen braunen Schultasche mit dem nagelneuen Strick und Hans van Wezels flehendem Hundegesicht. Dieser hoffnungsvolle Blick – der Blick eines Hundes, der hofft, der Besucher des Tierheims werde sich für ihn entscheiden und nicht für den Hund im Verschlag nebenan. *Leg den Strick weg, du Idiot! Ich lasse mich nicht erpressen! Ich bitte dich, Hans, tu mir den Gefallen, geh mir aus den Augen und komm nie mehr zurück.*

Daran hatte er sich gehalten. Er hatte sich meine Worte zu Herzen genommen und war nie mehr zurückgekommen.

Es wäre möglich, dachte ich. Ich könnte es tun. Es würde für alle eine Erleichterung bedeuten, nicht zuletzt für die Hinterbliebenen. Nach dem anfänglichen Schock könnten sie, wie man so sagt, mit dem selbst gewählten Tod ihres Vaters und Ehemanns ins Reine kommen. Auf die Bestürzung würde Wut folgen. Und schließlich Resignation. *Vielleicht sind wir letzten Endes besser dran ohne diesen Deppen, der sich wegen ein paar Hundertern und ein paar herumliegenden Smartphones und iPads erhängt.* Ich hoffe, du bist mit deinem Entschluss zufrieden, dachte ich. Ich hoffe, du bist noch irgendwo und kannst mit eigenen Augen sehen, was du angerichtet hast.

Aber ich hielt den Mund. Zum ersten Mal suchte ich jetzt den Blick meiner Frau. Nicht weil ich sie wirklich brauchte, sondern weil ich mich plötzlich daran erinnerte, dass ich gestern gesagt hatte, ich würde gerne ein vertrautes Gesicht sehen.

Es dauerte ein paar Sekunden, bis ich begriff, dass sie nicht mehr in der Trauerhalle war. Zumindest nicht da, wo sie vorhin gesessen hatte – dachte ich hoffnungsvoll, aber auch anderswo konnte ich sie nicht entdecken. Unwillkürlich schaute ich zur letzten Reihe vor dem Ausgang.

Auch Dezernent Van Hoogstraten saß nicht mehr an seinem Platz. Blitzschnell überflog ich jetzt alle Sitzreihen. Alle Gesichter. Keines von ihnen gehörte meiner Frau oder dem Dezernenten.

Ich kam zum Schluss. »Wir werden uns an Hans immer als an einen besonders angenehmen und gewissenhaften Kollegen erinnern.« Die Türen der Trauerhalle öffneten sich. Durch das Laub gefiltertes Sonnenlicht fiel auf den Kies. Die Totengräber hoben den Sarg auf die Schultern. An meiner linken Seite tauchte meine Sekretärin auf. »Schön«, sagte sie. »Ausgezeichnet.«

Vögel zwitscherten, weiße Wolken schwebten über einen blauen Himmel. Ich setzte die Sonnenbrille auf und schaute über die Schulter, aber von meiner Frau keine Spur. Auch vom Dezernenten war weit und breit nichts zu sehen. Ich holte mein Handy aus der Tasche.

Wo bist du?, tippte ich.

Ich wollte die Nachricht gerade verschicken, als mir zwei ungelesene Nachrichten auffielen.

Liebster, Diana fragt, wo ich bleibe. Sie wartet im Bijenkorf auf mich, es dauert hier alles so endlos lang. Du findest es hoffentlich nicht schlimm. Du hast es gut gemacht. X

Die zweite Nachricht war noch keine Minute später verschickt worden.

Zu gut. Der Mann war ein Arschloch. Bis heute Abend. X

8

Es war an einem Wochentag Anfang Februar, gegen ein Uhr mittags, als mein Handy in der Hosentasche zu vibrieren begann. Ich hatte mir gerade ein Brötchen mit Pökelfleisch und Leber und ein Brötchen »Spezial« (Tatar, hart gekochtes Ei, Zwiebeln, mit einem Klecks Mayonnaise) bei Van Dobben zu Gemüte geführt und schlenderte über den Rembrandtplein zum Rathaus zurück.

Vater, las ich auf dem Display.

Etwa drei Sekunden lang spielte ich mit dem Gedanken, den Anruf nicht anzunehmen.

»Hast du morgen was?«, fiel er mit der Tür ins Haus.

»Alles Mögliche«, sagte ich. »Wie immer ein ziemlich gefüllter Terminkalender. Wieso?«

»Ich wollte dich bitten, mit mir ein Grab auszusuchen.«

»Ein Grab?«

»Ich habe einen schönen Friedhof gefunden«, sagte er. »In Ouderkerk aan de Amstel. Aber deine Mutter will nicht mit. Es ist mir egal, wo ich liege, wenn ich tot bin, sagte sie. Na ja, du kennst sie.«

Ich hätte einiges erwidern können. Etwa, dass ich morgen wirklich schrecklich viel zu tun hatte. Oder ob das Ganze nicht Zeit habe bis zum Wochenende. Andererseits war meine Neugier geweckt. Noch nie in seinem langen Leben hatte mein Vater sein Grab oder den Tod auch nur angesprochen. Beerdigung oder Einäscherung, ich konnte mich nicht entsinnen, jemals etwas darüber gehört zu haben.

»Morgen am frühen Nachmittag?«, sagte ich. »Soll ich dich so um zwei abholen?«

Eine meiner Stärken ist, dass ich meine Termine für die nächsten drei bis vier Tage größtenteils im Kopf habe. Morgen um zwei stand der Besuch einer durch einen Skandal ins Gerede gekommenen Kita auf dem Programm.

»Nein, ich hole dich ab«, sagte mein Vater. »Sorg dafür, dass du um zwei draußen auf dem Platz bist. Ich kann da nicht lange stehen bleiben.«

Ich wollte noch etwas dagegenhalten, aber mir fiel so schnell nichts ein. Seit etwa fünf Jahren vermied ich es nach Möglichkeit, mit meinem Vater im Auto mitzufahren. Aber es war sowieso egal, er hatte aufgelegt.

So weit war es ja nicht nach Ouderkerk, sagte ich mir – das klang allerdings eher nach Beschwörung als nach Beruhigung.

Am nächsten Mittag verließen wir die Stadt bei der Mühle und dem Standbild, das Rembrandt mit einem Skizzenbuch im Gras kauernd darstellt, und fuhren auf der schmalen Landstraße an der Amstel entlang: Die Sonne funkelte auf dem Wasser, es war, wie gesagt, Anfang Februar, und doch schien es schon Frühling zu sein – *Die wärmsten Februartage seit 1914*, hatten sie gestern in den Nachrichten gesagt.

»Was macht denn der Lastwagen da?«, fragte mein Vater; er hatte vor einer Kurve Gas weggenommen, beugte sich weit vor und spähte angestrengt durch die Windschutzscheibe, als müsste er das Kleingedruckte unter einem Vertrag entziffern.

Ich folgte seinem Blick, aber vor uns fuhr nur eine Gruppe Radfahrer. Als ich gerade sagen wollte, es sei gar kein Lastwagen da, beschleunigte er und überholte die Radler, ohne auch nur einen einzigen über den Haufen zu fahren.

»Wann musst du eigentlich wieder zum Gesundheitscheck?«, fragte ich, nachdem ich eine knappe Minute in Stille hatte verstreichen lassen.

»Wieso? Warum fragst du? Glaubst du etwa, ich wäre zu alt zum Autofahren?«

Ich ließ ihm Zeit, die Frage selber zu beantworten.

»Ende Juni«, sagte er schließlich. »Deshalb fahren deine Mutter und ich im Frühjahr noch einmal nach Südfrankreich. Zum allerletzten Mal.«

»Zum allerletzten Mal? Wieso zum allerletzten Mal?«

»Was steht da auf dem Schild? Wie schnell darf man hier eigentlich fahren? Sechzig? Achtzig?«

»Fünfzig.«

Er seufzte tief. »Ich weiß, Junge. Ich kann die Schilder nicht mehr lesen. Den Fahrtest bestehe ich nie. Im Juni nehmen sie mir den Führerschein ab. Aber ich habe noch nie einen Unfall gebaut. In meinem ganzen Leben noch nie. Wenn ich durch eine Stadt fahre, fahre ich fünfzig. Auf der Autobahn fahre ich nie schneller als hundertzwanzig. Es ist die Bürokratie. Wenn man alt wird, wird einem alles weggenommen, eins nach dem andern. Das Signal ist deutlich: Tretet endlich ab, ihr seid im Weg. Ihr nehmt Jüngeren den Platz weg.«

»Warum sagst du ›zum allerletzten Mal‹? Ihr könnt doch auch den Zug nehmen. Oder fliegen. Warum macht ihr das nicht schon längst, statt immer diese zwölfhundert Kilometer mit dem Auto zu fahren?«

Wir hielten vor einer roten Ampel; als sie auf Grün sprang, fuhr er nicht wieder los. Noch bevor ich etwas sagen konnte, fing hinter uns jemand zu hupen an.

»Jaja!«, rief er und zeigte den Stinkefinger. »Haben wir Eile? Musst du dringend irgendwohin, wo keiner auf dich wartet, du Arschloch?«

Ohne den Blinker zu betätigen, bog er links auf eine Brücke ab und fuhr dann gleich wieder links – natürlich, ohne die Richtung anzuzeigen. Wieder beugte er sich weit vor.

»Hier muss es irgendwo sein. Hinter diesen Häusern da, glaube ich.«

»Warum sagst du ›zum allerletzten Mal‹?«

»Was?«

»Du hast vorhin gesagt, dass du mit Mama in diesem Sommer zum allerletzten Mal nach Frankreich fährst. Meiner Meinung nach meintest du nicht das letzte Mal mit dem Auto, sondern überhaupt das letzte Mal.«

»Hier. Hier ist es.«

Er fuhr rechts ran, versuchte, lässig zu parken, aber das Vorderrad stieß gegen den Bordstein oder ein anderes Hindernis, und wir kamen neben einem dicken Baum zum Stillstand – so nah, dass ich die Wagentür unmöglich öffnen konnte.

»Nach dem Sommer geben wir den Löffel ab«, sagte mein Vater. »Deine Mutter und ich. Wir haben lange darüber geredet, und wir halten es für die beste Lösung. Wir machen alles noch einmal. Nach Südfrankreich, ein Essen im Amstel Hotel, wir haben eine ganze Liste gemacht. Im Mai werde ich fünfundneunzig. Das wird mein letzter Geburtstag. Darüber wollte ich auch noch mit dir reden. Dass wir was Besonderes draus machen. Die ganze Familie, ein Restaurant, vielleicht noch eine Überraschung, eine Bootsfahrt, was weiß ich? Etwas, woran sich später alle erinnern. Dann ziehen wir den Stecker raus. Nicht gleich. Im September oder Oktober. Der Herbst, eine schöne Jahreszeit für eine Doppel-Beerdigung. Auf alle Fälle vor den Weihnachtstagen, dann ersparen wir uns den Ärger. Das letzte Weihnachten haben wir also zum Glück schon hinter uns.«

»Aber warum um Gottes willen? Ihr seid doch beide kerngesund.«

Ich probierte die Tür zu öffnen, aber mehr als zehn Zentimeter ging sie nicht auf.

»Deshalb ist das ja gerade der richtige Zeitpunkt«, sagte er. »Wir haben beide gelebt. Wir haben ein schönes Leben gehabt.

Warum sollte man das in einem Pflegeheim beenden wollen? Warum sollte man es so weit kommen lassen, dass Pflegerinnen einem beim Scheißen helfen? Wenn man es überhaupt noch bis zum Klo schafft. All das Elend, Junge, ich darf gar nicht dran denken. Und wenn ich ehrlich bin: Wir denken dabei zwar in erster Linie an uns selber, aber überleg doch auch mal, was es für euch bedeuten könnte. Für dich und für Sylvia. Keine hilfsbedürftigen, senil werdenden Eltern, die du sonntagnachmittags besuchen musst. Kein Vater, der sich beim Weihnachtsessen vollkackt, keine Mutter, die euch nicht mehr erkennt. Denn darauf läuft es doch schließlich hinaus. Deine Mutter ist jetzt nur ein bisschen vergesslich, aber das sind die ersten Anzeichen. Versuch dir vorzustellen, was für eine Erleichterung es für euch sein kann. Und was für ein wunderbarer Abschluss: ein Geburtstag in großem Stil. Und ein paar Monate später eine Beerdigung, auf der nicht geweint zu werden braucht. »Sie hatten ein schönes Leben«, notier dir den Satz schon mal für deine Trauerrede. »Sie haben das Leben bis zuletzt gelebt, wie es sich gehört.«

Ich gebe es zu: Der Form halber widersetzte ich mich zwar noch ein wenig, ein paarmal wiederholte ich noch, wie absurd ich den Plan fände, sie könnten doch hundert werden, ohne Abstriche machen zu müssen, aber ich konnte nicht leugnen, dass mir die Idee von Anfang an einleuchtete. Ein Leben ohne Eltern. Waise werden mit sechzig.

»Was ist?«, fragte mein Vater.

»Ich komme nicht raus«, sagte ich.

In den Wochen davor hatte ich mich so normal wie möglich verhalten – soweit die Umstände das zuließen. Ich hatte beschlossen, mir nichts anmerken zu lassen, jedenfalls keine direkten Fragen zu stellen.

Das war schwieriger, als ich dachte. Ich musste aufpassen, mich nicht zu normal aufzuführen, das würde nur auffallen;

in erster Linie meiner Frau – meine Tochter war eine andere Geschichte.

»Und, hat es noch geklappt?«, hatte ich Diana am Abend nach Hans van Wezels Begräbnis gefragt. Sie lag mit ihrem Laptop auf der Couch und musste erst den Kopfhörer abnehmen.

»Was sagst du?«

»Ob ihr es noch geschafft habt heute Nachmittag. Mit den Klamotten. Habt ihr noch was gekauft? Im Bijenkorf?«

»Mama kam sehr spät. Da machten sie fast schon zu. Aber es war auch egal. Ich war sowieso zu müde. Wir gehen nächsten Donnerstag, dann ist auch verkaufsoffener Abend.«

Ich hörte meine Frau in der Küche rumoren, Teller und Tassen klapperten – der Geschirrspüler wurde eingeräumt. *Wie viel zu spät?*, hätte ich jetzt fragen können. *Wie spät genau kam Mama beim Bijenkorf an?* Aber ich tat es nicht. Nur keine übertrieben neugierigen Fragen. *Spielt es eine Rolle, wie spät genau? Was weiß ich!* Ich rechnete zurück. Wie spät war es gewesen, als die Totengräber den Sarg mit dem Stadtdirektor auf die Schultern gehoben hatten? Wie spät hatte ich mit der Rede begonnen? Meine Tochter setzte die Kopfhörer wieder auf.

Auf jeden Fall war nicht alles erfunden, dachte ich ein wenig erleichtert. Meine Frau hatte sich tatsächlich mit Diana im Bijenkorf verabredet. Aber wie viel Zeit war zwischen dem Anruf oder der Nachricht meiner Tochter und dem Eintreffen meiner Frau beim Kaufhaus kurz vor Ladenschluss verstrichen?

Eine Stunde? Eine halbe Stunde? Hatten meine Frau und der Dezernent Van Hoogstraten in dieser halben Stunde hinter einem der alten, dicken Bäume geknutscht? Ich versuchte mir die Szene vorzustellen, aber es wollte mir nicht recht gelingen. Sylvia war mindestens einen Kopf kleiner als der Dezernent, er hatte ihr Gesicht zwischen die Hände genommen, sein Mund näherte sich …

Hier versuchte ich, meine Fantasie zu stoppen, aber das Bild war inzwischen stärker als ich. Ich musste hingucken, ich konnte den Blick nicht mehr abwenden, so wie man sich manchmal einfach nicht von einer Operation am offenen Herzen oder einer Augenoperation im Fernsehen losreißen kann: Die Fernbedienung in der Hand, den Daumen schon auf dem Zappknopf, wartet man eine Spur zu lang, sodass sich die Bilder des aufgesägten Brustkorbs, das pochende Herz in den grünen Handschuhen des Chirurgen, das weiße, nur durch ein paar blutige Fäden mit dem Kopf verbundene, halb aus der Augenhöhle hängende Auge für immer ins Gedächtnis eingraben.

Ich sah Hände unter Kleidern. Erst nur unter einem Mantel, dann auch in der Öffnung zwischen zwei Hemdsknöpfen. Finger – Frauenfinger – hinter einem Hosengürtel, das halb aus der Hose hängende Hemd, ein abspringender Knopf, die Fingerspitzen – die Nägel – kitzeln den flaumigen Bewuchs unter dem Nabel und bewegen sich weiter abwärts.

»Was ist?«, fragte Diana.

Ich sah meine Tochter an; sie hatte den Kopfhörer von einem Ohr gezogen.

»Nichts«, sagte ich.

Sie seufzte.

»Du hast aber was gesagt.«

Ich versuchte ein Lächeln. »Nee, wirklich nicht.«

»Ich hab's doch gehört.« Sie schüttelte den Kopf, schob den Kopfhörer zurück und widmete sich wieder ihrem Laptop.

Ich wurde ein verdeckter Ermittler in den eigenen vier Wänden. Über den Rand der Zeitung observierte ich meine Frau. Ich ließ den Blick über die Artikel wandern, las aber nichts, achtete nur darauf, rechtzeitig umzublättern. In möglichst natürlichem Rhythmus. Ich war ein Spitzel in Zivil, jemand, der die Kleider des Familienoberhaupts trug, der den liebenden

Ehemann und Vater gab. Es war eine Rolle, die sich nicht wesentlich von der unterschied, die ich in den vergangenen Jahren gespielt hatte. Doch seit dem Neujahrsempfang und besonders seit der Beerdigung des Stadtdirektors war es auch wirklich eine Rolle geworden. Es ging nicht von selbst, ich musste mich ins Zeug legen, um möglichst echt zu wirken.

»Wann fing noch mal die Prüfungswoche an?«, fragte ich meine Tochter. »Montag, oder?«

»Was schmecke ich da?«, fragte ich meine Frau, während ich auf einer Frikadelle kaute, wie sie Sylvia gern nach dem Rezept ihrer Heimat zubereitete, eines meiner und meiner Tochter Lieblingsgerichte. »Senf oder ein anderes Gewürz?«

Kurzum, ich musste mich davor hüten, meine Rolle allzu schwungvoll zu spielen, zu dick aufzutragen. Manchmal ertappte ich mich dabei, dass ich fast zu nett war. Zu aufmerksam. Zu zugänglich. Ein Vater mit überdurchschnittlich lebhaftem Interesse am Leben seiner Tochter. Ein Ehemann, der es seiner Frau in allem recht machen wollte. Und ich wusste auch, warum: Meine Sinne waren aufs Äußerste angespannt, ich hörte und sah alles, in jeder noch so kleinen Veränderung; im Verhalten meiner Frau suchte ich nach Beweisen für meine schlimmsten Befürchtungen.

Ja, so fühlte es sich tatsächlich an: als hätte ich alle meine Sinne weit geöffnet. Nicht nur Augen und Ohren, auch Nase, Mund und Haut schienen darauf erpicht zu sein, jede Nuance zu registrieren. Ein durchgebissenes Stück Schokolade tat beinahe weh auf der Zunge. Ich drückte die Nase in das Fell unserer Katze, wenn sie auf meinem Schoß saß und schnurrte, und ich war mir sicher, dass ich Gerüche wahrnahm, die ich noch nie gerochen hatte: Gras, Blumen, Erde – die Gerüche, die die Katze auf ihren Steifzügen durch die Gärten hinter unserem Haus mit heimgebracht hatte. Alles, was ich berührte, schien elektrisch geladen zu sein. Früher bekam ich manchmal einen Schlag, wenn ich eine Türklinke oder die Rückenlehne eines

Stuhls berührte, jetzt knisterte es schon, wenn ich einen Kuli oder eine Kaffeetasse vom Tisch hob.

Wenn Sylvias Handy klingelte, stellte ich den Fernseher leiser. Früher tat ich das auch immer, aber dann ihr zuliebe. Jetzt tat ich es, weil ich wissen wollte, mit wem sie telefonierte. Ich musste mich davor hüten, nicht aufmerksamer zu wirken, als ich in Wirklichkeit war, und den Fernseher genauso leise zu stellen wie sonst.

Vor dem Neujahrsempfang und vor der Beerdigung des Stadtdirektors war ich nicht immer nur aufmerksam und rücksichtsvoll, sondern oft auch mürrisch und abwesend gewesen, nicht immer hatte ich mich meiner Frau oder Tochter mit ungeteilter Aufmerksamkeit zugewandt. Meist hörte ich nur mit halbem Ohr zu, nickte auf eine Frage hin bloß ein paarmal, statt zu antworten, und ertappte mich dabei, dass ich den Inhalt der Frage gar nicht hätte wiedergeben können, wenn eine von ihnen darauf bestanden hätte.

Jetzt war ich nie mehr zerstreut. Es war mir physisch unmöglich, einen verträumten, abwesenden Blick zu simulieren. Ich versuchte es zwar, indem ich an andere Dinge dachte, aber während meine Gedanken früher immer wie von selbst abschweiften, wusste ich jetzt auf einmal nicht mehr, wie ich das anstellen sollte – wie ich mimen sollte, dass ich nicht bei der Sache war.

Es fiel allmählich auf. »Was guckst du so komisch?«, fragte meine Tochter manchmal. »Wieso, wie guck ich denn?«, fragte ich. »Na ja, du guckst halt.«

Und es stimmte. Ich konnte es selber sehen, wenn ich mir abends die Zähne putzte. Meinen Blick im Spiegel konnte man nicht anders als »intensiv« bezeichnen. Schon traute ich mich nicht mehr, meine Frau anzusehen, wenn ich mich neben sie ins Bett legte. Aus Angst, auch ihr würde es auffallen.

»Gute Nacht«, sagte ich und knipste rasch die Leselampe aus. Und fragte mich sofort, ob ich früher – in der jüngsten

Vergangenheit, den letzten Wochen also – die Leselampe genauso rasch ausgeknipst hatte. Wahrscheinlich war dem nicht so, aber das Schlimmste war, dass ich das eigentlich nicht mit Bestimmtheit zu sagen vermochte.

Im Dunkeln wartete ich auf die Frage, die ich am meisten fürchtete. *Ist was?* Oder wäre das wirklich die allerletzte Frage, die sie stellen würde? Weil sie tatsächlich so schuldig war, wie ich annahm? Und was sollte ich auf diese Frage antworten?

Aber meist blieb es still auf ihrer Seite des Bettes. Manchmal las sie noch etwas, aber meistens hörte ich ihre gleichmäßigen Atemzüge schon nach ein paar Minuten in das leise, beruhigende Schnarchen übergehen, das mich in fast dreißig Ehejahren nie geärgert, sondern immer nur gerührt hatte.

So lag ich mit offenen Augen im Dunkeln und gelangte zu der schrecklichen Erkenntnis, dass ihr Schnarchen nicht länger beruhigend klang. Dass es alles andere als beruhigend war. Und anschließend zu der noch schrecklicheren, dass es vielleicht nie mehr beruhigend klingen würde.

»Nie mehr«, flüsterte ich gegen meinen Willen laut, und ich spürte ein Prickeln in den Augen.

Erst wenn die ersten Lichtstreifen durch einen Spalt zwischen den Vorhängen drangen, schlief ich endlich ein.

9

Ich bin ein Kind dieser Stadt. Das heißt, Amsterdam ist ja eigentlich keine richtige Stadt, sie ist es nur in den Augen derjenigen, die von außerhalb kommen. An der Motorik, dem Gang, der Haltung des Kopfes erkennen wir, die hier Geborenen, auf Anhieb den Mann aus der Provinz, der glaubt, er sei in einer Weltstadt. Der sich bewegt, als wäre er in Paris oder Rom. Der sein Spiegelbild in den Schaufenstern bewundert und sich zu dem Entschluss beglückwünscht, seine provinzielle Existenz gegen die in dieser Stadt, die keine ist, eingetauscht zu haben.

So sitzt er auch in den Straßencafés, isst er in den Restaurants (ohne Ausnahme den falschen), besucht er die Museen, die Kinos und die Theatervorstellungen: als hätte er sich vom Schlamm und dem Mistgeruch seines Heimatdorfs befreit, von den Ketten eines kleinkarierten Lebens.

»Nie mehr kehre ich dorthin zurück!«, erklärt er schneidig – aber ein Mann aus der Provinz ist in Amsterdam wie der Gefangene, der sich beim Graben des Tunnels in der Entfernung geirrt hat und daher nicht außerhalb der Mauern, sondern auf dem Innenhof des Gefängnisses wieder hochkommt. Amsterdam ist eine Spielzeugstadt, ein Bällebad für Erwachsene, ein Freilichtmuseum, wo alte Handwerksberufe vorgeführt werden.

Ich könnte es mir leicht machen und behaupten, es sei in erster Linie der Akzent, der den Dezernenten Van Hoogstraten verriet. Aber das wäre tatsächlich zu einfach. Denn das Gleiche galt schließlich auch für meine Frau. Es gab immer Leute, die sofort lauter redeten, sobald sie ihren Akzent hörten, als gingen sie selbstverständlich davon aus, dass sie dann auch entweder taub oder geistig behindert sein müsste. In der gleichen Lautstärke, in der Sanitäter die alte Dame, die auf einer Verkehrsinsel unpässlich geworden ist, fragen: »Hören Sie mich noch? Hallo? Wie viele Finger halte ich hoch?«

Es hatte immer etwas Absurdes, wenn der Dezernent Van Hoogstraten in einer seiner Ansprachen Amsterdamer und sich in einem Atemzug nannte. »Wir Amsterdamer«, sagte er beispielsweise – aber die Art, wie er das Wort aussprach, weckte doch eher Assoziationen mit Heugabeln, Schweinen und Gummistiefeln im Schlamm. Schon Leute, die einen weniger ausgeprägten Akzent hatten als er, wurden in den Nachrichten oft untertitelt.

Der Dezernent benahm sich wie ein Kind, das zum ersten Mal in die Großstadt kommt. Obwohl er jetzt schon fünf Jahre hier wohnte, staunte er immer noch Bauklötze. Ob es nun die Leuchtreklamen waren, die vielen Motorroller oder eine Straßenbahn, die quietschend in die Kurve fuhr. Man sah ihm an, wie stolz er war, den Bauernhof und die Dorfpumpe hinter sich gelassen zu haben und sich jetzt einfach in der Großstadt in ein Straßencafé zu setzen.

Warum geht eine Frau fremd? Aus Lust, zur Abwechslung, oder weil es sich so ergibt. Aus Lust konnte ich sofort streichen. Sogar ich, schließlich ein Mann, wenn auch verarscht und betrogen, musste objektiv genug sein, um einzusehen, dass der Dezernent als Lustobjekt nicht infrage kam.

Was hat Maarten van Hoogstraten, was ich nicht habe? Noch vor ein paar Wochen hätte ich jeden für verrückt erklärt, der behauptete, ich würde mir diese Frage jemals stellen.

Ich frage mich, nein, ich bin mir sicher, dass ich es weniger schlimm fände, wenn meine Frau eine Affäre mit einem amerikanischen Filmstar hätte. Mit Brad Pitt oder Ryan Gosling. Matthew McConaughey! Oder jemandem in ihrem Alter: George Clooney. Oder meinetwegen mit jemandem, der zehn, zwanzig Jahre älter war: Jack Nicholson, Clint Eastwood, Sean Connery. Das wäre alles noch zu verdauen gewesen, weil alle diese Männer einfach attraktiver sind als ich. Glamouröser. In gewissem Sinn würde es meiner Frau mehr schaden als mir. Sie will höher hinaus, würden die Leute sagen, Frau eines Bürgermeisters zu sein, reicht offenbar nicht.

Aber Maarten van Hoogstraten war, wie man es auch betrachtete, ein ziemlicher Rückschritt. Auf der gleitenden Skala attraktiver Männer weniger attraktiv als ich. In jeder Hinsicht, sowohl was den Status als auch was das Äußere betraf.

Außerdem verkörperte der Dezernent alles, was meine Frau nicht ausstehen konnte. Normalerweise machte sie sich über Leute wie ihn lustig oder lachte ihnen gleich ins Gesicht. Maarten van Hoogstraten machte sich große Sorgen um die Umwelt. Er glaubte aufrichtig an die globale Erwärmung. Das ging bei ihm so weit, dass er sich bemühte, weniger zu fliegen. Wenn es irgendwie ging, suchte er sich ein Urlaubsziel aus, das mit dem Zug zu erreichen war.

»Aber was glaubst du denn?«, fragte ich ihn einmal. »Dass die Fluggesellschaften ihren Flugplan anpassen, weil sie wissen, dass du nicht mehr mitfliegst? Dass sie sagen: Den Flug können wir besser streichen, denn Maarten van Hoogstraten nimmt den Zug?«

Das fand er gar nicht witzig. Er versuchte, es mit einem Grinsen zu überspielen – es war kurz nach der monatlichen Ratssitzung und wir standen mit ein paar anderen noch am Kaffeetisch –, aber ich merkte, dass es ihn wurmte.

»Ja, aber wenn alle so denken würden wie ich, dann würde auf die Dauer doch wirklich weniger geflogen«, sagte er.

Seit wann hielt meine Frau es länger als zehn Minuten mit Männern ohne Humor aus? Die Geschichte mit dem Kaninchen und den durchgenagten Kabeln konnte man doch nicht ernsthaft zu dieser Kategorie zählen. Maarten van Hoogstraten setzte sich für Windräder ein. Die ganze Amsterdamer Skyline wollte er mit diesen müde kreisenden Flügeln auf Stelzen verschandeln. Dabei gingen die Planer geschickt vor. Man musste schon einiges auf dem Kasten haben, wollte man ihre Vorschläge torpedieren. Selbstverständlich würden keine Windräder in der Nähe von Wohnvierteln stehen, nein, alle am Stadtrand, am IJsselmeer, in Amsterdam-Nord, am Ring. Das würde allerdings bedeuten, dass jeder, der sich Amsterdam näherte, zuallererst nichts als Windräder zu Gesicht bekäme. Während sich bei uns die Skyline doch eigentlich gerade erst entwickelte. Eine Mini-Skyline zwar, aber immerhin. Eine Stadt, die sich selbst ernst nahm, durfte sich nicht von Windrädern umstellen lassen, davon war ich überzeugt.

Maarten van Hoogstraten glaubte an Biofleisch, er machte Riesenumwege, um bei einem Biometzger einzukaufen, es war noch nicht zu ihm durchgedrungen, dass der Traum vom biologischen Fleisch längst als Mythos entlarvt worden war. Das Biofleisch appellierte an die Schuldgefühle der Fleischesser und bezweckte vor allem, ihnen das Geld aus der Tasche zu ziehen.

Seit wann hielt meine Frau es länger als zehn Minuten mit einem Mann aus, der kein Deodorant benutzte, weil er die Umwelt schonen wollte? Die berüchtigte Ozonschicht. Ich bin nicht blöd und weiß auch, dass Spraydosen das Ozonloch vergrößern, aber inzwischen gibt es längst umweltfreundliche Spraydosen, und abgesehen davon braucht man doch die Leute in seiner nächsten Umgebung – der eigenen Umwelt – nicht in den Genuss eines Geruchs zu bringen, der noch am ehesten an stillstehende Tümpel mit toten Fröschen erinnert. Maarten van Hoogstraten benutzte garantiert einen Deostift oder -roller auf der Grundlage von Algen, Seegras und zermahlenen Sonnenblumenkernen aus dem Reformhaus, jedenfalls einen mit sehr begrenztem Wirkungsgrad. Schon mittags stank er nämlich schlicht nach sich selbst. Die Klimaerwärmung fing bei ihm selber an.

Das hatte mich immer schon am meisten an ihm geärgert: dass er aus seinem Bauerndorf in die Großstadt gekommen war, aber die Provinz einfach mitgebracht hatte. Die Windräder. Die fröhlichen, sich im Matsch wälzenden Bioschweine. Den Mistgeruch.

Am letzten Donnerstag waren wir nach einer Sitzung, die länger dauerte als geplant, mit einigen Dezernenten, unter ihnen auch Van Hoogstraten, noch einen trinken im Café Schiller.

Es ist anstrengend, überall der selbstverständliche Mittelpunkt zu sein. Der Motor jeden Gesprächs. Das mag arrogant klingen, ist aber schlicht mein Alltag. Ich habe oft die Probe aufs Exempel gemacht: In unterschiedlichen Gesellschaften habe ich irgendwann plötzlich den Mund gehalten. Zuerst merken die Leute nichts, sie reden noch eine Weile weiter, als wäre nichts passiert. Aber das Gespräch gleicht jetzt einem Flugzeug, dem in großer Höhe der Treibstoff ausgeht. Die Triebwerke erlahmen, das Flugzeug geht in den Gleitflug über, es wird unwiderruflich abstürzen. Man sieht einander an, ab und zu wirft man auch mir einen verstohlenen Blick zu. Die Pausen zwischen den Sätzen werden immer länger. Dann zuckt der Erste mit den Schultern, schaut auf sein Handy und verkündet, er werde heute nicht alt werden. Ein anderer guckt in sein halb leeres Glas und nimmt noch rasch einen Schluck. Ein Dritter tut, als wäre ihm kalt, und bläst in die Hände. Aber so ist es wirklich: Sie frieren. Eine Zeit lang haben sie sich an meiner Anwesenheit gewärmt, an meinen Worten, dem Motor, der das Gespräch in Gang hält. Es ist, als würden sie um ein Lagerfeuer stehen, das unbemerkt erloschen ist.

Nur ab und zu habe ich die Nagelprobe gemacht. Nicht zu häufig, weil ich meist erleichtert bin, wenn die Leute endlich genug von mir haben und sich woanders amüsieren wollen. Ich nehme noch einen letzten Schluck, schaue um mich, als wäre ich auf der Suche nach neuen Gesichtern, die anderen haben sich schon halb abgewandt, noch drei Sekunden und sie werden wirklich aufbrechen. Ich zähle bis drei. Eins … zwei … drei. Und dann sage ich plötzlich noch etwas. Eine Bemerkung, mit der niemand mehr gerechnet hat. »Eine Stadt wie Amsterdam sollte keine Windräder wollen«, sage ich.

Sie sind alle stehen geblieben. Die, die sich schon halb umgedreht hatten, machen jetzt wieder eine halbe Drehung zurück. Ich muss mich gehörig zusammenreißen, um ein Grinsen zu unterdrücken, sie sehen mich erwartungsvoll an. Sie sagen kein Wort, schauen nur gespannt.

»In eine richtige Metropole gehören keine Windräder«, sage ich, eine halbe Sekunde bevor die Stille peinlich zu werden droht. Aber sogar das stimmt nicht: In Gegenwart einer starken Persönlichkeit wie mir wird Stille nie peinlich. Die starke Persönlichkeit kann die Stille so lange andauern lassen, wie sie will, es wird doch nie einer wagen, sie zu durchbrechen. Pst!, still, er denkt nach.

So ist es. Ich bin der Motor des Gesprächs. Jedes Gesprächs. Auch im Schiller an besagtem Donnerstag machte ich die Probe aufs Exempel. Mitten im Gespräch hüllte ich mich in Schweigen. Von einem Moment auf den anderen sagte ich nichts mehr, höchstens noch »Ja« oder »Nein«, wenn jemand mich etwas fragte. Schon nach ein paar Minuten fingen sie an, unruhig auf ihren Stühlen hin- und herzurutschen. Auch die Gespräche untereinander verstummten. Ab und zu blickten sie verstohlen in meine Richtung. »Alles okay, Robert?«, fragte der Mutigste der Gesellschaft. »Fühlst du dich nicht wohl?« – »Nein, es geht mir ausgezeichnet«, antwortete ich. »Was soll sein?«

Es wurde keine neue Runde mehr bestellt. Einer nach dem anderen stand auf, zahlte an der Bar seinen Teil der Rechnung und ging seiner Wege. »Tschüss.« – »Tschüss.« – »Wiedersehen!« – »Bis Montag.« – »Gute Besserung.« Letztes sagte Dezernent Hawinkels, derselbe Dezernent Hawinkels, der mich gefragt hatte, ob alles okay sei. Ich stellte mir vor, wie sie draußen die Räder aufschlossen. Wie sie noch kurz beieinanderstanden. *Was hatte er denn auf einmal? Ist er krank? Ach, was wird schon sein, er ist wahrscheinlich nur müde. Ende der Woche. Ihr werdet sehen: Montag ist er wieder der Alte.*

Ich dachte an Van Hoogstraten. Guckte er besorgter als die anderen? Dachte er sich seinen Teil? *Vielleicht ahnt er etwas und ist deshalb so still …* Noch auf dem Rad würde er meine Frau anrufen oder ihr eine Nachricht schicken. *Ich muss dich dringend sprechen. Ich glaube, er weiß Bescheid. Über uns.* Ein paar Sekunden Ablenkung waren genug. Das Vorderrad geriet in eine Straßenbahnschiene. Das Letzte, was er sah, war das auf ihn zukommende Taxi.

Auf der Beerdigung trug meine Frau eine Sonnenbrille, und ich wusste jetzt endlich, woran ich war. Eine Affäre kann man lange geheim halten, Schmerz aber lässt sich nicht so leicht vertuschen, er verrät sich immer irgendwie.

Am Abend davor hatten Sylvia und ich uns gestritten. Ordentlich. Die schrittweise Mobilisierung – die Drohung gegen das Nachbarland, das Verhängen der Urlaubssperre, die Einberufung der Reservisten – überspringen wir für gewöhnlich. Von einem Moment auf den anderen stehen wir uns bis an die Zähne bewaffnet gegenüber. Ich weiß nicht einmal mehr, was der Anlass war oder worum es eigentlich ging. Wir hatten beim kleinen Chinesen um die Ecke gegessen, wo wir öfter hingehen, wenn wir niemandem über den Weg laufen wollen. Es ist da immer halb leer. Ein paar einsame Gäste, ein altes Ehepaar. Keine Leute, die gleich leiser reden und einander anstoßen, wenn der Bürgermeister hereinkommt – oder ihr Handy zücken und fragen, ob sie ein Selfie mit ihm machen dürfen.

Während ich meine Wantansuppe löffelte und Sylvia ihr Siu Mai in kleine Stücke schnitt (eine Angewohnheit, die ich je nach Gemütsverfassung ärgerlich oder rührend finde – auf alle Fälle eine Angewohnheit, die nie Anlass zu einem Streit sein kann), trübte noch kein Wölkchen unsere Stimmung. Buchstäblich kein Wölkchen, wie an jenem Nachmittag in Pearl Harbor, am Vorabend des Jom-Kippur-Kriegs oder am strahlenden, wolkenlosen Morgen des elften September. Weder Mobilisierung noch verdächtige Truppenbewegungen. Das verbindende Element ist natürlich der Überraschungseffekt. Wenn die Marinesoldaten aus ihren Kasernen stürmen, die meisten noch im Pyjama, der eine oder andere mit dem Rasiermesser in der Hand, Rasierschaum im Gesicht, brennen die großen Flaggschiffe der amerikanischen Flotte schon lichterloh oder sind längst gesunken. Was zwischen dem Abräumen der Hauptgerichte (Garnelen mit chinesischen Champignons für Sylvia, Cha Siu für mich – beim Chinesen bestellen wir immer das Gleiche) und dem Begleichen der Rechnung genau passierte, daran kann ich mich nicht mehr erinnern. Ein winziger Stimmungsumschwung auf dem Heimweg. Eine kaum wahrnehmbare Veränderung des Luftdrucks, wie bei einem heraufziehenden Schnee- oder Gewitterschauer. Ein leichter Druck hinter den Augen: der Vorbote dröhnender Kopfschmerzen.

»Was wolltest du eigentlich damit sagen?«, fragte Sylvia auf einmal scharf. Vielleicht hatte es etwas mit Diana zu tun. Nicht mit dem neuen Freund, den mochte Sylvia ja, eher etwas mit der Schule oder der Menge Alkohol, die sie am Wochenende konsumierte. Da gehen unsere Meinungen weit auseinander. Ich bin in beiden Fällen kulanter als meine Frau. Vielleicht ging es also um unsere Tochter, aber vielleicht auch nicht, jedenfalls bemühten wir uns schon nicht mehr, leise zu reden, als wir den Rembrandtplein überquerten. Wir gingen da auch schon gut drei Meter voneinander entfernt. Ab und zu ging Sylvia rascher vor mir her, dann erhöhte auch ich das Tempo und holte sie wieder ein. Einmal schritt ich meinerseits so rasch aus, dass ich innerhalb weniger Sekunden einen Vorsprung von zwanzig Metern hatte. Aber sie machte keine Anstalten, wieder auf gleiche Höhe mit mir zu kommen, das sah ich aus den Augenwinkeln.

»Hau ruhig ab, du Feigling!«, rief sie. »Lauf ruhig wieder weg! Das machst du doch immer, wenn es zu kompliziert wird, weglaufen.«

Ich blieb stehen, drehte mich um und vergrub die Hände, zu Fäusten geballt, in den Taschen meines Regenmantels. Ein paar Passanten waren auch stehen geblieben. Ein Taxi, das aus der Reguliersdwarsstraat kam, verlangsamte die Fahrt, der Fahrer ließ sein Fenster herunter und sprach meine Frau an. »Verzieh dich!«, rief sie. »Kümmere dich um deine eigenen Angelegenheiten!« Ich fragte mich, ob man uns erkannt hatte. Es wäre ein Leichtes, mit dem Handy ein Video von uns zu machen und es anschließend für viel Geld *RTL Boulevard* oder dem *Telegraaf* zu verkaufen.

Vor vielen Jahren saßen wir einmal abends im Restaurant Sluizer in der Utrechtsestraat. Von einem Moment auf den anderen fühlte ich, wie mir alles Blut aus dem Gesicht wich. Ich sagte zu meiner Frau, ich müsse kurz mal an die frische Luft, ich hätte Angst, nicht mehr rechtzeitig das Klo zu erreichen und auf den Tisch zu kotzen. Ich bahnte mir einen Weg nach draußen. An den Tischen verstummten die Gespräche, man sah mir möglichst unauffällig nach. Wahrscheinlich bin ich zu schnell gegangen, dachte ich hinterher. Und trotz der plötzlichen Übelkeit und dem Schwindelgefühl war ich auch zu abrupt aufgestanden. Draußen an der frischen Luft kam ich rasch wieder zu mir. Ich ging zur Brücke über die Keizersgracht, öffnete das Jackett und presste den Bauch an das kalte

Metall des Geländers. Ein paarmal atmete ich tief durch und starrte ins Wasser unter mir, wo Enten um ein halb vollgelaufenes Boot herumschwammen, und nach etwa zehn Minuten ging ich ins Restaurant zurück.

Eine knappe Woche später fing es an, während eines Essens. Ein guter Freund fragte, ob alles in Ordnung sei. *Bei euch* fügte er mit gesenkter Stimme hinzu und schaute sich verstohlen um. Ob es mir und meiner Frau gut gehe, ob unsere Beziehung in Ordnung sei. Unsere Ehe. Er habe etwas munkeln hören, vielleicht stimme es gar nicht, vielleicht seien es nur Gerüchte, aber er wolle es doch lieber aus erster Hand erfahren. Zwei Tage später ein Empfang im Hilton. Ein Freund eines Freundes, nicht mehr als ein Bekannter. »Alles okay?«, fragte dieser Bekannte viel zu unverfroren. »Bei dir und deiner Frau? Nein, ich hab's nur vom Hörensagen. Zoff in einem Restaurant.«

Wir waren inzwischen fast zu Hause angelangt. Und gingen auch wieder nebeneinanderher, wenn auch mit einem Abstand von anderthalb Metern. Schweigend. Ich noch immer die Hände in den Taschen meines Regenmantels; Sylvia, absichtlich oder nicht – es hatte zu nieseln begonnen –, mit dem aufgespannten Schirm direkt über dem Kopf, sodass ich ihr Gesicht nicht sehen konnte.

Bei der Haustür maulten wir uns noch etwas an. Ich steckte den Schlüssel ins Schloss. Meine Frau machte eine Bemerkung über meine Sturheit, ich sei einfach unfähig, mein Unrecht einzugestehen oder so ähnlich. Wir standen in der Diele. Ich knipste das Licht an. Sylvia klappte den Schirm zu. Innerhalb unserer vier Wände schien unser Streit auf einmal vorbei, wie ein Sturm auf hoher See, der landeinwärts an Stärke verliert.

»Das stimmt nicht«, sagte ich. »Es stimmt nicht, dass ich mein Unrecht nie eingestehe.«

»Siehst du!«, rief meine Frau. Und da mussten wir beide lachen; in unseren Mänteln umarmten wir uns, erst unbeholfen, dann immer inniger.

»Was war nur wieder los mit uns?«, fragte Sylvia; ich fühlte, wie ihre Finger meinen Rücken durch den Stoff des Regenmantels massierten.

»Keine Ahnung«, sagte ich und versuchte, auch sie zu massieren, aber ihr Mantel war zu dick, deshalb drückte ich sie noch fester an mich.

Es stimmte: Ich hatte wirklich keine Ahnung mehr. Anlass und Verlauf unseres Wortwechsels verblassten, und während ich hinter ihr die Treppe hinaufging, konnte ich ein Lächeln nicht unterdrücken.

Denn was konnte dieser Streit anderes bedeuten, als dass wir einander noch immer mochten? Dass meine Frau mich mochte, besser gesagt. Nur gleichgültige Eheleute streiten sich nicht mehr. Sie geben höchstens einen tiefen Seufzer von sich oder verdrehen die Augen, wenn der andere den Mund aufmacht.

10

Ich muss hier erst etwas über die Jericho sagen – damit sie nicht aus dem Nichts in dieser Geschichte auftaucht. Die Jericho ist eine Neun-Millimeter-Pistole israelischer Bauart. Es gab eine Zeit, ich war erst seit Kurzem Bürgermeister, da drohte diese Stadt den Kopf zu verlieren. Eine Todesliste sei im Umlauf, hieß es. Wer darauf stehe, sei seines Lebens nicht sicher. Ich erinnere mich noch an die Krisensitzung des Dreigespanns. Es ging um eine Reihe überregionaler Politiker und Promis. Was mir vor allem in Erinnerung geblieben ist, ist die unverhohlene Enttäuschung auf den Gesichtern des Polizeipräsidenten und des Oberstaatsanwalts, die nicht auf der Liste standen. *Warum er und nicht wir? Sind wir etwa nicht wichtig genug?* In den darauffolgenden Wochen begegnete mir diese Enttäuschung noch des Öfteren. Natürlich wurde uns eingeschärft, die Namen auf der Liste geheim zu halten, aber jemand hatte versäumt, dies auch der Presse zu vermitteln. Schon am Tag nach der Krisensitzung stand die vollständige Liste auf der Titelseite des *Telegraaf*. Daraufhin sah ich noch mehr enttäuschte Gesichter. Die Todesliste stellte eine deutliche Trennlinie zwischen denen dar, ohne die in diesem Land nichts lief, und denen, die ganz offensichtlich so unbedeutend waren, dass man sie ruhig am Leben lassen konnte. Ich kann nicht leugnen, dass es mir beim Lesen meines eigenen Namens genauso erging. *Ich spiele eine Rolle in der Gesellschaft,* dachte ich. *Man will mich aus dem Weg räumen.*

Ich erhielt permanenten Personenschutz. Vor der Amtswohnung wurde ein Polizeicontainer auf Pfählen errichtet. In den ersten Monaten folgten mir überallhin vier Leibwächter, später wurden sie auf zwei reduziert. Wenn ich essen ging, mussten immer zwei Tische reserviert werden. Manchmal hatte ein Politiker ein Stück weiter ebenfalls zwei Tische reserviert. Wir nickten uns leutselig zu, konnten uns aber auch manchmal ein Lächeln nicht verkneifen. *Wir spielen eine Rolle in der Gesellschaft* bedeutete dieses Lächeln. *Wir gehören zu diesem erlesenen Klub von zwanzig Niederländern, die im Restaurant zwei Tische reservieren müssen.*

Und auf einmal war da die Jericho. Meine ersten Schießübungen machte ich auf dem Marinegelände hinter dem Schifffahrtsmuseum. »Falls Sie einmal auf sich allein gestellt sind«, sagte man mir. »Nicht sehr wahrscheinlich, aber angenommen, alle vier Leibwächter werden ausgeschaltet, dann sollten Sie nicht mit leeren Händen dastehen.« Ich will mich hier nicht in die Brust werfen, aber das Zielen und Abfeuern lag mir ganz ausgesprochen. »*A good shot*«, sagte mein Instrukteur schon nach der ersten Stunde. Wir übten mit Karton, auf den mit dickem Filzstift die Umrisse eines Oberkörpers gezeichnet waren. »Das ist hier kein Picknick«, erklärte er weiter. »Wir zielen nicht auf die Beine, wir bezwecken nicht, jemanden nur zu verwunden. Angenommen, es sind vier Angreifer. Sie haben sechs Patronen. Dann dürfen Sie zweimal danebenschießen. Alle sechs Schuss richten wir auf Kopf und Herz.«

Ich kann nur sagen, dass mir die Schießübungen einen Kick gaben. Das Gewicht der Jericho in der Hand – ich hatte noch nie eine Pistole festgehalten, und sie war viel schwerer als gedacht. Und dann die Ermahnung, die Jericho immer nach unten zu richten, nachdem man sie entsichert hatte. Aber das Allerschönste war doch der eigentliche Schuss. Der Knall. Der Rückstoß. Etwas, was stärker war als man selber. Ich konnte mich des Eindrucks nicht erwehren, die Jericho würde ein eigenes Leben führen und versuchen, sich mit jedem Schuss aus der Umklammerung meiner Hand zu befreien.

Nach ein paar Runden fragte ich, ob ich die Ohrstöpsel rausnehmen dürfe.

»Warum?«, fragte der Instrukteur lächelnd. »Weil ich ja, wenn es ernst wird, wahrscheinlich auch keine Zeit habe, mir Ohrstöpsel reinzutun«, sagte ich. »Ich möchte dann nicht erschrecken. Ich will wissen, wie es klingt.«

An dem Abend lag ich mit Ohrensausen im Bett, wie früher nach einem Popkonzert im Paradiso oder im Melkweg. Der Instrukteur hatte mir hinterher noch gratuliert wegen der Ohrstöpsel. Die meisten kämen gar nicht auf die Idee. Er hielt mir die Kartonplatten hin und zeigte auf die Einschusslöcher. »Nicht schlecht fürs erste Mal. Das hätte niemand überlebt. In den nächsten Wochen werden wir noch daran feilen. Bis jeder Schuss ins Schwarze trifft.«

Als ich am Tag nach unserem Streit (zwei Tage nach dem Umtrunk mit den Dezernenten im Schiller) in aller Gemütsruhe zum Schifffahrtsmuseum radelte, wo der Empfang für den französischen Staatspräsidenten stattfand, schweiften meine Gedanken, wahrscheinlich wegen der Nähe zum Marinegelände, für ein paar Sekunden zu der Pistole ab. Doch inzwischen hatten sich die Zeiten geändert. Leibwächter hatte ich keine mehr. Die Jericho lag seit Jahren ungeladen in der untersten Schublade meines Schreibtischs. Nur ganz selten zog ich diese Schublade auf, dann rollten die losen Patronen mit hartem metallischem Klang wie eiserne Murmeln hin und her.

François Hollande war nicht groß und man konnte ihn beim besten Willen nicht attraktiv nennen. Ich überragte ihn um gut einen Kopf. Ich konnte mich in ihn hineinversetzen, denn ich habe ein paar Freunde, die größer sind als ich, daher weiß ich, wie anstrengend es ist, ein ganzes Gespräch lang zu jemanden aufschauen zu müssen. Als würde man ein Deckengemälde bewundern. Es ist einfach unangenehm, man kriegt einen Krampf im Nacken und hat ständig das Gefühl, man sei weniger wert als die Person, die das Schicksal mit mehr Körpergröße bedacht hat.

Unser Ministerpräsident hielt eine kurze Ansprache. Dann ging's zum Büfett. Die üblichen Häppchen. Käsewürfel, Leberwurst – in den Heringsstücken die ewigen Spieße mit der niederländischen Flagge. Junge Leute gingen mit Tabletts umher. Orangensaft, Wasser, Rot- und Weißwein, schon abgestandenes, fast schaumloses Bier.

Nach der Begrüßung schaute François Hollande um sich. In seinen Augen sah ich Müdigkeit und Langeweile – er hatte bereits den ganzen Vormittag in der Gesellschaft des Ministerpräsidenten verbracht. In diesem kurzen, leeren Augenblick, als niemand sich seiner erbarmen wollte, ging ich auf ihn zu.

Ich sah mich nach einem Platz um, wo wir uns hinsetzen könnten, entdeckte aber nirgends einen freien Stuhl. Und dann war da noch die Sache mit meinem Französisch, das, kurz gesagt, nicht gerade berauschend ist. Englisch kam nicht infrage. Wie die meisten Franzosen, vermutete ich, würde Hollande wohl keine Fremdsprache beherrschen.

Ich fing mit den gängigen Dingen an. Ob er Zeit gehabt habe, sich Amsterdam ein wenig anzusehen? Ob er schon mal hier gewesen sei? In Amsterdam? In Holland? Es waren die Fragen, die man jedem Besucher oder Tourist stellt. *Konnten Sie es überhaupt finden?*, durchfuhr es mich plötzlich. »C'est la première fois que vous êtes à Amsterdam?« Das bekam ich noch hin, aber darauf antwortete François Hollande etwas, was ich nicht verstand. Ich wollte aber nicht gleich nachfragen *(Quoi? Comment?)* und nickte deshalb etwas zu forsch zu einem schnellen *»oui, oui, oui«*. Hollande sah mich einen Augenblick mit leicht gerunzelter Stirn an. *»Ah, oui?*, meinte er und deutete mit dem Zeigefinger nach unten, auf eine Stelle direkt vor seinen Füßen. »*C'est intéressant. Ici?*«

Ich verfluchte mich und meine mangelhaften Französischkenntnisse. Flüchtig dachte ich an Frau Kalb, meine Französischlehrerin auf dem Gymnasium, eine fast zwei Meter große Frau, die wie alle Frauen dieser Körpergröße keinen Mann hatte. Frau Kalb fuhr einen grünen Renault 4 – wahrscheinlich wegen seines hohen Dachs.

Was konnte der französische Präsident bloß gefragt haben? Ob dies der Saal sei, in dem Willem van Oranje erschossen wurde? Ob Anne Frank sich hier auf dem Dachboden vor den Deutschen versteckt habe? Aber vielleicht hatte er mich ja gefragt, wo die ersten geflüchteten Hugenotten 1792 aufgeknüpft worden waren. Französische Jahreszahlen, das war auch so eine Sache! Zum einen waren sie nie auf Anhieb zu verstehen, und dann musste man erst mal umrechnen. Tausendsiebenhundert-vier-zwanzig-zwölf, sagen die Franzosen in aller Seelenruhe, und da soll einer kapieren, dass sie siebzehnhundertzweiundneunzig meinen.

In dem Moment kam ein Mädchen mit einem Tablett voller Gläser vorbei. Mein Rettungsanker! Rotwein, Weißwein, Orangensaft, Wasser. Erst ein Glas und dann möglichst rasch das Thema wechseln. Etwas überstürzt griff ich nach einem Glas Rotwein. Das war zum einen unhöflich, zum anderen hatte ich mir dadurch die Chance entgehen lassen, Präsident Hollandes Wahl abzuwarten und mich ihm dann anzuschließen.

Er nahm ein Glas Wasser. *De l'eau!* Es war zwar noch nicht mal halb eins, aber die Franzosen waren mir immer auch gerade deshalb so sympathisch, weil sie nie auf die Uhr schauten, bevor sie eine Karaffe Wein bestellten. François Hollande nahm das Glas vom Tablett, hielt den Kopf etwas schräg und lächelte das Mädchen an.

»*Merci, Mademoiselle*«, sagte er.

Da lächelte das Mädchen zurück. Es war ein sehr holländisches Mädchen, hübsch auf die Weise, auf die unser Land das Patent hat, worauf wir als Holländer stolz sein dürfen. So hell, so blond: ja blütenweiß. Ein volles, rosiges Gesicht, das die Verpackung eines Butterpäckchens schmücken könnte. Sie war so groß wie ich, auch sie schaute auf den französischen Präsidenten hinab. Und sie war, wie gesagt, blond, das Haar war zu einem Zopf gebunden, aber so locker, dass man seine Fülle gut sehen konnte; eine Fülle von dicken Locken, hinten mit einem Gummiband zusammengebunden, nahm ich zumindest an, denn das Gummiband konnte man nicht sehen.

Ich überlegte mir, dass ich mir vielleicht gleich, wenn das Mädchen weitergegangen wäre und wenn mein Französisch es zuließ – eine freche Bemerkung erlauben könnte. *Ja, Monsieur Hollande, so kriegt ihr sie in Frankreich nicht hin!* Eine politisch nicht ganz korrekte, machohaft angehauchte Bemerkung; aber das musste man sich gegenüber einem Präsidenten, der sich nachts mit einem Sturzhelm auf dem Kopf heimlich zu seiner Geliebten aufmacht, wohl noch erlauben können.

Dieser Sturzhelm hatte mich von Anfang an für ihn eingenommen. Ich hatte die Fotos gesehen. Weil die holländischen Zeitungen, mit Ausnahme des *Telegraaf*, sehr zurückhaltend waren, hatte ich mir ein paar französische auf mein iPad Mini heruntergeladen. Die bewusste Nummer von *Closer*, dem Magazin, das die ganze Affäre ins Rollen gebracht hatte, und auch *Paris Match*. Grobkörnige Fotos des Präsidenten hinten auf einem Motorroller, einen Integralhelm auf dem Kopf, aus großer Distanz mit einem Teleobjektiv aufgenommen. Jeder, der den Film *Der Schakal* gesehen hat, weiß, dass man das Teleobjektiv nur durch ein Präzisionsgewehr mit Zielfernrohr auszutauschen braucht, und die Franzosen hätten sich einen neuen Präsidenten suchen müssen. Der allgemeine Tenor der Kommentare, soweit ich sie verstehen konnte, war, dass sich der Präsident mit seinem pubertären Verhalten unnötig in Gefahr gebracht habe. Aber gerade diese Details, die ausgesprochen jungenhafte Maskerade und das noch jungenhaftere Transportmittel, machten ihn mir sympathisch. Er war der Junge, der sich nachts mit einer Taschenlampe in den Mädchenschlafsaal schleicht. In *Der Schakal* übt der von Edward Fox gespielte Mörder mit Wassermelonen. Er stellt die Melone auf einen Pfahl und drückt ab. Die Melone wird nicht einfach nur von der Kugel durchbohrt und fällt herunter, nein, sie explodiert, rein gar nichts bleibt von ihr übrig – und genauso wird es dem Kopf des französischen Präsidenten (der Film spielt während der Präsidentschaft von Charles de Gaulle) ergehen, denkt man während des ganzen restlichen Films.

Ich betrachtete Hollandes Kopf und hob das Glas. »Santé!«, sagte ich. Wir stießen an: mein Weinglas an sein Wasserglas. Wäre dieser Mann Kassierer bei einer Bank oder Betriebsleiter eines Supermarktes, würden sich dann die Frauen für ihn interessieren? Garantiert nicht. Wenn sich irgendwo die erotisierende Macht des Ruhms manifestierte, dann hier, bei diesem nichtssagenden Gesicht. Mitterrand, Chirac, Sarkozy – das war etwas anderes. Auch sie waren Womanizer, aber bei ihnen konnte man sich mühelos vorstellen, dass sie Erfolg bei den Frauen gehabt hätten, auch wenn sie nicht Präsident der Republik geworden wären. Nach den Fotos von François Hollande auf seinem Motorroller hatte ich auch das Foto seiner Geliebten lange betrachtet. Julie Gayet. Eine mir unbekannte Schauspielerin. Auf den wenigen Fotos, die die holländischen Zeitungen brachten, machte sie noch einen ziemlich durchschnittlichen Eindruck. Keine Carla Bruni. Eine durchschnittliche, nicht einmal mehr sehr junge Frau, genau die Art Frau, die man sich neben dem Versicherungsvertreter François Hollande vorstellen konnte. Aber in *Closer* und *Paris Match* und in der inzwischen auch heruntergeladenen *Elle* fand ich mehr Fotos von ihr. Vor allem auf einem sah man, was für eine Schönheit sie eigentlich war: die Schauspielerin auf dem roten Teppich in Cannes, in rotem Kleid mit tief ausgeschnittenem Rücken, knapp über den Rundungen des Pos ein winziges Tattoo. In der *Elle* war noch ein anderes Foto, der Unterschrift zufolge aufgenommen auf dem Filmfestival von San Sebastian. Julie Gayet sitzt auf einem ganz normalen Stuhl, wahrscheinlich in der Lobby eines Hotels, fast ohne Makeup, in Hosen, mit gekreuzten Beinen und Sportschuhen an den Füßen. Sie war Anfang vierzig, hatte ich inzwischen erfahren, aber auf dem Foto in der Hotellobby sah sie nicht älter aus als Ende zwanzig. Eine gewöhnliche junge Frau, aber von einer Gewöhnlichkeit, wegen der alle Jungs sich in den Mädchenschlafsaal schleichen würden.

Und dann gab es noch die beiden Fotos, die in fast allen Zeitungen abgedruckt worden waren: eine öffentliche Veranstaltung, offensichtlich eine Parteiversammlung. François Hollande sitzt in der ersten Reihe, ein paar Stühle weiter Ségolène Royal, seine Ex. Beide hören aufmerksam zu. Auf dem anderen Foto schaut der französische Präsident auf zu einer Frau, die schräg vor ihm steht, den Rücken uns zugewandt: Valérie Trierweiler, seine damalige Freundin – aber wie lange noch? Hollande macht einen ungehaltenen, wenn nicht verärgerten Eindruck. *Was soll das? Willst du dich wichtigmachen?* Auf beiden Fotos sitzt Julie Gayet zwei Reihen hinter Hollande. Auf dem einen Foto lacht sie, auf dem anderen schaut sie versonnen vor sich hin. Wenn man die beiden Fotos genauer betrachtet, das Gesicht der Schauspielerin, ihre Körpersprache, soweit man das auf einem unbeweglichen Bild beurteilen kann, dann tat sie wohl vor allem ihr Bestes, normal zu wirken. So normal wie möglich, könnte man auch sagen. Inzwischen wissen wir, dass die Beziehung damals schon mehrere Monate alt war. Dass Julie Gayet, wenn sie den Motorroller unten auf der Straße hörte, einen Blick in den Spiegel warf und sich das Haar frei schüttelte. Auch Maarten van Hoogstraten wollte auf dem Neujahrsempfang so normal wie möglich wirken, war der Gedanke, der sich mir jetzt aufdrängte. Betrüger versuchen immer, so normal wie möglich zu wirken, und gerade dadurch verraten sie sich.

Gestern Abend hatte ich aus dem Streit mit meiner Frau die Schlussfolgerung gezogen, dass sie mich immer noch liebte. Heute aber dachte ich, dass dies an sich noch gar nichts zu bedeuten hatte. Warum sollte Sylvia mich nach fast dreißig gemeinsamen Jahren auf einmal nicht mehr lieben? Selbst wenn sie daneben ein Verhältnis mit einem Amsterdamer Dezernenten hatte?

Genau in dem Moment, als ich das Glühen in meinem Gesicht spürte und die Eiseskälte in meinem Herzen, zwinkerte François Hollande mir zu. Er schaute dem großen blonden Mädchen mit dem Tablett nach, dem holländischen Buttermädchen, das weitergegangen war und uns jetzt den Rücken zuwandte. In diesem Augenblick war er nicht der französische Präsident auf Staatsbesuch in den Niederlanden, der mir zuzwinkerte, sondern der Mann mit dem Sturzhelm, der verliebte Präsident, der den Elyséepalast nachts durch eine Hintertür verließ, um seiner Geliebten einen heimlichen Besuch abzustatten.

Und jetzt sagte François Hollande etwas auf Französisch, was ich sofort verstand, hier aber nicht wiederholen werde, um seinem Ruf nicht zu schaden.

Ich wusste, was ich zu tun hatte. Ich zwinkerte ebenfalls und machte ebenfalls eine Bemerkung, die eigentlich überhaupt nicht zu mir passte – wie ein zu auffälliges Kleidungsstück, das man wider besseres Wissen anzieht, eine Lederjacke mit zu vielen Reißverschlüssen und glänzenden Knöpfen. Eine Bemerkung, die haarscharf an der Grenze war und nur gerade noch durchging, wenn man mit viel Übertreibung deutlich machte, dass sie ironisch gemeint war.

François Hollande sah mich mit schräg gelegtem Kopf an. Kurz dachte ich, er habe mich vielleicht nicht verstanden, aber dann fing er an zu lachen, legte die Hände in den Nacken und tat, als würde er einen Helm abnehmen.

11

Am nächsten Tag traf ich mich mit meiner Mutter zu einem späten Mittagessen im Oriental City in der Damstraat.

»Du siehst müde aus«, sagte sie, nachdem wir bestellt und der Kellnerin die Speisekarten wieder ausgehändigt hatten. »Arbeitest du nicht zu viel?« Sie zog die Papierhülle von den Stäbchen, nahm sie zwischen die Finger und machte ein paar scherenartige Bewegungen. »Entschuldige, Robert, das ist eine dumme Frage. Natürlich arbeitest du zu viel.«

Wir saßen im zweiten Stock am Fenster, Sonne fiel schräg auf ihr Gesicht, wodurch ihre Falten noch tiefer wirkten als sonst. Ich musste meinem Vater recht geben: Sie wurde in der Tat »schön alt«, wie er vor einer knappen Woche auf dem Friedhof in Ouderkerk gesagt hatte. Meine Mutter hatte sich nie gegen das Altern zur Wehr gesetzt, sie hatte die Natur gewähren lassen, so wie man eines Tages beschließt, das Gras im Garten nicht mehr zu mähen, die Blumenbeete und den wuchernden Efeu sich selbst zu überlassen. Deshalb hatte sie jetzt ein Gesicht, wie man es heutzutage bei älteren Menschen nur noch selten sieht. Einfach alt, richtig alt, ohne Korrekturen. Keine straff gezogenen und dann doch wieder hängenden Augenlider, kein permanent verwunderter Blick in den Augen, Pupillen, so rund wie Eidotter, schwimmend in austernfarbigen Lachen.

Die Gesichter der Frauen, die sich behandeln ließen, hatten

oft etwas Leeres, als ob etwas endgültig ausgelöscht worden wäre – mit dem Druck auf die Delete-Taste, damit wir die erste (und die zweite und die dritte) Version ihrer Lebensgeschichte auch wirklich nie mehr lesen könnten. Das Gesicht meiner Mutter aber war – tatsächlich – eher wie eine Handschrift oder ein Typoskript: alt, vergilbt, mit zahllosen Streichungen und Tipp-Ex-Korrekturen aus einer Zeit, in der Lebensgeschichten noch mit der Hand oder der Schreibmaschine geschrieben worden waren.

Aus einem hellbraunen Muttermal auf ihrer linken Wange ragten ein paar Härchen und auch auf ihrer Oberlippe deutete sich ein flaumiger Schnurrbart an. Und dennoch war dieses Gesicht nicht ungepflegt. Auf den Augenlidern schimmerte etwas Silbriges und harmonierte mit dem silbergrauen Haar. Und das Silbergrau war keine natürliche Farbe. Darin bestand gerade die Raffinesse. Hätte meine Mutter Dunkelblond oder Braun gewählt, würde jeder bei ihrem runzligen Gesicht sofort wissen, dass es gefärbt war, die Farbe würde ihr Alter eher betonen. Nein, es war genau umgekehrt: Wie ein kahl werdender Mann immer noch seinen Schädel ganz kahl rasieren lassen konnte, so sah meine Mutter »jung für ihr Alter« aus; ein Alter, das sie nicht zu vertuschen versuchte, indem sie ihr Haar in einer Farbe färben ließ, die biologisch unglaubwürdig wäre in der Landschaft aus Klüften und trockenen Flussbetten, die ihr Gesicht jetzt kennzeichnete. *Erosion* war das Wort, das mir als Erstes einfiel, wenn ich meine Mutter auf die rauen und zugleich unwahrscheinlich zarten Wangen küsste.

Könnte es sein?, fragte ich mich jetzt. Hatte der Verdacht gegen den Dezernenten Van Hoogstraten und meine Frau Spuren auf meinem Gesicht hinterlassen? Spuren, die ich selber nicht bemerkte, wie ja auch jeder, der sich tagtäglich im Spiegel sieht, nicht den Eindruck hat, er werde älter. Nur bei Menschen, die wir eine Zeit lang nicht gesehen haben, fallen uns Veränderungen auf. Alterung. Verfall. Oder eine neue Brille. Eine andere Frisur. »Hast du abgenommen?«, fragen wir. Es ist als Kompliment gemeint, aber aufgepasst, jemand könnte auch eine schlimme Krankheit haben, von der wir nichts wissen.

Ich rieb mir die Augen, massierte meine Nase mit Daumen und Zeigefinger. Ich wusste, was ich an meiner Mutter hatte: Wenn sie der Ansicht war, ich sehe müde aus, dann sah ich müde aus. Leugnen hatte überhaupt keinen Sinn.

»Ich bin wirklich ein bisschen ausgelaugt«, sagte ich. »Voller Terminkalender. Besuch von Obama. Von François Hollande. Die Windrad-Debatte. Du weißt, wie das ist. Man muss den perfekten Gastgeber spielen. Manchmal geht das von selber, aber manchmal hat man einfach keinen guten Tag.«

»Ja, ich kenne dich. Das kannst du nicht vertuschen, man sieht das immer sofort. Was das betrifft, bist du ganz dein Vater.«

»Ja, wie geht es ihm?«, fragte ich, dankbar für die Gelegenheit, das Thema zu wechseln. »Ich meine, ich habe ihn ja neulich getroffen, aber ich möchte es gern auch von dir hören.«

Ich wusste nicht, was ich getan hätte, wenn meine Mutter weitergebohrt hätte. *Ist zu Hause alles in Ordnung? Wie geht's Sylvia? Und Diana? Was macht die Schule?* Es war nicht so, dass meine Mutter mich immer gleich durchschaute, ich war auch kein offenes Buch für sie, aber ihr einen Bären aufzubinden, war schlicht unmöglich. Wenn ich sie über irgendeine Sache nicht anlügen wollte, musste ich das Thema vermeiden.

»Dein Vater wird alt«, sagte sie. »Richtig alt, meine ich.«

In den letzten Jahren war dies die Art und Weise, wie sie mit dem Alter umging. Indem sie meinen Vater als »richtig alt« charakterisierte, blieb sie selbst erst einmal außer Schussweite. So wurde die Sorge um ihn zu unserer gemeinsamen Sorge. Meine Mutter und ich waren die »Jungen«, wir waren jünger als mein Vater, sie ein Jahr, ich fünfunddreißig Jahre, aber wir waren vor allem bei vollem Verstand, ohne nennenswerte körperliche Gebrechen. Sie war zwar ein bisschen vergesslich, aber bisher hatte das keine beunruhigenden Formen angenommen

»Ja«, sagte ich, während die Kellnerin die Vorspeisen auf den Tisch stellte: Siu Mai für sie, eine Wantansuppe für mich.

Am Morgen nachdem ich mit meinem Vater auf dem Friedhof in Ouderkerk gewesen war, hatte ich mich plötzlich gefragt, wie meine Mutter eigentlich dazu stand. Ich ging davon aus, dass meine Eltern alles ausführlich miteinander besprochen, dass sie den Entschluss gemeinsam gefasst hatten.

Jedenfalls hatte ich nicht daran gedacht, meinen Vater zu fragen: *Was hält Mama davon?* Eine einfache Frage, die ich zu stellen vergaß. Oder? Ich zermarterte mir den Kopf: Hatte ich ihn etwa doch gefragt und konnte mich nur nicht mehr daran erinnern? *Habt ihr den Entschluss über euren Freitod gemeinsam gefasst? Hat es Mama auch gleich eingeleuchtet oder hat sie erst noch gezweifelt?*

Nein, ich war mir da ziemlich sicher: Die Meinung meiner Mutter hatten wir gar nicht erwähnt. Wir waren zwischen den Gräbern spazieren gegangen. Es war ein schöner alter Friedhof mit einem alten und einem neuen Teil. Im alten Teil standen mächtige Bäume mit ausladender Krone, die Inschriften auf den Grabsteinen gingen bis zum Ende des achtzehnten Jahrhunderts zurück. Automatisch, nein, zwanghaft bleibe ich an Gräbern stehen, lese die Namen und die Jahreszahlen. Hier waren es oft Familiengräber oder jedenfalls Gräber von Ehepaaren. Meistens ist es der Mann, der als Erster stirbt. Ich schaue immer zuerst auf die letzte Jahreszahl, ich glaube, jeder macht das. Erst danach auf das Geburtsjahr – dann fängt die Rechnerei an. Um wie viele Jahre älter war der Mann gewesen? Um wie viele Jahre hatte seine Frau ihn überlebt?

»Komm«, sagte mein Vater. »Was stehst du da rum? Hier ist es.«

Wir kamen in den neuen Teil mit weniger Grabmälern und mehr Grabplatten. Auch die Bäume waren hier jünger und dünner. Es war wie ein Neubauviertel, alles geradlinig und wie nach einem strengen Stadtplan angelegt.

Die Todesdaten rückten näher heran – gleichzeitig wurden die Menschen älter, lebten durchschnittlich länger. Im alten Teil waren die Grabmäler noch aus teils schon verwitterndem, moosbedecktem Stein, aber hier gab es immer mehr Grabgestaltung mit Ziersteinen, im Einklang mit dem zunehmenden Wohlstand in der zweiten Hälfte des zwanzigsten und im ersten Jahrzehnt des einundzwanzigsten Jahrhunderts. Irgendwie fand ich es unangemessen, dass sich meine Eltern in diesem Neubauprojekt zur Ruhe legen wollten. Ungerecht. In Anbetracht ihres Alters gehörten sie in den alten Teil, zwischen die schiefen Grabsteine, die verwitterten Lettern und das Moos.

»Du kennst ja deinen Vater«, sagte meine Mutter. »Er glaubt, er kann noch alles. Und bis vor Kurzem war das ja auch so. Wie du weißt, habe ich mich immer an ihm aufgerichtet. An seiner Energie. Eine Wanderung ums IJsselmeer herum? Ein Kloster in den Pyrenäen in zweitausend Meter Höhe? Schon bei der Vorstellung wurde mir ganz schummrig. Aber es war ihm ja doch nicht auszureden. Er genoss solche Unternehmungen in vollen Zügen, und ich wollte kein Spielverderber sein. Und weißt du, was passierte? Ich war ihm so dankbar! Am Berghang blieb ich auf halber Höhe schnaufend und japsend stehen, drehte mich um und schaute ins Tal hinab und wusste, ohne ihn würde ich hier nicht stehen. Ich schwitzte mir einen ab, ich war mit Insektenstichen übersät, lieber wäre ich unten geblieben, aber ich wusste auch, ich musste mich glücklich preisen, dass ich hier stand und ins Tal schauen konnte. Weißt du noch, wie sich dein Vater früher immer als Erster ins Meer stürzte? Auch wenn das Wasser eiskalt war? ›Kommt, kommt rein, es ist herrlich!‹, rief er, während ich erst einmal ruhig sitzen bleiben wollte und du auch, glaube ich. Aber gegen die Begeisterung deines Vaters war eben kein Kraut gewachsen. Weißt du noch?«

»Ja, ich weiß«, sagte ich. »Manchmal ging mir das furchtbar auf den Wecker. In seiner Gegenwart fühlte ich mich immer so schrecklich lahm. Das war ich auch – neben ihm. Jeder war lahmer als er. Ich verstehe genau, was du meinst. Es war oft ermüdend, aber man kam auch an Orte, wo man ohne ihn nie hingekommen wäre.«

Auf einen Friedhof zum Beispiel. Um ein Grab auszusuchen. Für euch – für meine Eltern. Aber ich konnte mich nicht mehr erinnern, ob er meiner Mutter etwas von diesem Besuch gesagt hatte. Ja, doch, es sei ihr egal, wo sie nach ihrem Tod liege, das hatte er gesagt.

Die Kellnerin stellte die Teller auf das Stövchen, nahm unsere Gerichte – eine ganze Krabbe mit Ingwer und Frühlingszwiebeln für meine Mutter und Cha Siu für mich – von einem Wägelchen und stellte sie auf den Tisch; sie schöpfte etwas Reis auf unsere Teller und ließ uns wieder allein.

»Irgendwie finde ich es doch merkwürdig«, sagte meine Mutter, »den Gedanken, einfach auszusteigen. Obwohl es dafür überhaupt keinen Grund gibt.«

Ich löffelte etwas Sambal auf meinen Teller und strich mit einem Stück Fleisch darüber.

»Außer dass dein Vater etwas müder wirkt als sonst, ist eigentlich nichts Besonderes vorgefallen«, meinte sie. »Und das ist doch normal, denke ich dann, dass er mit vierundneunzig weniger Energie hat als vor zehn Jahren. Es hat sich schon etwas geändert. Weißt du, Robert, das heißt, vielleicht weißt du es gar nicht, aber dein Vater und ich stießen alle fünf Jahre, bei jedem runden Geburtstag, auf die nächsten zehn Jahre an. Das machten wir seit unserem dreißigsten Geburtstag, ich glaube, wir hatten an unserem dreißigsten zum ersten Mal das Gefühl, alt zu werden. *Auf die nächsten zehn Jahre,* sagten wir.

Aber beim letzten Mal sagte er etwas anderes. Beim letzten Mal, als er neunzig wurde, sagte er: *Auf die nächsten fünf Jahre.* Ich glaube, damals schon hatte er das Gefühl, bewusst oder unbewusst, dass er nicht hundert werden würde.«

»Und du, Mama? Hast du auch so ein Vorgefühl? Ich meine, du bist doch dreiundneunzig.«

Ich versuchte, eine der Kellnerinnen auf mich aufmerksam zu machen. »Möchtest du noch etwas?« Ich zeigte auf ihr halb volles Glas. »Ich nehme auf jeden Fall noch ein Bier.«

»Weißt du, was witzig ist? Vielleicht habe ich es dir schon erzählt, dann musst du es gleich sagen. Ich erzähle oft dieselben Geschichten zwei- oder dreimal. Aber ich bin auch wieder nicht so senil, dass ich das nicht weiß. Deshalb frage ich vorher immer. Also, du musst mich sofort unterbrechen, wenn du es schon kennst. Versprochen?«

»Versprochen«, sagte ich. Es stimmte, was sie sagte, das Phänomen kannte ich. An meinem letzten Geburtstag hatte sie mich tags drauf noch einmal angerufen und gefragt, ob sie etwa gestern vergessen habe, mir zu gratulieren. Aber wichtige Sachen vergaß sie nie, und wenn etwas weit zurücklag, erinnerte sie sich oft noch an die kleinsten Details.

»Es war am letzten Königstag«, sagte sie jetzt. »Dein Vater und ich machten einen Spaziergang durch unser Viertel. All die Kinder, die olles Zeug verkaufen, interessieren mich nicht die Bohne, ich finde es immer ein wenig traurig, dass sie an einem Feiertag in aller Herrgottsfrühe aufstehen müssen, um den besten Platz zu ergattern. Nun gut, bei der Kneipe auf dem Middenweg – wie heißt die doch noch gleich? – wollten wir was trinken. Siehst du, solche Sachen …«

»Elsa's Café«, sagte ich.

»Danke, mein Lieber. Jedenfalls, wir trinken einen Wein und noch einen und plaudern mit unseren Nachbarn von gegenüber, die auch da waren, und irgendwann gehe ich mal kurz aufs Klo. Na ja, nicht kurz, denn ich musste lange warten, ich war bestimmt fast eine Viertelstunde weg. Als ich zurückkam, war es draußen so voll, dass ich deinen Vater erst gar nicht finden konnte, aber da war er ja, ein ganzes Stück weiter hinten, mit zwei Mädchen, höchstens neunzehn, schätze ich. Eine Band spielte, ziemlich laut. Also ich sah, wie er sich zu einem der beiden Mädchen vorbeugte und ihr etwas ins Ohr schrie. Und das Mädchen verstand ihn offenbar trotzdem nicht, denn sie beugte sich jetzt auch vor, und da schrie er ihr wieder etwas ins Ohr, und sie musste laut lachen. Und dann sagte er zu dem anderen Mädchen etwas, und die musste auch laut lachen.«

Meine Mutter nahm ein Krabbenbein zwischen die Finger und brach es entzwei, helle Bröckchen flogen durch die Luft, einige landeten in ihrem Haar, andere blieben ihr um den Mund und auf den Wangen kleben.

»Ich drängte mich zwischen den Leuten durch, dachte dann aber plötzlich: Ich lasse ihn, ich halte Abstand. Und das habe ich gemacht. Es waren sonst keine Nachbarn da oder andere Bekannte, also habe ich einfach aus der Ferne zugesehen. Dein Vater schien mich total vergessen zu haben. Nach einer halben Stunde etwa blickte er um sich und sah mich. Er winkte, er bedeutete mir, er werde gleich kommen, aber es dauerte dann doch noch mindestens eine Viertelstunde, bis wir wirklich nach Hause gingen.«

Ich wollte etwas sagen, etwas über meinen Vater und die Frauen, wir wussten schließlich nicht erst seit gestern, woran wir mit ihm waren, meine Mutter und ich. Schon als ich neun oder zehn war, drehte er sich im Urlaub im Restaurant nach attraktiven Kellnerinnen um. »So«, sagte er etwa, »das ist einfach erlaubt, so rumzulaufen«, und dann rollte meine Mutter mit den Augen und zwinkerte mir zu. Dabei fand sie sein Verhalten immer eher komisch als peinlich.

»Nein, warte, ich weiß, was du sagen willst«, sagte sie jetzt. »Jetzt kommt es. Das Schönste kommt erst noch.« Meine

Mutter war inzwischen bei dem Teil des beinlosen Krebses angekommen, der mich immer an ein Raumfahrzeug erinnerte, die beiden schwarzen Punkte der Augen als Cockpit, das Steuersystem, mit dem die Piloten die Beine bewegen. Mit einem kleinen Löffel schabte sie etwas Grünliches heraus, und ich wandte den Blick ab. »Wir gingen über den Hogeweg, und ich merkte, dass er ein bisschen wackelig auf den Beinen war«, fuhr sie fort. »Er schüttelte den Kopf und lachte in sich hinein. ›Hast du die Mädchen gesehen?‹, fragte er. ›Die Mädchen, mit denen ich mich unterhalten habe? Die eine glühte geradezu. Wie die mich anguckte! Mit solchen großen schwarzen Augen. Ich dachte erst: Was will die von mir? Aber sie starrte mich immer weiter an.‹ Und dann fing er von dem anderen Mädchen an, das viel weniger attraktiv gewesen sei, aber gerade deshalb habe er sich ins Zeug gelegt, worauf das erste Mädchen noch mehr *glühte,* wie er das nannte. Ich hab ihn gefragt, ob er das wirklich ernst meint. Er wisse doch wohl, wie alt die Mädchen seien und wie alt er sei. Aber er sagte nur: ›Ich hab's doch gesehen. Ich habe doch Augen im Kopf.‹ Wir gingen am Bordsteinrand, er machte einen falschen Schritt und wäre fast zwischen zwei parkende Autos gefallen. Zu Hause habe ich ihm zwei Scheiben Toast gemacht und ihn ins Bett gebracht. ›Das ganze Zimmer dreht sich‹, hat er noch gesagt. ›Genau wie früher.‹ Und dann ist er mit der Brille auf der Nase eingeschlafen.«

Wir schlenderten durch die Damstraat zur Straßenbahnhaltestelle auf dem Dam. »Es ist schon merkwürdig«, sagte sie, »wenn wir uns so zum Mittagessen treffen, dann denke ich: Warum sollte das aufhören? Warum sollten wir nicht noch fünf Jahre lang alle zwei Wochen ins Oriental City gehen? Aber es hat natürlich auch etwas, aufzuhören, solange es noch schön ist. Jetzt, wo es noch schön ist, meine ich. Ist ja dann nicht mehr so schön, wenn du deine Mutter mit Krabbe füttern musst. Für dich nicht. Ich bekomme ja dann vielleicht schon gar nichts mehr davon mit. Oder es schmeckt mir nicht mehr. Hat er dir von seinem neuen Auto erzählt?«

»Ein neues Auto?«

»Vor einem halben Jahr fing er davon an. Wir bräuchten ein neues Auto. Er kam mit lauter Prospekten nach Hause, mich interessiert das ja nicht so. Das hab ich ihm auch gesagt. ›Was ist denn los mit unserem Auto?‹, hab ich gefragt. ›Es fährt doch noch prima.‹ Und eine Weile dachte ich, er hat es sich ganz aus dem Kopf geschlagen. Aber vor Kurzem fing er wieder davon an. ›Wir haben Geld‹, sagte er. ›Warum fahren wir nicht in großem Stil nach Frankreich? Zum letzten Mal, in einem Auto mit offenem Verdeck?‹ Ich habe ihn, glaub ich, angeguckt, als hätte er nicht mehr alle Tassen im Schrank, denn seitdem hat er es nicht mehr erwähnt. Aber verstehst du, was ich meine? Erst die Mädchen und jetzt das. Einerseits gönne ich ihm ja sein Vergnügen, aber andererseits finde ich es auch schrecklich kindisch. Er tut mir fast ein bisschen leid, und so will ich einfach nicht an deinen Vater denken.«

Die Neun hielt an der Haltestelle. Bevor ich meiner Mutter einen Kuss auf die Wange drückte, wischte ich mit dem Daumen ein paar Krabbenreste weg.

»Ich verstehe dich sehr gut«, sagte ich. »Aber ich würde mir an deiner Stelle keine Sorgen machen. Autos, Mädchen, die meisten Männer haben das in ihrer Midlife-Crisis. Er ist nur etwas spät dran.«

12

Eine knappe Woche später fuhren Sylvia und ich für vier Tage nach Paris. Das letzte Mal, dass wir zusammen dort gewesen waren, war schon wieder ein Jahr her, aber damals war es ein offizieller Besuch gewesen. Diesmal hatten wir alle Zeit der Welt und konnten tun und lassen, was wir wollten.

Wir hatten ein Hotel in Saint-Germain-des-Prés, in der Rue Saint-Sulpice. Morgens frühstückten wir auf der Terrasse einer Brasserie am Boulevard Saint-Germain. Am dritten Morgen kannte der Ober unsere Wünsche schon auswendig: ein Croissant für Sylvia, ein Brötchen au Jambon für mich, zwei Cafés crème. Am vierten und letzten Morgen wollte ich eigentlich auch ein Croissant nehmen, verzichtete aber darauf, um unseren lächelnden Ober nicht zu enttäuschen. Nach dem Frühstück spazierten wir los. Ohne Plan und Ziel, vor allem ohne Stadtplan. Zuerst über die Seine, dann links am Louvre vorbei, an einem Morgen durch die Rue Saint-Honoré, am anderen durch den Jardin des Tuileries zu den Champs-Élysées.

Sie lagen überall, fast ausschließlich Frauen. Manchmal in Hauseingängen, aber öfter einfach mitten auf dem Trottoir. Und Kinder, im Alter von zwei bis sechs. Eine Matratze, ein paar schmutzige Decken, Müllsäcke und Plastiktüten mit ihrer ganzen Habe.

»Das ist doch ein starkes Stück«, sagte Sylvia, als wir an einer Frau mit vier Kindern vorbeikamen, alle in tiefem Schlaf.

»Sieh doch, wie klein die noch sind. Das kann man doch nicht machen!«

Ich hätte dagegenhalten können, sie hätten wohl keine andere Wahl, ich hätte die wirtschaftliche Flaute in Europa, in der Welt anführen können, ließ es aber bleiben.

»Als hätten sie keinen Stolz«, sagte Sylvia. »Betteln ist ja okay, das gibt es überall. Wenn es das auch in reichen Ländern wie Frankreich nicht geben dürfte, aber das hier ist doch etwas anderes. Sie betteln ja nicht mal oder siehst du irgendwo einen Hut oder einen Pappbecher? Das brauchen sie ja vielleicht auch nicht, sie kommen vielleicht auf andere Weise an ihr Geld.«

Ich schwieg. Wir waren vor einem Louis-Vuitton-Laden stehen geblieben. Im Schaufenster stand nur eine einzige grellrote Tasche auf schwarzem Samt. Aus den Augenwinkeln beobachtete ich die Frau auf der Matratze. Sie war gerade aufgewacht und rieb sich mit einer dreckigen Hand das auch nicht allzu saubere Gesicht. Ihr Haar war mit einem dunkelbraun karierten Tuch bedeckt, sie trug einen dunkelgrünen Mantel, der nur die oberste einer aus mehreren Schichten bestehenden Kleidung zu sein schien. Die Kinder schliefen noch, drei Mädchen und ein Junge. Es war vormittags halb elf, ich fragte mich, wie spät sie sich wohl hingelegt hatten. Unwillkürlich schüttelte ich den Kopf.

»Würde ich dir mit einer solche Tasche eine Freude machen?«, fragte ich, um das Thema zu wechseln. »Würdest du mir um den Hals fallen, wenn ich dir so eine knallrote Louis-Vuitton-Tasche schenke?«

Ich war mir des Kontrasts zwischen der Tasche ohne Preisschild, wahrscheinlich weil sie unbezahlbar war, und der schmuddeligen Frau mit ihren schlafenden Kindern sehr wohl bewusst. Für eine Filmszene wäre es etwas zu viel des Guten gewesen. Eine tendenziöse Szene, die besagte: Übertreiben wir es im Westen nicht ein wenig mit der Dekadenz, wenn

Handtaschen einen Monatslohn kosten, während kleine Kinder in der Gosse schlafen müssen? Oder war nicht die Louis-Vuitton-Tasche das Symbol dieser Dekadenz, sondern diese Rabenmutter, die das ihren Kindern antat?

»Während die Frauen die Leute ablenken«, sagte Sylvia, »schneiden die Kinder dir den Rucksack auf oder greifen dir mit ihren flinken Händen in die Hosentaschen. Und nein, mein Schatz, du würdest mir mit so einer Tasche keine Freude machen. Nicht weil sie hässlich ist, es ist die Marke. Das falsche Signal. Man muss sich vorher fragen, ob man jemand ist, der mit einer Tasche von Louis Vuitton durch die Stadt laufen will. Und so jemand bin ich nicht.«

Wir spazierten die Champs-Élysées hinunter bis zum Arc de Triomphe und auf der anderen Seite die ganze Strecke wieder zurück. In einer Seitenstraße gingen wir in eine einfache Brasserie. Als Vorspeise bestellte ich *œufs durs mayonnaise,* der Ober gratulierte mir. »Eine ausgezeichnete Wahl«, verstand ich. Und er fügte noch etwas hinzu, über Pariser oder Paris, von dem grinsend ausgesprochenen Satz verstand ich nur das Wort *manger.*

»Ich habe nie kapiert, was daran so besonders ist«, sagte Sylvia, nachdem der Ober gegangen war. »Eier länger als fünf Minuten kochen, einen Klecks Mayonnaise drauf, und fertig ist die Laube.«

»Ich mag es schrecklich gern. Ein eiskaltes, hart gekochtes Ei, und die Mayonnaise machen sie selber, das darfst du nicht vergessen.«

»Es ist was für Kinder. Wie Knackwurst oder Fischstäbchen. Aber gut, das bist du ja eigentlich auch: ein großes Kind.«

Sie sagte es mit einem Lächeln, hob ihr Bierglas und zwinkerte mir zu. Ich hob mein Glas ebenfalls, es war ein schmales Glas mit einem Fuß; das Maß nennt man in Frankreich *»un demi«,* ein Halbes. Es fühlte sich eiskalt an, Wassertropfen perlten am Glas, die Schaumkrone war perfekt, fast zu schade zum Trinken, als würde man einen frisch beschneiten Rasen betreten. Ich wusste, dass mich meine Frau nur wegen meiner Bestellungen hänselte – über das Beefsteak Tatar, das Hauptgericht, hatte sie noch kein Wort verloren, aber das würde noch kommen. Ich empfand ihre Sticheleien (und ihr Lächeln, ihr Augenzwinkern) vor allem als beruhigend. Würde sie mich auch hänseln (mich anlächeln, mir zuzwinkern), wenn sie eine Affäre hätte? Würde sie nicht vielmehr als Erstes mit der Hänselei aufhören? Oder war sie nur eine besonders gute Schauspielerin? Verhielt sie sich nur so normal wie möglich? Weil es mir sonst sofort auffallen müsste, dass sie mich nicht mehr hänselte, mir nicht mehr zuprostete, -lächelte, -zwinkerte?

Schon seit unserer Abreise aus Amsterdam behielt ich sie scharf im Auge. Nein, nicht scharf, sondern beiläufig. Lässig. Im Thalys blätterte ich in einer Ausgabe von *Vrij Nederland,* ohne etwas wahrzunehmen, dann nahm ich mit einem Seufzer das Lesezeichen aus dem Buch, das ich gerade las. Seite hundertsiebzig, noch hundertfünfzig vor mir. Bei einem Film weiß man schon nach zehn Minuten, woran man ist. Bei einem Buch dauert es etwas länger, man gibt dem Autor fünfzig Seiten lang einen Vertrauensvorschuss, aber bei Seite hundertsiebzig hatte ich längst alle Hoffnung fahren lassen, es konnte nur noch schlimmer werden.

Um nicht allzu auffällig nicht zu lesen, schlug ich ab und zu eine Seite um. Und beobachtete derweil aus den Augenwinkeln meine Frau, die ganz in ihrer Lektüre, dem französischen Magazin *Hello!,* aufzugehen schien. Hatte sie eine andere Frisur? Hatte sie sich extra weniger geschminkt? Hatte sie in den vergangenen Wochen abgenommen? Gewichtsabnahme, eine andere Frisur, öfter Lippenstift, allen populärwissenschaftlichen Zeitschriften zufolge waren das die auffälligsten äußeren Symptome eines Seitensprungs. Aber mir fiel nichts auf, was abwich, auch nicht in ihrem Verhalten während der Zugfahrt. Soweit ich das feststellen konnte, benutzte sie ihr iPhone nicht öfter als normal, einmal lachte sie laut über eine WhatsApp-Nachricht, von einer Freundin, einer Landsmännin, die ihr ein lustiges Video geschickt hatte. Ich hörte Trompeten, eine laute Männerstimme in ihrer Landessprache. Zum Glück fragte sie mich nicht, ob ich es auch sehen wolle, sie wusste, dass ich lustige Videos, die Leute einander mangels eigenen Humors schicken, auf den Tod nicht leiden konnte.

Wenn sie zur Toilette ging, ließ sie das iPhone einfach auf dem Klapptisch liegen. Ich hätte rasch durch die Nachrichten scrollen können, um zu sehen, ob vielleicht eine von Maarten van Hoogstraten darunter war. *Ich denke den ganzen Tag an dich, Liebling! Was hast du an? Ich liege im Bett, ich ziehe jetzt meine Unterhose aus, während ich an dich denke, ziehst du auch was aus?*

Aber natürlich würde ich nicht in ihr Handy gucken. Weil ich das nie machte. Weil sie wusste, dass ich das nie machte. Man konnte nicht auf einmal anfangen, in das Handy seiner Frau zu gucken. Nicht weil sie das sofort merken würde, sondern weil man das einfach nicht machte.

Und selbst wenn. Würde Sylvia so dumm sein, Maarten van Hoogstraten unter seinem Namen und mit seinem Profilfoto in ihre Kontaktliste aufzunehmen? Nein, so dumm war meine Frau ganz bestimmt nicht. *Leider nicht.* Nein, er würde ohne Foto und unter einem anderen Namen (einem Frauennamen!) drinstehen. Jede seiner Nachrichten würde sie sofort löschen. Noch wahrscheinlicher war es, dass sie verabredet hatten, sich für die Dauer ihres Aufenthalts in Paris überhaupt keine Nachrichten zu schicken.

Aber würden sie das durchhalten? Hielten verliebte Menschen es durch, vier Tage lang nichts voneinander zu hören? Nein, unmöglich. Vielleicht einen Tag, einen halben Tag, verbesserte ich mich und dachte an meine eigenen Verliebtheiten. Auch wenn man vereinbarte, einander nicht anzurufen und keine verliebten Nachrichten zu schicken, schon nach anderthalb Tagen würde man es nicht mehr aushalten. Aber wir waren ja erst anderthalb Stunden unterwegs, zu früh für Schlussfolgerungen. Wenn wir in Paris waren, würde ich wieder aufpassen wie ein Luchs.

Da kam Sylvia schon zurück, ab und zu suchte sie Halt an den Rückenlehnen der Sitze. Vielleicht bildete ich es mir nur ein, aber sie schien tatsächlich schlanker geworden zu sein.

»Ich hörte es piepen«, sagte ich. »Du hast, glaube ich, eine Nachricht bekommen.«

Aber auch an unserem zweiten Tag in Paris blieben die deutlichen Zeichen oder Signale aus, die auf eine heimliche Affäre zwischen meiner Frau und dem Dezernenten Van Hoogstraten hinwiesen. Vielleicht, dachte ich wieder, während der Kellner mein *steak tatar* vor mich hinstellte und vor Sylvia ihr *faux-filet* mit *pommes dauphines,* war es gerade das, was meine schlimmsten Vermutungen bestätigte. Das völlig normale Verhalten meiner Frau; das leicht spöttische Lächeln, mit dem sie kopfschüttelnd mein *steak tatar* in Augenschein nahm, wie sie das immer tat, wenn ich dieses Gericht bestellte, konnte nur auf einer wohlüberlegten Taktik beruhen. *Keine Anrufe, keine Nachrichten, keine E-Mails.* In meiner Vorstellung sah ich, wie sie sich das zuflüsterten, meine Frau war nackt, ihr Körper war nur bis zum Nabel mit einem Betttuch bedeckt, ihr Kopf mit dem breit gefächerten Haar ruhte halb auf der unbehaarten Brust des Dezernenten. *Er würde es sofort merken, ich müsste mein Handy ständig bei mir haben, sogar unter der Dusche. Wenn es piept, wird er fragen, von wem die Nachricht ist.* Ja, das stimmte, so war es immer. Das Handy meiner Frau piepte jede Stunde einmal und manchmal noch öfter. Heute Morgen beim Frühstück drei Mal. Ich brauchte sie gar nicht zu fragen, ich schaute von der Zeitung auf oder wartete noch mit einem Schluck von meinem Café crème.

»Meine Schwester«, sagte meine Frau oder »mein jüngster Bruder«. Es gab nur eine Schwester, die sie mit »meine Schwester« bezeichnete, und das war ihre älteste Schwester. Ihren ältesten Bruder nannte sie allerdings »mein ältester Bruder«. Ihre jüngste Schwester hieß »meine kleine Schwester«. Wir frühstückten um zehn Uhr, es war noch zu früh für eine Nachricht von unserer Tochter Diana. Wir schauten immer unabhängig voneinander, wie spät sie am vorigen Abend noch online gewesen war. Letzte Nacht war das um Viertel vor zwei gewesen. »Ist das nicht etwas spät?«, hatte meine Frau gefragt, als sie aus dem Bad kam. »Sie muss doch in die Schule.« – »Ja, aber freitags hat sie die ersten beiden Stunden frei«, hatte ich geantwortet. Ich hielt mich immer besser auf dem Laufenden als Sylvia, nein, nicht besser auf dem Laufenden, ich merkte mir solche Dinge einfach. Welche Noten Diana in Deutsch hatte, wusste ich auch.

Wir senden uns keine einzige Nachricht, es sind doch nur vier Tage, Maarten.

Meine Frau lachte und rückte ihrem *faux filet* mit Messer und Gabel zu Leibe. »Es ist ein Wunder, dass du noch nie eine Salmonellenvergiftung gekriegt hast«, sagte sie. Das sagte sie jedes Mal, wenn ich ein *steak tatar* bestellte. Und vielleicht war es tatsächlich ein Wunder. Wie viel Kilo rohes Fleisch hatte ich in dem vergangenen halben Jahrhundert verschlungen, ohne auch nur ein einziges Mal im Krankenhaus zu landen? Ich hatte Lebensmittelvergiftungen gehabt, ich wusste, wie sich das anfühlte. Austern, Mayonnaise, Frikadellen, alles Speisen, die mir irgendwann einmal in meinem Leben eine Nahtoderfahrung beschert hatten, aber von einem *steak tatar* war ich noch nie krank geworden.

Dass meine Frau auch heute wieder meine Bestellung frotzelnd kommentierte, konnte, wie so manches in den letzten Monaten seit dem Neujahrsempfang, zweierlei bedeuten: Entweder hatte sie sich vorgenommen, sich möglichst normal zu verhalten, und spielte das hervorragend, oder sie spielte überhaupt nicht und verhielt sich tatsächlich normal. Ich kniff die Augen ein wenig zusammen und musterte von der Seite ihr Gesicht (wir hatten uns nebeneinander an den kleinen runden Tisch gesetzt, sodass wir beide nach draußen schauen konnten). Sie kaute konzentriert auf einem Stück *faux filet*. Es war alles in Ordnung, sagte ich mir. Alles war, wie es immer war. Ich hatte mir das Ganze nur eingebildet. Wir waren zu zweit in Paris, wie wir so oft zu zweit in einer Stadt gewesen waren, in Madrid, in Rom, in Berlin, in New York. Wir machten, was wir immer machten, woran wir beide so viel Spaß hatten, ein Mittagessen mit Bier und Wein und nachher vielleicht noch ein Gläschen Calvados zum Kaffee.

Und da waren sie wieder, die Holländer, die man wie immer unter Tausenden erkennt, an ihrer Größe, ihren viel zu blonden Kindern, auch in Paris blieben sie sich treu, verzehrten mittags Brötchen oder Pizzas, tranken dazu Cola oder Wasser. Aber zu leben verstanden sie nicht. Sie wussten nicht, dass man auch schon mitten am Tag das Leben genießen kann. Ab fünf ist es erlaubt, dann lässt der Holländer sich volllaufen. Nach dem fünften Glas ist von Genuss schon lange keine Rede mehr, mit einem gewissen Missmut trinkt er sich so schnell wie möglich in eine ungehemmte und geräuschvolle Version seiner selbst. Die Gruppen grölender Holländer, um die die Einheimischen einen großen Bogen machen. Die Holländer, für die man sich als Holländer schämt.

»Was machst du für ein Gesicht?«, fragte Sylvia. »Schmeckt es nicht?«

In dem Moment piepte ihr Handy. Sie legte Gabel und Messer neben den Teller und klappte die rote Hülle auf. Ich schaute zu, während sie auf das Display guckte. Ihr Gesichtsausdruck änderte sich nicht, sie schien eher in Gedanken versunken, als könnte sie den Inhalt der Nachricht oder den Absender nicht recht unterbringen.

»Ich muss das jetzt machen«, sagte sie. »Ich muss mal kurz anrufen.« Sie schob den Stuhl zurück. »Es ist hier zu laut. Ich geh mal raus.«

Sie hatte diesmal nicht »meine Schwester« oder »mein jüngster Bruder« gesagt. Ich musste auch aufstehen, weil sie sonst nicht vorbeikam. Ich sah sie fragend an; es war nicht mehr als normal, meine Frau fragend anzusehen, wenn sie eine Nachricht bekam, die offensichtlich eine rasche Reaktion erforderte.

»Eine Freundin«, sagte sie, während sie sich an mir vorbeizwängte. »Eine Freundin, die du nicht kennst.«

Ich versuchte mit aller Macht, aus meinem Blick jeden Unglauben oder Argwohn zu verbannen, wenn das denn bewusst möglich ist. »Ich erklär es dir gleich«, sagte sie.

Und weg war sie. Ein paar Sekunden später sah ich sie draußen, sie schien erst nach links gehen zu wollen, überlegte es sich aber anders und ging nach rechts: Wenn sie nach links gegangen wäre, wäre sie nicht an unserem Tisch vorbeigekommen. Sie hatte das Handy schon am Ohr. Ich stand noch, ich musste mich weit vorbeugen, um sie noch sehen zu können. Auf der rechten Seite der Brasserie, um die Ecke, war ein Wintergarten. Sie redete, ging auf und ab, aber es war gerade etwas zu weit weg, ich konnte nicht erkennen, ob sie lachte, ob sie sich aufregte. Dann blieb sie stehen und blickte direkt in meine Richtung. Sah sie mich? Ich winkte, aber sie reagierte nicht. Ich setzte mich wieder. Ich guckte erst auf meinen Teller mit dem halb verzehrten *steak tatar* und dann auf ihren. *Ich hatte dir doch gesagt, du sollst mir keine Nachrichten schicken. Aber es ist schön, deine Stimme zu hören, mein Schatz.* Sylvia hatte nicht einmal ein Drittel ihres *faux filet* gegessen, die *pommes dauphines* hatte sie noch gar nicht angerührt. Ihr Essen würde kalt werden. Was war so wichtig, dass es nicht bis nach der Hauptspeise warten konnte? Ich kramte in meinen Erinnerungen, ob sie jemals eine Freundin erwähnt hatte, die ich nicht kannte, oder besser gesagt, ob es in unserem gemeinsamen Leben, in dem wir fast alles voneinander wussten, noch Platz für eine unbekannte Freundin gab. Meine Frau nannte alle ihre Freundinnen bei ihrem Namen. Ja, ich war mir jetzt ganz sicher. Nie, kein einziges Mal, hatte sie gesagt: *Ich habe heute Nachmittag eine Verabredung mit einer Freundin, die du nicht kennst.* Ich erhob mich halb. Da war meine Frau. Sie ging nicht mehr auf und ab. Ein Lastwagen bog gerade in die Straße ein, mit einer Hand hielt sie ihr Handy ans Ohr, mit der anderen hielt sie sich das andere Ohr zu. Soweit ich das aus der Entfernung sehen konnte, machte sie ein ernstes Gesicht. Ein konzentriertes Gesicht. Ich ließ mich auf den Stuhl sinken. Was hatte Maarten van Hoogstraten alles zu sagen? *Ich hab es ohne dich nicht ausgehalten. Ich musste deine Stimme hören.* Ich guckte auf mein zur Hälfte verzehrtes *steak tatar* und auf den Teller meiner Frau mit dem jetzt kalten *faux filet* und den *pommes dauphines,* und eine schreckliche Wut stieg in mir auf. Wie war es möglich, dass der Dezernent Van Hoogstraten uns aus einer Entfernung von fünfhundert Kilometern das Mittagessen vermieste? Ich fühlte mich den Tränen nah. Bloß nicht!, sagte ich mir. Mach dich jetzt bloß nicht zu einer bemitleidenswerten und lächerlichen Figur. Ein betrogener Ehemann, der von seiner Frau getröstet werden will, etwas Schlimmeres gab es nicht. Aber es fiel mir schwer. Auf einmal sah ich Maarten van Hoogstraten wieder vor mir, auf einem Bett. Seinem eigenen Bett. Er trug nur eine weiße Unterhose. Mit einer Hand drückte er das Handy ans Ohr, seine andere Hand befand sich in der Unterhose. *Was hast du an?,* fragte er meine Frau. *Ich nur meine Unterhose. Ich denke jetzt an dich. Ich denke an dich, wie du nackt bist, wie du neulich in dem Hotel aus der Dusche kamst. Ich dachte, ich werde verrückt. Soll ich die Unterhose ausziehen? Willst du wissen, wo ich meine Hand habe? Was ich jetzt mache?*

Es kamen keine Tränen, die Wut hatte den Kampf für sich entschieden. Kein jämmerliches Schauspiel! »Scheiße«, sagte ich, offenbar laut, denn der Ober, der gerade in dem Moment an unserem Tisch vorbeiging, blieb stehen.

»Monsieur?«

Ich zeigte auf mein leeres Bierglas und murmelte etwas, was vielleicht sogar korrektes Französisch war, aber vielleicht auch nicht. Es war auch gar nicht nötig, mich verständlich auszudrücken, der Ober hatte verstanden. *»Encore un demi, Monsieur«,* sagte er und eilte davon.

Und dann war plötzlich auch Sylvia wieder da, dieses Mal zwängte sie sich zwischen dem Tisch und der Fensterscheibe hindurch und ließ sich auf ihren Stuhl fallen.

»Also wirklich«, sagte sie. »Was für ein Kladderadatsch.« Sie leerte in einem Zug ihr Glas, sah sich um, aber der Ober war nirgends zu sehen.

»Ich hab gerade ein Bier bestellt«, sagte ich. »Er kommt gleich.«

Jetzt sah sie mich zum ersten Mal richtig an. Ich suchte in ihren Augen nach einem Fingerzeig; nicht nur in ihren Augen, auch auf ihren Wangen – eine Röte, die verraten könnte, wie aufregend ihr Telefongespräch gewesen war.

»Was ist denn mit dir los?«, fragte sie.

»Wieso?«

»Deine Augen …« Sie kam näher. »Sind ja ganz rot. Hast du … hast du etwa geweint, Robert? Sieht ganz so aus.«

Ich brachte eine Hand an die Augen, kniff mir in die Nase. »Ich … es war was im …« Ich nickte Richtung Teller mit dem zur Hälfte verzehrten *steak tatar.* »So eine scharfe Pfefferschote, da hab ich reingebissen.«

Prüfend blickte sie von meinem linken Auge zum rechten und wieder zurück. Sie machte ein ungläubiges Gesicht, lachte, es war ein mitfühlendes Lachen. *Wie kann man sich bloß so eine dumme Lüge ausdenken?* Sagte sie mit ihrer Miene und ihrem Lachen. *Glaubst du wirklich, darauf falle ich rein?*

»Was war los?«, fragte ich rasch, um von meinen verheulten

Augen abzulenken. »Was war los mit deiner Freundin? Welche Freundin, meine ich. Ich kenne sie nicht, hast du gesagt.«

Ich hatte all das gar nicht fragen wollen. Ich hatte eine Stille eintreten lassen wollen, nachdem Sylvia sich wieder hingesetzt hatte. Ich hatte sie genau observieren wollen, während sie sich in ihre Lügen verstrickte. Wie würde sie spielen, dass sie ein Telefongespräch mit einer mir unbekannten Freundin geführt hatte, während sie in Wirklichkeit mit ein paar geflüsterten, geilen Worten Maarten van Hoogstraten dabei assistiert hatte, sich einen runterzuholen.

Und in dem Moment, da ich das dachte, fragte ich mich, ob ich es denn würde sehen können, ob ich wirklich den Unterschied erkennen könnte zwischen einer von meiner Frau ersonnenen Version ihres Telefongesprächs und der Wirklichkeit. Zwischen einer ersonnenen Freundin und einer Freundin aus Fleisch und Blut.

Sylvia kniff die Augen zusammen, seufzte tief und wandte den Blick von mir ab.

»Du kennst sie nicht«, sagte sie und schnitt in ihr kaltes *faux filet*. »Was für eine Story.«

Sie kenne die Frau vom holländischen Konversationskurs her, den sie seit einem halben Jahr besuchte. Ach, ja, das stimmte. Sie wollte ihr Holländisch perfektionieren. »Ich mache noch zu viele Fehler bei den einfachsten Sachen«, hatte sie gesagt. »Die Artikel, was für eine schreckliche Sprache habt ihr doch! Englisch kann jeder in sechs Wochen lernen, aber für eure Sprache braucht man sein ganzes Leben, und selbst dann wisst ihr schon nach einem Wort, dass ihr es mit einem Ausländer zu tun habt.«

Sie hieß Sadako, die Freundin, und kam aus Japan. Seit einem knappen Jahr wohnte sie mit ihrem ebenfalls japanischen Mann in Amstelveen. Der Mann war fast nie zu Hause, er reiste für seine Firma um die ganze Welt. Und jetzt, seit Kurzem, wurde Sadako den Verdacht nicht los, ihr Mann mache diese

Reisen nicht alleine. Irgendwas mit einem Foto, sagte meine Frau, er hatte ihr ein Foto von einem Essen in San Francisco geschickt. Ein Tisch in einem Restaurant, acht Leute, Männer und Frauen. Alle schauten in die Kamera, nur der Stuhl neben Sadakos Mann war leer. Dann hatte er noch ein zweites Foto geschickt, das er offenbar selber gemacht hatte, denn nun war er nicht drauf. Neben seinem leeren Stuhl saß jetzt eine Frau. Eine Schönheit. Auch asiatisch, wenn Sadako auch nicht genau zu sagen wusste, aus welchem Land. Japanerin war sie jedenfalls nicht, vielleicht Thailänderin oder Vietnamesin. Aber etwas auf dem Foto hatte ihren Argwohn erregt. Das erste Foto mit ihrem Mann war so aufgenommen worden, dass die ganze Tischgesellschaft möglichst gut ins Bild gesetzt wurde, doch auf dem zweiten Foto, waren drei Personen an der rechten Seite aus dem Bild gerutscht. Mit dem Ergebnis, dass die Frau neben dem leeren Stuhl jetzt genau in die Mitte gerückt war. Sadakos Mann hatte ihr die Fotos kurz nacheinander geschickt, und Sadako konnte sich des Eindrucks nicht erwehren, dass das zweite Foto nur aus Versehen mitgegangen war, so hatte sie es Sylvia erzählt. Aber das war noch nicht alles. Zwei Tage später hatte er wieder ein Foto geschickt. Diesmal saß er im Flugzeug von San Francisco nach Dallas, wo er einen Kongress besuchte. Der Fensterplatz war besetzt, aber der mittlere Sitzplatz war leer. Sadako hatte sich das Foto von ihrem Handy auf ihren Laptop hochgeladen und es mit einem Bildbearbeitungsprogramm vergrößert. Ihr Mann war Brillenträger, er lächelte, seine Augen hinter den Brillengläsern lachten auch – wenn man nichts dahinter vermutete, lächelte er sie, Sadako, an, seine in Amstelveen zurückgebliebene Ehefrau. In Wirklichkeit lachte er natürlich den Fotografen (oder die Fotografin!) an. Inzwischen hatte Sadako das Foto auf ihrem Laptop so sehr vergrößert, dass ein Brillenglas den ganzen Schirm füllte, und trotz der Unschärfe war es noch scharf genug, um die Spiegelung im Glas zu erkennen, das Bild einer Frau, die mit dem Handy von Sadakos Mann ein Foto von ihm knipste. Natürlich konnte man das Gesicht im Brillenglas nicht erkennen, dafür war es viel zu klein, doch Sadako war sich sicher, dass es einer Frau gehörte – einer Frau mit offenem schwarzen Haar, genau wie das der Frau, die am Abend zuvor am Tisch neben ihm gesessen hatte. Es war vor allem das offene Haar, das Sadako endgültig in ihrem Verdacht bestätigte. Stewardessen trugen ihr Haar nie offen, immer hochgesteckt und oft noch unter einer Kappe oder einem Hütchen der Fluggesellschaft.

Während ich meiner Frau zuhörte, mit halbem Ohr zuhörte, denn ich achtete vor allem drauf, wie sie die Geschichte erzählte, fragte ich mich, ob sie all das aus dem Ärmel schütteln konnte. Ob sie sich diese Story tatsächlich zwischen dem Ende des Gesprächs mit ihrem Geliebten und der Rückkehr an unseren Tisch aus den Fingern gesaugt hatte. Es kam mir äußerst unwahrscheinlich vor, dafür enthielt sie auch zu viele Details. Möglich war natürlich, dass sie diese Geschichte irgendwann einmal gehört hatte und mir jetzt aus lauter Panik auftischte, um meinen eventuellen Argwohn zu zerstreuen. Aber das war noch nicht alles. Diese Freundin, die ich nicht kannte, war ausgerechnet eine Japanerin. Warum sollte sich meine Frau, wenn sie eine Freundin erfand, ausgerechnet eine Japanerin aussuchen?

»Es ist wirklich schlimm«, sagte Sylvia zum Schluss. »Und sie tut mir so leid. Ihr Mann kommt in zwei Tagen nach Hause. Sie kennt fast niemanden in Holland. Deshalb hat sie mich angerufen.«

Und da war noch etwas, was eigentlich noch viel wichtiger war als diese fast nicht zu erfindende Story und die überflüssige Nationalität der betrogenen Freundin, und das war, dass sich meine Frau ja wohl nicht gerade eine Story über einen untreuen Ehemann ausdenken würde. Eine Story über eine unheilbare Krankheit hätte nähergelegen: eine Freundin, die ich nicht kannte, bei der keine einzige Behandlung mehr anschlug. Oder bestand gerade darin ihre Taktik? Mit einer schmalzigen Geschichte über die Probleme eines japanischen Ehepaars ging sie dem Thema Ehebruch nicht aus dem Weg. Jemand, der sich des Ehebruchs schuldig machte, würde dieses Thema doch um jeden Preis vermeiden. Aus Angst, rot zu werden, mit den Augen zu blinzeln oder sich auf andere Weise durch seine Körpersprache zu verraten.

Ich betrachtete meine Frau. Ohne mit den Augen zu blinzeln, sah sie mich an, in den Mundwinkeln ein leicht spöttisches Lächeln – vielleicht das spöttische Lächeln einer Frau, die sich über die Gutgläubigkeit ihres Mannes amüsiert.

»Ich würde es sofort merken«, sagte sie.

»Was?«

»Bei dir. Wenn du mich betrügen würdest. Ich würde es dir ansehen, du könntest es mir keinen halben Tag verheimlichen.«

Ich schwieg. Sie lachte, nicht länger spöttisch, eher zärtlich, als hätte sie ein Kind bei einer unschuldigen Lüge ertappt.

»Hast du wirklich in eine Pfefferschote gebissen und hattest du deshalb Tränen in den Augen? Oder beichtest du mir jetzt, was los war?«

Ich bekam noch keinen roten Kopf, aber das würde sich rasch ändern, wenn ich jetzt nicht sofort antwortete.

»Ich dachte an uns«, sagte ich. »Wie glücklich ich bin. Mit dir. Wie glücklich ich bin, hier mit dir in Paris sein zu dürfen.«

Während ich das sagte, dachte ich an Maarten van Hoogstraten, an seine Hand in der Hose, seine klebrigen Finger.

»Ich auch, lieber Schatz«, sagte meine Frau. »Ich bin immer glücklich, wenn ich mit dir zusammen bin. Jede Minute des Tages.«

II

13

Mitte der Achtzigerjahre machte ich mit meinem besten Freund Bernhard eine Reise durch mehrere Länder, die ich hier nicht namentlich aufzählen möchte. Es genügt, wenn ich sage, dass sie südlich, östlich und südöstlich von Belgien liegen – jedenfalls hinter Paris. Aus einem dieser Länder stammt meine Frau.

Ich möchte niemanden mit zu vielen autobiografischen Details langweilen. Mit dem, was man als meine »politische Laufbahn« umschreiben könnte – obwohl zu jenem Zeitpunkt von einer Laufbahn noch kaum die Rede sein konnte. Wen es interessiert, der findet alles in meinem Wikipedia-Eintrag. Vorsitzender einer Studentenvereinigung, Mitglied einer politischen Partei, Dezernent, Staatssekretär, Bürgermeister. Bei Wikipedia wird übrigens auch die Nationalität meiner Frau erwähnt. Ihr Name, ihr echter Name, ist allerdings falsch geschrieben, ein e, wo ein a stehen müsste. Als ich es zum ersten Mal sah, nahm ich mir vor, es zu ändern – ändern zu lassen –, aber es ist bei der Absicht geblieben. Bis heute hatte ich es sogar komplett vergessen. Wie oft im Leben sieht man sich schon den eigenen Wikipedia-Eintrag an?

Bernhard Langer war damals bereits der brillanteste holländische Physiker und Astronom seiner Generation. Auf seinem Forschungsgebiet – schwarze Löcher, Big Bang, das sich immer schneller ausdehnende Universum – brauchte er nur

Stephen Hawking neben sich zu dulden. Aber im Grunde war von »neben sich zu dulden« keine Rede: Bernhard war mit dem zehn Jahre älteren Hawking gut befreundet, sie trafen sich regelmäßig und wurden in wissenschaftlichen Publikationen oft in einem Atemzug genannt. Mit zweiunddreißig hätte Bernhard der jüngste Rector magnificus der TU in Delft werden können, aber er entschied sich für das Abenteuer und nahm den Ruf an eine amerikanische Universität an, zuerst Princeton, dann Harvard.

Wir fuhren an einem Samstag im Juli los, ohne festes Ziel. Wir hatten noch kurz mit dem Gedanken gespielt, in den Norden zu fahren. Es war in Holland gerade schrecklich heiß, was das Schlimmste für die südlichen beziehungsweise östlichen Regionen befürchten ließ. Aber wir hatten schließlich doch keine Lust auf langweilige skandinavische Wälder, auf Länder, in denen das Essen schlecht und der Alkohol unbezahlbar war.

Außerdem hätten wir dann auf bestimmte nationale Vorteile verzichten müssen: Je weiter wir nach Süden kamen, desto mehr überragten wir die lokale Bevölkerung. Wenn wir ein Lokal oder Restaurant betraten, drehten sich alle nach uns um. Wir waren beide blond, Bernhard noch eine Spur blonder als ich. Wenn die Sonne um ein Uhr mittags direkt über seinem Kopf stand, tat einem das Hingucken in den Augen richtig weh. Wir waren uns der Blicke bewusst – aller Blicke! –, die uns folgten, bis wir unsere schlaksigen Körper auf die Stühle sinken ließen. Es war eine Region, in die damals noch wenig Touristen kamen. Ein Gebiet, das ich, ohne allzu viel zu verraten, als »das Landesinnere« bezeichnen werde. Das heiße Landesinnere. Der Reiseführer riet nachdrücklich von den Monaten Juli und August ab. Aber das habe ich alles erst hinterher gelesen, nachdem ich Sylvia kennengelernt hatte und der Reiseführer plötzlich eine ganz andere Bedeutung bekam.

Wenn ich in Amsterdam nach meiner Rückkehr die Nase in das Buch steckte, war es, als würde ich ihren Duft einatmen. Lavendel. Ein ganzes violettes Feld. Die Pflanzen bewegten sich nicht, es war windstill, sie zitterten höchstens ein wenig in der Hitze. Bienen, Hummeln und andere Insekten mit großem gelb-rot-schwarz gestreiftem Hinterleib, die es bei uns in Holland nicht gab und deren Namen ich nicht kannte, surrten von Blüte zu Blüte.

Es fällt mir nicht schwer, zuzugeben, dass Bernhard von uns beiden der Attraktivere war. Zehn Zentimeter größer als ich, aber auch muskulöser, breiter vor allem, ergriff er in Kneipen und auf den Tanzflächen der in dunkelblaues Licht getauchten Klubs mit ihren rotierenden Discokugeln immer sofort die Initiative. Er steuerte geradewegs sein Ziel an, während ich eher der abwartende Typ war. Aus großer Höhe beugte er sich zu dem Mädchen hinab, auf das er ein Auge geworfen hatte, und schrie ihr etwas ins Ohr. Auch vor den schlimmsten Klischees schreckte er nicht zurück. Klischees, die ich nie über die Lippen bringen würde, die man ihm aber nicht übel nahm. Die Mädchen drängten sich um ihn und himmelten ihn an – und einzig und allein, weil ich neben ihm stand, richteten sie irgendwann ihre Blicke auch auf mich.

»Je später der Abend, desto schöner die Gäste«, sagte er auf Holländisch und zwinkerte mir zu. Und sagte es dann auf Englisch noch einmal. Und die Mädchen kicherten, statt ihm den Rücken zuzukehren, und drängten sich noch enger um uns. Irgendwann in der zweiten Woche unserer Reise durch das Landesinnere saßen wir eines Nachmittags mit drei Mädchen im Gras beim Swimmingpool unseres Hotels, als Bernhard zuerst die nicht vorhandenen Taschen seiner Badehose abklopfte und dann die Hände unter sein Handtuch schob.

»Was suchst du?«, fragte das Mädchen, das ihm am nächsten saß, vielleicht nicht einmal das hübscheste, vielleicht dasjenige, das für mich übrig bleiben würde.

»Ein Lächeln«, sagte Bernhard; und als sie lächelte, sagte er: »Aber ich habe es schon gefunden.«

»Ich glaube, die Kleine mag dich«, sagte er auf Holländisch zu mir. Oder: »Die Dunkle guckt dich die ganze Zeit an, Robert. Du bist verrückt, wenn du nicht zugreifst.«

»Die Kleine« oder »die Dunkle« war ausnahmslos das weniger attraktive der zwei (oder drei oder vier) Mädchen, die sich zu uns gesellt hatten und hoffnungsvoll, schmachtend zu uns, zu Bernhard aufsahen, die zweite Wahl, Bernhards zweite Wahl, das Mädchen, das zuletzt zum Tanz aufgefordert wurde. Selber hatte er sein Auge auf den Hauptgewinn geworfen, die lokale Miss Universe, das Mädchen, das für mich unerreichbar war.

Die Zweite-Wahl-Mädchen waren nicht unbedingt hässlich, im Gegenteil, neben der umwerfenden Freundin nur etwas normaler. Wenn man sich die Miss Universe wegdachte, war eigentlich nichts an ihnen auszusetzen. Diese Mädchen brauchten sich für nichts zu schämen. Allesamt waren sie klein, allesamt waren sie dunkelhaarig. »Die Kleine« war höchstens einen halben Zentimeter kleiner und »die Dunkle« eine kaum wahrnehmbare Spur dunkelhaariger als die erste Wahl.

Ich hatte im Prinzip mit der Situation und der Rollenverteilung kein Problem, es ließ sich prima damit leben. Glück – sagte ich mir damals schon und tue das heute noch; aber vielleicht sollte man statt von Glück lieber von Zufriedenheit sprechen – hängt eng damit zusammen, ob man mit sich, seinem Gesicht, zufrieden ist. An der Figur lässt sich noch eine Menge ändern. Man kann abnehmen, wenn man sich zu dick findet, man kann Gewichte stemmen, wenn man wie ein wandelndes Gerippe aussieht. Aber am Gesicht lässt sich wenig ändern. Der Schädel macht, was er will. Er wird kahl, wenn ihm danach ist. Das Gesicht wird runder, runzliger, fleckiger, in einer Art und Weise, wie man es nie für möglich gehalten hätte. Für alle sichtbar, nicht zuletzt für einen selber.

Man kann es schließlich nicht unter einem T-Shirt oder einem Pulli verstecken. Es ist immer da, zu jeder Tages- und Nachtzeit. Es guckt einen im Spiegel an. *Das ist es,* sagt es, ohne mit der Wimper zu zucken. *Damit musst du dich abfinden.*

Ich konnte, wie gesagt, damit leben, mit meinem Gesicht. Ich hatte genug Selbsterkenntnis, um zu wissen, in welche Kategorie ich mit diesem Gesicht fiel. In unserem Land waren sowohl Bernhard als auch ich mit unserem blonden Haar und unserer Körpergröße nicht mehr als durchschnittlich. Oder anders gesagt: In Holland gab es zu viele von uns, mit Leichtigkeit ließ sich immer ein noch besseres Exemplar finden. Hier aber befanden wir uns nicht in einem Badeort oder in einer von Touristen überlaufenen Gegend, wir befanden uns – ich kann es nicht oft genug wiederholen – im Landesinneren. Es gab keine Konkurrenz von Landsleuten oder anderen blonden Göttern aus dem Norden.

Eines Abends – es ging auf Mitternacht zu –, in der dritten Woche unserer Reise, lag ich mit Kopfschmerzen in unserem Hotelzimmer, als Bernhard vorschlug, noch einen Spaziergang durch das kleine, unscheinbare Städtchen zu machen. Ich stöhnte. »Muss das sein? Es ist hier doch nichts los.« Es gab nur drei Restaurants und vier oder fünf Lokale, wie wir am Nachmittag bereits festgestellt hatten, am nächsten Morgen wollten wir in die Hauptstadt weiterfahren. »Ach komm, Robert, sei kein Frosch.« Ich erinnere mich nicht, ob er danach noch sagte, man lebe nur einmal, oder ob er sich auf die soundsovielte Wiederholung seines Lieblingsspruchs beschränkte: »Je später der Abend, desto schöner die Gäste.« Ich weiß auch nicht mehr, warum ich mich schließlich doch aufrappelte und ins Bad ging, um den Kopf unter kaltes Wasser zu halten. Wahrscheinlich weil mich das Gefühl, etwas zu verpassen, damals vierundzwanzig Stunden am Tag begleitete. Ganz im Unterschied zu heute. Das ist vielleicht der größte Vorteil des Älterwerdens. Ich habe keine Angst mehr, etwas zu verpassen. Ich weiß, dass ich nichts verpasse.

Ich betrachtete mich im Spiegel. Mir brummte der Schädel, der Schmerz pochte hinter meinen Augen. Ich strich das nasse Haar so flach wie möglich nach hinten, aber es war doch alles vergeblich: Niemand würde Lust auf dieses Gesicht haben. Ich hatte ja selber keine.

Wir kamen auf einen leeren Platz, wo wir am Nachmittag schon einmal gewesen waren. Vor einem Lokal standen drei weiße Plastiktische und fünf weiße Plastikstühle, alle unbesetzt.

»Ich weiß nicht«, sagte ich auf Bernhards fragenden Blick hin. »Lass uns noch weiter schauen.«

Bernhard klopfte auf seine Hosentaschen. »Ich hole mir auf jeden Fall Zigaretten«, sagte er. »Wartest du hier?«

Schräg gegenüber auf der anderen Seite standen weitere unbesetzte Plastikstühle und -tische.

»Ich geh schon mal da rüber«, sagte ich. »Wenn da auch nichts los ist, können wir vielleicht besser in der Hotelbar noch was trinken.«

Ich schlenderte über den Platz. Hinter einem staubigen Fenster brannte schmutzig gelbes Licht, aber es war nicht auszumachen, ob drinnen Leute waren.

Wie ich da so zwischen den Tischen stand, beide Hände in den Hosentaschen, und versuchte, möglichst locker zu wirken – *Ich warte hier auf einen Freund. Er ist Zigaretten kaufen gegangen* –, flog die Tür des Lokals auf und zwei Mädchen kamen heraus. Wie meist, wenn zwei Mädchen zusammen ausgehen, war die eine hübscher als die andere. Es würde zu weit gehen, wenn ich behaupten wollte, das andere Mädchen sei hässlich gewesen, nein, ganz sicher nicht, höchstens etwas durchschnittlicher – unscheinbarer, fiel mir ein: das Mädchen, das für mich bestimmt gewesen wäre, wenn Bernhard und ich jetzt zu zweit vor dem Lokal gestanden hätten.

Aber ich war allein und ertappte mich dabei, dass ich etwas länger das durchschnittliche Mädchen ansah und erst dann das Mädchen, das unter normalen Umständen von Bernhard abgeschleppt worden wäre.

Die beiden unterhielten sich, aber als sie mich bemerkten, blieben sie stehen und lächelten den großen, blonden Holländer an, der da, die Hände in den Hosentaschen, zwischen den unbesetzten Tischen stand.

»*Hello*«, sagte die Hübschere, die Frechere, die Selbstsicherere der beiden. Sie hielt den Kopf etwas schräg, wodurch das halblange, lockige schwarze Haar auf einer Seite das Gesicht frei ließ; auf der anderen Seite fiel ihr eine Locke über das Auge, die sie sich mit einer raschen Handbewegung hinter das Ohr strich. »*Are you lost?*«

Einen Herzschlag lang unternahm ich den Versuch, mir eine schlagfertige Antwort auszudenken, aber die Lage war hoffnungslos. Ich war verloren. Ich hatte in ihre schwarzen Pupillen geschaut und in das Weiß drum herum, als sie die Augen fragend aufsperrte. *Bist du es wirklich?*, wollte ich fragen. Das war das Einzige, dessen ich mir in dem Moment sicher war: dass sie es war. *Für immer*, durchzuckte es mich. *Hiernach wird es nie mehr eine andere geben.*

In dem Moment legte sich eine Hand auf meine Schulter.

»So«, sagte Bernhard in mein Ohr. »Ich kann dich aber auch keine Minute allein lassen. Na, stellst du mich deinen neuen Freundinnen noch vor?«

Und dann sagte er es oder besser flüsterte es, obwohl es dafür genau genommen gar keinen Grund gab.

»Darf ich dir gratulieren, Robert? Es stimmt tatsächlich, was man so sagt: Je später der Abend, desto schöner die Gäste.«

14

»Hast du mal einen Moment?«, fragte Sylvia; ich hatte sie nicht hereinkommen hören, ich lag auf der Couch und las die Zeitung, als sie auf einmal am Fußende stand. In der Hand hielt sie ein aufgeschlagenes schwarzes Büchlein, das nur ein Moleskine-Kalender sein konnte.

»Ich überlege grade«, sagte meine Frau, ohne meine Antwort abzuwarten. »Hast du was am Freitag?«

»Keine Ahnung«, log ich. »Da müsste ich erst einmal nachgucken.«

Ich wusste es ganz genau: Am Freitag hatte ich nichts. Aber das sollte, wenn es nach mir ging, auch so bleiben. Ich hatte sowieso schon zu viele Termine. Die Tage ohne irgendwas am Ende waren selten in meinem Beruf – aber es waren die glücklichsten.

»Sonntag fliegen Bernhard und Christine wieder zurück nach Boston. Samstag habe ich eine Verabredung mit Miriam und Louise. Also ich dachte, wir könnten sie am Freitag zum Essen einladen. Zumindest, wenn du Bernhard noch sehen willst.«

Natürlich wollte ich Bernhard noch sehen, aber ich war mir nicht ganz sicher, ob ich Lust auf ein Abendessen zu viert hatte. Wenn ich mich mit Bernhard traf, redete ich immer möglichst wenig, gerade noch genug, dass es nicht auffiel. Das war unsere Rollenverteilung. Er redete, ich hörte zu. Wir ergänzten uns perfekt. Er hatte, glaube ich, wenige Freunde, die so gut zuhören konnten wie ich. Und ich denke, das wusste er auch. Nur anstandshalber erkundigte er sich nach Sylvia und Diana. Stellte mir ein paar Fragen über die Stadt und ihre Probleme. Dann legte er los. Man brauchte ihn kaum anzuspornen. Als würde man ein brennendes Streichholz an ein Reisigbündel halten.

Ich war mir, wie gesagt, nicht sicher, ob ich Lust auf ein Abendessen zu viert hatte, denn eigentlich wollte ich meinen besten Freund lieber unter vier Augen sprechen. Andererseits war Bernhard vielleicht der Letzte, den ich ins Vertrauen ziehen wollte.

Ich sah es schon vor mir: Wir sitzen in einem Restaurant, höchstwahrscheinlich im Dauphine beim Amstelbahnhof, wo wir uns fast immer verabredeten, wenn er für ein paar Tage in Holland war. Ich würde ganz Ohr sein, ihn sich alles von der Seele reden lassen, was ihm über seine schwarzen Löcher und die Entfernungen zwischen den Sternen einfiel, über das sich immer weiter ausdehnende Universum. Vorspeise. Hauptspeise. Erst nach dem Nachtisch würde ich vorschlagen, zum Espresso noch ein Gläschen zu trinken. Einen Grappa. Einen Cognac. Einen Calvados. *Bernhard, ich muss dir etwas sagen. Über Sylvia …* Und da stockte meine Fantasie.

Natürlich habe ich mir in all den Jahren mehr als einmal die Frage gestellt, was passiert wäre, wenn ich damals an dem dunklen, leeren Abend auf dem Platz nicht allein, sondern neben Bernhard vor dem Lokal gestanden hätte. Ob das Schicksal dann seinen natürlichen Lauf genommen und ich mich wie immer mit der zweiten Wahl zufriedengegeben hätte. Im allerwichtigsten Moment meines Lebens – unseres Lebens, Sylvias und meines Lebens – hatte meine zukünftige Frau einfach kein Vergleichsmaterial gehabt. Vor ihr zwischen den Tischen stand nur ein einziger großer, blonder Holländer mit den Händen in den Hosentaschen.

Auch sie hatte mich angeschaut, mir in die Augen gesehen und gewusst, dass ich der Einzige war, wie sie mir später versichern sollte – unendlich oft versichern sollte, bis heute noch, mindestens vier Mal pro Jahr.

Manchmal stelle ich es mir so vor: Man besichtigt ein Haus, man wird durch alle Zimmer geführt, es gefällt einem, es ist geräumig und hell, hat schöne Holzböden und einen Blick auf den Park. Man beschließt, es zu kaufen. Und dann – der Entschluss ist inzwischen nicht mehr rückgängig zu machen – bekommt man noch ein Angebot. Dort sind die Zimmer eine Spur geräumiger, eine Spur heller, es gibt einen Kamin (den hatte das andere nicht), aber vor allem: Es steht am Meer; so weit das Auge reicht, nur blaues Wasser mit weißen Segeln. Man denkt an das erste Haus. War das nicht auch schön? Ja, aber da hatte man dieses noch nicht gesehen. Auch dieses hätte man erwerben können, aber dafür ist es nun zu spät. Man hat den Kaufvertrag schon unterschrieben. Man bemüht sich mit aller Kraft, das ursprüngliche Gefühl dem ersten Haus gegenüber wieder zu beleben. Aber es gelingt nicht, für den Rest seines Lebens wird man dem Kamin und dem strahlend blauen Meer nachtrauern.

»Aber Bernhard sieht doch einfach sehr gut aus, oder etwa nicht?«, fragte ich Sylvia schon zwei Wochen nach unserer Begegnung zum ersten Mal. Wir waren noch ein paar Tage in dem Städtchen geblieben, Bernhard war allein in die Hauptstadt weitergefahren. »Mit einem Verliebten auf Reisen, tu mir das nicht an, Robert«, sagte er, schlug mir auf die Schulter, küsste Sylvia und das andere Mädchen – ihre anderthalb Jahre ältere Schwester, wie sich herausstellte – drei Mal auf die Wangen und wünschte uns viel Glück.

»Ja, er sieht sehr gut aus«, sagte Sylvia. »Aber er ist nicht mein Typ.«

»Wer ist denn dein Typ?«, fragte ich – damals zum ersten Mal und in all den Jahren danach noch mindestens hundertmal.

»Du, mein Schatz. Aber das weißt du doch schon längst. Das wusstest du schon an dem Abend, als du mit den Händen in den Taschen da draußen gestanden und auf mich gewartet hast.«

Ich konnte es nicht oft genug hören, jedes Mal war es wie eine Bestätigung dessen, was wir damals erlebt hatten.

Aber so richtig beruhigt war ich nie. Manchmal, nachts im Bett, wenn ich nicht einschlafen konnte, spielte ich die andere Version des Films ab. Eine Version, die ebenfalls auf dem Platz ihren Anfang nahm, aber dann mit zwei Hauptakteuren statt einem. *Ich glaube, die Kleine mag dich, Robert.* Nach diesen Worten steuerte Bernhard auf Sylvia zu. Er tat, als suche er etwas in seinen Hosentaschen.

Was suchst du?

Gezirp der Grillen. Geigenmusik.

Ein Lächeln, aber ich habe es schon gefunden.

15

Ich ertappte mich dabei, dass ich an jenem Freitagabend mehr als sonst achtgab. Auf Bernhard und Sylvia. In all den Jahren hatte ich aus voller Überzeugung an die Filmversion mit dem Happy End geglaubt, die, in der Bernhard Sylvias Typ nicht war und sie sich ohne Wenn und Aber für mich entschied. Mag sein, dass ich das Haus ohne Kamin war, das mit der mittelmäßigen Aussicht, dafür aber das, in dem sie sich wirklich wohlfühlte. Mittlerweile war der Dezernent Van Hoogstraten auf der Bildfläche erschienen: nicht mehr als eine Kleinwohnung in einem Mietshaus mit Aussicht auf eine Mauer. Was für ein Typ war er? Warum sollte Sylvia plötzlich in eine kleinere Wohnung umziehen wollen? Im Bahnhofsviertel!

Wir unterhielten uns über Alltägliches. Über die Kinder (Bernhard hatte vier aus seinen beiden früheren Ehen und einen fünfjährigen Sohn mit Christine), das Leben in Amerika, in Boston, die amerikanische Politik, Präsident Obama und den Bürgerkrieg in Syrien. Sylvia hatte ihre Spezialität gekocht, den Eintopf aus ihrer Heimat, und beim Nachtisch – einem mit einer dünnen, zerbrechlichen Kruste versehenen Karamellpudding aus dem Ofen – kam das Gespräch auf Amsterdam.

»Was uns am meisten auffällt, wenn wir nach fast einem Jahr Boston wieder durch die Stadt gehen, sind die schrecklich vielen Ausländer«, sagte Christine.

Es trat eine kurze Stille ein, Bernhard war sich keiner Schuld bewusst und nickte bekräftigend, doch auf Sylvias Gesicht erschien ein breites Grinsen.

»O Gott, nein, so hab ich es natürlich nicht gemeint!«, rief Christine aus, sie ließ den Löffel im Karamellpudding stecken und griff nach Sylvias Hand. »Du bist, du bist … anders. Und außerdem, wie lange lebst du nicht schon hier? Nein, ich meine die vielen ausländischen Touristen. Vor zehn Jahren war das noch nicht so. Auch vor fünf Jahren nicht. Es gibt jetzt Viertel … die Damstraat! Wir gingen gestern durch die Damstraat, da hörst du fast kein Holländisch mehr. Und auch an den Grachten ist es schauerlich. Die Schlange vorm Rijksmuseum, die vorm Anne-Frank-Haus windet sich um die ganze Westerkerk. Du hast es noch ausgerechnet, Bernhard«, wandte sie sich an ihren Mann. »Wie lange muss man da warten?«

»Ach«, sagte Bernhard, »nur so über den Daumen gepeilt. Aber dreieinhalb Stunden bestimmt. Da muss man schon wirklich ein Fan sein.«

»Wie siehst du das, Robert?«, fragte Christine. »Ich meine, ich nehme an, du als Bürgermeister freust dich für deine Stadt. All das Geld, das die Leute dalassen. Aber was findest du persönlich? Du willst doch auch nicht, dass Amsterdam eine Art Venedig wird, wo die Einheimischen massenweise wegziehen und der Rest nur noch in der Tourismusbranche Arbeit findet.«

Bevor ich antworten konnte, hörte ich, wie sich der Schlüssel im Schloss der Haustür drehte, und ein paar Sekunden später standen Diana und ihr Freund im Esszimmer. Während Bernhard und Christine aufstanden und Diana umarmten und auf die Wangen küssten, versuchte ich mich krampfhaft, aber vergeblich an den Namen des Jungen zu erinnern. Aber im Grunde war das egal, denn ich hätte ihm hier, auf diesen Seiten, wie im Fall meiner Frau, doch einen anderen Namen geben müssen. Auch sein echter Name würde einem sofort verraten, mit wem man es zu tun hatte. Und an seinen kulturellen Hintergrund heften sich Vorurteile wie Staubpartikeln an ein elektrisch aufgeladenes Kleidungsstück. *Das erklärt eine ganze Menge,* würden die Leute zwar nicht laut sagen, aber auf jeden Fall denken, wenn sie in der Zeitung von einer Schießerei oder Messerstecherei lasen, in die Personen mit ebendiesem kulturellen Hintergrund verwickelt waren.

»Diana, wie hübsch du bist!«, rief Christine aus und drückte meine Tochter an sich. »Und so groß geworden! Entschuldige, sei mir nicht böse, jetzt red ich schon wie eine alte Tante.«

»Und du bist …?« Bernhard hatte dem Jungen die Hand hingestreckt und warf mir einen fragenden Blick zu.

»Das ist …« Zum Glück nannte Dianas Freund selber seinen Namen, und ich nahm mir felsenfest vor, ihn nie mehr zu vergessen.

»Nett, Sie kennenzulernen«, sagte er.

»Wollt ihr auch was von meinem herrlichen Nachtisch?«, fragte Sylvia.

»Nein, danke, Mama«, sagte Diana. »Wir gehen rauf, *True Detective* zu Ende gucken.«

»Auf Wiedersehen …«, sagte der Junge noch. »Sehr nett, Sie kennengelernt zu haben. Sylvia«, richtete er sich an meine Frau. »Herr Walter …« Letzteres sagte er zu mir.

»Was für ein nettes Mädchen sie geworden ist«, sagte Bernhard, als die beiden verschwunden waren. »Oder eigentlich kein Mädchen mehr, schon eine junge Frau.«

Die Nuance entging mir nicht. Bernhard sprach immer von schönen oder hässlichen Frauen, eine andere Klassifikation gab es für ihn nicht. *Nett* kam in seinem Vokabular nicht vor.

Natürlich war ich ein stolzer Vater. Nach Sylvia, nein, neben Sylvia, war Diana die schönste Frau, die ich kannte. Sie hatte die Augen ihrer Mutter, ihr Haar hatte den gleichen tiefschwarzen Glanz. *Rabenschwarz* – wenn dieses Adjektiv auf irgendetwas zutraf, dann auf die Haarfarbe meiner Frau und meiner Tochter. Aber ein Model war sie sicher nicht, das sah auch der stolze Vater. In der Muttersprache meiner Frau gibt es ein zusätzliches Adjektiv, um die Attraktivität einer Person zu bezeichnen. Die Skala verläuft von *abstoßend, hässlich, unansehnlich* über *nett* (wie in »was für ein nettes Mädchen«) zu *attraktiv, hübsch, schön, unwiderstehlich* ... Was folgt auf *unwiderstehlich? Umwerfend* vielleicht noch.

In der Muttersprache meiner Frau gibt es außer *schön, attraktiv, hässlich,* um mich auf die drei Hauptgruppen zu beschränken, noch ein zweites Wort für *attraktiv,* das etwas anderes bedeutet als bei uns. Unser *attraktiv* bedeutet eigentlich nur eins, und zwar, dass jemand zwar keine blendende Schönheit (Model) ist, aber doch gut aussieht. Mit der Betonung auf *aussieht. Attraktiv* bezieht sich bei uns ausschließlich auf das Äußere, in der Sprache meiner Frau hauptsächlich auf das Innere. Anders gesagt: Jemand kann eine zu große Nase haben, die das ganze Gesicht aus dem Gleichgewicht bringt, eine Reihe vorstehender Zähne und zu viel entblößtes Zahnfleisch, eine durch Flecken, Haare oder Ekzem verunstaltete Haut, einen Körper, der zwanzig Kilo leichter sein dürfte, aber trotz all dieser sich in den Vordergrund drängenden Makel kann er außerordentlich attraktiv sein. In erster Linie vielleicht doch auch wieder wegen äußerer Merkmale: ein unwiderstehliches Lächeln, das uns die Zähne und das Zahnfleisch vergessen macht, ein Augenaufschlag, der uns vom allerersten Augenblick an zwingt, nur noch in diese Augen zu schauen und das Gesicht drum herum zu ignorieren, eine Stimme mit einem so tiefen Klang, dass sie in all unseren Fasern mitschwingt, eine Stimme, die uns im Innersten berührt, die uns nachts, neben uns im Bett, in ein Land entführt jenseits des Horizonts, wo wir für immer bleiben wollen.

Attraktiv in der Sprache meiner Frau drängt vieles in den

Hintergrund, wenn nicht alles: ein Bein, dünner und kürzer als das andere oder nur bis knapp unter das Knie reichend, fehlende Finger oder ein Klumpdaumen, der einer ganz anderen Tierart anzugehören scheint, so gut wie fehlender Haarwuchs bei Männern, so gut wie fehlende Brüste bei Frauen.

»Ja, nett ist sie, nicht wahr?«, sagte Sylvia – die stolze Mutter, die, wie ich wusste, *nett* jetzt im Sinne von *attraktiv* in der Bedeutung verwendete, die das Wort in ihrer Sprache hat.

»Ich würde gern …«, sagte Bernhard und holte eine Schachtel Marlboro Lights und ein Feuerzeug aus der Tasche. »Aber ich weiß nicht, ob ich hier …«

»Geh doch bitte in den Garten!«, sagte Christine, noch bevor Sylvia oder ich etwas sagen konnten. Bernhard sah mich an, ein bisschen, wie ein Kind guckt, das gerade ein Glas fallen gelassen hat.

»Ich bin schwanger«, sagte Christine.

Die Stille, die sich ausbreitete, wurde nur vom Klang des Dessertlöffels auf Sylvias Teller unterbrochen.

»Zwillinge«, sagte Christine.

16

Wir saßen im Garten und rauchten unsere zweite Zigarette. Es war eigentlich etwas zu kühl hier draußen, aber ich hatte den Entschluss gefasst, erst wieder hineinzugehen, nachdem ich Bernhard von dem Verdacht erzählt hätte, den ich gegen Sylvia hegte. Die anfänglichen Zweifel, ob ich ihn ins Vertrauen ziehen sollte, waren nach ein paar Bier und einer halben Flasche Wein verflogen. Bernhard war mein bester Freund, morgen früh würde er mit seiner schwangeren Frau nach Boston fliegen. Ich würde ihn erst reden lassen, eine Pause in seinem Redeschwall abwarten.

»Es gibt Dinge, von denen wir Menschen uns keine Vorstellung machen«, setzte Bernhard seine Ausführungen fort. An das, was vorangegangen war, konnte ich mich schon nicht mehr genau erinnern: die Unendlichkeit des Universums vermutlich, das von einem schwarzen Loch absorbierte Licht. »Du musst es dir so vorstellen: Im Grunde ist es, als könnten unsere Augen keine Farben wahrnehmen. Als würden wir alles schwarz-weiß sehen. In einer solchen Welt sind rote Tulpen hellgrau.«

Wie kein anderer beherrschte Bernhard die Kunst, die Welt um uns herum wieder aufregend zu machen. Man konnte mit Freunden essen gehen und sich den ganzen Abend über Fußball, Frauen, Politik und das Auf und Ab der Immobilienpreise unterhalten, aber wenn Bernhard einmal loslegte, wurden wir alle wieder Teenager, die Kopf an Kopf auf einer Wiese liegen, auf einem Grashalm kauen und in den blauen Himmel starren. Die in den vorübertreibenden Wolken erst noch Tiere und andere Formen zu entdecken versuchen, aber schon bald über das fantasieren, was hinter den Wolken liegt. Wie weit die Sonne, die uns jetzt wärmt, von uns entfernt ist. Wie lange sie noch brennen wird. Bis in alle Ewigkeit. Aber was ist die Ewigkeit? Gibt es sie auch nach unserem Tod noch?

»Ein Taubstummer weiß, dass es Geräusche gibt«, redete Bernhard weiter. »Weil wir, die Hörenden, es ihm gesagt haben. Aber stell dir vor, wir wären alle taubstumm zur Welt gekommen. Du, ich, Sylvia, Christine, alle. Wir haben nicht die leiseste Ahnung, was das ist, ein Geräusch. Wir schlagen mit einem Hammer gegen ein Stück Eisen, aber wir hören nichts. Wir unterhalten uns in Gebärdensprache, wir kennen es nicht anders, wir sind es nicht anders gewohnt. Der Wind rauscht nicht durch die Bäume. Die Wellen brechen sich geräuschlos an der Küste. Aber streng genommen brauchen wir die Geräusche auch gar nicht. Im Universum ist es nicht nur leer, sondern vor allem völlig still. Wäre das nicht ein interessantes Gedankenexperiment, wie sich die Menschheit ohne Geräusche entwickelt hätte? Hätten wir dann dieselben Erfindungen gemacht oder ganz andere, die uns in einer Welt der Stille weiterhelfen würden? Hätte Kolumbus Amerika entdeckt? Im Jahr 1492? Oder fünfzig Jahre später? Wie wäre ein Krieg ohne Geräusche? Ein Fußballspiel? Da wir schon taub sind, können wir es durch den Lärm der Artilleriegeschosse auch nicht werden. Der Schiedsrichter hört unsere Buhrufe nicht, und er kann auch auf der Trillerpfeife keinen Elfmeter pfeifen. Aber ansonsten ist alles gleich. Das Gras riecht nach Gras. Die Soldaten werden aus den Schützengräben in den Tod gejagt. Nur schreien sie nicht, wenn sich ihnen ein Granatsplitter in die Brust bohrt. Kein sterbender Soldat ruft mehr nach seiner Mutter. Er denkt an sie, das schon. Er gibt seinen Kameraden mit Gebärden zu verstehen, sie sollen ihn liegen lassen, zwischen den zerfetzten Pferdekadavern, den Schlammtümpeln und dem Stacheldraht. Er gibt ihnen zu verstehen, was sie seiner Mutter sagen sollen, in Gebärdensprache sagen sollen, wenn sie mit dem Leben davonkommen: dass er nicht gelitten hat.«

Bernhard klemmte sich die nächste Zigarette zwischen die Lippen, ich beugte mich vor und gab ihm Feuer. Nicht zum ersten Mal fragte ich mich, wie lange er es mit Sylvia ausgehalten hätte, wenn nicht ich, sondern er vor achtundzwanzig Jahren als Erster auf dem staubigen Platz zwischen den Tischen vor ihr aufgetaucht wäre. In dieser anderen Wirklichkeit hätte er seine billigen Anmachsprüche zum Besten gegeben. In dem von außen fast nicht als solchem zu erkennenden Tanzsaal, wo wir noch etwas trinken gegangen wären, hätte nicht er, sondern ich auf der unbequemen Holzbank neben der anderthalb Jahre älteren Schwester am Rand der Tanzfläche gesessen. Ich war anders als Bernhard, ich hätte die Schwester nach langem Zögern wahrscheinlich doch zum Tanzen aufgefordert. Aber hätte ich wegen dieser Schwester meine Reise abgebrochen, weil ich mir ein Leben ohne sie nicht mehr vorstellen konnte? Und wie lange hätte es gedauert, bis Bernhard von Sylvia genug gehabt hätte? Einen Tag? Zwei Tage? Eine Woche? Oder hätte er sie wirklich an meiner statt geheiratet? Wäre ich sein Trauzeuge gewesen statt umgekehrt? Und – und hier stockte meine Fantasie mitten in der Nacht, in den halb durchwachten Nächten, in denen ich mit offenen Augen an die Decke starrte und Sylvias damals noch beruhigenden Atemzügen lauschte – hätte ich dann am Ende die Schwester geheiratet, um zumindest das parallele Leben zu führen, nicht mit, aber immerhin in der Nähe der Frau, die eigentlich die meine hätte sein sollen?

Acht Monate nach unserer Begegnung wurde die Hochzeit gefeiert. Auf meinen Wunsch hin in ihrem Geburtsort.

Und ich weiß nicht, warum, aber ich wollte möglichst wenige Leute dabeihaben. Jedenfalls aus den Niederlanden. Bernhard war, wie gesagt, mein Trauzeuge, aber meinen sonstigen Freundes- und Bekanntenkreis ließ ich tunlichst im Ungewissen. Auch meine Eltern versuchte ich anfänglich mit dem Hinweis auf die große Entfernung und das heiße Landesinnere zu entmutigen. »Es ist wirklich schrecklich weit weg«, sagte ich. »Es gibt da nichts, das Haus ihrer Eltern ist viel zu klein, da könnt ihr nicht übernachten, und es gibt nur ein einziges Hotel, und das will ich euch wirklich nicht antun.« Ich übersah dabei, dass meine Eltern und vor allem mein Vater sich von den Geschichten über das ferne heiße Landesinnere und irgendwelche Unbequemlichkeiten nur angespornt fühlen würden. »Wenn unser einziger Sohn heiratet, dann sind wir dabei«, sagte mein Vater. »Ende der Diskussion.« Meine Mutter erkundigte sich noch einmal vorsichtig nach den Betten im Hotel und ob die Bettwäsche zumindest sauber sei. Sie hätte ich vielleicht noch davon überzeugen können, zu Hause zu bleiben, aber mein Vater hatte sich schon in einem Reisebuchladen eine Wanderkarte für die Gegend gekauft. »Nicht weit von dem Ort verläuft ein mittelalterlicher Fußweg zu einem Kreuzfahrerkloster aus dem zwölften Jahrhundert«, sagte er zu meiner Mutter. »In zweitausend Meter Höhe.« Meine Mutter sah mich nur an, sie seufzte tief und senkte ergeben den Kopf.

Über die Gründe, warum ich nicht in Holland heiraten wollte, kann ich besser offen sein. Sylvias Eltern hatten diese Möglichkeit nicht einmal in Erwägung gezogen, für sie war es selbstverständlich, dass die Hochzeit ihrer Tochter bei ihnen zu Hause stattfand. Mir ging es vor allem darum, dass meine Braut Holland nicht zu schnell kennenlernte. Die Holländer, um genau zu sein. Die holländischen Männer. Bisher hatte sie außer mir nur Bernhard kennengelernt, ein nach allen Maßstäben attraktiverer Mann als ich, auch wenn er vielleicht nicht ihr Typ war. Da, in ihrem heißen Landesinneren, waren wir die einzigen großen, blonden Götter aus dem Norden, aber einmal in den Niederlanden, würde sie bald merken, dass es Tausende wie mich gab. Sowohl bessere als auch schlechtere Exemplare, aber alle genauso groß und blond. Sollte es unter den tausend besseren Exemplaren, sei es auch nur rein statistisch gesehen, nicht mehr als genug geben, die auch ihr Typ waren?

Von der Hochzeit selber ist mir vor allem das in Erinnerung geblieben, was nicht passiert ist. Wahrscheinlich lag es an meinen eigenen Vorurteilen, aber ich hatte mit bestimmten Ritualen gerechnet, bei denen man lieber nicht zu viele Zeugen hat. Keine Landsleute jedenfalls. Landsleute, die noch Jahre später amüsante Anekdoten zum Besten geben, Vorurteile bestätigende Anekdoten, in denen die landestypischen Gewohnheiten meiner Frau im Mittelpunkt gestanden hätten. Aber meine Befürchtungen waren unbegründet, jedenfalls passierte nichts, was einen Landsmann hätte stören können – wenn ich der einzige Holländer auf unserer Hochzeit gewesen wäre, hätte ich die Anekdoten noch jahrelang selber erzählt, dafür kannte ich mich zu gut.

An einem Spieß im Garten drehte sich zwar ein komplettes Tier, eines, das noch sehr gut als solches erkennbar war, mit Füßen, Kopf und Schwanz, und hier und da einem nicht ganz entfernten Stück Fell, das knisternd und Fett versprühend in Flammen aufging, aber soweit ich das ermessen konnte, war das Töten dieses Tiers ohne unnötige Grausamkeit vonstattengegangen. (Um welches Tier es sich handelte, verschweige ich hier, denn sein Name könnte bestimmte Länder als potenzielle Heimat meiner Frau ausschließen.) Rituale, bei denen Blut oder absichtlich zugefügte Verstümmelungen eine Rolle spielten, fanden nicht statt. Es wurde Porzellan zerdeppert, Gläser wurden ins Feuer geworfen, die Frauen wurden vor der Zeremonie nicht von den Männern getrennt. Kinder allerdings tollten bis weit nach Mitternacht, ja bis zum Sonnenaufgang, über das Festgelände; bei uns wären sie schon längst von einem Babysitter oder einer älteren Verwandten ins Bett gesteckt worden. Einer älteren Verwandten, auf deren Anwesenheit keiner Wert legt – in unserem Land sind Ältere hauptsächlich lästige Topfgucker, die man dorthin wünscht, wo der Pfeffer wächst. In der Heimat meiner Frau aßen und tranken und tanzten die Kinder mit uns, die kleinsten schliefen auf dem Rasen ein, aber auch die ältesten Verwandten und die Dorfleute blieben bis zum Morgengrauen auf den Beinen.

Und schließlich brauchten auch keine blutigen Betttücher aus dem Fenster unseres Schlafzimmers gehängt zu werden – als Beweis dafür, dass meine Frau noch unversehrt war und nur mir gehörte, dem ersten Mann, der sie noch in derselben Nacht in seine Arme genommen hatte.

»Die größte Herausforderung, vor der wir seit Menschengedenken stehen, ist das Warum«, sagte Bernhard; sein Gesicht hinter dem glimmenden Punkt seiner Zigarette war fast ganz in Dunkel gehüllt. »Nicht nur die Wissenschaft, wir alle. Wir haben erst die Welt entdeckt und dann das Universum. Wir haben Menschen zum Mond gebracht. Vielleicht werden innerhalb der nächsten fünfzig Jahre Menschen auf dem Mars landen. Aber, glaub mir, was wir dort finden werden, wird den Besuch auf dem Mond kaum übertreffen. Noch mehr Steine und Krater und vielleicht ein Flussbett, in dem einmal Wasser geflossen ist. Es ist nur weiter weg. Im Großen und Ganzen wird eine Expedition zum Mars in einer Enttäuschung enden. Nein, ein lohnenderes Ziel liegt viel näher. Es befindet sich hier.« Bernhard tippte sich an die Schläfe. »In unserem Gehirn. Wir müssen weiter denken wollen, als wir es bisher getan haben. Wir müssen Taube werden wollen, aber Taube, die hören wollen. Für einen Tauben, der nichts anderes weiß, als dass die ganze Menschheit taub ist, würde die Entdeckung des Gehörs die größte Entdeckung aller Zeiten sein. Das sollte unser Ziel sein. Wir sollten nicht zu immer weiter entfernten Zielen aufbrechen wollen, sondern uns nach innen richten. Wir sollten das bisher Undenkbare denken wollen.«

Ich hatte bisher noch kein Wort gesagt, höchstens beifällige Laute von mir gegeben, zum Zeichen, dass ich zuhörte. Ich hatte an Bernhards Hochzeit denken müssen, nicht an seine beiden ersten, sondern an die letzte mit Christine. In den vergangenen fünfundzwanzig Jahren werden Ehen in den Niederlanden nur noch ironisch geschlossen, und die von Bernhard und Christine stellte in dieser Hinsicht keine Ausnahme dar. Hier in Amsterdam, in der »Stopera«, die sowohl das Rathaus wie die Oper beherbergt, gibt es einen in grünen und orangefarbenen Pastelltönen angestrichenen Hochzeitssaal, wo unter anderem ein Stuhl schräg aus einer Wand ragt. Der Tisch, an dem die Trauung vollzogen wird, steht auf einem Podest, das sich während der Zeremonie langsam um die eigene Achse dreht. Die Warteliste für diesen Hochzeitssaal ist besonders lang. Doch was besagen der Stuhl, die Farben und das sich drehende Podest anderes, als dass wir die Ehe nicht ernst zu nehmen brauchen? Hier wird mit einem Augenzwinkern geheiratet. Der Bund fürs Leben bedeutet im Grunde gar nichts.

Es war gegen Ende der Feier. Die meisten Gäste waren schon gegangen. Ich schlenderte zum Rand des Gartens und noch weiter, am Hühnerauslauf vorbei und an dem kleinen Schuppen, in dem Sylvias Eltern ihr eingemachtes Gemüse und das Dörrfleisch aufbewahrten, wo die Gartengeräte an den Wänden hingen und die selbst gemachten Würste von der Decke. Einen Zaun gab es nicht, der Garten ging nahtlos in ein unbearbeitetes Stück Land über, auf dem zwischen Felsbrocken nur ein paar Disteln und niedrige Sträucher wuchsen. Es ging erst hinunter in einen tiefen Graben und auf der anderen Seite steil wieder hinauf. Dort verlief ein schmaler Pfad, das wusste ich, weil ich ihn mit Sylvia schon einmal gegangen war. Nach ein paar Hundert Metern erreichte man eine Art Aussparung in einem Felsen, von wo man das Haus der Eltern und fast das ganze Städtchen in der Tiefe liegen sah.

Ich hatte keinen besonderen Plan. Das heißt, der Plan nahm erst feste Formen an, als ich langsam in die Knie ging und vorsichtig, Schritt für Schritt, mit den Händen auf dem harten Boden Halt suchend, in den Graben hinunterkraxelte. Ich wollte zu dem Pfad, zu der Aussparung im Felsen. So glücklich wie jetzt war ich noch nie gewesen, dessen war ich mir in dem Moment völlig sicher. Ich hatte das Bedürfnis nach Perspektive, nach etwas Distanz, wenn man so will. Soweit das möglich war im Dunkeln, wollte ich von der Höhe auf mein neues Leben hinabblicken. Auf mein gerade erst erobertes Glück. Aber kaum war ich unten im Graben angekommen, als ich hinter mir eine leise Stimme hörte.

»Robert …«

Soll ich alle Vorsicht außer Acht lassen und dem ältesten Bruder meiner Frau einen Namen geben, der wirklich zu ihm passt? Das Problem ist eigentlich ein anderes. Sein wirklicher Name passt so gut zu ihm, sitzt ihm wie angegossen, wie ein maßgeschneiderter Anzug, den man ihm nicht ungestraft auszieht. Mit den fiktiven Namen meiner Frau und meiner Tochter bin ich sehr zufrieden, mehr noch: Je öfter ich sie verwende, desto weiter drängen sie die wirklichen Namen in den Hintergrund. Sylvia und Diana – sie sind mir so ans Herz gewachsen, dass es mir noch schwerfallen wird, mich von ihnen zu trennen.

Sylvias ältester Bruder heißt, wie er heißt, ich weiß auch nicht, wie ich es anders ausdrücken soll. Er *ist* sein Name, wie Jesus Christus, John F. Kennedy und Mick Jagger deren Namen sind. Anders können sie nie mehr heißen. Umgekehrt kann auch kein anderer mehr ihren Namen tragen. Wir würden wahrscheinlich etwas verlegen lachen und ein ungläubiges Gesicht machen, wenn sich uns jemand mit so einem Namen vorstellen würde.

Bis mir etwas Besseres einfällt, nenne ich ihn daher »ihr Bruder«.

Bevor ich jetzt sage, dass mein Name dort von allen ausnahmslos falsch ausgesprochen wurde – sie betonten nicht nur die falsche Silbe, es schien auch so, als benötigten sie mehr Luft, um die unbekannten Vokale und die in unserer Sprache miteinander verfilzten Konsonanten aus der Kehle zu den Lippen zu pressen, und überdies sprachen sie meinen Namen auch noch mit einer gewissen Ironie aus, in einem kaum verhohlenen ungläubigen Ton, als würden sie seine Existenz an sich infrage stellen –, muss ich hier darauf hinweisen, dass ich auch mir selber einen anderen Namen gegeben habe. Das erschien mir nur mehr als fair gegenüber meiner Frau und Tochter. Und jeder wird zugeben müssen, dass der Name nicht schlecht gewählt ist. Alle wissen, wie ich wirklich heiße, man braucht nur meinen erfundenen Namen über den richtigen zu legen. Kurz und gut, man denke an meinen richtigen Namen und versuche sich vorzustellen, wie er von einem Ausländer ausgesprochen wird, in dessen Sprache die Konsonanten ausschließlich dazu dienen, eine Brücke zwischen zwei Vokalen zu schlagen. Die Konsonanten sind die Schrauben, die Wörter und Sätze miteinander verbinden. Ohne sie würden die Worte in Einzelteile zerfallen, doch die Schrauben selber dürfen nicht zu auffällig, sie dürfen nicht sichtbar sein. Ein Wort mit zwei Vokalen und fünf Konsonanten, von denen sich auch noch drei ängstlich aneinanderdrängen, ist ein misslungenes Wort – es hat jedenfalls im Mund einer Person, die des Niederländischen nicht mächtig ist, etwas Lächerliches.

»Robert …«

Er setzte sich auf einen Stein. Ich kletterte zu ihm hoch. So saßen wir nebeneinander am Rand des Grabens, dessen

Boden wir im Dunkeln nicht sehen konnten. Aus einer zerknautschten Schachtel bot er mir eine Zigarette an – der Tabak der hiesigen populären Marke roch nach Asphalt und raubte einem beim ersten Zug buchstäblich den Atem. Er gab mir Feuer und zündete sich seine an.

Die Flamme beleuchtete kurz sein Gesicht. Wie alle Männer in diesem Land und vielleicht insbesondere in dieser Gegend, in diesem Städtchen, sah er mindestens zehn Jahre älter aus, als er in Wirklichkeit war. Schwer zu sagen, woran das lag. Nicht ausschließlich jedenfalls an mehr Furchen und Falten, an mehr Warzen und Muttermalen als in einem durchschnittlichen holländischen Gesicht, an dem im Allgemeinen weniger gut gepflegten Gebiss, in dem bereits ein Zahn fehlte. Es lag auch nicht daran, dass die Gesichter hier gegerbter waren als bei uns, vom Landleben und dem weder durch Wolken noch durch Nebel gedämpften Sonnenlicht. Im Gegenteil, die Männer hier taten alles, um sich nicht der Sonne auszusetzen. Sie hielten sich möglichst im Schatten auf, Mahlzeiten nahmen sie im Haus ein, auf den Terrassen draußen saßen ausschließlich Touristen. Bei oberflächlicher Betrachtung könnte man meinen, hier seien die Gesichter mehr vom Leben gezeichnet als bei uns, sie hätten mehr erlebt, mehr gesehen. Verglichen mit den meisten holländischen Gesichtern mochte das sogar stimmen. Die unbefangene Freude, mit der der durchschnittliche Niederländer in die Welt blickt, suchte man hier vergeblich. Unbeschriebene Gesichter und Gesichter ohne Geschichte wie bei uns sah man hier höchstens bei kleinen Kindern, doch sogar diese hatten oft schon das Gesicht von Erwachsenen, sodass man leicht vorhersagen konnte, wie sie später einmal aussehen würden. Nein, ich würde eher sagen – und ich fühlte mich inzwischen dazu berechtigt, denn seit meiner Begegnung mit Sylvia waren acht Monate vergangen –, dass die Menschen vor allem müde aussahen. Erschöpft. Nicht nur von zu schwerer Arbeit, sondern erschöpft vom Leben an sich. Vom Verstreichen der Zeit. Leben und Zeit hatten ihnen schon früh – Sylvias Bruder war noch keine fünfunddreißig – das Aussehen alter Männer verliehen. Die Zeit nahm die Zukunft vorweg und zeichnete die Gesichter älter, als sie in Wirklichkeit waren.

Könnte es sein – und diese Frage habe ich mir damals oft gestellt und ich stelle sie auch heute noch –, dass wir Menschen mit solchen Gesichtern mehr zutrauen? Oder weniger, was Mitleid, Empathie, Gefühl für Anstand betrifft? War ich hier, in dieser Umgebung, in dieser unbarmherzigen Hitze zwischen den Felsen und den Disteln, nicht der Schwächling? Der liebe Kerl aus dem Norden, auf den man in Kriegszeiten nicht bauen konnte. An dem man schon jetzt in dieser harten Welt des Landesinneren wenig hatte. Ein großer, sanfter blonder Kerl, ein Softie, der den Frauen beim Abräumen des Tischs half und die schmutzigen Teller in die Küche trug. Der, Gott behüte, zum Geschirrtuch griff und die Gläser und Teller abtrocknete. Was bildete der sich eigentlich ein! Wollte er etwa den hartgesottenen Männern mit gutem Beispiel vorangehen?

Ich habe es mich oft genug gefragt und es ist mir nur allzu bewusst, dass hier Vorurteile auf der Lauer liegen. Ist es für einen Mann, der es ganz normal findet – weil es zum Leben gehört wie Liebe, Geburt und Tod –, einem Tier die Kehle durchzuschneiden (übrigens so effektiv wie möglich, ohne unnötige Grausamkeit), ein kleinerer Schritt, dasselbe Messer einem Mitmenschen an die Kehle zu setzen, als für uns – für mich, einen erwachsenen Mann, dem sich schon der Magen umdreht, wenn man ihn auffordert, ein Huhn zu rupfen? Dazu haben sie mich in Sylvias Elternhaus in all den Jahren auch nie aufgefordert, wahrscheinlich hatten sie sofort gemerkt, dass ich zwar zum Geschirrtrocknen taugte, aber nicht zu etwas so Elementarem wie dem Rupfen eines Huhns, wie man ja auch ein Kind nicht losschickt, eine Mine zu entschärfen.

Und war diese Wesensart (diese Weichei-Aura, diese Softie-Attitüde) nicht vielleicht der Hauptgrund, warum Sylvia sich in mich verliebt hatte? Weil sie lieber einen Mann wollte, der beim Abwaschen half, als jemanden aus dem eigenen Städtchen, der sich das Essen vorsetzen ließ und sie herumkommandierte wie ein Stück Vieh – auch wenn er ihr wohl nicht die Kehle durchschneiden würde.

Einen Mann mit einem für seinen Körper viel zu alten Gesicht, mit einem zu untersetzten Körper, oft auch noch fettleibig, der eine Frau nicht so leicht in Erregung versetzt (Sylvias Worte). Es ist nicht zu leugnen, man begegnete dort sehr viel öfter als bei uns potthässlichen Männern mit kurzen Beinen und dickem Bauch neben lokalen Schönheitsköniginnen. »Wie ist das bloß möglich!«, fragte Sylvia, wenn wir einem solchen Paar begegneten. »So hätte ich auch enden können. Ich darf gar nicht dran denken.«

»Freust du dich, Robert?«, fragte ihr Bruder, während er den Rauch durch die Nase blies und mir die Hand auf die Schulter legte. »Nein, entschuldige, falsches Wort. Ich meinte *glücklich*. Bist du glücklich, Robert?«

Das Englisch ihres Bruders war besser als das der anderen Familienmitglieder, einschließlich Sylvias. Zuerst hatte er gefragt, ob ich froh (*glad*) sei, mich also freue, hatte sich dann aber selber korrigiert. *»Are you happy, Robert?«* Sie taten sich schwer hier mit dem h, das sie immer wie ein gedehntes, mit viel Luft gefülltes ch aussprachen, wodurch *happy* wie *cheppie* klang, aber es war jetzt nicht der richtige Moment, Sylvias Bruder zu verbessern.

»Yes, I am happy«, antwortete ich. *»Very happy.«* Ich ertappte mich dabei, wie ich beides Mal das h auch mehr wie ein ch aussprach, als wollte ich meinen frischgebackenen Schwager nicht in Verlegenheit bringen. So hatte ich, ein in Amsterdam-Süd aufgewachsener und daher die niederländische Hochsprache sprechender Mann, mit den typischen Amster-

damer Dialekt zugelegt, als ich von dem windigen Podium auf dem Parkgelände vor den mich auspfeifenden Ajax-Fans meine Rede hielt – um die Distanz zu verringern, vermute ich, und *one of the guys* zu sein. Eigentlich wollte ich das nicht, versteht sich, ich fand es ziemlich lächerlich, aber es ging ganz von selber.

Auch mit Sylvias Eltern hatte es Sprachprobleme gegeben. Mit Sylvia unterhielt ich mich anfangs in einer Mischung aus gebrochenem Französisch und Englisch, aber ihre Eltern sprachen nichts außer ihrer eigenen Sprache. Allerdings war eine gemeinsame Sprache im Grunde auch nicht nötig. Als ich, der große, schlaksige Holländer, den Eltern in ihrem kleinen Wohnzimmer zum ersten Mal gegenüberstand, hielt Sylvia meine Hand fest. Ich sah es ihnen an, ich las es in ihren Augen. Enttäuschung. Sie taten ihr Bestes, der Vater schob in der Küche einen Stuhl zurück und lud mich mit einer Handbewegung ein, Platz zu nehmen, seine Frau schnauzte er an, woraufhin sie eine schon geöffnete Weinflasche und vier Gläser auf den Tisch stellte.

Es war elf Uhr vormittags, ich nippte am Wein und lächelte, bis mir die Kinnlade wehtat. Im Sitzen fiel der Größenunterschied weniger auf. In der Tür zum Wohnzimmer hatte ich mich noch für meine Größe geschämt und mich unwillkürlich etwas geduckt, aber trotzdem überragte ich die Eltern immer noch um zwei, drei Köpfe. Auch Sylvia ist nicht groß, aber klein ist sie nun auch wieder nicht, auch sie war mindestens einen Kopf größer als ihre Eltern. Es war regelrecht peinlich, der Vater musste den Kopf in den Nacken legen, um mir in die Augen zu sehen, die Mutter traute sich nicht einmal das und fixierte eine Stelle in Höhe meiner Knie.

Aber auch für mich war es peinlich, insofern man die eigene Unbehaglichkeit wie einen fast sichtbaren, körperlichen Makel mit sich herumtragen kann. Bei Menschen mit einem Buckel oder einer Narbe erinnert man sich später vor allem daran. Buckel und Narbe bekommen im Nachhinein eine Bedeutung. Von einem Menschen mit einem solchen Makel verspricht man sich wenig Gutes.

Was hatte ich mit meinem viel zu großen holländischen Körper hier verloren, in diesem Haus, in diesem Land. Was hatte ich hier zu suchen? Ich war gekommen, um ihre Tochter zu entführen, ihre wunderbare Tochter. Alle Ausländer erlagen ja dem Charme der einheimischen Frauen. Solche gab es nicht bei ihnen, solche Frauen. Prachtexemplare ihres Geschlechts, die aus allen Poren Weiblichkeit verströmten. Solche waren in Holland längst ausgestorben.

Später sagte Sylvia mir, für ihre Eltern wäre ich in erster Linie jemand gewesen, der »anders« war. Sie fanden es schade, dass ihre Tochter nicht einen Mann aus der Gegend heiratete. Es wäre auch weniger schlimm gewesen, wenn ich wenigstens die gleiche Nationalität, den gleichen Hintergrund wie ihre Tochter gehabt hätte.

»Er macht ja einen ganz netten Eindruck«, habe ihre Mutter gesagt. »Aber alles an ihm ist so ausländisch.«

Und was die Tochter damals wohl in mir gesehen hatte? Warum hatte sie sich diesen Lulatsch ausgesucht statt einen echten Mann aus der Gegend? Denn dass ich kein echter Mann war, das war sonnenklar: dieses alberne Lächeln, das hastige Nippen am Rotwein. Du wirst sehen, nachher bringt er auch noch alle Gläser in die Küche und besteht darauf, beim Abwaschen zu helfen.

»Das freut mich«, sagte Sylvias Bruder und knetete leicht meine Schulter. »Ich sehe, du hast ein gutes Herz. Du wirst ein guter Mann für sie sein. Aber eins lass dir gesagt sein, Robert«, fügte er nach einer kurzen Pause hinzu. »Wenn du ihr jemals etwas antust« – seine Finger hatten aufgehört zu kneten, sie verstärkten ihren Griff. »Wenn du ihr jemals etwas antust, dann sieh dich vor! Dann kriegst du es mit mir zu tun.«

»Im Grunde gibt es zwei wichtige Fragen, denen mit dem Verstand nicht beizukommen ist«, sagte Bernhard. »Die eine betrifft das Universum. Die Entstehung des Universums und seine Endlichkeit. Oder besser gesagt: Unendlichkeit. Die Wissenschaft hat darauf eigentlich keine Antworten. Sie kommt nie weiter als bis zu einer neuen Theorie. Dass alles viel rascher gegangen ist, als bisher angenommen, dass sich das Universum daher auch viel rascher ausdehnt, als bisher angenommen, dass es am Anfang einen gewaltigen Klumpen Materie gab, der dann explodiert ist. Und so weiter und so fort. Aber die wichtigste Frage wird immer übersprungen: das Warum. Oder anders gesagt: Was war vor der Entstehung des Universums? Wo kam die Materie so plötzlich her? Warum setzt die Zeitrechnung nie vor dem Urknall ein? Und warum blickt die Wissenschaft nie über den eigenen Tellerrand? Wenn das Universum endlich ist, was ist dann danach? Außerhalb? Noch mehr Universum? Oder nichts mehr? Und wie sollen wir uns dieses Nichts dann vorstellen? Das sind die beiden Fragen, denen unser Verstand einfach nicht gewachsen ist. Wir sind wie die Tauben, die sich das Hören nicht vorstellen können. Und genau diese Lücke füllen wir dann mit dem Glauben«, fuhr Bernhard fort. »Die Grenze des Universums ist zugleich auch die Grenze unseres Verstands. Was aber befindet sich jenseits der Grenze? Was geschieht mit uns nach unserem Tod? Im Grunde ist es die gleiche Frage. Das geht über unseren Verstand, sagen wir. Ja, so ist es. Wo unser Verstand nicht hinreicht, lassen wir unserer Fantasie freien Lauf. Wir erfinden ein Jenseits. Oder denken uns eine Theorie aus. Wissenschaftler machen sich über die Schöpfungsgeschichte lustig. Über einen Gott, der die Welt in sieben Tagen erschuf. Lächerlich, sagen sie, vergessen dabei aber, dass ihre wissenschaftlichen Erklärungen auch nie bei nichts anfangen. Die Materie ist immer schon da. Aber mit dem, was davor war, beschäftigen wir uns aus purer Bequemlichkeit einfach nicht.

Vor dem Urknall und vor der Materie. Wir haben uns inzwischen daran gewöhnt, in Milliarden Jahren zu denken, in Milliarden Lichtjahren. Doch mit der Zeit vor der Entstehung des Universums beschäftigen wir uns nicht. Weil wir nicht einmal wissen, ob da etwas ist, mit dem wir uns beschäftigen könnten. Im Grunde wissen wir nichts. Das Universum ist unendlich. Und vor allem unendlich leer. Die Entfernungen sind nicht mehr in Kilometern anzugeben. Auch hier kann man sich die Frage stellen, wozu all dieser Raum. Wie du weißt, bin ich selber nie gläubig gewesen, auch nicht gläubig erzogen. Aber erinnerst du dich noch – wie lange ist das jetzt her, zwanzig Jahre? –, wie wir durch das Death Valley fuhren? Wir kamen aus Los Angeles, und da stand an einer Abzweigung plötzlich ein Schild, dass es auf den nächsten hundertfünfzig Meilen keine Zapfsäule gibt.«

»Ja«, sagte ich. »Und die zwei Düsenjäger, die sich hoch am Himmel ein Scheingefecht lieferten.«

»Ja, genau. Daran erinnere ich mich auch. Vor uns lag eine riesige Salzebene und sonst gar nichts. Kein Haus. Kein anderes Auto. Ich glaube, wir sind den ganzen Nachmittag keinem einzigen Menschen begegnet.«

»Stimmt. Es war ein bisschen beängstigend. Wir dachten, was, wenn wir jetzt eine Panne haben?«

»Und so abwegig war das gar nicht. Es passiert immer mal wieder. Vor ein paar Jahren noch – eine Frau mit ihrem kleinen Sohn. Zelten bei Zabriskie Point, aber dann sprang der Motor nicht mehr an. Oder die Familie im Wohnmobil in Montana. Es war Herbst und sie waren auf dem Rückweg zu ihrem Haus in den Wäldern, als es auf einmal zu schneien anfing. Das Wohnmobil wurde erst im Frühling gefunden, als das Tauwetter einsetzte.«

Jetzt erinnerte ich mich an noch etwas. Während der Fahrt hatten wir über Gott geredet und dass man es verstehen könne, wenn Menschen in einer so unwirtlichen Gegend an

Gott glauben. Und von Gott kamen wir auf Waffen. Auf Waffenbesitz. In Holland belächelt man die Amerikaner immer deswegen, all die Pistolen und Gewehre, die man sich überall beschaffen kann, sogar in den Supermärkten. Aber diese Holländer waren bestimmt noch nie aus Nordwesten kommend ins Death Valley gefahren. Es gibt da einfach nichts. Kein Haus, keinen Baum, keinen Strauch. Nur schmutzig weiße geborstene Erde, so weit das Auge reichte, und kahle Berge in der Ferne. Die Dämmerung brach schon herein, und alles verfärbte sich langsam von hellrosa zu dunkelviolett. Wenn Gott nicht existierte, dann gab es überhaupt nichts, dachten wir beide. Und gestanden uns ein, wir würden uns hier, in dieser durch und durch feindseligen Landschaft, wohler fühlen, wenn wir wenigstens bewaffnet wären.

Ich dachte jetzt wieder an Sylvias Bruder. An den Moment, als er aufgehört hatte, meine Schulter zu kneten und mich davor warnte, seiner Schwester jemals etwas anzutun. Im Dunkeln konnte ich seine Augen nicht sehen, nur die rot glimmende Zigarette. Kurz fragte ich mich, ob es etwa ein Scherz sein sollte, ob der Bruder meiner Frau – der Frau, die ich gerade geheiratet hatte – es womöglich nicht ernst meinte. Ob ich es hier mit trockenem Humor zu tun hatte und mich unsterblich lächerlich machen würde, wenn ich die Drohung ernst nahm. Ich holte ein paarmal tief Luft, ich wartete auf den Moment, da das Kneten wieder einsetzen und er in Lachen ausbrechen würde. *Haha, da hab ich dich aber ganz schön an der Nase herumgeführt, was, Robert? Gib es zu. Du hast es wirklich geglaubt.*

Aber das Lachen blieb aus. Bildete ich es mir nur ein oder war der Druck seiner Finger auf meine Schulter wieder stärker geworden?

»Ich würde ihr nie etwas antun«, sagte ich. »Niemals. Sylvia ist die Frau meines Lebens. Ich wäre dazu gar nicht imstande.«

Ich weiß noch genau, was ich in dem Moment dachte. Auf

der einen Seite bestätigte er alle Vorurteile *(So sind die Menschen in dieser Gegend eben, es steckt ihnen im Blut)*, auf der anderen Seite war ich ihm dankbar. Für mich begann ein neuer Lebensabschnitt, in dem es mit der Unverbindlichkeit definitiv vorbei war. Ich hatte nicht nur die Frau meines Lebens geheiratet, es stand tatsächlich etwas auf dem Spiel. Denn hier machte man das nicht mit einem Augenzwinkern.

»Das höre ich gern, Robert«, sagte er leise – und seine Finger fingen wieder an, meine Schulter zu kneten.

17

Ich wusste nicht so genau, was ich wollte. Nein, das stimmte nicht ganz: Ich wusste eigentlich vor allem, was ich nicht wollte.

Ich wollte keine Nachforschungen anstellen, keine Beweise sammeln. So lief das nämlich meist im Leben. Im Leben und im Film. Betrogener Ehemann stellt Nachforschungen an, versucht, das Passwort des Computers seiner Frau zu knacken (Name der Tochter, Name des Haustiers plus die beiden letzten Ziffern ihres Geburtsdatums). Aber ihre E-Mails enthalten keine Anhaltspunkte. Vielleicht hat sie ein zweites, geheimes E-Mail-Konto. Oder er schaut sich in einem unbeobachteten Augenblick den WhatsApp-Verlauf auf ihrem iPhone an, das sie ja immer herumliegen lässt. Aber ob er etwas findet? Hat sie nicht längst Vorkehrungen getroffen, löscht sie nicht sofort alle E-Mails oder Textnachrichten, die sie verraten könnten?

Mir fiel der Film ein, in dem ein Journalist in das Navi eines ermordeten Kollegen dessen letztes Fahrtziel eingibt. Aber meine Frau hatte gar keinen Führerschein. Egal – genau das wollte ich eben nicht, wurde mir jetzt, ein paar Wochen nach dem Essen mit Bernhard und Christine, klar. Ich würde einfach weiter aufpassen wie ein Luchs. Würde sie über den Rand der Zeitung hinweg im Auge behalten. Würde mich beim Essen, zu Hause oder wie noch vor Kurzem zu dritt im Schiller, am Small Talk beteiligen und derweil, wie ein Seismograf die ersten Erschütterungen in der Erdkruste, die Schwankungen im Tonfall meiner Frau registrieren.

Harte Beweise würden bestimmt etwas kaputt machen. Eine verfängliche E-Mail oder unmissverständliche Textnachrichten würden irreparablen Schaden anrichten. Für den Rest meines Lebens würden diese Sätze Wort für Wort in meinem Kopf herumspuken. In unkontrollierten Augenblicken würden sie sich vordrängeln und unsere Zukunft – unsere gemeinsame Zukunft, erlaubte ich mir zu denken, unser wiedergefundenes Glück – für immer besudeln. In drei oder vier Jahren würde ich vom Strand aus zuschauen, wie meine Frau in die Brandung watet und plötzlich die Sätze *Noch mehr Küsse! Bis Montag, Maarten* unten im Bild aufleuchten sehen. Solange es keine Beweise gab, sagte ich mir, war alles noch möglich.

Und solange alles noch möglich war, konnte alles auch einfach wieder vorbei sein. Das war es, was ich mir von nun an vornahm, was ich mit aller Macht versuchen wollte, mir vorzunehmen. Wenn es irgendwann zwischen jetzt und einem nicht zu weit in der Zukunft liegenden Zeitpunkt plötzlich vorbei war, würde ich es ihr nicht nachtragen. Ich wusste nicht, ob ich es könnte, aber es war einen Versuch wert. Ich würde ihr den einfachen Ausweg bieten. Vielleicht war es nie passiert. Solange ich nicht davon anfing, war es nicht passiert.

Größere Schwierigkeiten hatte ich mit der Vergangenheit. Inwiefern war unsere gemeinsame Vergangenheit besudelt? Ich dachte an das, was wir in den vergangenen Monaten zusammen unternommen hatten. Hatte es noch dieselbe Bedeutung, jetzt, da sich ein Schleier des Argwohns über alles gelegt hatte? War es denkbar: ein Doppelleben? Meine Frau, die mich anlächelte – nur zu dem Zweck, mir Sand in die Augen zu streuen?

Im vergangenen Herbst waren wir ins Kröller-Müller-Museum gegangen. Einfach mal vier Tage weg, nur wir zwei. Normalerweise fuhren wir dann in unser Wochenendhaus oder flogen nach Barcelona, Paris oder London, aber diesmal hatten wir uns in die Provinz aufgemacht. Sylvia beschwerte sich manchmal, sie kenne die Niederlande eigentlich gar nicht. »Amsterdam kenne ich schon«, sagte sie, »aber den Rest überhaupt nicht.« Das stimmte nicht ganz, denn in den ersten Jahren hatten wir noch überallhin Ausflüge gemacht: nach Schiermonnikoog, nach Groningen, Südlimburg. Aber nach einiger Zeit hatten wir das in der Tat aufgegeben. Durch die Niederlande zu reisen ist wie das Rennen auf einem Laufband in einem Fitnesscenter: Wenn man nach einer halben Stunde vom Band steigt, befindet man sich immer noch an derselben Stelle.

Jetzt schlenderten wir durch die Museumssäle. Ich muss bekennen, dass ich mir Kunstwerke selten richtig anschaue. Meine Ungeduld ist immer größer als das schlechte Gewissen wegen meines mangelnden Interesses. Meine Frau ist da ganz anders. Im Kröller-Müller gibt es einen langen Flur, von dem nach beiden Seiten kleine Säle abgehen. An denen gehe ich immer am liebsten rasch vorbei, stecke höchstens kurz prüfend den Kopf hinein, wie ein Arzt in einem Krankenhaus, der sich im Zimmer geirrt hat. Meine Frau hingegen geht in jeden einzelnen Saal und steht dann durchschnittlich über zwei Minuten vor jedem Gemälde. Ich könnte sagen, sie trödelt, das stimmt aber nicht. Ich gehe zu schnell, so ist es und nicht anders. Manchmal folge ich ihr unschlüssig, schaue mit ihr auf ein dunkles Gemälde, auf dem ein erleuchtetes Schiff an einem halb im Nebel versunkenen Kai liegt. Ich schaue mit ihr mit, versuche, das Schiff, den Nebel durch ihre Augen zu sehen. Wie sie beuge ich mich zu dem Schildchen, auf dem der Name des Malers, der Titel des Bildes und das Jahr steht, in dem es gemalt wurde. Wenn meine Frau alles gelesen hat, geht sie nicht etwa weiter, sondern macht einen Schritt zurück und betrachtet das Bild noch einmal. Wo für mich das Lesen des Schildchens den Endpunkt markiert, die letzte obligatorische Handlung, bevor ich mich endgültig von dem Gemälde verabschiede, ist es für sie offenbar ein Ansporn, sich das Gemälde noch einmal anzusehen – mit anderen Augen, mit neuer Information. Meist hat sie mich dann längst vergessen, aber hin und wieder blickt sie zur Seite, und dann huscht ein dankbares Lächeln über ihr Gesicht, das gleiche dankbare Lächeln, das sie mir schenkt, wenn ich in einem Kleidergeschäft geduldig vor der Umkleidekabine warte.

»Schön, nicht?«, sagt sie. Oder: »Es ist fast, als könnte man die Stille durch den Nebel hören.« Dann ist für mich der Moment gekommen, mich dem nächsten Gemälde zuzuwenden. Oder besser noch, den Blick mit einer einzigen Bewegung des Kopfes über alle anderen im Saal befindlichen Bilder gleiten zu lassen. Abschied. Noch mehr Schiffe. Eine Seeschlacht. Ein Schiffbruch. Hungernde Matrosen auf einer Insel in der Barentssee.

Nach einer Weile hatte ich mich mehrere Säle von Sylvia entfernt. Wer nicht vor jedem Bild stehen bleibt, sieht dafür etwas anderes: die ganze Kunstgeschichte auf einen Blick. In chronologischer Reihenfolge, denn so waren die Bilder in diesem Museum gehängt. Von Gemälden mit erkennbaren Schiffen, Winterszenen mit Schlittschuhläufern, Stillleben mit Obstschalen kam man zu solchen, die der erkennbaren Wirklichkeit allmählich den Rücken zukehren. Erst verschwimmen die Konturen, die Flusslandschaften bestehen aus Hunderten von Farbtupfern und die Balletttänzerinnen aus quadratischen Flächen und Würfeln, bis schließlich überhaupt nichts Erkennbares mehr übrig ist. Rechtecke. Farben. Schöne Farben, das schon, auch schöne Rechtecke – aber für mich war es an der Zeit, den Museumsbesuch abzurunden und in die immer als solche erkennbare Außenwelt zurückzukehren.

Ich ging sechs Säle zurück und traf meine Frau auf einer Bank vor einem Gemälde an, auf dem eine Gruppe von Männern und Frauen am Ufer eines Flusses picknickten, einige hielten einen Schirm in der Hand. Alles war noch einigermaßen erkennbar, und doch fand hier bereits eine erste vorsichtige Verzerrung der Wirklichkeit statt. Die Gesichter waren schon Vorläufer von abstrakten Flächen, Kreisen und Rechtecken, das Gras hatte nicht mehr die Farbe von Gras, sein fades Hellgrün erinnerte eher an Pistazieneis.

Natürlich schaute ich erst zu meiner Frau. Das Gemälde war mir bekannt, es war der Grund gewesen, warum ich sie in diesem Saal zurückgelassen hatte.

Sie saß auf der Bank und tippte etwas in ihr Handy, ohne mich zu bemerken. Ich blieb stehen und betrachtete sie.

Sie lächelte. Während sie tippte, lächelte sie. Unsere Tochter, dachte ich – dachte ich da, damals, vor einer Ewigkeit. Denn Sylvia und Diana tauschten häufig Nachrichten aus, auch wenn sie nur kurz getrennt waren. Deshalb lächelte Sylvia natürlich, weil sie an Diana dachte. Oder weil Diana ihr gerade etwas Lustiges geschrieben hatte.

In dem Moment schaute sie auf und sah mich. Erschrak sie? Nein, sie schaute eher drein wie jemand, der gerade aufgewacht ist, der einen Augenblick lang nicht weiß, in welchem Schlafzimmer, in welchem Bett er sich befindet.

»Hey …«

Woran ich mich gut erinnere, ist, dass ihr Lächeln in dem Moment, als sie mich erblickte, erlosch. Sie blinzelte mit den Augen, wie jemand, der in einem dunklen Zimmer sitzt, und plötzlich werden die Vorhänge aufgezogen.

Ich zeigte mit dem Kopf auf ihr Handy. »Diana?«

Unsere Tochter war allein zu Hause, den neuen Freund gab es damals noch nicht. »Alles in Ordnung?«

Meine Frau schüttelte den Kopf. »Nein, eine Freundin. Eine Freundin, die du nicht kennst.«

Eine Freundin, die du nicht kennst … Wo hatte ich das schon einmal gehört? Nein, ich hatte es noch nicht gehört. Ich würde es erst später hören, ungefähr sechs Monate später, in einer Brasserie in Paris.

War die mir unbekannte Freundin damals im Museum auch schon Sadako? Dieselbe Japanerin, erfunden oder nicht, die schon jetzt oder erst sechs Monate später von ihrem Ehemann betrogen wurde? Von ihrem erfundenen Ehemann, konnte ich mir nicht verkneifen zu denken. Eine erfundene Freundin mit einem erfundenen Mann – ein fiktiver Ehebruch.

Mit Sylvia und mir verhält es sich ganz einfach: Wo wir sind, ist es schön. Wo wir zu zweit sind, sind wir glücklich. Wir haben ganz unterschiedliche Interessen, doch unser Interesse aneinander bleibt sich immer und überall gleich. Gemälde sagen mir an sich wenig, aber eines, vor dem Sylvia stehen bleibt, ist immer mehr als nur eine Seeschlacht, eine Landschaft oder ein Stillleben mit Obst und totem Hasen.

Wo wir waren, war es schön, musste ich jetzt denken. Ja, damals noch, in jenen vier Tagen im Herbst. Und im Stillen formulierte ich eine schreckliche Frage. Eine Frage, von der ich mir nicht sicher war, ob ich die Antwort überhaupt hören wollte. *Wie lange?*, lautete die Frage, die ich am liebsten nie stellen wollte. *Wie lange läuft das schon?*

Mir graute davor, die Vergangenheit zu besudeln. Mit der Tatsache, dass der Betrug die Gegenwart färbte, könnte ich mich noch abfinden. Ich lebte ja schon damit. Aber doch nicht die Vergangenheit, bitte nicht die Vergangenheit.

Wie viele solcher vergangenen Augenblicke würde ich noch rekonstruieren können? Noch rekonstruieren wollen? Augenblicke, die ich heute ganz anders deuten müsste.

Das eine Mal, als sie aus dem Zimmer ging, noch bevor sie den Anruf angenommen hatte. Das andere Mal, als sie … Nein, so wollte ich nicht denken. Ich wollte mir die Vergangenheit nicht nachträglich mit verdächtigen Vorfällen ausmalen. Es gab, wie gesagt, überhaupt keine Indizien. Keine plötzliche Gewichtsabnahme, kein übermäßiges Make-up – und dann drängte sich mir die Frage auf: Wie viele Leute wussten es schon? Wie vielen Freundinnen hatte sie es schon erzählt?

Ich muss dir was sagen, ich werde verrückt, wenn ich es noch länger für mich behalte. Kann ich dir ein Geheimnis anvertrauen?

Wie vielen Leuten hatte Maarten van Hoogstraten es erzählt?, war mein nächster Gedanke. Wie viele Kollegen, Sekretärinnen, Amtsdiener, Pförtner wussten schon längst von der Affäre? Der Affäre, die Aufsehen erregen würde, wenn die Presse Wind davon bekam. Der betrogene Bürgermeister. Schlimmer noch: der ahnungslose Bürgermeister. Das halbe Rathaus wusste Bescheid, nur er nicht.

So was passierte schon mal. Einem Freund aus der Schulzeit, den ich ab und zu noch sehe – dessen Frau vor zehn Jahren etwas mit dem Mann eines befreundeten Paars anfing. Alle wussten es. Jahrelang. Ich wusste es. Sylvia wusste es. Aber haben wir ihm die Augen geöffnet? Nein, er musste schon selber dahinterkommen! Er hatte doch Augen im Kopf?!

Ich legte es mir nun so zurecht: Die Tatsache, dass die Affäre noch nicht bei der Presse gelandet war, bedeutete schlicht, dass es sie gar nicht gab. Oder dass noch niemand etwas gemerkt hatte.

Nein, ich würde alles intakt lassen. In erster Linie die Vergangenheit. Solange man sich nicht auf die Suche nach schlimmen Vorzeichen machte, gab es auch keine. Oder anders gesagt: Die schlimmen Vorzeichen – das Lächeln auf Sylvias Gesicht im Saal des Kröller-Müller-Museums inbegriffen – konnten genauso gut keine sein.

Die Gegenwart würde ich von nun an anders angehen – aber das tat ich ja eigentlich schon. Ich hatte mich als verdeckter Ermittler versucht. Ab heute würde ich der Maulwurf in meinem eigenen Leben sein. Sichtbar und unsichtbar zugleich. Die letzte Person, die man für den Maulwurf halten würde.

Auch Maarten van Hoogstraten würde ich ab jetzt nur noch völlig unauffällig beobachten. Ich durfte mein Verhalten ihm gegenüber nicht ändern. Ich mochte ihn nicht, hatte ihn nie gemocht. Wenn ich ihm jetzt auf einmal jovial auf die

Schultern klopfte und über seine platten Witze lachte, würde er Argwohn schöpfen. Man müsste mir die gleiche Abneigung vom Gesicht ablesen können wie bisher. Abneigung, keine Verachtung, wenn sie dem auch sehr nahekam. Naive Menschen brachten mich auf die Palme. Maarten van Hoogstraten strahlte die hemmungslose Fröhlichkeit eines Ignoranten aus. Mit seinen etwas zu großen blauen Augen stand er immer auf der guten Seite. Gegen die Umweltverschmutzung. Besorgt um die globale Erwärmung. Besorgt um den steigenden Meeresspiegel. Lauter Dinge, gegen die man in der Tat sein konnte, worüber man sich in der Tat Sorgen machen konnte. Doch Leute wie er taten das immer eine Spur zu leicht. Sie zehrten davon. Sie hatten das Recht auf ihrer Seite – denn wie könnte man ihnen je widersprechen?

Bist du etwa für Überschwemmungen? Ist dir etwa ein von Luftverschmutzung verfinsterter Himmel lieber? Und ohne mit der Wimper zu zucken: *Bist du etwa gegen eine faire Verteilung des Wohlstands, ist es dir egal, dass noch immer Menschen verhungern, solange du nur dein Steak kriegst? Willst du unseren schönen Planeten denn vollends vor die Hunde gehen lassen?*

Dabei hatte man sich noch gar nicht dazu geäußert. Man traute sich nicht. Man wich dem Terror. Dem Terror der großen Rechthaberei.

Nein, von nun an würde ich ihm Steine in den Weg legen. Ich hatte ihm immer schon Steine in den Weg gelegt, aber ab heute würde ich es weniger auffällig machen. Ich würde eine interessierte Miene aufsetzen, wenn er seine Pläne für einen Windpark am Stadtrand vorstellte. In regelmäßigen Abständen würde ich verständnisvoll nicken, die Hand ans Kinn führen und konzentriert dreinschauen – als würde ich ihm wirklich zuhören.

Als würde der Windpark jemals gebaut werden, dachte ich im nächsten Moment – und erschrak über mein eigenes etwas zu lautes Gelächter.

18

Alles sagte mir, dass die Journalistin, die mir am Schreibtisch gegenübersaß, noch eine letzte Frage stellen wollte, als es klopfte und meine Sekretärin den Kopf zur Tür hereinsteckte.

»Wir sind gleich fertig«, sagte ich.

Mit Frau Schreuder hatte ich vereinbart, dass sie bei jedem Interview nach einer Stunde an die Tür klopfte, um zu sagen, dass ich zu einer Sitzung oder der Eröffnung einer neuen Brücke erwartet würde. Doch mein Zeitgefühl sagte mir, dass die Stunde noch nicht vorbei war. Allerdings dauerte mir jedes Interview schnell zu lange. Ich versuchte dann, der Zeit ein Schnippchen zu schlagen, indem ich nicht auf die Uhr guckte, daher tauchte das erlösende Gesicht meiner Sekretärin immer früher als erwartet auf.

»Es ist Ihr Vater«, sagte sie, nachdem sie der Journalistin einen Blick zugeworfen hatte.

»Sagen Sie, dass ich ihn zurückrufe.«

Frau Schreuder legte die Hand an den Mund, räusperte sich und blickte wieder zur Journalistin. »Er ist nicht am Telefon. Er ist … hier. Er steht draußen an der Rezeption.«

Das war etwas Neues. Das war noch nie passiert. In all den Jahren meiner Zeit als Bürgermeister war mein Vater noch nie ohne vorherige Ankündigung im Rathaus erschienen.

»Sagen Sie ihm, dass ich gleich …« Ich beendete den Satz nicht. Etwas, eine Vorahnung, wobei mir das Herz ein paar

Zentimeter tiefer rutschte, ließ mich halb vom Stuhl aufstehen.

Eine halbe Sekunde lang erwog ich, die Journalistin zu bitten, im Flur zu warten, sodass ich meinen Vater hier drinnen sprechen konnte – aber den Gedanken verwarf ich gleich wieder. Womöglich würde sie es als »Stimmungsbild« in ihr Interview aufnehmen. Womöglich würde es sie ärgern. Und dann würde etwas von dieser Verärgerung in den Artikel einfließen.

»Haben Sie noch einen Moment Geduld?«, fragte ich stattdessen lächelnd. »Es dauert nicht lange.«

Sie erwiderte mein Lächeln nicht, schaute nur kurz auf ihr iPhone, mit dem sie das Interview aufgenommen hatte, und berührte mit dem Daumen das Display. »Ich war eigentlich schon fast fertig«, sagte sie. »Es gibt nur noch eine Sache … Nein, gehen Sie ruhig. Ich warte so lange.«

Mein Vater stand, die Hände in den Hosentaschen, vor dem Porträt des Königs, das im Flur neben dem Zimmer meiner Sekretärin hing. Eigentlich war es für mein Arbeitszimmer bestimmt gewesen, aber der Gedanke, jeden Morgen als Erstes in dieses Gesicht zu sehen, war mir unerträglich gewesen. Ich wusste, was passieren würde. Nach einer gewissen Zeit, vielleicht schon nach ein paar Wochen, hätte ich mich daran gewöhnt, und das war unter allen Umständen zu vermeiden. In unserem vorigen Haus hatten wir ein Badezimmer aus den Siebzigerjahren, braune Kacheln mit Blumenmotiven. Das werden wir sofort ändern, hatten wir zueinander gesagt, als wir das Haus besichtigten. Aber wir haben es nicht getan. Wir haben es immer wieder hinausgeschoben. Der Umbau eines Badezimmers ist eben etwas anderes als das Übermalen einer Blümchentapete. Man kann ein paar Wochen nicht duschen, im Grunde muss man vorübergehend umziehen oder den Umbau in den Urlaub verlegen. So gewöhnten wir uns daran, in einem Badezimmer zu duschen, das eine Beleidigung fürs

Auge war. Die Badewanne benutzten wir erst gar nicht – bloß so schnell wie möglich wieder raus.

Nach einer gewissen Zeit konnten wir uns des Eindrucks nicht erwehren, etwas von der Hässlichkeit des Badezimmers sei auf uns übergegangen. Aus diesem Grund hing das Porträt des Königs im Flur und nicht in meinem Arbeitszimmer. Jeden Morgen ging ich daran vorbei, wie man auf einer Party an jemandem vorbeigeht, den man lieber nicht sprechen möchte.

»Robert …« Mein Vater versuchte ein Grinsen, aber ich merkte gleich, dass er nicht er selbst war. Sein Blick schoss von mir zu meiner Sekretärin, die neben mir hergegangen und vor ihrer Tür stehen geblieben war.

»Komm«, sagte ich und legte ihm die Hand auf die Schulter, »lass uns ein Stückchen gehen.« Ich nickte Frau Schreuder zu, ein beruhigendes Nicken sollte es sein, es ist alles in Ordnung, ich bin gleich wieder da, ich lasse die Journalistin nicht unnötig warten.

»Ich will nicht um den heißen Brei herumreden«, sagte er, noch bevor wir um die Ecke gebogen und in einen anderen, geräumigeren Flur gekommen waren; rechts hinten war die Kantine, wo wir uns setzen konnten, wenn nicht zu viele Leute da waren, aber ich fragte mich auf einmal, ob das klug war. »Wir verlegen es vor«, sagte er. Er war stehen geblieben, die Hände noch immer in den Taschen der Hose, die er in den letzten zehn Jahren fast nur noch trug, nicht dieselbe natürlich, sondern die gleiche: eine kakifarbene mit mehreren Taschen und Reißverschlüssen an den Hosenbeinen, eine Hose für aktive Leute, eine, in der man im Garten arbeitet oder in einem ausgetrockneten Flussbett über Felsen klettert.

Ich wusste natürlich sofort, was er meinte, obwohl ich in den letzten Monaten versucht hatte, so wenig wie möglich daran zu denken – was mir in der Regel auch gelang. In den seltenen Momenten, in denen ich mich daran erinnerte, konnte ich zu keinem anderen Schluss kommen, als dass meine

Eltern ihn wohl wieder aufgegeben hatten. Sie erwähnten ihn nicht mehr, weder während unserer Besuche bei ihnen noch während einem ihrer seltenen Besuche bei uns.

Für den Fall, dass er doch einmal zur Sprache käme, hatte ich Sylvia schließlich eingeweiht, nicht gleich nachdem ich mit meinem Vater nach Ouderkerk gefahren war, sondern viel, viel später, zu spät fast, nämlich kurz bevor wir bei meinen Eltern klingelten, beim Einparken vor ihrem Haus.

»Übrigens«, sagte ich so lässig wie möglich. »Es kann sein, dass meine Eltern etwas zur Sprache bringen, das gelinde gesagt ziemlich ungewöhnlich ist. Nur damit du nicht überrascht reagierst. Ich wollte es dir längst sagen, aber irgendwie kam immer was dazwischen.«

Und ich erzählte es ihr. Sylvia schüttelte nur den Kopf. »Was ist das bloß mit euch?«, fragte sie, und ich wusste, dass sie mit »euch«, wie des Öfteren, »euch Holländern« meinte. »Warum lasst ihr dem Leben nicht einfach seinen Lauf? Warum wollt ihr immer alles reglementieren, von der Wiege bis zur Bahre? Ich verstehe das einfach nicht, wirklich nicht, ihr habt euch total von der Wirklichkeit entfernt.«

»Aber Menschen, die leiden und wissen, dass sie nicht mehr lange zu leben haben …«, hielt ich der Form halber noch dagegen; dabei wusste ich schon, dass sie recht hatte.

»Das ist doch etwas ganz anderes. Leiden deine Eltern etwa? Ist ihr Leiden unerträglich? Weißt du, was es ist, Robert? Es ist einfach total kindisch. Sie wollen nur, dass man sich mehr um sie kümmert. Angeblich wollen sie würdig aus dem Leben scheiden, aber es ist reine Eitelkeit. Sie wollen nicht, dass du ihren Verfall erlebst. Sie wollen über deine Erinnerung Regie führen. Vitale Eltern, die noch Bergwanderungen machen. Keine Eltern, die du vom Bett zum Klo tragen musst. Aber mit Würde hat das nichts zu tun. Es ist ein Missverständnis, dass Verfall unwürdig ist. Ein Sterbebett, mühsames Atmen, ein letztes Wort, ein letzter Seufzer, das ist wahre Würde. Hier in diesem Land ist alles ein Spiel geworden. Ein Vergnügungspark. Sogar der Tod.«

Bei dem Besuch damals hatten meine Eltern ihren Plan nicht zur Sprache gebracht und auch später erwähnten sie ihn nie mehr. »Und?«, fragte Sylvia manchmal. »Wird noch was draus?« Und nach meiner Antwort, dass ich es nicht wisse, dass keiner von beiden in letzter Zeit darauf zurückgekommen sei, sagte sie: »Na siehst du. Was habe ich dir gesagt. Sie wollen nur, dass man sich mehr um sie kümmert.«

Aber jetzt ging mein Vater neben mir her – wir hatten fast schon die Kantine erreicht – und sagte: »Irgendwann in den nächsten Wochen. Wir haben noch kein genaues Datum. Müssen noch ein paar Dinge regeln und lassen uns nicht hetzen. Es hat keine Eile.«

»Aber …«, hob ich an, wusste aber nicht, was ich sagen sollte. Verteilt über drei Tische saßen etwa zehn Ratsmitglieder, Dezernenten und Beamte in der Kantine. Ich blieb stehen. Mein Vater war weitergegangen, in der Tür drehte er sich um.

»Aber ihr wolltet doch erst noch nach Frankreich fahren.«

»Was stehst du denn da rum?«, entgegnete er. »Wolltest du mir nicht eine Tasse Kaffee spendieren?«

Ich schielte auf die Uhr, aber er merkte es sofort. Wir hatten uns an den am weitesten entfernten Tisch gesetzt. Außer Hörweite, hoffte ich zumindest – denn mein Vater war sich nie der Lautstärke seiner Stimme bewusst. »Leiser, leiser«, sagte meine Mutter oft. »Wir hören dich doch.«

»Musst du schon wieder weg?«, fragte er. »Ich bin gleich fertig. Aber ich wollte es dir nicht am Telefon sagen.«

An einem anderen Tisch schauten zwei Beamte auf und nickten mir zu.

»Und was diesen Urlaub betrifft«, fuhr er fort, nachdem er hastig einen Schluck Kaffee genommen hatte, »darüber haben deine Mutter und ich uns ausführlich unterhalten. Wir hatten einfach kein gutes Gefühl dabei. Wozu noch eine Reise machen, wenn man weiß, es ist das letzte Mal? Viel zu dramatisch, fanden wir auf einmal. Wie ein zum Tode Verurteilter, der noch ein letztes Mal sein Lieblingsgericht serviert bekommt, das habe ich auch nie verstanden. Sagt man da nicht, lass gut sein? Es ist meist auch ziemlich ordinär, was da bestellt wird, ich hab mal was darüber gelesen. Ein Riesensteak oder ein Doppelwhopper-Menü mit Käse und Speck von Burger King. Der Kaffee ist übrigens lauwarm.«

Er leerte die Tasse in einem Zug und stellte sie mit Schwung zurück. Diesmal schauten auch Leute an weiter entfernten Tischen zu uns herüber.

»Aber …« Ich musste jetzt wirklich aufpassen, dass nicht jeder Satz mit einem »aber« anfing. Einerseits war es völlig normal, jemanden davon abhalten zu wollen, sein Leben zu beenden, auch wenn derjenige fast fünfundneunzig war. Andererseits fühlte ich gleichzeitig etwas, was ich auch schon auf dem Friedhof in Ouderkerk gespürt hatte. Ein leichtes Prickeln in den Fingerspitzen und im Nacken. Die Ankündigung von etwas Neuem. Der Abschluss einer Epoche.

»Und was ist mit deinem Geburtstag?«, fragte ich. »Ich dachte, du wolltest den auf jeden Fall noch feiern.«

Er nahm den Keks von der Untertasse und tat einen tiefen Seufzer, während er an der Plastikhülle herumfummelte.

»Verflixt! Muss das denn sein? Plastik? Um einen Keks! Ja, darüber haben wir auch gesprochen«, fuhr er fort. »Es gibt Meilensteine im Leben. Fünfundsiebzig. Achtzig. Fünfundachtzig ist schon dubios. Als würde einer noch ein viertes Mal auf die Bühne treten, um noch mehr Applaus einzuheimsen. Danach gewöhnt man sich dran. Neunzig ist genau genommen schon ein obszönes Alter. Ja, ich weiß, mea culpa, mea maxima culpa! Und ich habe Leute gefragt: Für wie alt halten Sie mich? Aber das mache ich schon seit Jahren nicht mehr. Wie auch immer, ein Geburtstag ist doch die reinste Quälerei. Früher wegen der vielen Leute, heute wegen der wenigen. Es ist ein Wettbewerb geworden. Ein Ausscheidungsrennen. Und ja, ich habe gewonnen. Es kommt keiner mehr, weil keiner mehr da ist. Also für wen mache ich es eigentlich noch? Für euch? Für deine Mutter? Ich bitte dich! Es ist kein Meilenstein mehr, Robert. Die Ziellinie ist erreicht. Es ist sinnlos, noch hundert Meter weiter zu rennen.«

Ich schwieg, fingerte an meinem linken Ärmel über der Armbanduhr.

»Ja, du musst gehen, ich weiß«, sagte er. »Wir sind auch fertig. Kein Urlaub. Kein Geburtstag. Keine Weihnachtstage mehr. Kein Silvester. Was für eine herrliche Aussicht! Das Paradies existiert mitten im Leben.«

»Und Mama? Ich würde Mama gerne fragen –«

»Du brauchst nicht so dramatisch zu gucken. Wir sind noch nicht weg. Mach eine Verabredung mit ihr. Komm vorbei. Ruf sie an. Ruf sie heute Abend an.«

»Heute Abend? Aber du hast gesagt ›irgendwann in den nächsten Wochen‹.«

»Mehr oder weniger. Nimm nicht alles so wörtlich, Robert. Nur eins: Mach kein Aufhebens davon, das wollen wir beide nicht. Kein Abschied mit Tränen. Es soll so natürlich wie möglich sein. Du weißt jetzt Bescheid. Aber wir tun so, als würden wir einander morgen oder nächste Woche wiedersehen. Also ruf sie heute Abend an. Sprich mit ihr. Ihr wisst beide, wie die Dinge stehen. Es ist ein schöner Tod. So habe ich es mir immer gewünscht. Man macht einen Spaziergang durch den Wald. Abends genehmigt man sich im Lieblingssessel einen doppelten Whisky. Und im nächsten Moment ist man weg. Möchtest du noch einen?, fragt dich deine Frau. Aber es kommt keine Antwort mehr.«

Mein Vater wich meinem Blick aus und schaute zum Fenster hinaus. Er nahm die Brille ab und rieb sich die Augen.

»Noch kurz zur praktischen Seite der Angelegenheit«, sagte

er. »An dem besagten Tag schicke ich dir eine SMS. Dann wartest du vierundzwanzig Stunden, bis du vorbeischaust. Habt ihr den Ersatzschlüssel noch oder musst du erst endlos suchen? Ich habe zur Sicherheit einen mitgebracht.«

Die Journalistin blickte nicht verärgert auf, als ich nach einer knappen Viertelstunde wieder in mein Arbeitszimmer zurückkam: Sie tippte etwas in ihr Handy und schaute mich erst an, nachdem ich wieder hinter meinem Schreibtisch Platz genommen hatte.

»Entschuldigen Sie«, sagte ich, und der Form halber warf ich einen Blick auf meine Uhr. »Es war wichtig.«

»Macht nichts«, sagte sie. »Wir sind doch so gut wie fertig. Ich habe eigentlich nur noch etwas, was ich Ihnen gern zeigen wollte.«

Sie zog ein DIN-A4-Blatt in einer Klarsichthülle aus ihrer Tasche, stand auf und legte es auf den Schreibtisch.

Es dauerte ein paar Sekunden, bis ich begriff, was ich sah. Es waren etwa zehn Fotos, eine Fotoserie. Auf dem ersten Foto stürmte ein Mitglied der Bereitschaftspolizei mit einem Schild in der einen und einem Gummiknüppel in der anderen Hand zwischen zwei parkenden Autos hervor. Es waren ältere Modelle, das sah man sofort, also mussten die Fotos Anfang der Siebzigerjahre gemacht worden sein. Ein Ford vielleicht, ein Opel? Eckiger, klobiger jedenfalls als die heutigen, heute waren ja alle Autos rund. Mitten auf der Straße standen drei Männer, Jungen fast noch, sie trugen dicke, halblange Mäntel und Schals. Die Schals hatten sie vors Gesicht gezogen, alle drei trugen einen Sturzhelm. Auf den beiden folgenden Fotos sah man den Polizisten mit seinem Gummiknüppel ausholen, aber die Jugendlichen machten sich nicht aus dem Staub, sie wichen den Schlägen aus und schoben sich näher an ihn heran. Dann gab es ein paar Fotos, auf denen der Polizist am Boden lag, halb zwischen den parkenden Autos, seinen Schild hatte er noch, aber den Schlagstock nicht mehr. Einer der Jungen stand mit hocherhobenem Arm über ihm, in der Hand einen Backstein. Auf dem letzten Foto sah man sie wegrennen. Vom Polizisten waren nur noch die Beine zu sehen, die zwischen den Autos hervorragten.

»Und?«, fragte ich die Journalistin, die mich aufmerksam ansah. »Was soll ich damit?«

»Es fällt Ihnen nichts dazu ein? Sie erkennen niemanden?«

Ich schaute mir die Fotos noch einmal an. Weder das Gesicht des Polizisten noch das der Jugendlichen war zu erkennen.

»Sagt Ihnen der Name Mark Vader etwas?«

Ich schüttelte den Kopf.

»Es machte damals Schlagzeilen. Eine unangenehme Geschichte. Mark Vader, Polizist bei der Bereitschaftspolizei, wird bei einer Demonstration gegen den Vietnamkrieg von drei Männern, Jugendlichen eigentlich noch, zu Boden geschlagen. Schläge mit einem Backstein treffen ihn an Kopf und Nacken. Er ist für den Rest seines Lebens gelähmt.«

Verschwommen erinnerte ich mich jetzt an Schlagzeilen, die allgemeine Entrüstung wegen des »wehrlosen« Polizisten, auf den noch eingeschlagen wurde, als er schon am Boden lag.

»Ja, jetzt fällt es mir wieder ein«, sagte ich. »Und diese Fotos, standen die nicht damals auch schon in den Zeitungen?«

»Die Serie wurde damals mit einem Preis ausgezeichnet. ›World-Press-Foto des Jahres‹ in der Kategorie Reportage. Die Täter hat man nie gefasst. Haben sich auch nie gemeldet. Wäre möglich gewesen. Oder es hätte rauskommen können, wer sie waren. Es hätte nur einer von den dreien in einer Kneipe damit angeben müssen, dass er auf einem preisgekrönten World-Press-Foto zu sehen ist. Aber auch das ist nicht passiert.«

Es dämmerte mir auf einmal, worauf sie hinauswollte, ich spürte es im Nacken, erst kalt, dann heiß, die Haare sträubten sich mir.

»Und?«, fragte ich. »Was hat das mit mir zu tun?«

Ich war jetzt auf der Hut. Mir gegenüber saß eine Journalistin. Eine Journalistin, die meine Reaktion in einem zweiseitigen Artikel in ihrer Zeitung beschreiben würde. Ein Interview mit dem Bürgermeister von Amsterdam. Ein enthüllendes Interview. Auch wenn ich jetzt alles leugnete, würde die Leugnung gegen mich verwendet werden. Kein Rauch ohne Feuer. Jemand wird sexueller Belästigung bezichtigt, einer Vergewaltigung, in seinem Computer wird Pornografie der schlimmen Art gefunden. Er streitet alles ab. Jemand hat sich Zugang zu seinem Computer verschafft, die Frau, die die Beschuldigungen äußert, ist labil und verfolgt ihn schon seit Jahren, seine Hand berührte versehentlich ihren Hintern im Aufzug – aber es gibt keine Zeugen, es steht sein Wort gegen ihres.

»Einer der drei Jungen hat sich doch noch gemeldet«, sagte die Journalistin jetzt. »Anonym. Er will sich nicht stellen, nur seine Geschichte loswerden.«

Ich schwieg, tat, als würde ich mir wieder die Fotos ansehen.

»Er sagt, dass Sie der Junge mit dem Backstein sind. Der Junge, der den Polizisten Mark Vader zum Krüppel geschlagen hat.«

Ich stützte die Ellenbogen auf den Schreibtisch, verschränkte die Finger und legte das Kinn auf die Hände. Ich sah die Journalistin an und versuchte ein Lächeln.

»So, sagt er das?«

»Ja, er ist sich hundert Prozent sicher.«

Demonstrieren hat mir nie gelegen. In meinem ganzen Leben bin ich ein einziges Mal in einer Vietnamdemo mitmarschiert und habe ›Johnson, Mörder!‹ gebrüllt. Aber die Demonstration an sich war ganz friedlich. Später, Anfang der Achtzigerjahre, hatte ich eine Freundin, die gegen alles demonstrierte. Alles, was damals Mode war: Kernkraftwerke, Pershingraketen. Um des lieben Friedens willen habe ich einmal eine dieser großen Demonstrationen gegen die Raketen mitgemacht. Aus Liebe zu ihr. Aber es war schrecklich. Vor allem diese Freude. Die Freude all der Tausenden, die keinen Moment daran zweifelten, dass sie einer guten Sache dienten.

Während ich die Journalistin anlächelte, dachte ich über die Alternativen nach.

Ich war es nicht. Ich war nicht der Junge mit dem Backstein auf dem Foto. Wenn ich dementierte, würde genau das in die Zeitung kommen. *Bürgermeister dementiert verhängnisvollen Schlag.*

»Also dieser Mann behauptet jetzt, dass er mit mir auf diesem Foto ist«, sagte ich.

»Genau.«

»Und dass ich der Junge mit dem Backstein bin?«

»Ich gehe davon aus, dass Sie mich jetzt davon überzeugen werden, dass Sie es nicht sind. Dass dieser Jugendliche – dieser Mann – sich irrt. Dass er damals mit zwei anderen den Polizisten verprügelt hat. Und dass dieser eine Junge Ihnen zwar sehr ähnlich sieht, aber dass Sie es ganz bestimmt nicht sind.«

Ich sah ihr in die Augen, lächelte noch immer, ich musste mich jetzt schrecklich anstrengen, nicht zu blinzeln. Blinzeln kommt immer in die Zeitung.

Ich wollte etwas anderes erreichen. Ich wollte, dass die Journalistin sich an alles genau erinnern und meine Reaktion in allen Details in das Interview aufnehmen würde.

»Der Mann irrt sich nicht«, sagte ich, ohne zu blinzeln. »Es ist lange her, aber ich erinnere mich noch, als wäre es gestern gewesen. Ich bin es in der Tat. Ich bin der Jugendliche auf diesen Fotos. Der mit dem Backstein.«

19

Ich bin alt genug, ich kann mich noch an die Zeit erinnern, als im Flugzeug geraucht werden durfte. Nur hinten in den letzten zehn Reihen, dort war immer ein gemütlicher Rauchertreff. Die, die keinen Raucherplatz hatten ergattern können, standen im Gang. Es waren mit Sicherheit die amüsantesten zehn Reihen im Flugzeug, so wie sich auf Partys die nettesten Leute immer in der Küche versammeln. Rauchen und fliegen: die ideale Kombination. Wie Allen Carr in seinem Bestseller *Endlich Nichtraucher!* ausführt, sind es vor allem die Stressmomente in Kombination mit Langeweile, die uns zum Rauchen verführen: beim Autofahren, Telefonieren, Fliegen. Um die Weihnachtstage herum hatte ich wieder angefangen. Heimlich, hätte ich beinahe gesagt, aber heimlich war es nicht.

»Du rauchst wieder«, sagte Sylvia, als sie mir abends einen Gutenachtkuss gab.

»Ja«, sagte ich. »Nicht viel, nur ab und zu eine. Findest du es schlimm?«

Sie schnupperte, hielt die Nase an meinen Mund und schnupperte noch einmal. »Eigentlich mag ich es«, sagte sie. »Es riecht angenehm. Männlich.«

Seit diesem Tag rauchte ich nicht mehr heimlich. Zumindest nicht vor meiner Frau. Vor meiner Tochter, hatten wir uns überlegt, sollte ich es besser geheim halten. Um kein schlechtes Beispiel zu geben. Also zwinkerte ich meiner Frau zu, wenn ich verkündete, ich würde den Müllsack zum Container an der Straßenecke bringen. Ich wartete auf den Tag, da mir auch meine Tochter die unvermeidliche Frage stellen würde. Aber bisher war das nicht passiert. Meine Tochter und ich küssten einander immer ein Mal am Tag ein- oder zweimal auf die Wangen. Dann hielt ich den Atem an, wie man den Atem bei einer Alkoholkontrolle anhält. Ganz kurz erwog ich noch, einen Hund anzuschaffen. Manchmal gab es keine Müllsäcke, die zum Container getragen werden konnten. »Ich habe was im Auto liegen lassen«, sagte ich dann. »Eine Akte, die ich vor morgen noch durchsehen muss.« Meine Frau und Tochter saßen nebeneinander auf der Couch vor dem Fernseher. Meine Frau schaute auf und runzelte die Stirn, als ich ihr zuzwinkerte. Dass meine Tochter mich gehört hatte, war eher unwahrscheinlich. »Sie lag nicht im Auto«, sagte ich nur noch der Form halber, wenn ich nach zehn Minuten zurückkam. »Wahrscheinlich liegt sie doch oben.«

Ja, seitdem ich wieder rauchte, wünschte ich mir manchmal, wir hätten einen Hund. Mit einem Hund brauchte man keine Ausreden. »Ich geh mal mit dem Hund raus.« Was hörte sich natürlicher an? Unterwegs konnte man mindestens drei oder vier Zigaretten rauchen. Ich wusste noch, wie das früher war, bevor ich aufgehört hatte. Die Zeit hatte eine völlig andere Bedeutung. Wer nicht raucht, dem reicht es nach zwanzig Minuten mit dem Hund. Wer auf eine Straßenbahn oder einen Bus wartet, hat es mit immer langsamer werdender Zeit zu tun. Alles dauert zu lange. Die Zeit gerinnt. Es gibt nur noch das Warten. Aber Warten an sich ist nichts. An der Haltestelle zündete ich mir immer eine Zigarette an. Beziehungsweise, ich drehte mir eine. Ich weiß noch, wie blöd ich es fand, wenn der Bus oder die Straßenbahn schon nach dem ersten Zug kam. Wer raucht, macht sich die Zeit gefügig. Der Raucher wartet nie. Der Raucher raucht.

Als Diana etwa sieben war, lag sie uns zum ersten Mal wegen eines Haustiers in den Ohren. Ja, ja, natürlich, sagten wir, schön und gut, aber wer kümmert sich darum? Du? Und was für ein Haustier?, fragten wir, obwohl wir die Antwort schon kannten. »Ich hätte so gern einen Hund!« Und wer führt ihn Gassi? Du? »Ja, ja«, sagte sie, »jeden Tag.« Dann musst du aber jeden Tag zwei Mal mit ihm raus. Wie willst du das machen? Bevor du zur Schule gehst? Dann musst du aber eine halbe Stunde früher aufstehen. Und so redeten wir noch eine Weile weiter. So lange, bis der Hund allmählich außer Sichtweite geriet. Ich erinnere mich an diese Gespräche vor allem im Auto, Diana auf dem Rücksitz, ihr Gesichtchen im Rückspiegel. Wie es erst froh und erwartungsvoll aussah und dann immer niedergeschlagener und resignierter wurde. Ich konnte es nie lange mitansehen. Ein Hund war einfach nicht drin. Aber welches Haustier kam sonst infrage? Den Goldfisch quittierte Diana mit Schweigen. Bei der Schildkröte biss sie sich auf die Unterlippe. Öde. Ein Meerschweinchen? Ein Hamster? Daran war nicht zu denken, ich erinnerte mich an einen Freund in der Grundschule, der hatte Meerschweinchen (oder Hamster) gehabt. Aus dem Glasbehälter mit Sägemehl war ein Gestank aufgestiegen, der einem Tränen in die Augen trieb. Und in dem Rad, in dem sich das Tierchen stundenlang abstrampelte, wurde es tatsächlich eines Morgens von meinem Schulkameraden tot aufgefunden. Im Grunde war ich stolz auf meine Tochter, dass sie sich nicht mit einem Goldfisch oder einer Schildkröte zufriedengab. Ein Kaninchen? Mehrere? Wir gingen zu einer Tierhandlung, wo der Verkäufer uns zwei *(Dann sind sie nicht so allein)* Zwergkaninchen und einen Stall aufschwatzte. Der Stall stand auf Stelzen und wir stellten ihn auf die Terrasse an die Schiebetüren, damit wir die Tierchen vom Esstisch aus sehen konnten. Sie drückten die Nasen ans Drahtgeflecht, viel mehr machten sie eigentlich nicht. Weil Diana das »traurig« fand, ließen wir sie ab und zu im Garten und im Wohnzimmer umherlaufen, wo sie sofort ganz nach hinten unter die Couch krochen und man sie nur mit einem Stock oder Besen wieder hervorholen konnte. Aber es war vor allem die gänzliche Gleichgültigkeit, die sie meiner Tochter gegenüber an den Tag legten, die einen längeren Aufenthalt in unserer Familie ausschloss. »Ich glaube, sie kennen mich noch nicht«, sagte sie zu Anfang noch hoffnungsvoll, wenn ein Kaninchen, das sie auf den Arm nahm, um es zu hätscheln, sich verzweifelt wand und zu befreien suchte und sie in den Finger biss.

Hinzu kam, dass die Kaninchen schnell wuchsen und schon nach zwei Wochen doppelt so groß waren wie am Anfang. Der Stall war jetzt zu klein für sie. Es dauerte doch noch ein paar Wochen, bis wir merkten, dass das eine Kaninchen sich nur noch umdrehen konnte, wenn das andere es gleichzeitig auch tat.

»Zwergkaninchen?«, fragte Sylvia. Sie konnte sich das Lachen kaum verkneifen. »Hast du die Rechnung noch? An deiner Stelle würde ich in den Laden zurückgehen.«

Aber das tat ich natürlich nicht. Das wäre für die ein gefundenes Fressen gewesen. Der Bürgermeister, der sich über ein paar aus allen Nähten platzende Kaninchen beschwert. Twitter und Facebook gab es damals noch nicht, aber die gute alte und vielleicht zuverlässigere »Buschtrommel« schon. Nein, die Kaninchen mussten geräuschlos aus unserem Leben verschwinden. Tot im Stall gefunden wäre die beste Lösung, aber natürlich konnten wir das nicht aktiv betreiben und ihnen Nahrung oder Wasser vorenthalten.

Schließlich kam die Rettung in Gestalt einer Freundin von Sylvia, die auf dem Land lebte und dort außer einer Ziege und Hühnern auch noch andere undefinierbare Tiere in einem Gehege hielt. »Kaninchen in der Stadt, das geht eigentlich nicht«, hatte sie gesagt, während sie ein Salatblatt durch die Maschen steckte, worüber die Kaninchen nur die Nase rümpften.

Der Abschied fand schon eine Woche später statt. Nur der Form halber vergoss Diana noch ein paar Tränen, als die

Freundin den Karton in den Kofferraum ihres Volvo schob. Ich legte ihr den Arm um die Schulter, drückte sie an mich und murmelte etwas vom »besseren Leben«, das ihre Kaninchen jetzt erwarte.

Vielleicht hätten wir damals den Sprung zum Hund wagen sollen. Aber auch diese Gelegenheit, unserer Tochter einen Herzenswunsch zu erfüllen, verpassten wir. An ihrem nächsten Geburtstag machte unsere heutige Katze ihre Aufwartung. Schon Monate zuvor hatte Diana sich einen Namen für sie ausgedacht: Eminem. Und als sich herausstellte, dass es kein Kater war, wurde aus Eminem ruck, zuck eine Emmy.

Der Müllbeutel im Treteimer war noch zu leer, um als glaubwürdige Entschuldigung zu dienen, deshalb sammelte ich auch ein paar Zeitungen und Zeitschriften ein. Eine Plastiktüte von Albert Heijn mit fünf leeren Flaschen (zwei Rot- und zwei Weißweinflaschen, eine Grasovka-Wodka-Flasche) musste das Bild des Familienoberhaupts, das im Haushalt hilft, vervollständigen.

Ich steckte den Kopf zur Wohnzimmertür hinein. »Ich geh kurz mal zum Container an der Ecke.« Meine Tochter lag, wie so oft, auf der Couch, Laptop auf dem Schoß, Kopfhörer auf. Meine Frau stand mit dem Rücken zu mir vor dem Bücherschrank und strich mit etwas schief gelegtem Kopf mit dem Zeigefinger über die Rücken der Bücher.

»Weißt du noch, wo *Anna Karenina* steht?«, fragte sie, ohne sich umzudrehen. »Die haben wir doch, oder? Ich kann sie nur nirgends finden.«

Unser Bücherschrank ist ein gutes Beispiel für die guten Vorsätze, mit denen der Weg zur Hölle gepflastert ist. Alphabetisch. Nach Ländern. Nach Genres. Lange habe ich mir weisgemacht, ich würde heute oder morgen Ordnung schaffen, aber ich habe es immer wieder hinausgeschoben, und jetzt habe ich mich damit abgefunden, dass nichts draus werden wird. Manchmal suche auch ich ein Buch, dann fange ich links oben an und wandere immer weiter hinunter, bis ich es gefunden habe. Ein geordneterer Geist würde das Buch sofort herausziehen – aber dafür entgeht ihm auch etwas, rede ich mir ein.

»Ich dachte auf einmal – den Roman hab ich vor so langer Zeit gelesen, mit achtzehn, glaube ich –«, sagte Sylvia, »dass ich fast nichts mehr davon weiß, außer der Story. Wenn ich es jetzt noch einmal auf Niederländisch lese, dann bleibt es vielleicht besser hängen.«

Ich machte einen Schritt ins Wohnzimmer, wobei ich die Plastiktüte mit den leeren Flaschen absichtlich gegen die Tür stieß. Meine Frau drehte sich um.

»Ich bringe das mal weg«, sagte ich und hob die Plastiktüte und den Müllbeutel hoch. Meine Frau und ich sahen einander an. Ich warf einen kurzen, bedeutsamen Blick auf unsere Tochter, schaute dann wieder meine Frau an. Ich hätte ihr zuzwinkern können, tat es aber nicht. Denn Diana würde garantiert genau in dem Moment von ihrem Laptop aufschauen und wissen wollen, was es zu zwinkern gab. »Ich bin gleich wieder da«, sagte ich. »Dann helf ich dir beim Suchen.«

Unterwegs begegneten mir zwei Radfahrer, ein Junge und ein Mädchen – beide so um die zwanzig. Sie unterhielten sich lebhaft, das Mädchen lachte über etwas, was der Junge gesagt hatte, und als sie an mir vorbeiradelten, warf mir der Junge einen flüchtigen Blick zu. Wie so oft sah ich, wie sich in seinen Augen innerhalb weniger Sekunden etwas verschob. Wem gehörte bloß dieses bekannte Gesicht? Einem Schauspieler? Einem Nachrichtensprecher? Einem Politiker? Während sie an mir vorbeifuhren, beugte sich der Junge zu dem Mädchen und jetzt blickten beide gleichzeitig zurück. Ja, der Groschen war gefallen! Ich hob die Hand, die Hand mit dem halb leeren Müllbeutel. Sie lachten, sie winkten – und radelten weiter. Wie nett. So normal. Der Bürgermeister, der höchstpersönlich seinen Müll entsorgt.

Bei den Containern fand ich vor, was ich da meistens vorfinde. Ein paar aufgerissene Müllsäcke, deren Inhalt (Apfelsinenschalen, feuchter Kaffeesatz, zusammengepresste Milchtüten) sich schon über den Bürgersteig ergossen hatte. Außerdem lagen da die Scherben eines Spiegels, der offenbar an Ort und Stelle zerdeppert oder von Jugendlichen später zertreten worden war, ein paar Bretter und ein Mikrowellenherd. Es ist ein merkwürdiges Phänomen, dass in allen Metropolen – Paris, London, Madrid, Barcelona, Rom, Moskau, New York, und ich muss es ja wissen, denn ich habe all diese Städte persönlich besucht – der Müll täglich abgeholt wird, während es in Amsterdam nur ein- oder zweimal die Woche geschieht. In all den erwähnten Städten kommt die Müllabfuhr zudem nachts, damit der Verkehr tagsüber nicht durch ständig stoppende Müllwagen behindert wird. Amsterdam ist eine der dreckigsten Städte Europas, ja der ganzen westlichen und verwestlichten Welt. In Tokio findet man auf der Straße keinen einzigen Papierschnipsel, in Paris und London werden die Straßen und Bürgersteige täglich sauber gespritzt, auch wenn es geregnet hat, in Rom leeren arbeitslose Jugendliche die von den Touristenhorden mit leeren Pizzakartons vollgestopften Abfalleimer. Ich kann unmöglich behaupten, dass der Müll einer der Schwerpunkte meiner Politik ist. Boris Johnson, mein Londoner Kollege, hat sich neulich abwertend über Amsterdam geäußert, vor allem über den Schmutz auf der Straße. Ich sollte ihn deswegen doch einmal anrufen, habe es aber bisher nicht getan – denn was soll ich ihm sagen? Er hat natürlich völlig recht. Hier in Amsterdam war es Wim Pijbes, der Direktor des Rijksmuseums, der sich in einem Leserbrief im *NRC-Handelsblad* darüber beklagte, der Straßenmüll würde die Touristen abschrecken. Ich war am nächsten Tag mit ihm zum Lunch verabredet, wobei wir nicht nur die Festlichkeiten zur Eröffnung der Rembrandt-Ausstellung besprechen würden, sondern garantiert auch den Straßenmüll.

Mit einem Seufzer stellte ich den halb vollen Müllbeutel neben die beiden aufgerissenen. Der Kippmechanismus, mit dem die Säcke in den Container deponiert werden, klemmte offenbar. Die Zeitungen warf ich in den Papiercontainer, wobei es mir wie immer gerade noch rechtzeitig gelang, die Hand zurückzuziehen, bevor mir die Klappe auf die Finger fiel. Sollte ich mir jetzt schon eine Zigarette anzünden oder erst die Flaschen in den Glascontainer werfen? Als ich die Hand in die linke Hosentasche steckte, fühlte ich zu meinem Entsetzen zwar die Zigarettenschachtel, nicht aber das Feuerzeug – oder hatte ich es in die Schachtel gesteckt?

Eine stille Verzweiflung packte mich. Ich war mit dem Hausmüll und den Flaschen hierhergegangen, weil ich das Telefongespräch nicht zu Hause führen wollte. Im Grunde hatte ich nichts anderes getan, als eine Lüge durch eine andere zu verschleiern.

Ich hätte mich natürlich in mein Arbeitszimmer oder in unser Schlafzimmer zurückziehen können, aber dann hätte mich meine Frau oder Tochter jeden Moment stören können *(Bitte schau du doch auch noch mal, ich kann* Anna Karenina *wirklich nirgends finden).* Außerdem konnte ich weder im Arbeitszimmer noch im Schlafzimmer rauchen. Bei diesem Gespräch aber musste ich unbedingt rauchen, so war es. Allen Carr hatte recht: Stress in Kombination mit Langeweile.

Ich hatte Sylvia nichts vom Besuch meines Vaters heute Morgen gesagt. Und auch nichts von der Journalistin und den Fotos, auf denen nicht ich, sondern ein anderer dafür verantwortlich ist, dass ein Polizist für den Rest seines Lebens im Rollstuhl sitzt. Letzteres schien seit dem Gespräch mit meinem Vater von untergeordneter Bedeutung. Genau genommen kamen mir die Fotos eigentlich ganz gelegen. Es wäre weit weniger schlimm, wenn ich bei etwas ertappt würde, was nicht zu einem Bürgermeister passte. Die Unterschlagung öffentlicher Gelder, für ein paar Hunderttausend die Genehmigung einer Konzession für einen Container-Umschlagsbetrieb im westlichen Hafengebiet, Kokskonsum, eine Orgie, Huren aus der Dominikanischen Republik auf einer Afterparty im Rathaus – alles wäre zu ertragen. Man würde mich zu Fall bringen. Ich müsste von meinem Amt zurücktreten. Oder auch nicht. Ein Bürgermeister konnte sich einiges erlauben. Ich sage das im Hinblick auf meinen ehemaligen Kollegen in Toronto. Der inzwischen zurückgetretene Rob Ford konnte sich alles leisten; Drogen, Alkoholismus und Übergewicht hatten ihn nur noch beliebter gemacht. Wie dem auch sei, ein Skandal, der mich als Bürgermeister betraf, war bei Weitem der Verlautbarung einer Affäre meiner Frau mit einem Dezernenten wie Maarten van Hoogstraten vorzuziehen. Bei einem politischen Skandal würde mein Untergang nicht unser Privatleben treffen. Ein verlotterter, arbeitsloser Ex-Bürgermeister, aber noch immer mit dieser netten (ausländischen) Frau. Ein Ehepaar, dem man schon auf einen Kilometer Entfernung ansah, dass es noch immer verliebt war. (»Verliebt«, hatte Bernhard neulich bei dem Essen bei uns zu Hause gesagt. »Verliebt, was für ein Quatsch! Glaubt irgendjemand daran? Nach einem halben Jahr ist die Verliebtheit garantiert vorbei, das weiß doch jedes Kind. Etwas anderes tritt an ihre Stelle: Zuneigung, Respekt.« Er hatte seine Frau kurz angesehen, aber Christine hatte so getan, als würde sie ein Stück Korken aus ihrem Weinglas fischen.) Ein Ehepaar, das völlig ineinander aufging, das sich selbst genug war.

Von dem Gespräch mit meinem Vater heute Morgen hatte ich Sylvia noch nichts erzählt, weil ich erst meine Mutter anrufen wollte. Ich wollte mich für morgen oder übermorgen mit ihr verabreden, auf jeden Fall noch in dieser Woche. Wo, das wusste ich noch nicht. Ihr Lieblingschinese war vielleicht ein etwas merkwürdiger Ort zum Abschiednehmen. Ich dachte eher an einen Park. Einen Strand. Es war zwar für morgen kein »Strandwetter« vorhergesagt, aber vielleicht passte ein einsamer Strand mit starkem Wind, grauen Wellen und aufsprühenden Schaumkronen auch besser zu einem Gespräch über Abschied und einen selbst gewählten Tod.

»Guten Abend«, sagte eine Stimme direkt neben meinem linken Ohr und riss mich unsanft aus meinen Gedanken. Als ich mich umdrehte, sah ich in das Gesicht eines etwa sechzigjährigen Mannes. Ein breites Lachen, in seinen schalkhaften Augen spiegelte sich der Schein der Straßenlaterne. »Entschuldigen Sie, ich wollte Sie nicht erschrecken«, sagte der Mann. »Aber ich möchte auch gerne meine Flaschen loswerden, und Sie stehen ein wenig im Wege.« Er sah mich mit einem Blick an, den man prüfend nennen könnte. Das erlebte ich jetzt zum zweiten Mal heute Abend, in dem Kopf des Mannes schoben sich aller Wahrscheinlichkeit nach Fernsehbilder und Zeitungsfotos übereinander. *Ich kenne dieses Gesicht, aber woher?* »Ach ja«, sagte er und seufzte erleichtert. »Natürlich, ich habe Sie schon öfter gesehen. Auf dem Rad. Ich wohne da drüben.« Er zeigte auf eine Stelle schräg gegenüber auf der anderen Seite der Gracht. »Ich sehe Sie manchmal vorbeiradeln.«

»Tut mir leid«, sagte ich und machte einen Schritt rückwärts. »Bitte schön.«

»Keine Eile, keine Eile. Nach Ihnen.«

In meiner Hosentasche klingelte das Handy. *Bernhard,* las ich auf dem Display. Nicht jetzt. Ich drückte ihn weg.

»Schauen Sie«, sagte der Mann und zeigte auf den Glascontainer. »Sehen Sie das? Vor noch nicht allzu langer Zeit stand hier ein Glascontainer mit einem Loch für grünes Glas, eins für braunes und eins für weißes oder durchsichtiges. Ich weiß nicht, was Sie gemacht haben. Haben Sie die Flaschen alle brav durch das entsprechende Loch geworfen? Ich wohne hier gegenüber, wie ich schon sagte. Ich konnte alles gut beobachten. Alle zwei Wochen oder einmal im Monat, das weiß ich nicht mehr so genau, haben sie ihn geleert. Ein höllischer Lärm! Aber ich habe gut aufgepasst. Wir haben alle zwar brav die Weinflaschen in das grüne und den jungen Genever in das weiße Loch gesteckt, aber als sie den Container hochhoben und leerten, kam alles wieder zusammen. Ich konnte vom Fenster direkt in den Lastwagen gucken, da gab es überhaupt keine Kompartimente für weißes, grünes und braunes Glas. Alles landete auf ein und demselben Haufen. Warum verlangt man von uns, dass wir die Flaschen trennen, wenn es doch vollkommen egal ist? Jetzt haben wir diesen Container, in den man einfach alle Farben reinwirft. Weshalb habe ich mir jahrelang die Mühe gemacht, alles zu trennen?«

Mein Handy klingelte wieder. Vielleicht die Voicemail, dachte ich, vielleicht hatte Bernhard eine Nachricht hinterlassen; aber als ich auf das Display guckte, stand da abermals sein Name. Ich zögerte kurz – und drückte ihn doch wieder weg.

»Es wäre ja alles halb so schlimm, wenn was dagegen gemacht würde«, fuhr der Mann fort und zeigte auf den Müll, der sich um die Container angesammelt hatte. »Wie oft bin ich mit meinem vollen Müllsack wieder nach Hause, weil die Klappe klemmte oder der Container voll war. Wieder drei Treppen hoch. Ich wohne hier natürlich an einer privilegierten Stelle, aber ich habe keinen Aufzug und nur einen kleinen Balkon, auf dem die Müllsäcke schon nach ein paar Stunden zu stinken anfangen, wenn die Sonne draufscheint. Und wenn man sie hier vor dem Container stehen lässt, riskiert man eine Geldbuße. Mir ist das einmal passiert, es laufen ja hier Beamte rum, die nichts Besseres zu tun haben, als Müllsäcke zu durchschnüffeln. Ich weiß nicht mehr, was sie bei mir gefunden haben, eine Steuererklärung, keine Ahnung, jedenfalls standen sie auf einmal vor meiner Tür. Im Grunde verstößt man dann zweimal gegen die Regeln, denn so eine Steuerklärung gehört natürlich nicht in einen Müllsack.«

Er schwieg, und ich atmete einmal tief durch die Nase ein. Trotz des üblen Geruchs, der aus den aufgerissenen Müllsäcken aufstieg, konnte ich es riechen. Es war kein richtiger Gestank, nicht einmal Schweißgeruch. Nein, Männer wie er achteten immer darauf, saubere Kleider zu tragen, regelmäßig zu duschen und sich jeden Morgen zu rasieren. Es war eher die antiseptische Luft, wie man sie aus Krankenhausfluren kennt, von Putzmitteln, die andere Gerüche überlagern sollen.

Ich hätte es ihn auf Umwegen fragen können, eine Wette mit mir selbst, die ich bestimmt gewinnen würde. Aber da legte er schon wieder los, während er die Flaschen in den Container warf. »Hier, jetzt darf man, aber nach der Geldbuße damals warf ich alle Flaschen, grüne, braune, durchsichtige, ganz egal, in dasselbe Loch, als letzten Akt des Protests. Einmal hat mich jemand darauf angesprochen. Eine Frau auf einem Transportrad, Sie wissen schon, so eine Umwelttussi, die alles besser weiß. ›He‹, rief sie. ›Sie werfen die grünen Flaschen zu den braunen, das ist verboten!‹«

Ich zog mein wieder vibrierendes Handy aus der Hosentasche. »Bernhard, hast du einen Moment? Ich rufe dich in fünf Minuten zurück.«

Nach einer kurzen Stille am anderen Ende hörte ich die Stimme meines Freundes, so klar und deutlich, als würde er neben mir stehen.

»Robert, ich muss … Weißt du noch, worüber wir neulich geredet haben? Bei dir im Garten?«

Just in dem Moment ließ der Mann zwei Flaschen nacheinander in den Container gleiten. Durch den lauten Knall und das Geräusch von zerbrechendem Glas konnte ich nicht verstehen, ob Bernhard noch etwas sagte. Ich drehte mich zur Seite und hielt mir das Ohr zu.

»Hör mal, Bernhard, ich kann jetzt nicht … Ich rufe dich in fünf Minuten … in zehn …«

Und noch bevor er etwas sagen konnte, trennte ich die Verbindung.

»Ich will Sie nicht länger aufhalten«, sagte der Mann. »Kommen Sie ruhig mal auf einen Kaffee vorbei.« Er zeigte wieder zur anderen Seite. »Das Haus da, halb hinter dem Baum, im dritten Stock, mein Name steht nicht an der Tür, aber es gibt nur drei Klingeln, die oberste, einfacher geht's nicht.« Er nannte die Hausnummer. »Am Vormittag, spielt keine Rolle, wie spät, nun ja, nicht zu früh, nicht vor elf, seit dem Tod meiner Frau schlafe ich aus.«

Bingo!, dachte ich, ohne es zu wollen. Ich hatte richtig geraten, richtig gerochen, der Mann lebte allein, wahrscheinlich schon seit Jahren.

»Das tut mir aber leid«, sagte ich und hörte sofort den künstlichen Unterton in meiner Stimme, den aus amerikanischen TV-Serien entlehnten und obendrein schlecht übersetzten Ausdruck, um jemandem seine Anteilnahme auszusprechen. »Ich meine, Ihre Frau, sind Sie schon lange … Sind Sie schon lange allein?«

Ich hatte das Gefühl, ich würde wahrhaftig rot werden. Vor ein paar Jahren habe ich auf der Time-Liste der einhundert einflussreichsten Persönlichkeiten gestanden. Als einziger Bürgermeister; als einziger Niederländer sogar. Leute, die dem vergangenen Jahr ihren Stempel aufgedrückt hatten. Ich habe mich später noch mal erkundigt. Ich war nicht nur der einzige, sondern auch der erste Niederländer, dem diese Ehre zuteilwurde. Und bis jetzt auch der letzte. Aber bei uns wurde darauf hauptsächlich mit Spott und Herablassung reagiert. Das müsste wohl auf einem Irrtum beruhen. Das amerikanische Wochenblatt wüsste wahrscheinlich nichts von den vielen Tassen Tee, die ich in den Amsterdamer Moscheen geschlürft hatte. Von der Abwärtsspirale, in die die Hauptstadt seit meinem Amtsantritt geraten sei. Von dem jahrelangen Umbau des Rijksmuseums. Sieben Jahre! Einer Metropole unwürdig, spotteten meine Kritiker. Aber inzwischen ist das Museum wieder geöffnet, da regt sich keiner mehr auf. Von außen hat es immer noch etwas von einem Bahnhof, aber drinnen ist alles – von der majestätischen Eingangshalle bis zur Garderobe und dem Restaurant – von einer Großartigkeit, die eher an das Britische Museum und den Louvre erinnert. Da, vor der *Nachtwache,* haben wir Barack Obama empfangen. In welcher Metropole kann ein amerikanischer Präsident mit seinem eigenen Helikopter auf dem Platz vor dem Eingang der Gemäldegalerie landen?

»Vielen Dank«, sagte der Mann. »Ich meine, das mit meiner Frau braucht Ihnen nicht so leidzutun. Ich bin jetzt seit anderthalb Jahren allein, aber ich denke noch jeden Tag an sie. In meinen Träumen lebt sie noch. Wir sitzen noch zusammen am Tisch und gehen am Strand spazieren. Wenn ich morgens aufwache, muss ich mich immer erst daran gewöhnen, dass sie nicht mehr da ist. Am Anfang war ich noch sehr traurig, bis ich merkte, dass es vor allem Selbstmitleid war. Ich bin dreißig Jahre lang glücklich gewesen. Dieses Glück will ich weiterhin genießen. Dreißig Jahre, das sind Zehntausende glückliche Augenblicke, fast zu viele, als dass ich mich in den Jahren, die mir noch bleiben, an alle erinnern könnte. Egal, wo meine Frau jetzt ist, sie weiß, dass ich sie vermisse. Aber sie würde nicht wollen, dass ich deswegen zugrunde gehe. Am Anfang, kurz nach ihrem Tod, habe ich es schon versucht; zugrunde zu gehen, meine ich. Ich habe jeden Tag dieselben Klamotten angezogen, ich habe mich nicht mehr rasiert, ich fing an zu trinken und auch geraucht habe ich wieder. Eines Nachmittags lag ich im Bett, bei geschlossenen Vorhängen, eine Whiskyflasche und ein voller Aschenbecher neben mir auf dem Nachttisch, als ich plötzlich sozusagen in die Höhe schwebte und mich selber tief unter mir liegen sah. Und gleichzeitig hörte ich die Stimme meiner Frau: ›Stell dich nicht so an, Richard!‹, sagte sie. ›Schau doch nur, wie du dich bemitleidest. Aber es dreht sich nicht alles nur um dich, es geht doch um uns beide. Jetzt, wo ich nicht mehr da bin, bist du der Einzige, der noch weiß, wie glücklich wir waren. Denk an uns, Richard. Denk jeden Tag an uns. Und sei nicht so wehleidig. Komm, steh auf, geh duschen, zieh dir frische Kleider an, und fang heute Abend gleich damit an, verwöhn dich in unserem Lieblingsrestaurant. Da darfst du an uns denken, an alle glücklichen Augenblicke, die wir zusammen erlebt haben. Du darfst dir schon die Augen wischen, aber nicht flennen, hörst du? Du musst dankbar und froh sein, dass du dich noch an alles erinnern kannst.‹«

Mein Handy hatte währenddessen wieder zu klingeln angefangen; ich hielt es für unhöflich, den Anruf entgegenzunehmen, aber der Mann war offenbar fertig, und ich holte rasch das Handy aus der Tasche.

»Robert, hör mal«, hörte ich Bernhards Stimme. »Ich habe wenig Zeit. Hast du einen Moment?«

In Boston war es jetzt sechs Stunden früher, ich rechnete, aber wie meistens bekam ich es nicht auf Anhieb heraus.

»Bernhard, ich bin … Ich bin grad draußen«, sagte ich und warf dem Mann einen kurzen Blick zu. Sein Gesichtsausdruck hatte sich verändert. Er hatte den müden und glanzlosen Blick eines Mannes, der erkennt, dass jedes Gespräch unweigerlich in Abschied und Einsamkeit mündet.

Aber zu meiner großen Erleichterung hob er die Hand, nickte und drehte sich auf dem Absatz um. »Schieß los«, sagte ich zu Bernhard. »Ich kann … Ich bin allein.«

»Du weißt doch noch, worüber wir neulich geredet haben, bei dir im Garten. Die Unendlichkeit des Universums und über das andere Rätsel, das Rätsel unseres Todes.«

»Ja«, sagte ich, aber Bernhard hatte gar nicht auf eine Reaktion von mir gewartet, er hatte nur eine Pause eingelegt – durch die interkontinentale Verzögerung von anderthalb Sekunden redeten wir jetzt gleichzeitig.

»Nun«, sagte er zum zweiten Mal, nachdem auch er ein paar Sekunden gewartet hatte, ob ich nicht noch was sagen würde. »Es passiert vielleicht eher, als ich damals dachte.«

20

Ich lag mit geschlossenen Augen im Bett und lauschte den gleichmäßigen Atemzügen meiner Frau. Ich hatte alle Tricks zum Einschlafen schon durchprobiert, ohne Erfolg. Wenn ich als Kind nicht einschlafen konnte, legte ich mich oft neben dem Bett auf den nackten Fußboden. Ich war, glaube ich, acht oder neun. Ich schloss die Augen und stellte mir vor, wie ich auf einem Pferd durch eine kalte, stürmische Nacht ritt. Endlich tauchten in der Ferne zwischen Bäumen die Lichter einer Herberge auf, doch der Wirt schüttelte betrübt den Kopf. Alles voll. Die Leute schliefen zu dreißigst in einem Saal, in dem kaum Platz für fünfzehn war, eng gedrängt, jeder Zentimeter war besetzt. Vorsichtig, um niemanden zu wecken, stieg ich über die Schlafenden. Dort! Dahinten war noch ein ganz kleiner Platz, auf einer Matratze zwischen zwei Erwachsenen, gerade breit genug für ein achtjähriges Kind. Wenn ich mich so klein wie möglich machte, musste es gehen. Ich kroch in mein Bett zurück, dankbar für die Schlafstelle und die Wärme der Decken. Ich drückte mich ganz nah an die Wand, so eng war es, ich dachte an die Kälte, an das Pferd und den Regen draußen – und fiel schon nach ein paar Sekunden in tiefen Schlaf.

Heute versuche ich es mit Reisen, mit der Erinnerung an jeden einzelnen Tag einer Reise. In dieser Nacht war es die, die ich vor gut zwanzig Jahren mit Sylvia durch den Westen der Vereinigten Staaten gemacht hatte. Diana war noch nicht geboren, in unserer ersten Happy Hour im Hotel in Los Angeles tranken wir beide je fünf Margaritas, dann kam die Hitze von Las Vegas, das chinesische Restaurant in St. George kurz hinter der Grenze zu Utah, wo die Kellnerinnen schon während der Vorspeise Staub zu saugen anfingen und die fahlen und glasigen Garnelen in Hoisin-Soße so totgekocht und geschmacklos waren, dass uns nichts anderes einfiel, als zu stammeln, es sei *too much,* woraufhin man das übrig gebliebene Essen in einen *doggy bag* füllte (der erste Doggybag unseres Lebens – der erste, aber bestimmt nicht der letzte unserer Reise), wir warfen ihn dann, fast erstickend vor Lachen, in den erstbesten Mülleimer. Am nächsten Tag, in Kanab, war durch einen Blitzeinschlag der Strom ausgefallen. Es gab zwei Restaurants, beide mit elektrischen Kochherden. Wie St. George liegt Kanab im Bundesstaat Utah, wo die Bestimmungen, was den Alkoholkonsum betrifft, eher an einen islamischen als an einen westlichen Staat erinnern. Die Mormonen, die in Utah das Sagen haben, tranken überhaupt nicht, aber für Touristen hatte man sich eine etwas kulantere Regel ausgedacht: In Restaurants waren Bier und Wein erlaubt, allerdings nur während des Essens. Im ersten Restaurant konnte wegen der Stromstörung vorläufig nicht gekocht werden. Nun, dann hätten wir schon mal gerne ein Bier. Nein, das war leider nicht möglich. Nur während des Essens. Wir waren den ganzen Tag durch ein heißes, wüstenartiges Gebiet gefahren, die Umgebung von Kanab hatte schon die Kulisse für manchen Western abgegeben; hinter der Bar hing ein Plakat mit Clint Eastwood mit Cowboyhut, die Zügel seines Pferds lässig in der Rechten. Links davon stand ein bis zur Decke reichender Kühlschrank mit inzwischen etwas beschlagener Glastür, wir konnten die Flaschen Budweiser deutlich erkennen. Im zweiten Restaurant spielte sich das Gleiche ab, auch hier stand ein Kühlschrank mit Glastür hinter der Bar. Theoretisch hätte man über den Tresen hechten, die Tür aufreißen und so unter Mitnahme von vier bis sechs Flaschen eiskalten Budweisers die staubige Hauptstraße von Kanab erreichen können. Aber die Wahrscheinlichkeit war groß, dass Restaurantbesitzer in diesem Teil der Welt einen Revolver oder eine Flinte unter dem Tresen liegen hatten. Ein Bonnie-und-Clyde-Ende oder noch wahrscheinlicher ein Ende wie das von Robert Redford und Paul Newman in *Zwei Banditen* – im Kugelhagel. Am nächsten Morgen kauften wir uns eine Kühlbox und ausreichend Eiswürfel und Budweiser, um uns vor zukünftigen Blitzeinschlägen und religiösen Vorschriften zu schützen.

Und danach? Danach waren wir zum Nordrand des Grand Canyon gefahren. Wo uns die Müdigkeit überkam. Wie viel Landschaft mit schroffen gelben und roten Felsen kann man ertragen, bevor man sich nach grünen Weiden, dunklen Wäldern und plätschernden Gebirgsbächen zu sehnen beginnt? Wir standen auf dem Rand, hielten uns an den Händen und waren uns einig, dass wir vorläufig genug Felsblöcke gesehen hatten.

Deshalb ließen wir den Bryce-Canyon-Nationalpark und den Zion-Nationalpark links liegen und kauften uns in Cedar Falls in einem Walmart für achtzig Dollar ein Vierpersonenzelt. Gerade als ich mich an den Namen des Örtchens am Colorado, an der Grenze von Utah und Colorado, zu erinnern versuchte, wo wir das Zelt zum ersten Mal aufgeschlagen hatten, drängte sich mir wie aus dem Nichts, als spränge sie aus einem dunklen Hauseingang hervor, eine ganz andere Erinnerung auf. Besser gesagt eine Erinnerung an eine Erinnerung, als ich am Abend den Müllsack, die leeren Flaschen und die Zeitungen eingesammelt hatte.

Die Kaninchen … Ich musste an unsere Kaninchen denken. Die Riesenzwergkaninchen, die nur so kurz zu unserer Familie gehört hatten. Und mir fiel jetzt auch der Neujahrsempfang wieder ein, als meine Frau den Kopf in den Nacken warf, so laut hatte sie über Maarten van Hoogstratens Kaninchengeschichte lachen müssen – jedenfalls hatte sie mir das im Café Schiller weismachen wollen.

Es musste für sie ein Kinderspiel gewesen sein, sich eine Geschichte auszudenken, deren Ingredienzien aus ihrem eigenen Leben, aus unserem eigenen Leben, stammten! Die im Wohnzimmer (des Dezernenten oder in unserem?) freigelassenen Kaninchen. Die durchgenagten TV-Kabel. Hatten die Kaninchen das bei uns auch gemacht oder hatten sie sich nur unter der Couch versteckt? War es nicht seltsam, dass Sylvia unsere Kaninchen im Café Schiller kein einziges Mal erwähnt hatte?

Ich notierte mir das in Gedanken. Morgen würde ich mich bei Maarten van Hoogstraten nach den Kaninchen erkundigen. Nicht direkt natürlich, beiläufig, zwischen Tür und Angel. So vertraulich gingen wir nicht miteinander um, auch bei einem Lunch oder Umtrunk fachsimpelten wir meist. Es wäre gelinde gesagt merkwürdig – verdächtig, konnte ich mich jetzt nicht enthalten zu denken –, wenn ich mich beim Dezernenten einfach nach seinen häuslichen Verhältnissen erkundigen würde, nach der An- oder Abwesenheit von Haustieren in seiner Familie.

Und in dem Moment fiel mir noch etwas ein. Angenommen, ich würde morgen dahinterkommen, dass Van Hoogstratens nie Kaninchen gehabt hatten, was dann? Welchen anderen Schluss konnte ich daraus ziehen, als dass meine Frau sich die ganze Geschichte aus den Fingern gesaugt, dass sie mich angelogen hatte?

Ich drehte mich auf die Seite, von ihr weg. Möchte ich das wirklich wissen?, fragte ich mich. *Kaninchen?,* hörte ich den Dezernenten erstaunt fragen. *Nein, wir haben keine Kaninchen, nie welche gehabt.* Worüber hatte meine Frau dann auf dem Neujahrsempfang so laut lachen müssen? Und wieso war Maarten van Hoogstratens offenbar außergewöhnlich lustige Geschichte nicht zum Weitererzählen geeignet gewesen?

Wie gut verstand sie sich auf so was? Inwieweit verstanden sich alle dort darauf, in ihrer Heimat, dachte ich jetzt unwillkürlich. Inwieweit war das Lügen ein unveräußerlicher Bestandteil ihrer Kultur – lag es ihnen im Blut?

In manchen Kulturen ist Lügen nicht mehr und nicht weniger als eine Überlebensstrategie, sagte ich mir. Die von Dorf zu Dorf ziehenden Markthändler, die ihre Waren anpreisen, lügen genauso das Blaue vom Himmel herunter wie die immer feilschenden Kunden. Auch Sylvia konnte keinen zerbeulten Kerzenständer kaufen, ohne den Preis erst um neunzig Prozent zu drücken, auch nicht hier in Amsterdam, auf dem Waterlooplein. Ich geb dir zwei Euro für den Toaster da, sagt sie zu dem Händler, der ihn für zwanzig anbietet. Ich gehe dann immer ein Stück weiter, nicht nur, weil ich der Bürgermeister bin – der Bürgermeister mit einer Frau, die auf dem neben dem Rathaus gelegenen Flohmarkt um einen Toaster feilscht –, sondern weil ich mich schlicht schäme. Mir sind Flohmärkte zuwider, auch und vor allem die am Königstag. Was Letzteres betrifft, sind Sylvia und ich übrigens völlig einer Meinung. »Ein Volk, das seinen nationalen Feiertag mit einem Flohmarkt feiert«, sagte sie, als wir zum ersten Mal in unserem damaligen Viertel über den Markt schlenderten, »wirklich, Robert, ist das nicht ein bisschen mickrig?«

Wie zuvor bei den roten Felsformationen in Utah hatten wir nach dem Yellowstone-Nationalpark die Nase gestrichen voll von Nadelwäldern und eiskalten Gebirgsbächen. Das Meer, der Pazifik, wurde unser einziges Reiseziel. Kurz hinter Missoula fuhren wir nach Idaho hinauf und von da aus am Columbia River entlang in einem Rutsch, ohne in Portland zu stoppen, an die Küste. Dort auf dem Boulevard des Städtchens mit dem passenden Namen Seaside haben wir zum ersten Mal auf dieser Reise unser Glück verewigt. Oder eigentlich hat das jemand anderes getan, denn wir sind beide auf dem Foto, und ich bin mir sicher, dass wir es nicht mit dem Selbstauslöser geschossen haben. Ein Passant wahrscheinlich, jemand, der uns da mit unserer Kamera sitzen sah und anbot, ein Foto von uns zu machen. Ich hätte das auch gemacht. Ich hätte es auch angeboten – und wenn sie keinen Fotoapparat dabeigehabt hätten, hätte ich sie möglichst lange aus einiger Entfernung beobachtet.

Wir sitzen nebeneinander auf einer Bank, Strand und Meer im Hintergrund. Auf der Steinbalustrade hinter uns hockt zwischen unseren Köpfen eine riesige Möwe. Sylvia trägt eine Sonnenbrille, ich eine weiße Baseballmütze mit dem Logo der New York Yankees. Was das Foto zeigt, ist das vollkommene Glück; dieses Paar braucht nicht in die Kamera zu lächeln, es ist ohnehin deutlich, dass die beiden sich selbst genug sind. Eigentlich erweisen sie dem Fotografen eine Gunst: Er darf ein paar Sekunden an ihrem Glück teilhaben und es verewigen.

Und jetzt dachte ich natürlich auch an das andere Foto, das ebenfalls ganz schlicht und ohne Beleuchtungseffekte unser Glück festhielt. Wir befanden uns einige Hundert Kilometer weiter südlich – den Rest unserer Reise fuhren wir nur noch an der Küste entlang –, kurz hinter der Grenze zu Oregon, im äußersten Norden Kaliforniens. Im Redwood-Nationalpark.

Sylvia steht, die Hände in die Seiten gestemmt, am Straßenrand zwischen den Mammutbäumen. Sie trägt das Kleid mit blau-weißen Tupfen, den Kopf hält sie etwas schräg; das Sonnenlicht auf ihrem Haar wird durch die Zweige und das Laub gefiltert. Sie lacht den Fotografen an. Mich. Dieser Blick und dieses Lächeln … Es ist ein Lächeln, in dem unsere ganze Zukunft liegt. Und ihre Augen sehen mich wirklich an, ich weiß auch nicht, wie ich es anders ausdrücken soll, sie schauspielert nicht, sie lächelt und sieht mich an.

Wenige Tage später sollte das Wasser im Glas auf dem Nachttisch unseres Hotelzimmers in Santa Barbara plötzlich zu wackeln anfangen. »Schau mal«, sagte ich zu Sylvia. Wir dachten zuerst, es sei ein Güterzug oder ein vorbeirasender Lastwagen, aber die Straße war so gut wie leer und die Bahnlinie zu weit weg. Als auch das Glas in Bewegung kam und dem Rand ein paar Zentimeter näher rutschte, das Ganze etwas von einer Szene aus einem Dokumentarfilm über paranormale Erscheinungen bekam, begriffen wir, was los war. »Ein Erdbeben«, sagte Sylvia ohne auch nur einen Anflug von Panik in der Stimme. Später haben wir uns noch oft daran erinnert. Unser Hotelzimmer lag im fünften Stock. Selbst wenn das Gebäude wie in Zeitlupe in sich zusammengesunken wäre, hätten wir den Ausgang nicht mehr erreicht. Es war ein gutes Gefühl. So etwas gemeinsam erlebt zu haben. Es hatte nichts mit Fatalismus zu tun, wir ergaben uns in unser Schicksal.

In den zwanzig Jahren danach sollte ich die Geschichte noch oft erzählen. Immer ein wenig aufgebauscht. In Wirklichkeit war es nicht mehr als ein Erdstoß gewesen, eine der vielen Erschütterungen, die dort mit schöner Regelmäßigkeit stattfanden – an der Hotelrezeption stießen wir auf Unverständnis, als wir in heller Aufregung von unserem Erlebnis berichteten. Man schüttelte voller Mitleid mit den naiven Touristen den Kopf. Es gehörte zum Alltag, ein solches Beben quittierte man mit einem Achselzucken! Dennoch machten Sylvia und ich an vielen Esstischen, an ebenso vielen langweiligen Geburtstagsfeiern ein handfestes Erdbeben daraus. Verschwörerisch sahen wir einander an, wenn ich von der schaukelnden Deckenlampe erzählte und sie die Geschichte mit dem Wasserglas beschloss, das auf dem Fußboden in die Brüche ging.

Das einzige echte Souvenir, das wir von unserer sechswöchigen Reise mitbrachten, war für mich das Foto von Sylvia unter den Mammutbäumen. Natürlich hätte ich es vergrößern lassen und in einem Rahmen an die Wand hängen können. Aber das wollte ich nicht. Das heißt, ich wollte nicht, dass andere sie auch so sahen. Ich wollte sie für mich alleine haben.

Und so landete es im Schuhkarton mit den anderen Fotos. Den Fotos von unserer Amerikareise, von denen wir in den Jahren danach immer mal wieder meinten, wir sollten das eine oder andere rahmen lassen. Der endlose Güterzug etwa: Mitten in einer Landschaft aus Staub und Disteln stellten wir den Chevrolet am Straßenrand ab. Der Maschinist grüßte mit einem lauten Pfeifsignal, ich winkte zurück, und Sylvia machte die Fotos, jeweils drei Waggons gleichzeitig. Zu Hause legten wir die Bilder in unserem damaligen Wohnzimmer nebeneinander auf den Fußboden. Die meisten Waggons überlappten sich ein paar Zentimeter, aber das wäre mit einer Schere zu lösen gewesen, die Gesamtlänge der Fotoserie betrug mehr als sechs Meter.

Ich stand auf und ging die Treppe hinunter. Was ich jetzt vorhatte, war lebensgefährlich. Vielleicht sollte ich es besser bleiben lassen. Wenn ich die Fotoschachtel einmal hervorgeholt hatte, gab es kein Zurück mehr.

Unten im Flur öffnete ich die Schranktür, und sofort fiel mein Blick auf den Karton, er stand, wo er auch beim letzten Mal gestanden hatte, unter dem Stapel alter Langspielplatten, halb verborgen hinter der Treppenleiter.

Ich knipste im Wohnzimmer eine Lampe an und kramte zwischen den Fotos. Urlaub auf Mallorca, Diana war noch keine zwei, ihr rundes Gesichtchen lachte mir aus dem Kinderwagen entgegen, das mexikanische Restaurant in Santa Barbara, wo wir meinen vierzigsten Geburtstag feierten, ein paar Güterwaggons … Und da war es plötzlich, eher, als ich erwartet hatte, das Foto von Sylvia zwischen den fünfhundertjährigen Mammutbäumen im Redwood-Nationalpark.

Ich betrachtete ihr Gesicht, konzentrierte mich auf ihre Augen. Ich versuchte, sie so anzusehen, wie ich sie vor gut zwanzig Jahren angesehen hatte, durch den Sucher der Kamera. Ich las das Versprechen in ihren Augen, wandte für eine Sekunde den Kopf und sah sie dann wieder an.

Es war wie mit alten Fotos oder eher noch mit einem alten Film, in dem man in der Skyline von Manhattan die Twin Towers entdeckt. Bis zu dem Moment ist dieser Film nur ein alter Film, aber plötzlich gewährt er einem einen Blick in die Zukunft.

So betrachtete ich das Foto meiner Frau – und es passierte genau das, wovor ich die ganze Zeit Angst gehabt hatte, das Unumkehrbare vollzog sich, und ich konnte nichts daran ändern.

Einmal hatte ich ausschließlich Zukunft in ihren Augen gelesen – dort, zwischen den Mammutbäumen und dem Erdbeben hatten wir auch beschlossen, ein Kind in die Welt zu setzen –, aber von nun an würde es eine andere Zukunft sein als die, an die ich bisher geglaubt hatte.

21

Am nächsten Tag sprach ich Maarten van Hoogstraten im Gang zum Sitzungssaal an; es war eine halbe Stunde vor Anfang der Debatte über die Windräder.

»Nur rasch noch ganz was anderes«, sagte ich. »Es ist schließlich dein Ressort. Die Glascontainer. Die getrennte Abfallentsorgung.«

»Ja?« Der Dezernent brachte sein Ohr näher an meinen Mund, als wäre er schwerhörig. Ich sah ihm in die blauen Augen und versuchte mit aller Macht, nicht daran zu denken, wie dieses Gesicht sich mit gespitzten Lippen über meine Frau beugte.

»Ich hätte da eine Frage. Die alten Glascontainer hatten früher drei Löcher. Für durchsichtiges, grünes und braunes Glas. Aber in dem Lastwagen, in die diese Container geleert wurden, gab es meiner Ansicht nach keine drei getrennten Fächer. Stimmt das? Ich meine, wenn schließlich alle Flaschen wieder zusammenkamen, warum hat man dann von den Leuten verlangt, sie zu trennen?«

Bildete ich es mir ein oder blitzte in seinen Augen etwas wie Erleichterung auf? Hatte er eine ganz andere Frage erwartet? Andere *Fragen?* Seit Kurzem, nein, überhaupt nicht seit Kurzem, schon seit den Weihnachtsferien, hatte er sich einen Bart stehen lassen. Wie viele Männer seines Alters glaubte er wohl, mit einem Bart würde er wie ein Filmstar oder Fußballer aussehen, jünger jedenfalls und deshalb auch automatisch attraktiv für Jüngere – für jüngere Wähler. Der Bart war schon ziemlich grau und auf den Wangen transparent, wie ein Acker, auf dem die Ernte gerade eingebracht worden ist, zwischen den Stoppeln scheint wieder die nackte Erde auf. Wie viele Männer seines Alters merkte er nicht, dass ein Bart ihn nur älter machte. Wenn man seinen Beruf hätte erraten müssen, wäre einem wahrscheinlich als Erstes Deutschlehrer eingefallen.

»Ja, das stimmt«, sagte er. »Ich weiß noch, wie das gelaufen ist. Erst wurde ein Kostenvoranschlag für die Glastrennung gemacht. Ist inzwischen zehn Jahre her, glaube ich. Die Container wurden in Polen hergestellt. Mit drei Löchern. Aber als sie bei uns abgeliefert wurden, war das Geld alle. Alles war viel teurer geworden als veranschlagt. Die Lastwagen mit drei getrennten Kammern auszustatten, dafür reichte es nicht mehr. Das machen wir dann eben später, dachten wir damals. Wird mein Vorgänger gedacht haben, denn ich war ja noch gar nicht da. Aber daraus ist nie was geworden.«

Irgendetwas war komisch an seiner Stimme, das fiel mir heute nicht zum ersten Mal auf, Lispeln konnte man es nicht direkt nennen, aber es wurde zu viel Luft freigesetzt, bei jedem f und s war ein leises Zischen zu hören, als würde ein Fahrradventil geöffnet.

»Aber die Leute haben daran geglaubt«, sagte ich. Ich dachte kurz an die Frau mit dem Transportrad, die Umwelttussi, die meinen Nachbarn ausgeschimpft hatte, als er die Flaschen nicht richtig verteilt hatte. »Ist das nicht absurd?«

Maarten van Hoogstraten kniff die Augen zusammen. Was wollte er damit sagen? Würde er es jetzt leugnen? Aber es gab nichts zu leugnen, er hatte ja alles schon mehr oder weniger zugegeben.

»Es ging auch ums Prinzip«, sagte er. »Die Leute sollten sich schon mal daran gewöhnen, dass in absehbarer Zeit alles getrennt würde. Aber bei den heutigen Containern braucht man das Glas ja nicht mehr zu trennen. Also sind die Lastwagen mit den drei Kammern im Nachhinein auch gar nicht nötig gewesen.«

Ich starrte ihn an und musste auf einmal an den Springbrunnen denken. Den Springbrunnen in meinem alten Viertel, bei dessen Enthüllung ich ein paar Worte gesprochen hatte. Alle hatten sich über den Brunnen gefreut, aber ich musste vor allem an das Faltblatt denken, das die Bewohner des Viertels in ihren Briefkästen vorgefunden hatten und das ein paar Tage vor dem Festakt auch auf meinem Schreibtisch gelandet war. Es berichtete von den Bauarbeiten, von dem verwendeten Material – Granit – und von den chinesischen Arbeitern in der Provinz Fujian, die aus diesem Granit seine gegenwärtige runde Gestalt gehauen hatten. Von den Arbeitsbedingungen, den mangelnden Sicherheitsvorschriften, den langen Arbeitstagen, den vielen Monaten, die die Arbeiter weit entfernt von der Heimat gelebt hatten.

Die damalige Dezernentin und ihre Beamten hatten die Situation vor Ort in Augenschein genommen. Von Hungerlohn und Sklavenarbeit könne keine Rede sein, die Arbeiter hätten »mit Begeisterung und Freude« den Stein behauen. Das Merkwürdige an dem Faltblatt war vor allem, dass alles so ausführlich beschrieben, dass nichts verschwiegen wurde. Ein Dezernent, der das Verrichtungsgelände am Straßenstrich besucht, um sich an billigen Huren zu vergreifen, muss zurücktreten; eine Dezernentin aber, die wie die alten Ägypter einen Springbrunnen von Sklaven anfertigen ließ, erntete auf der Einweihungsfeier stürmischen Beifall von den Anwohnern.

Ich könnte Maarten van Hoogstraten noch weitere Fragen stellen. Etwa über aufgerissene Müllsäcke und Glasscherben bei den Containern. Warum genug Geld da ist, um Beamte Müllsäcke nach Hinweisen auf die Gesetzesbrecher durchsuchen zu lassen, aber keines, um die Container öfter als zweimal pro Woche zu leeren. Und überhaupt: Wie erklärt man seinen Kindern, dass man im Auftrag der Gemeinde Müllsäcke durchwühlt?

Ich hätte noch erwähnen können, ob es nicht gelinde gesagt merkwürdig sei, dass jeder mit eigenen Augen konstatieren konnte, wie er zum Narren gehalten wurde? Nein, dachte ich gleich darauf, das galt nur für die Leute, die vom ersten, zweiten oder dritten Stock auf den Lastwagen hinabschauen konnten. Und selbst dann war es noch sehr die Frage, ob sie die Sache auch durchschauten – wie mein Nachbar von gegenüber.

Aber was regte ich mich eigentlich so auf? Inzwischen war die Vorschrift hinsichtlich der getrennten Sammlung von Altglas doch längst Schnee von gestern.

»Ist was, Robert?«

Soviel ich wusste, sah ich den Dezernenten noch immer an, aber womöglich sprach aus meinem Blick schon längst keine Aufmerksamkeit mehr. Vielleicht war ich zu lange und zu weit in meinen Grübeleien abgeschweift; ich merkte jedenfalls, dass ich mit den Augen blinzelte, als hätte mich Van Hoogstraten aus einem Mittagsschläfchen geweckt.

»Entschuldige bitte«, sagte ich. »Ich musste gerade an was anderes denken.«

Maarten van Hoogstraten zog die Augenbrauen hoch. »Alles in Ordnung?«

»Wie bitte?«

»Ob alles in Ordnung ist, Robert, du siehst ... Du siehst müde aus. Und überhaupt ... Ich meine, fühlst du dich nicht wohl? Du siehst so aus, als hättest du Fieber.«

»Nein, kein Fieber. Müde vielleicht schon. Bisschen zu wenig geschlafen.«

Heute Morgen hatte Sylvia mich auf dem nackten Fußboden neben unserem Bett gefunden. Es muss wohl schon gegen sechs Uhr früh gewesen sein, als ich schließlich ins Schlafzimmer zurückgekehrt war. Eine Stunde bevor der Wecker klingelte. Wahrscheinlich hatte ich meinen alten Einschlaftrick ausprobiert, war aber zu erschöpft gewesen, um noch rechtzeitig ins Bett zu kriechen.

»Und du hast etwas gesagt …«

»Wir sprachen von den Glascontainern.«

»Nein, ich meine danach. Du hast etwas geflüstert, ich konnte dich nicht verstehen, als würdest du ein Selbstgespräch führen, Robert. Da frage ich mich …«

»Kaninchen«, unterbrach ich ihn. »Ich wollte dich etwas über Kaninchen fragen.«

Was um alles in der Welt hatte ich wohl vor mich hin gemurmelt? Ich musste mich vorsehen, es war mir schon einmal mit Diana passiert, dass ich einen Gedanken laut aussprach, ohne es zu merken, wie ein Ehebrecher, der zu Hause im Bett den Namen seiner Geliebten flüstert. Und inwieweit sagte Van Hoogstraten tatsächlich die Wahrheit, wenn er behauptete, mich nicht verstanden zu haben? Vielleicht hatte er doch etwas aufgeschnappt, was wirklich nicht für ihn bestimmt war.

»Kaninchen«, sagte ich. »Ich sagte etwas über Kaninchen.«

»Ach … Also, ich weiß nicht …«

Das lief überhaupt nicht nach Plan. Ich hatte den Dezernenten über Kaninchen ausfragen wollen, aber eher beiläufig, zwischen Tür und Angel – doch jetzt gab es keinen Weg mehr zurück.

»Wir überlegen, ob wir uns ein Haustier anschaffen sollen«, sagte ich. »Für Diana hauptsächlich. Und wir dachten an ein Kaninchen. Vielleicht sogar mehrere.«

Hörte sich das unglaubwürdig an? Ehrlichkeitshalber konnte ich diese Frage nur bejahen. Der Dezernent öffnete den Mund, so als wollte er etwas sagen, aber ich kam ihm zuvor.

»Diana, unsere Tochter«, sagte ich rasch. Ich konnte ja nicht davon ausgehen, dass er sich den Namen unserer Tochter gemerkt hatte. Und wenn ich Glück hatte, wusste er auch ihr Alter nicht mehr. Kaninchen für eine Tochter, die in diesem Jahr zwanzig wurde, das sollte glaubwürdig sein? »Ich hab von jemandem gehört, weiß nicht mehr, von wem, irgendjemand hat mir gesagt, ihr hättet Kaninchen. Nun frage ich mich, macht das Spaß? Ich meine, ist es vernünftig, oder gehören die Tiere eher in die freie Natur?«

Las ich in seinen Augen Bestürzung, oder ahnte Maarten van Hoogstraten, wohin diese unglaubwürdige Kaninchengeschichte führen sollte? Und auf einmal hatte ich einen Einfall. Ob er gut war, würde sich schnell genug zeigen.

Dann hätte ich alles hinter mir. Wie man manchmal mitten in der Nacht aufwacht: Man hat sonderbar geträumt, der kalte Schweiß steht einem auf der Stirn; dass man sich übergeben muss, merkt man erst ganz zum Schluss. Man stemmt sich mit aller Macht dagegen, es fällt einem jetzt auch wieder ein: Am Abend zuvor hat man Pizza Shoarma gegessen. Vielleicht war nicht das Fleisch, sondern die Soße verdorben, im Laufschritt erreicht man gerade noch rechtzeitig das Klo.

Dann die Erleichterung. Man stinkt, man hat noch Reste Shoarma im Mund und in der Nase, aber man ist es los.

»Jetzt fällt es mir wieder ein«, sagte ich, den Dezernenten die ganze Zeit fest im Blick. »Wer mir das gesagt hat. Meine Frau. Sylvia. Du hättest ihr mal was von Kaninchen erzählt.«

»Darf ich mal kurz stören?« Dezernent Hawinkels war an meiner Seite aufgetaucht und fasste mich am Arm. Und Van Hoogstraten. »Entschuldigt, dass ich euch unterbreche. Aber es muss sein. Bevor wir über die Windräder debattieren, meine ich.«

»Natürlich«, sagte Van Hoogstraten. »Hatte mich mit Robert über … Nun ja, wie auch immer, es war nicht wichtig.«

In dem Moment piepte mein Handy. *Diana,* las ich auf dem Display. Es gibt Leute – Namen –, die immer warten können. Normalerweise nehme ich Anrufe selten oder nie an, das Handy dient mir mehr als mobile Voicemail. Oder auch wieder nicht, denn die alte Angewohnheit, eine Nachricht zu hinterlassen, ist so gut wie ausgestorben: Man sieht ja, dass jemand angerufen hat, das genügt, du bist jetzt am Zug und musst reagieren.

Diana ist die Ausnahme von der Regel. Sogar die Anrufe meiner Frau beantworte ich nicht immer. Manchmal radle ich gerade nach Hause, und sie möchte, dass ich noch kurz bei der Drogerie vorbeigehe und Fruchtgummis kaufe oder Zahnpasta. Viel besser also, man reagiert nicht und sagt zu Hause, man habe das Handy auf dem Fahrrad nicht gehört.

Einmal rief Diana vom Budapester Flughafen an, weil sie ihren Pass und alle ihre Kreditkarten verloren hatte; ein andermal – ich probierte gerade in einer Mailänder Umkleidekabine eine Hose an –, weil sie die Schlüssel nachts außen in der Haustür hatte stecken lassen. Man muss immer reagieren. Immer. Am besten innerhalb von fünf Sekunden.

»Entschuldigt bitte«, sagte ich zu den beiden Dezernenten. »Es ist dringend.«

Ich wandte mich von ihnen ab, ging noch zwei Schritte zur Seite und öffnete die WhatsApp-Nachricht; mein Herz hämmerte inzwischen laut.

Paps

So machte meine Tochter es immer: erst nur das eine Wort, um meine Aufmerksamkeit zu erregen, dann die eigentliche Nachricht, oft auch noch in drei oder vier getrennt verschickten Sätzen.

schreibt …, las ich oben auf dem Display.

Hast du Emmy heute Morgen noch gesehen?

Emmy. Ich dachte rasch nach. Unsere Katze ließen wir zu bestimmten Zeiten in den Garten, aber nur, wenn sie selber rauswollte. Die Katzenklappe in der Küchentür hatten wir vor ein paar Jahren zugeschraubt, weil wir nachts von fremden Katzen geweckt wurden, die sich hereinschlichen und mit

Emmy den Kampf um ihr Revier aufnahmen und außerdem auch noch ihre Duftmarken auf Sofa, Stühlen und Kleidern hinterließen.

Seither setzte Emmy sich vor die Garten- oder Küchentür und miaute, bis wir sie hinausließen.

Ich war heute Morgen um zehn auf, und da war sie nicht da

Meist kam die Katze nach ein paar Stunden wieder zurück, oft auch früher. Gestern Abend war ich gegen elf von meinem Gespräch bei den Containern zurückgekommen. Da war Diana schon nach oben gegangen. Sylvia hatte mit *Anna Karenina* auf der Couch gelegen.

Und die Katze? Hatte sie auf ihrem Schoß gelegen oder neben ihr auf der Couch? Ich kniff die Augen zusammen, aber ich hatte das Gefühl, nur *alte* Bilder stellten sich ein. Bilder, auf denen Emmy wie meist irgendwo im Wohnzimmer war. Auf der Couch, am Rand des Teppichs. Jedenfalls möglichst nah bei uns. Nie in einem Zimmer, wo keiner war.

Und jetzt ist es zwei, und sie ist immer noch nicht da

In der Nacht, nachdem ich mir die Fotos aus der Schachtel angesehen hatte, war ich in den Garten hinausgegangen. Eigentlich war es zu kalt für T-Shirt und Unterhose gewesen, aber ich hatte Lust auf eine Zigarette. Es waren schließlich drei geworden, die ich genüsslich zurückgelehnt und zum Nachthimmel mit dem fast vollen Mond hinaufstarrend geraucht hatte – bis ich zitternd und zähneklappernd wieder nach oben gegangen war. Offenbar hatte ich noch nicht genug gefroren, denn um acht heute früh hatte Sylvia mich neben unserem Bett auf dem Fußboden gefunden.

Hatte ich unsere Katze da noch irgendwo gesehen, im Wohnzimmer oder in der Küche, wo ich mir die erste Zigarette am Küchenherd anzündete? Ich konnte mich nicht mehr entsinnen, und dass ich mich nicht mehr entsinnen konnte, konnte eigentlich nur bedeuten, dass ich sie nicht gesehen hatte.

Da fiel es mir plötzlich ein: Als ich die Schiebetür geöffnet hatte und in den Garten hinausgegangen war, war ein Vogel aufgeflogen. Direkt vor meinen Füßen – fast, als hätte er dort gewartet. Eine Drossel oder Amsel, mit so was kenne ich mich nicht aus. Ein kleiner brauner Vogel war es mit einem gelben Schnabel, stellte ich später fest, nachdem ich mich an die Dunkelheit gewöhnt hatte. Der Vogel hatte sich in einiger Entfernung auf die Rückenlehne eines Gartenstuhls gesetzt. Ich hatte mich ganz schön erschreckt über das plötzliche Geflatter zu meinen Füßen, als die Drossel oder Amsel aufflog und auf dem Tisch landete, von wo sie in zwei kurzen Sprüngen zum Stuhl hüpfte.

Die Anwesenheit des Vogels bedeutete noch etwas anderes, das hatte ich heute Nacht bereits gedacht, nachdem ich mir eine zweite Zigarette an der ersten angezündet hatte und den Vogel betrachtete. Und er mich: Ja, ich hatte mich des Eindrucks nicht erwehren können, dass er mich beobachtete, mit schräg gelegtem Kopf, wie Vögel das zu tun pflegen, wenn sie einen sich krümmenden Wurm oder etwas anderes Essbares ins Visier bekommen.

Dass hier eine Drossel oder Amsel in aller Seelenruhe auf dem Gartenstuhl hockte, konnte nichts anderes bedeuten, als dass unsere Katze nicht im Garten war. Und auch nicht im Wohnzimmer, denn ich hatte die Tür zum Garten aufgelassen, und Emmy wäre mir bestimmt gefolgt, wenn sie mich so entspannt im Gartenstuhl hätte rauchen sehen (ich hatte die Beine angezogen, sodass ich die Füße auf das Tischgestell stützen konnte). Sie hätte es sich auf meinem Schoß bequem gemacht.

Und die Wahrscheinlichkeit, dass sie sich entweder anderswo im Haus aufhielt oder schon die ganze Zeit in den Nachbargärten auf Beutezug gewesen war, war nicht sonderlich groß.

Wo ist Mama?, schrieb ich, um Zeit zu gewinnen.

Nein, Emmy hätte mich bestimmt gehört, als ich die Treppe hinunterging; und während ich mit der Fotoschachtel auf dem Schoß auf der Couch saß, wäre sie mir um die Knöchel gestrichen.

Mir fiel jetzt noch eine dritte Möglichkeit ein: Unsere Katze hatte sich schon früher am Abend, als ich mit den leeren Flaschen, dem Müllsack und dem Stapel Zeitungen unter dem Arm die Haustür geöffnet hatte, auf die Gracht hinausgeschlichen. Ich konnte es mir fast nicht vorstellen, es war in all den Jahren, in denen wir hier wohnten, höchstens fünf Mal passiert, dass Emmy uns entwischt war. Meist lief sie dann zur Gracht, blieb dort zwischen den parkenden Autos ein paar Sekunden wie erstarrt stehen, vor Schreck mit hohem Buckel und hochgestelltem Schwanz, um dann wieder genauso schnell ins Haus zurückzurennen.

Und später?, fragte ich mich. Nach meinem Telefongespräch mit Bernhard? Nein, das Gespräch war ja noch nicht zu Ende gewesen, als ich den Schlüssel in die Haustür steckte. Ich hatte mich an die Tür gelehnt, ein Bein draußen und ein Bein drinnen auf der Fußmatte, und wir hatten uns noch etwa zehn Minuten weiter unterhalten.

Ich weiß nicht, wo Mama ist

… schreibt …

Sie war schon weg, als ich runterkam

… schreibt …

Wo bist du?

Beim Lesen dieser Sätze fiel mir auf, dass links oben auf dem Display, auf dem Tab *Chats,* die Zahl 1 zwischen Klammern stand; eine noch ungelesene Nachricht also.

Ich klickte auf Chats. Zwischen Diana und Sylvia oder besser gesagt unter Diana und über Sylvia stand die ungelesene Nachricht. Nicht von einem Absender aus meinen Kontakten, sondern von einer mir unbekannten Nummer. Auch ein Profilfoto fehlte.

Lieber Robert, las ich. *Lieber Robert, wir machen es morgen. Warte 24 – Gestern* stand rechts oben.

Ich berührte das Display, um die ganze Nachricht zu öffnen.

Lieber Robert, wir machen es morgen. Warte 24 Stunden. Versuche, es nicht allzu schwer zu nehmen. Unser Leben war die Mühe mehr als wert. Wünschen dir, Sylvia und Diana alles erdenklich Gute. Deine Eltern.

Rechts unter der Nachricht stand die genaue Zeit, als sie verschickt worden war: *21:45.*

Ich rechnete zurück. Wo war ich zu diesem Zeitpunkt gewesen? Ich hatte gestern Abend nicht auf die Uhr geguckt, aber höchstwahrscheinlich unterhielt ich mich da noch bei den Containern mit dem Nachbarn von gegenüber oder war auf dem Weg nach Hause im Gespräch mit Bernhard.

Es war die logischste Erklärung für die Tatsache, dass ich weder ein Piepen gehört noch ein Vibrieren in der Hosentasche gespürt hatte.

Oder doch … Dezernent Hawinkel winkte mir zu, er drehte das Handgelenk nach oben und tat so, als würde er auf die Armbanduhr gucken. Ja, es war Zeit, Zeit für die Windräderdebatte.

Ich würde nicht dabei sein.

»Hört mal«, fing ich an, nachdem ich mit zwei Schritten bei den beiden Dezernenten angelangt war – es hatte etwas Demütigendes, dass ich das, was ich jetzt sagen würde, in Anwesenheit von Maarten van Hoogstraten tun musste. Ich musste meine Worte sorgfältig wählen. *Ich kann leider an der Debatte nicht teilnehmen, meine Eltern haben sich das Leben genommen* kam eher nicht infrage. Kurz überlegte ich, ob ich Diana ins Spiel bringen sollte, aber das ging auch nicht. Sie würden so etwas bestimmt behalten und sich morgen bei mir danach erkundigen.

»Es ist etwas passiert«, sagte ich. »Ich muss sofort weg.«

»Etwas Schlimmes?«, fragte Hawinkels.

»Meine Frau«, sagte ich und sah jetzt nur noch Maarten van Hoogstraten an – soll er sich doch während der ganzen Windräderdebatte Sorgen machen, dachte ich. »Sylvia. Ich muss wirklich los.«

22

Meist ging ich das kurze Stück von der Amtswohnung zum Rathaus zu Fuß, aber an jenem Morgen war ich mit dem Rad gefahren, weil Direktor Pijbes vom Rijksmuseum mich zum Lunch eingeladen hatte. Das Treffen war sehr anregend gewesen; erst hielt mir der Museumsdirektor einen halbstündigen Vortrag über Kunstgeschichte, von den ersten Felsmalereien bis zu Jackson Pollock und Jeff Koons, dann ließ er die Katze aus dem Sack.

Was ich von der Idee hielte, begann er mit verhaltener Begeisterung – wir saßen im Garten des Museums und hatten eine zweite Flasche Rotwein entkorkt –, die Stadt Amsterdam noch mehr zu profilieren, indem wir den Besuch von Barack Obama für Merchandising nutzten? Er denke dabei ganz konkret an Kaffeebecher, Keksdosen, T-Shirts, Bierdeckel, Schnapsgläser, all die Dinge eben, auf denen schon die *Nachtwache* und das *Milchmädchen* abgebildet seien.

Die zweite Flasche war inzwischen schon wieder halb leer, ich wehrte ab, als mir der Museumsdirektor nachschenken wollte. Ich konnte durchaus leicht beschwipst an der Windräderdebatte teilnehmen, aber rote Flecken im Gesicht oder andere körperliche Anzeichen, dass ich zu tief ins Glas geschaut hatte, konnte ich mir nicht leisten. Genau die richtige relaxte Stimmung, darum ging es, hundert Prozent nüchtern würde ich die Debatte sowieso nicht überstehen.

»Die Fotos von Präsident Obama vor der *Nachtwache* sind um die ganze Welt gegangen«, sagte der Direktor. »Fantastische kostenlose Reklame für das Produkt Amsterdam. Warum sollten wir uns das nicht zunutze machen? Obama auf einer Keksdose und einem T-Shirt, die *Nachtwache* als Hintergrund. Darum reißt sich doch jeder. So geht das Foto wieder um die ganze Welt, und das Museum verdient daran.«

Mein Blick verriet mich vermutlich, als ich ihm antwortete, ich wolle darüber noch ein wenig nachdenken. Vor allem wisse ich nicht, ob man das einfach machen könne, ohne Zustimmung des amerikanischen Präsidenten.

»Darum wollte ich ja erst mit dir darüber reden«, sagte Pijbes. »Ich sah die Chemie zwischen euch, wie es klickte. Wie du ihm zugezwinkert hast bei der Ansprache des Ministerpräsidenten. Vielleicht ist der direkte Approach da am besten. Von Bürgermeister zu Präsident.« Und mit einem maliziösen Lächeln fügte er hinzu: »Wegen so was würde ich mich auch wirklich ungern an unseren Ministerpräsidenten wenden. Nein«, sagte er und schüttelte den Kopf, »allein schon der Gedanke!«

Ich nahm den Weg an der Amstel entlang. Beim Carré-Theater holte ich mein Handy aus der Tasche und las die Nachricht meines Vaters noch einmal. *Wünschen dir, Sylvia und Diana alles erdenklich Gute. Deine Eltern.* Ich wusste gar nicht, dass mein Vater (oder meine Mutter) WhatsApp benutzte. Sie waren zwar immer mit der Zeit gegangen. E-Reader, iPads, Mobiltelefone waren kein Problem für sie. Meine Mutter hatte seit etwa fünf Jahren eine Facebook-Seite. Im Gegensatz zu mir. Meine Tochter gehörte zu ihren Freundinnen. Manchmal hörte ich Diana neben mir auf der Couch lachen, und wenn ich fragte, was so lustig sei, antwortete sie: »Oma. So komisch!« Aber auf einem Gebiet waren sie »altmodisch« geblieben: Ihre Mobiltelefone waren keine Smartphones, sondern alte Nokias, mit denen man höchstens simsen konnte.

Kurz hinter dem Amstel Hotel, in der Mitte der Unterführung unter dem Seitenkanal, blieb ich stehen, um die Nachricht, die hier im Halbdunkel viel lesbarer war als draußen im Licht, noch einmal zu lesen. Ich kannte zwar die Handynummer meines Vaters nicht wirklich auswendig, aber diese Nummer kam mir doch gänzlich unbekannt vor.

Ich konzentrierte mich wieder auf den Zeitpunkt, an dem die Nachricht versendet worden war. *21:45.* Und auf einmal fiel es mir wieder ein … Ein Piepen während eines Telefongesprächs, so ein Ton, der einen darauf aufmerksam macht, dass noch jemand anruft – oder dass eine neue Nachricht eingetroffen ist.

Was hatte ich daraufhin getan? Nichts offensichtlich. Ich hatte Bernhard zugehört und mir vorgenommen, nach dem Ende des Gesprächs zu schauen, wer mich angerufen oder mir geschrieben hatte.

Aber daran hatte ich schließlich nicht mehr gedacht. Ich war nach Hause gegangen, hatte mich noch eine Weile in der Tür stehend mit Bernhard unterhalten und war schließlich nach oben gegangen, wo meine Frau mit *Anna Karenina* auf der Couch lag.

Und danach? Danach war ich noch in meinem Arbeitszimmer gewesen. Zur Vorbereitung auf die Debatte hatte ich zwei amerikanische Webseiten über Windräder gelesen. Ich hatte, das gebe ich zu, vor allem nach den Nachteilen gesucht, aber hatte diese, auch das gebe ich zu, nicht gefunden. Höchstens ein paar kleinere. Neben der allbekannten Horizontverschmutzung die Gefahr für Vögel. Ich suchte Vergleichsmaterial. Wie viele Vögel kamen durch Flugzeuge, Autos beziehungsweise durch Eisenbahnzüge ums Leben? Aber auch das fand ich nicht.

Von meiner Reise mit Bernhard durch den Westen der Vereinigten Staaten erinnerte ich mich an einen Windpark in Kalifornien, nicht weit von dem Städtchen Mojave. In einer ansonsten leeren Landschaft ohne jegliche Bebauung standen Tausende Windräder, verteilt über Dutzende niedrige Hügel, bis zum Horizont. Es war ein beeindruckender, vielleicht sogar ästhetisch schöner Anblick, soweit man Tausende rotierende Windräder schön finden kann. Es tat einem jedenfalls nicht in den Augen weh, um es mal so auszudrücken, diese Leere konnte den Windpark verkraften. Aber das Wort *schön* würde ich in der Debatte nicht in den Mund nehmen, ich würde die Leere betonen. Die hatte man den Niederlanden schon vor fünf Jahrhunderten ausgetrieben.

Dann würde ich zum Meer übergehen. Wo gebe es bei uns noch echte Leere? Auf dem Meer! Ein paar Tausend Windräder auf dem Meer, weit genug von der Küste entfernt, sodass man sie vom Strand aus nicht sehen konnte. Wenn man nicht gerade auf dem offenen Meer umhertuckerte, wurde man auch nie mit den Windrädern konfrontiert. Wer weiß, vielleicht war es für die Besatzung vorbeifahrender Schiffe ein wunderbarer Anblick.

Ich hatte das Piepen vergessen. So einfach war es; es wäre nicht das erste Mal. Ich vergaß öfter, auf eine Nachricht zu antworten. Aber WhatsApp benachrichtigt einen eben nur ein Mal.

Auch später, als ich nachts noch im Garten saß, hatte ich nicht mehr auf mein Handy geguckt. Ja, ich hatte es neben meinem Bett liegen lassen, als ich die Treppe hinunterging, um das Foto meiner Frau im Sequoiawald zu suchen.

An dem Nachmittag war mein Vater zu mir ins Rathaus gekommen, um mir mitzuteilen, sie würden ihren selbst gewählten Tod vorverlegen. Irgendwann in den nächsten Wochen, hatte er gesagt. Und dann? Ja, jetzt fiel es mir wieder ein: Als ich gesagt hatte, ich wollte meine Mutter noch sprechen, bevor es so weit war, hatte er nur mit den Achseln gezuckt und gemeint, ich könne sie ja am Abend anrufen.

Heute Abend, hatte er gesagt. Wortwörtlich heute Abend.

Ruf sie heute Abend an.

Und im nächsten Moment war ich mir so sicher, dass es mir kalt den Rücken herunterlief, als hätte mir jemand Eis in den Nacken geschüttet.

Er hatte den Entschluss schon am Nachmittag gefasst und mich möglichst spät aufgesucht, damit ich ihnen keine Steine in den Weg legen konnte, auch nicht versuchen würde, sie auf andere Gedanken zu bringen.

Zumindest meine Mutter auf andere Gedanken zu bringen. *Ruf sie heute Abend an.* Aber das hatte ich schließlich und endlich nicht getan. Ich hatte erst den Müll zu den Containern bringen und sie danach anrufen wollen.

Aber Bernhards Anruf war dazwischengekommen. *21:45.* Zu Hause hatte ich weder an das Piepen gedacht noch an meine Mutter. Ja, später schon, erinnerte ich mich jetzt, aber da war es zu spät. Beim Zähneputzen hatte ich an sie gedacht, es muss etwa halb zwölf gewesen sein. Ach, eilt ja nicht, hatte ich gedacht, ich rufe sie morgen an.

Wieder blickte ich auf das Display. Zum ersten Mal nahm ich Notiz von den Ziffern über der Nachricht, die angaben, wann jemand zuletzt online gewesen war. Das machten Sylvia und ich immer, wenn Diana noch spät unterwegs war. Manchmal benachrichtigte sie uns um halb fünf in der Früh, sie würde bei einer Freundin übernachten (nie bei dem neuen Freund, bei dem sei es viel zu klein, sagte sie, aber wir hielten es für wahrscheinlicher, dass seine Eltern es aufgrund ihres kulturellen Hintergrunds nicht erlaubten), manchmal vergaß sie es, dann war es immerhin beruhigend für uns, am nächsten Tag zu sehen, dass sie auf jeden Fall morgens um *07:02* noch online gewesen war.

Zuletzt online heute um 06:41 stand unter der mir unbekannten Nummer, über der einzigen und sehr wahrscheinlich letzten WhatsApp-Nachricht, die mir mein Vater je geschickt haben würde.

Heute. Ich schaute auf die Zeit oben auf dem Display meines Handys: *14:35.* Wie bereits erwähnt, Rechnen ist nicht meine Stärke. Ich musste diese Zahlen erst in »ungefähr halb sieben« umwandeln und »kurz nach halb drei«. Danach kostete es mich noch fünfzehn Sekunden, bis ich ausgerechnet hatte, dass die Differenz zwischen beiden Zeitangaben ungefähr acht Stunden betrug.

Vor acht Stunden hatte mein Vater noch WhatsApp benutzt. Vor acht Stunden war er noch am Leben gewesen – waren *sie* noch am Leben gewesen.

Ich trat in die Pedale und radelte aus der Unterführung hinaus. Acht Stunden. Ich sah die Leute auf der Terrasse vor dem *Ijsbreker* sitzen. Ahnungslos. Eine Parallelwelt hatte sich aufgetan, aber vielleicht nicht erst jetzt, vielleicht schon früher, in dem Moment, als ich die Nachricht meines Vaters gelesen und das Rathaus verlassen hatte.

Auf der einen Seite die gewöhnliche, sichtbare Welt, die Welt der Menschen, die ahnungslos ihren Kaffee tranken oder den Hund spazieren führten, auf der anderen Seite die echte Welt, in der sich Dinge ereigneten. Echte Dinge. Leben und Tod. Ein Flugzeug, das in der Luft explodiert, ein Schiff mit Flüchtlingen, das wenige Kilometer vor der Küste kentert und sinkt, zwei alte Menschen, die einander noch einen letzten Kuss geben, sich ein letztes Mal innig umarmen und dann sterben.

Erst radelte ich noch, so schnell ich konnte, aber auf der Weesperzijde beim Klubhaus des Rudervereins hielt ich die Beine still.

Denn was sollte die Eile? Vierundzwanzig Stunden, hatte mein Vater gesagt. In den ersten vierundzwanzig Stunden unternimmst du nichts, dann gehst du nachschauen. Unwillkürlich steckte ich die Hand in die rechte Hosentasche, ich wusste, ich hatte ihn dabei, ich vergaß meinen Schlüsselbund selten oder nie. Schlüssel*bund* war eigentlich ein zu großes Wort, zwei für unsere Haustür, zwei für die meiner Eltern.

Vor acht Stunden. Nein, mich zu beeilen war sinnlos, es war doch zu spät. Irgendwann an diesem Morgen, vor oder nach einem letzten Frühstück im Bett oder an dem kleinen Tisch in der Küche, hatten meine Eltern eingenommen, was man einnehmen muss, um sein Leben zu beenden. Wie rasch wirkte das Zeug eigentlich? Ich hatte sie, fiel mir ein, nie gefragt, ob sie es mit Tabletten oder etwas anderem (einer Flüssigkeit?) machen würden. Oder wie sie darangekommen waren, nein, auch das hätte ich von mir aus nie zur Sprache gebracht.

Vierundzwanzig Stunden. *Wir machen es morgen.* Wann musste ich zu zählen anfangen, ab 21:45 oder ab 06:41? Sollte ich nicht besser umkehren und bis morgen früh warten?

Aber noch etwas anderes spielte eine Rolle. Ich hatte zwar keine Hoffnung mehr, sie noch lebend anzutreffen, aber während ich hinter dem Café Hesp und dem portugiesischen Restaurant nach links abbog, wollte ich auf einmal doch die Möglichkeit nicht ausschließen, dass es vielleicht nicht geklappt hatte.

Dass sie die falsche, eine zu hohe oder eine zu niedrige, Dosis eingenommen hatten, dass sie die Hälfte wieder erbrochen hatten und jetzt zu schwach waren, zum Hörer zu greifen und jemanden (ihren einzigen Sohn) anzurufen.

Ich überquerte die Wibautstraat und ließ das Rad, ohne die Pedale zu bewegen, am Ringdijk entlang zum tiefer gelegenen Watergraafsmeer-Polder rollen. Vier Meter. Vier Meter lag der Polder unter dem Meeresspiegel. Bei einem Deichbruch würde das Wasser bis zur Mitte der ersten Stockwerke reichen. Am tiefsten Punkt angekommen, radelte ich gemächlich dahin, alle sollten es sehen. Mehr als an anderen Tagen war ich mir meiner Sichtbarkeit bewusst. Schau, da radelt der Bürgermeister. Zum ersten Mal, seit ich das Rathaus verlassen hatte, fragte ich mich, wie ich mich nachher verhalten sollte, wie ich in die Straße, in der meine Eltern wohnten, einbiegen, das Rad abstellen und abschließen und die Haustür öffnen sollte.

Es war nämlich eine Straße, in der auf die Privatsphäre, um es einmal so zu formulieren, weniger Wert gelegt wurde als in anderen Amsterdamer Stadtvierteln. Überall standen Bänke vor den Häusern, auf denen die Leute an sonnigen Tagen saßen. Jetzt war es vielleicht noch still, die meisten waren noch auf der Arbeit. Abends wurde oft gegrillt. Kinder bemalten den Bürgersteig mit Kreide. Von außen sah es an schönen Tagen fast idyllisch aus. War es nicht wunderbar, dass sich das Leben im Freien abspielte?

Nein, wir haben Ihre Eltern seit gestern Abend nicht mehr gesehen. Und ja, die Vorhänge sind noch zu, das ist uns auch schon aufgefallen. Wir warten noch bis fünf, haben wir zueinander gesagt, dann benachrichtigen wir die Polizei.

Die Leute saßen hier nicht einfach auf den Bänken, um ihr Bier zu trinken, nein, sie ergriffen buchstäblich Besitz von der Straße, sie eigneten sich die Bürgersteige an, der öffentliche Raum gehörte nicht mehr der Allgemeinheit, die Pflastersteine dienten ihren Kindern als Zeichenpapier.

Was machst du hier, Fremder? Das sprach nicht nur aus ihren Blicken, wenn man von außerhalb kam, nein, so führten sie sich auch auf – so kleideten sie sich, in kurzen Hosen und ungewaschenen T-Shirts oder auch mit nacktem Oberkörper. Als würde man ihre Schlafzimmer betreten. Mit ihren weißen behaarten Bäuchen gaben sie einem zu verstehen, man solle möglichst rasch verduften, man habe hier nichts verloren.

Bevor meine Eltern in dieses Haus zogen, bevor ich zum Bürgermeister ernannt worden war, wohnten wir selber fast fünfzehn Jahre in diesem Viertel. Auch ich habe in kaum anständig zu nennender Bekleidung auf unserer Bank Bier getrunken, einer Bank, die wir schon im ersten Frühling im Gartencenter am Nobelweg kauften. Diana war damals erst anderthalb. Wir hatten zwar einen Sandkasten in unserem hundertdreißig Quadratmeter großen Garten, doch vom ersten Tag an spielte sie nur auf der Straße. Dort fand sie leicht Freunde und Freundinnen, dort lernte sie Rad fahren, dort schraubte ich an einem schwülen Samstagnachmittag kurz nach ihrem vierten Geburtstag die Stützräder ihres Kinderrads ab; ich setzte mich nicht mehr mit der Zeitung in den Garten, sondern auf die Bank vor der Tür. Um unsere spielende Tochter im Auge zu behalten, machte ich mir weis. Und das entsprach natürlich auch der Wahrheit, aber nur zum Teil, ich saß da auch, um die Straße im Auge zu behalten, den Bürgersteig, meinen Bürgersteig, über den Rand der Zeitung grüßte ich meine Straßenmiteigentümer, meine Nachbarn – aber nicht die Leute, die nicht von hier waren.

Am Ende des Ringdijk bog ich rechts in den Middenweg, dann bei der Ampel links in den Hogeweg. Ich radelte schon etwas geduckter, mehr über den Lenker gebeugt, damit mich niemand erkennen konnte.

Damit sie später nicht sagen konnten: *Ja, an dem Tag, an dem die beiden Alten tot in ihrem Haus gefunden wurden, haben wir den Bürgermeister gesehen. Ganz in der Nähe. Es waren doch seine Eltern, oder? Ist er nicht hineingegangen? Kam er nicht aus dem Haus?*

Ich radelte an dem von den chinesischen Zwangsarbeitern aus Granit gehauenen Springbrunnen an der Ecke Hogeweg und Linnaeusparkweg vorbei und bog nach noch einem Häuserblock rechts ab in die Pythagorasstraat.

Vorläufig niemand auf der Straße. Trotzdem beugte ich mich noch immer wie ein Rennfahrer über den Lenker, ich atmete tief ein und aus, versuchte mit aller Macht normal zu atmen, ich wollte nicht außer Atem sein, wenn ich den Gruß eines Bewohners des Viertels, eines alten Bekannten, beantworten, mich mit ihm unterhalten musste. Es nicht zu tun, würde man mir später zum Vorwurf machen.

Aber ich hatte Glück. Als ich das Rad in den Fahrradständer vor dem Haus stellte und abschloss, war immer noch niemand zu sehen. Theoretisch konnte natürlich jemand am Fenster sitzen, halb verborgen hinter dem Vorhang, der Gardine oder Jalousie. Wenn ich mich jetzt allzu unschlüssig verhielt, zu oft nach links oder rechts schaute, würde der Nachbar oder die Nachbarin hinter der Gardine das im Nachhinein auch als sonderbar charakterisieren.

Nach ein wenig Gefummel drehte sich der Schlüssel, und ich war endlich im Haus.

»Hallo?«, rief ich – nicht zu laut, nicht zu leise: normal.

Es war mir eigentlich sofort klar. Wegen der Stille. Wegen der Art der Stille.

Die Tür des Schlafzimmers war geschlossen.

»Hallo?«

Ich drückte die Klinke nach unten, öffnete die Tür einen Spalt.

Meine Eltern lagen nebeneinander in ihrem Doppelbett. Auf dem Rücken, den Kopf auf dem Kissen.

Der Mund meiner Mutter war etwas geöffnet, es brauchte kein geschultes Auge, um zu erkennen, dass durch diesen Mund keine Luft mehr strömen würde.

Ich weiß nicht, woran ich es merkte, als ich zu meinem Vater blickte. Vielleicht an der Farbe seines Gesichts. Ich musste auch an all die vielen Male denken, als ich mitten in der Nacht aufgestanden und zu Dianas Wiege gegangen war. Von ihrer Geburt bis zu ihrem ersten Jahr bestimmt jede Nacht. Ich horchte und ich guckte. Horchte auf das Geräusch des Atmens, achtete auf die geringste Bewegung der Bettdecke.

Jetzt stand ich hier im Schlafzimmer meiner Eltern, im selben Schlafzimmer, das einmal in einer fernen Vergangenheit unser Schlafzimmer gewesen war – Dianas Wiege stand in den ersten Monaten am Fußende des Bettes –, und starrte auf die Bettdecke auf der Seite meines Vaters.

Für fünf Sekunden – aber es konnten auch drei gewesen sein – glaubte ich, es mir nur einzubilden. Wie man manchmal glaubt, der Zug, in dem man sitzt, habe sich in Bewegung gesetzt, obwohl es ein anderer Zug ist, der Zug auf der anderen Seite des Bahnsteigs, der losgefahren ist.

Nein, ich bildete es mir nicht ein.

Die Bettdecke bewegte sich.

Sie bewegte sich durch schwache, aber regelmäßige Atemzüge.

III

23

In welcher Form würde der Faschismus sich manifestieren, wenn er heute wieder aufkäme? Als Wind, habe ich oft gedacht. Der neue Faschismus wird keine Widerrede dulden, und wer würde es schon wagen, seine Stimme gegen den Wind zu erheben? Gegen Windenergie, um genauer zu sein. Ja wer hat schon den Mumm, gegen umweltfreundliche Energie zu protestieren? Wasser und Wind, eine saubere Natur, ausgedehnte Wälder, unberührt von den Folgen des sauren Regens – das waren schon immer die natürlichen Verbündeten des Faschismus. Dunkle, ewig grüne Wälder, in denen man ungestört mit dem Hund spazieren gehen, seinen Gedanken freien Lauf lassen kann. Gedanken über ein Gemetzel zum Beispiel – bei dem keine Tiere, sondern Menschen abgeschlachtet werden.

Vor allem aber wird der neue Faschismus sein menschliches Gesicht zeigen. Er wird öfter lachen als der alte. Weniger grimmig dreinschauen. Und so tun, als würde er uns verstehen oder habe doch zumindest Verständnis für unsere Zweifel. »Denk noch einmal ruhig über alles nach«, wird er sagen. »Hier hast du ein paar Broschüren, lies dir alles in Ruhe durch. Viele der Probleme, die wir bekämpfen, sind auch deine Probleme.«

Der Faschismus mit dem menschlichen Gesicht schlüpft in die Rolle des Umweltschützers, wie eine Zecke saugt er sich an der Wade der Tierrechtler fest, er nickt uns verständnisvoll zu, tut gerade so, als würde er uns zuhören, während er unterdessen einen Monolog über die globale Erwärmung hält, die schmelzenden Polarkappen, die Barbarei der Legebatterien. Der neue Faschismus zeigt uns sein liebenswürdigstes Lächeln, hilft alten Leuten über die Straße und trägt ihnen die schweren Einkaufstaschen die Treppe hinauf. Er fühlt sich bei unbedarften Menschen heimisch, Menschen ohne allzu viele eigene Gedanken, vergleichbar mit unmöblierten Wohnungen: Er berät sie über die Farbe der Wände, über die Beleuchtung, er begleitet sie zu Ikea. »Nicht schlappmachen, wir sind gleich bei der Kasse«, ermuntert er sie, während sie eine Kommode, die sie gar nicht kaufen wollten, auf den Karren laden.

Es reicht nicht, die Zecke herauszuziehen. Der Kopf steckt noch drin. An dem wird morgen ein neuer Körper wachsen, der sich wieder mit Blut vollsaugt. Nein, härtere Maßnahmen sind erforderlich. Wir müssen tiefer bohren. Ein paar Zentimeter von unserem Fleisch da, wo sich die Zecke festgesaugt hat, müssen weggeschnitten werden. Wenn es nicht schon zu spät ist, wenn wir nicht schon mit ihrem faschistischen Gedankengut infiziert sind.

»Schau doch, was für ein schönes Windrad«, sagt die Zecke. »Weißt du, wie viele Haushalte ein einziges Windrad mit Energie versorgen kann?«

Der neue Faschismus legt Zahlen vor. Über die Umweltverschmutzung durch Kohlekraftwerke, die CO_2-Emission, den Treibhauseffekt. Man will etwas gegen die Windräder einwenden. Man möchte sagen, dass man sie nicht schön findet. Dass sie die Aussicht verhunzen. Dass ein Windrad am Horizont unser Land noch kleiner macht, als es ohnehin schon ist.

Nach Wind ist »kein Fleisch« eine gute Alternative. Muss ich hier noch alle Diktatoren, Psychopathen und Massenmörder aufzählen, die Vegetarier waren? Manche gehen noch weiter: auch kein Fisch, keine Eier, keine Schuhe aus Leder. Veganismus. Bin ich der Einzige, der bei dem Wort an etwas ganz anderes denken muss? Ein Blick in das Gesicht eines Veganers und man weiß genug. Es ist nicht nur das Fehlen von Farbe – blutlos wie Pappkarton, der aus Abfall hergestellt wird –, sondern auch eine Farblosigkeit, die keinen Widerspruch duldet. Veganer weigern sich, Schuhe aus Tierhaut zu tragen, empfinden aber keinerlei Scham, ihre schlecht durchbluteten Füße, ihre viel zu bleichen Zehen in aus undefinierbaren Kunstfasern hergestellten ökologischen Sandalen zur Schau zu stellen. Wie heißen die noch? Birkenstock! Bin ich wiederum der Einzige, der bei dem Namen an etwas anderes denken muss? An einen unscheinbaren Ort im polnischen Hinterland, dessen Lage niemand genau zu bestimmen weiß, an ein T-Shirt mit der Aufschrift »Ich bin ein Überlebender von Birkenstock«.

So wird es sein. So weit ist es längst. Versteckte Kameras werden festlegen, wie wir unseren Abfall nicht korrekt entsorgen. Wie wir aus Trotz – als letzter Akt des Protests – das weiße Glas absichtlich in das Loch für das grüne gleiten lassen. Unsere Müllsäcke wird man aufschneiden – was sage ich, unsere Müllsäcke werden bereits aufgeschnitten. Zwischen faulendem Obst, Teebeuteln und verschimmelten Essensresten lassen sich die Indizien leicht finden: eine Batterie, die eigentlich als Sondermüll entsorgt gehört (gibt es noch mehr Leute, die bei *Sondermüll* und *entsorgt* die gleichen Assoziationen haben wie ich?), ein Glas, das einmal, dem Etikett zufolge, Gurken enthielt, eine Plastikflasche mit einem Rest Reinigungsmittel. Vielleicht wurde der Müllsack nur zu früh neben dem Baum (oder neben dem immer überquellenden, weil höchstens zweimal in der Woche geleerten Container) abgestellt. Zwischen all dem verbotenen Abfall finden die Inspektoren auch noch anderes: einen zerrissenen Liebesbrief, einen Umschlag mit einer Adresse. Jedenfalls Gründe genug für eine Geldstrafe. Wir bekommen eine Zahlungsaufforderung zugeschickt. Zum Abgewöhnen. Damit wir in Zukunft die Müllsäcke nur noch im Dunkeln vor die Tür stellen oder sie im Haus so lange vor sich hin stinken lassen, bis der Container endlich geleert wird.

Videos von den schlimmsten Umweltsündern werden online verbreitet; so kann jeder sehen, wie der unauffällige Mann aus dem dritten Stock (Vor-, Nachname und Hausnummer erscheinen unter dem Bild) sich erst ein paarmal umschaute, bevor er eine Dreiviertelstunde vor Sonnenuntergang einen Müllsack mit Bauschutt in den Papiercontainer gleiten ließ.

Amsterdam baut zweihundert Windräder lautete am Tag nach der Debatte eine Schlagzeile im *Parool*. Die Debatte, bei der ich nicht zugegen sein konnte, weil ich zu der Zeit am Fußende des Bettes mit meiner toten Mutter und meinem noch schwach atmenden Vater stand. Zweihundert! Ich hatte immer angenommen, dass es sich um höchstens ein paar Dutzend handelte. Bei der Schellingwouderbrücke und dem Zeeburgertunnel, an der Amstel Richtung Ouderkerk, der Rest verteilt über das westliche Hafengebiet. Aber auch nur ein paar Dutzend Windräder würden die Skyline von Amsterdam für immer verschandeln. Ich hatte die Skizzen gesehen, die irreführenden Skizzen, denn es waren nicht mehr als Karten, auf denen nur die Standorte angegeben waren. Es waren Windräder dabei vom allerneusten, allerhöchsten Modell. Zweihundert Meter, wenn ich mich richtig erinnerte. Von verschiedenen Stellen in der Innenstadt würde man die sich drehenden Räder über den Dächern sehen. Eine Schande.

Ich war bei der Debatte nicht dabei gewesen. In der niederländischen Demokratie ist es so geregelt, dass der Bürgermeister kein Stimmrecht hat. Es ist mir ein Rätsel, warum. Ein ebenso großes Rätsel wie die Frage, wie es in diesem Land jemand überhaupt bis zum Bürgermeister bringt. Durch Wahlen, sollte man meinen. In neunundneunzig Prozent der

Demokratien wird ein Bürgermeister durch freie Wahlen bestimmt. Nicht so in den Niederlanden. Im Grunde ist die Ernennung eines Bürgermeisters hier genauso undurchsichtig wie in Nordkorea, Kuba oder Südossetien. Nein, nein, nicht genauso undurchsichtig, sondern viel, viel undurchsichtiger. In Nordkorea wird der einzige Kandidat mit neunundneunzig Prozent der Stimmen gewählt, das ist auf jeden Fall schon ein Stück durchsichtiger als bei uns.

Ich war also bei der Debatte nicht dabei, meine Stimme oder besser gesagt meine Nicht-Stimme hätte sowieso nicht den Ausschlag gegeben, aber ich hätte die Debatte sehr wohl beeinflussen, die verschiedenen Fraktionen im Stadtrat mit einem kurzen, sachlichen, hieb- und stichfesten Beitrag in die gewünschte Richtung lenken können. Und vielleicht wären Worte gar nicht notwendig gewesen. Vielleicht hätte Körpersprache genügt. Ein müdes Kopfschütteln während der Rede des Dezernenten Van Hoogstraten, des Hauptbefürworters der Windräder. Ein dröhnendes Gelächter bei der Zahl zweihundert. *Zweihundert! Hört ihr dasselbe wie ich? Hört ihr, was er sagt?* Ich würde den Stadtverordneten die andere Seite zeigen. Die lächerliche Seite. *Amsterdam ist an sich schon klein,* würde ich sagen. *Unsere Stadt wird weltweit gerühmt wegen ihrer menschlichen Maße. Hier bei uns keine überproportionalen, einschüchternden Gebäude wie in London oder Paris. In Amsterdam kann ein Mensch noch Mensch sein. In den meisten Metropolen fühlt er sich klein wie eine Ameise. Unbedeutend. Das war auch die Absicht all der Könige und Kaiser, ihre Untertanen sollten demütig die Köpfe senken. Je größer die Macht, je höher die Gebäude, desto kleiner der Mensch. Denkt an die Pläne von Albert Speer für Berlin, an Nicolae Ceauşescu, an Kim Il-Sung. Wir dürfen dankbar sein, dass wir solche Herrscher nie gehabt haben. Nicht in unserem Land. Nicht in unserer Stadt. Hier hatten die Kaufleute und kleinen Unternehmer das Sagen. Je aufgeschlossener die Stadt, je gastfreundlicher, je toleranter meinetwegen, desto mehr Gewinn konnte erzielt werden.*

Ich hätte das Wort *provinziell* nicht fallen lassen. Ich hätte vor allem das menschliche Maß betont. Ein Windrad in New York (ein ganzer Windpark in der Mojave-Wüste) sei etwas anderes als eines in Amsterdam. Heute stimme das Maß noch. Wir sollten es nicht mutwillig zerstören und damit die Stadt selber ins Abseits manövrieren.

Mächtige Herrscher, Könige, Präsidenten, Diktatoren, Bürgermeister haben ihrer jeweiligen Hauptstadt den Stempel aufgedrückt. Im Auftrag von Napoleon III. ließ Georges-Eugène Baron Haussmann die engen, verwinkelten mittelalterlichen Viertel abreißen und durch lange, breite Boulevards ersetzen. Dieselben Boulevards, die wir heute mit Paris assoziieren. Mit Demokratie hat das rein gar nichts zu tun, geschweige denn mit zivilem Widerstand. Es wurde einfach gemacht, so wie in unserem Jahrhundert ein ganzes Volksviertel in Peking an einem einzigen Tag planiert wird und sich in eine metertiefe Baugrube verwandelt. Fünf Monate später stehen an derselben Stelle zwölf Wohntürme mit mehr als sechzig Stockwerken. Nordkorea habe ich schon erwähnt. Und das Berlin, das Hitler vorschwebte. François Mitterrand gab sich bescheidener: Er ließ eine gläserne Pyramide vor dem Eingang des Louvre errichten. Ob man sie nun schön oder hässlich findet, ist im Grunde egal, sie ist einfach da, das ist die Botschaft, die sie vermitteln soll, und der Louvre wird nie mehr derselbe sein.

In einer offenen und freien Demokratie spielen sich die Dinge anders ab. Vor allem, wenn man die Bürger an Entscheidungen beteiligt. Hätte man den französischen Bürgern im neunzehnten Jahrhundert Stimmrecht gegeben, wäre Paris bis heute eine stinkende, mittelalterliche Stadt. In Amsterdam ist das hässlichste Gebäude – nicht nur der Stadt, sondern vielleicht sogar des ganzen Landes – noch immer mit Abstand das Rathaus. Dasselbe Rathaus, das ich jeden Morgen durch den Haupteingang betrete und dessen Anblick den

Augen bei jedem Wetter – Regen, Sonne, Schnee – wehtut. Dieses hässlichste Gebäude der Stadt (des Landes!), das auch die Oper beherbergt, ist auf demokratischem Wege zustande gekommen. Durch Gespräche – »öffentliche Anhörungen« – mit den Umwohnenden. Immer wenn man den Leuten Mitspracherecht einräumt, wenn sie abstimmen dürfen, kommt Hässlichkeit dabei heraus. Nicht nur hässliche Gebäude, sondern auch hässliche, nichtssagende Politiker. Die Obamas und die Kennedys dieser Welt sind die Ausnahmen. Man denke nur an unsere Ministerpräsidenten der letzten siebzig Jahre. Eine Ansammlung von Banalität. Die Mehrheit sucht sich immer die hässlichste Tapete aus. *Würden Sie von diesem Mann einen Gebrauchtwagen kaufen?* lautete ein Spruch auf einem Plakat mit dem Gesicht von Richard Nixon. Damit sollte auf die Unzuverlässigkeit des Kandidaten hingewiesen werden, aber Unzuverlässigkeit ist immer noch weniger einschläfernd als Banalität. *Mit welchem dieser Männer würden Sie gern ein Bier trinken?* müsste unter den Gesichtern unserer Ministerpräsidenten stehen.

Nein, die wahren charismatischen Führer sind selten auf demokratischem Weg an die Macht gekommen. Von Julius Caesar bis Fidel Castro, von Alexander dem Großen bis Mao Zedong, von Jesus Christus, Robin Hood und Che Guevara bis Osama Bin Laden: Sie alle verdanken ihr Charisma und ihren Erfolg weder freien und offenen Wahlen noch öffentlichen Anhörungen.

Sind markante niederländische Ministerpräsidenten dünn gesät oder gar ausgestorben, mit Bürgermeistern verhält es sich ganz anders. Mit nicht demokratisch gewählten, sondern höheren Orts ernannten Bürgermeistern. Der heutige Bürgermeister von Rotterdam etwa hat mehr staatsmännische Fähigkeiten als all unsere Ministerpräsidenten zusammen. Abgesehen davon wimmelt es in unserem Land von Bürgermeistern, die in Misskredit gerieten und deswegen manchmal sogar ihr Amt niederlegen mussten. Welcher Ministerpräsident kann das von sich behaupten? Hinter ihren leeren Gesichtern verbirgt sich wirklich nur Leere. Ein Gesicht, bei dem nur die Fassade noch steht, das Gebäude dahinter wurde abgerissen, noch nicht mal mehr Schutt liegt herum, auch den hat man schon vor langer Zeit weggeschafft.

Es wäre merkwürdig, wenn ich nicht auch mich an dieser Stelle erwähnen würde. Scheinheilig. Vielleicht sogar eitel. *Er erwähnt sich selbst absichtlich nicht. Er überlässt es uns, ihn auf die gleiche Stufe mit seinem Rotterdamer Kollegen zu stellen.* Aber es stimmt natürlich. Es zirkulieren Listen, auf denen wir beide vorkommen, wenn es um den geeignetsten Kandidaten für den Posten des Ministerpräsidenten geht. Konstant auf den Plätzen eins und zwei. Manchmal er auf eins und ich auf zwei. Manchmal andersrum.

Der ursprüngliche Entwurf für die Oper war ein Gebäude aus weißem Beton. Zu groß lautete das Urteil der Umwohner. Zu weiß. Es wurde abgestimmt. Alles sollte eine Nummer kleiner werden. Rosa Backsteine statt weißem Beton. Die Demokratie in nuce. Überall, wo abgestimmt wird, kommt etwas Kleineres heraus, das gleiche Material wie das, aus dem unsere eigenen Puppenhäuschen gebaut sind.

Dann kam jemand auf die brillante Idee, die beiden Projekte zusammenzufügen. Das neue Rathaus und die Oper. Das sei zudem kostensparend. Die Demokratie hatte definitiv gesiegt.

Es war vor allem eine verpasste Chance. Amsterdam hat zwar Grachten, aber kein Wahrzeichen. Keinen Eiffelturm, keine Freiheitsstatue, keinen Big Ben. Die Oper von Sydney ist ein Wahrzeichen. Früher hatte man die Ansichtskarte, heute das Selfie. Das Rathaus von Amsterdam, das mit der Oper kombinierte Rathaus, ist auf keiner einzigen Ansichtskarte zu sehen. Kein Tourist wird je vor der Stopera ein Selfie machen.

Wenn ich selber das Wahrzeichen wählen dürfte, das ich als Bürgermeister der Stadt hinterlassen wollte, wie Mitterrand das mit der Glaspyramide vor dem Louvre gemacht hat, würde ich erst die Stopera dem Erdboden gleichmachen und dann an derselben Stelle etwas Neues bauen lassen. An dieser schönsten Stelle an der Amstel, dort, wo sich der Fluss in nichts auflöst. Ein Gebäude, das auf einer Ansichtskarte abgebildet werden kann, ohne dass einem die Schamesröte ins Gesicht steigt.

Aber ein neues Rathaus ist selbstverständlich ein Luftschloss. Es ist wie mit der Abschaffung der Monarchie. Tabu. Keine einzige politische Partei würde sich die Finger daran verbrennen. Noch ein Unsummen verschlingendes Projekt neben all den anderen Unsummen verschlingenden, noch unfertigen Projekten, das ist genau eins zu viel.

Nein, ein neues Rathaus, ein Rathaus, das zum Wahrzeichen der Stadt werden könnte, war nicht machbar. Aber etwas anderes könnte ich Amsterdam hinterlassen: eine windradfreie Skyline.

Auf der Beerdigung meiner Mutter war ich der einzige Redner. Es war, was man eine »bescheidene Trauerfeier« nennt. Ein einfacher Sarg, »La vie en rose« von Edith Piaf, ihre Lieblingsblumen: weiße Rosen. Mein Vater saß in der ersten Reihe, zwischen mir und Sylvia. Rechts neben ihm saß Diana und neben ihr Bernhard, der für ein paar Tage aus Boston herübergekommen war. Christine war im fünften Monat und wollte lieber nicht mehr fliegen.

Ich fasste mich kurz. Meine glückliche Kindheit. Die Liebe meiner Eltern zueinander. Unsere zweiwöchentlichen Mittagessen im Oriental City. Wir hatten uns für eine Beerdigung im engsten Familienkreis entschieden. Um nicht zu viel erklären zu müssen. Die tatsächliche Todesursache zum Beispiel. Gegenüber Freunden und Bekannten beließen wir es bei »im

Schlaf gestorben«. Die zwei älteren Schwestern meiner Mutter waren schon vor mehr als fünfzehn beziehungsweise zwanzig Jahren gestorben. Mein Vater hatte nur noch einen acht Jahre jüngeren Bruder, der in Portugal lebte und mit dem er sich schon vor über fünfzig Jahren überworfen hatte.

»Ich weiß es nicht«, hatte mein Vater geantwortet, knapp vierundzwanzig Stunden nachdem ich den Hausarzt angerufen und auf dessen Bitte einen Krankenwagen bestellt hatte. »Ich habe uns beiden die gleiche Dosis gegeben. Nein, das stimmt nicht. Mir selber eine etwas höhere, um auf Nummer sicher zu gehen.« Er sah mich mit seinen noch immer schläfrigen Augen unter schweren Lidern an, sie schlossen sich ab und zu, wie die Augen eines Tiers, dass sich im Gras sonnt. »Damit es auch klappt«, fügte er nach einer kurzen Pause hinzu. »Ich bin mir sicher, ich habe alles richtig gemacht.«

Ich war nicht dabei gewesen, als er aus seiner Bewusstlosigkeit erwachte. Wir hatten einander an seinem Bett abgewechselt, Sylvia, Diana und ich. Er hatte ein Einzelzimmer im sechsten Stock des Krankenhauses. Diana hatte gerade meine Frau abgelöst, als mein Vater zum ersten Mal wieder mit den Augen blinzelte.

»Was hat er gesagt?«, fragte ich meine Tochter im Flur des Krankenhauses, nachdem ich die Ratssitzung in aller Eile verlassen hatte. »Was hat er genau gesagt?«

»Er hat erst ein bisschen mit den Augen geblinzelt«, antwortete sie, »dann hat er um sich geschaut, und als er mich sah, hat er gesagt: »Was für ein schöner Tag. Und wie geht's dir? Wann fängt das Abitur an?«

Nach drei Tagen wurde er aus dem Krankenhaus entlassen. Wir suchten ihn zu bewegen, die ersten paar Wochen bei uns zu wohnen, aber das wollte er nicht. »Ich bin müde«, sagte er. »Ich will nach Hause.«

Die wichtigste Frage stellten wir in dem Moment noch nicht und auch nach der Beerdigung nicht. Wir standen zu fünft um mein Auto. Sylvia, Diana, Bernhard, mein Vater und ich. Die Sonne glitzerte auf dem Wasser der Amstel, ein Schwan paddelte mit einer Schar Jungen am Ufer entlang.

Was nun? Was hast du jetzt vor?

Wir setzten erst Bernhard bei seinem Hotel ab.

»Morgen lunchen?«, fragte er; ich war ausgestiegen, wir umarmten uns, und er klopfte mir auf die Schulter. »Dauphine?«

In der Pythagorasstraat war kein Parkplatz frei; ich stoppte vor der Tür.

»Bist du sicher?«, fragte Sylvia meinen Vater. »Sollen wir nicht noch mit reinkommen?«

Er schüttelte den Kopf. »Lasst mich mal. Ich muss alles erst noch verarbeiten. Ich rufe euch morgen an. Oder in ein paar Tagen.«

Es war keine gewöhnliche Frage, keine Frage, die man einfach so zwischen Tür und Angel stellt. Deshalb stellten wir sie auch nicht. Nicht im Krankenhaus und auch nicht kurz nach der Beerdigung.

»Vielleicht sollten wir es vorläufig dabei belassen«, sagte Sylvia. »Vielleicht sollten wir abwarten, ob er selber darauf zu sprechen kommt.«

Und ich war, wie so oft, ganz ihrer Meinung.

24

»Das Tatar ist für …?«

Wir hatten auf eine Vorspeise verzichtet. Lächelnd stellte die Kellnerin den Teller vor mich hin und das Rib-Eye-Steak Béarnaise vor Bernhard. Dauphine war eines meiner Lieblingsrestaurants. Nicht nur wegen der relativ übersichtlichen Speisekarte, sondern eigentlich wegen allem: der Raum – früher eine Renault-Werkstatt, daher der Name – ohne großes Brimborium, die rasche und immer freundliche Bedienung und die relative Anonymität. Gerade weil es so mit Tischen vollgestellt war, aber auch weil man hier öfter bekannte Gesichter sah, blickten die Leute höchstens kurz gelangweilt auf und löffelten ruhig weiter, wenn wieder ein bekanntes Gesicht hereinkam.

»Wir hätten gerne noch zwei Bier.«

»Zwei Bier. Sofort.«

Die Bedienung tat nicht gelangweilt, wenn sie ein bekanntes Gesicht zu seinem oder ihrem Tisch führte, und ließ sich auch durch die Gegenwart eines Bürgermeisters nicht verunsichern. Wie in einem der hipperen Restaurants der Stadt, wo sich die Panik auf den Gesichtern breitmachte, als ich einmal ohne Reservierung auftauchte und mich vorsichtig erkundigte, ob »vielleicht unter Umständen« noch ein Tisch frei sei für mich und meine Frau, und wir den besten Platz am Fenster bekamen und der Koch aus der Küche herbeieilte, um mir die Hand zu schütteln – in das Restaurant bin ich seitdem nie mehr gegangen.

»Ich hoffe, du bist noch immer bereit, das für mich zu tun«, sagte Bernhard, während er sich eine Fritte vom Teller nahm, sie durch das Schälchen mit der Mayonnaise zog und in den Mund steckte. »Wenn du keine Lust dazu hast, verstehe ich das, dann reden wir nicht mehr davon. Aber wir können Geschichte schreiben, Robert, wirklich wahr. Normalerweise liegt es mir nicht, große Worte zu machen, aber das hier ist eine einmalige Gelegenheit. Wir können zusammen Geschichte schreiben.«

»Na klar, natürlich«, sagte ich. »Ich mache es, ich hatte es dir doch versprochen, du kannst auf mich zählen.«

»Schön«, sagte er, schaute kurz zu den Tischen links und rechts – Mutter und Tochter und zwei Männer mit Laptops, iPads und Handys neben ihren Salattellern – und beugte sich vor. »Pass auf, Folgendes.«

Er legte los. Zuerst gab er mir eine kurze Zusammenfassung dessen, was er mir vor ein paar Monaten bei uns im Garten erzählt hatte. Der unbegreifliche Anfang und das unbegreifliche Ende des Universums und das ebenso unbegreifliche Rätsel des Todes. Was, wenn diese beiden großen Rätsel eng miteinander verknüpft sind, hatte er gesagt. Unser Gehirn ist, wie großartig auch immer, doch nur ein beschränktes Instrument. Unsere Vorstellungskraft ist beschränkt. Denk an die Menschen, die nicht hören können. Mit unserem beschränkten Verstand können wir die beiden großen Rätsel des Lebens nicht erfassen. Nicht nur das Rätsel des Lebens, sondern auch das des Nicht-Lebens, denn natürlich hat der ganze Kosmos uns nicht nötig. Das Universum ist Milliarden Jahre ohne uns zurechtgekommen, es wird uns nach unserem Verschwinden keine Sekunde vermissen.

»Meine Theorie ist eigentlich ganz einfach«, hatte er damals bei uns im Garten gesagt, sein Gesicht hatte ich nicht sehen können, nur das glimmende Pünktchen seiner Zigarette. »Alle großen Theorien sind einfach. Archimedes, Newton, Einstein. Ich könnte hier jetzt mit falscher Bescheidenheit behaupten, ich wolle mich natürlich nicht mit diesen Koryphäen vergleichen, aber das mache ich nicht. Wenn meine Theorie nicht stimmt, landet sie im Papierkorb. Lande ich im Papierkorb. Vielleicht wird es nie jemand erfahren, das überlasse ich ganz dir, Robert. Es steht dir dann frei, die Geschichte als Anekdote all deinen Freunden und Bekannten zu erzählen und herzlich darüber zu lachen. ›Erinnerst du dich noch an Bernhard Langer? Stell dir vor, was der für eine Theorie hatte.‹ Aber« – und hier legte er eine kurze Pause ein und zog eine neue Zigarette aus der Schachtel – »wenn ich recht habe, wenn meine Theorie stimmt, dann reicht sie weiter als Einstein. Dann bedeutet sie nicht weniger als die Erklärung der Welt. Ich kriege den Nobelpreis. Posthum, aber das fällt angesichts der umfassenden Deutung von Leben und Tod nicht mehr ins Gewicht. Du weißt, wie ich bin, Robert. Nobelpreise können mir gestohlen bleiben. Anerkennung auch. Mein Leben ist auch ohne Preise aufregend genug. Aber willst du mir eins versprechen? Wenn ich ihn kriege, holst du ihn dann in Stockholm für mich ab? Er gehört doch eigentlich uns beiden. Halte eine schöne Rede, das kannst du so gut. Erzähl ihnen etwas von unserer Freundschaft. Freundschaft über den Tod hinaus.«

Vom Nobelpreis war bei unserem Lunch im Dauphine nicht mehr die Rede. Bernhard wiederholte noch einmal, wie fremd ihm sein ganzes Leben lang alles Nebulöse, Verschwommene gewesen sei. Nachdem wir mit siebzehn mit Ouija-Brettern und Tarotkarten experimentiert und Bücher verschlungen hatten mit Titeln wie *Die Götter waren Astronauten* und *Aufbruch ins dritte Jahrtausend,* hatte seine Karriere in den Naturwissenschaften und der Astronomie dafür gesorgt, dass er mit beiden Füßen fest auf der Erde stand. In der realen Welt gebe es genug Rätsel, man brauche nicht auch noch das einzubeziehen, was er das »Unstoffliche« nannte.

»Trotzdem wird man es nie richtig los«, sagte er jetzt, während er ein Stück Steak in die Sauce béarnaise tunkte. »Wenn man einmal geglaubt hat, das Leben sei von außerirdischen Kosmonauten auf die Erde gebracht worden, kann man nie mehr ganz zurück. Es ist natürlich alles Unsinn, sagt man sich, aber alle großen Entdeckungen wurden am Anfang von der Mehrheit für Unsinn gehalten. Dass die Erde nicht der Mittelpunkt des Universums ist, dass sie nicht flach ist, dass es einen westlichen Seeweg nach Indien gibt – die das zu behaupten wagten, ernteten nur Hohn und Spott, nicht selten landeten sie auf dem Scheiterhaufen. Ich habe mich für die schwarzen Löcher interessiert, deren Gravitation so stark ist, dass nichts ihnen entkommen kann, auch das Licht nicht. Warum, habe ich mich immer gefragt. Warum gibt es schwarze Löcher? Ist das Universum, wie es ist, nicht unbegreiflich genug? Stephen Hawking sagte einmal zu mir: ›Weißt du, Bernhard, manchmal denke ich an eine Zukunft, in der die ganze Forschung, wie wir sie heute kennen, als reines Kinderspiel gilt. Als Vorbereitung auf etwas viel Größeres. Als wären wir stolz darauf, das Streichholz erfunden zu haben, und sie zeigen uns dann eine Atomexplosion.‹ Diese Worte von Hawkings habe ich nie mehr vergessen. Wir entdecken etwas – dass die Erde rund ist, die Relativitätstheorie, das Mobiltelefon –, aber das sind alles Kinkerlitzchen. Es ist nur der Anfang. Noch kein halbes Prozent all der Entdeckungen, die noch auf uns zukommen.«

Er machte eine Pause, winkte der Kellnerin und zeigte auf unsere leeren Biergläser. »Um noch einmal darauf zurückzukommen«, fuhr er fort, »Der *Aufbruch ins dritte Jahrtausend* und *Die Götter waren Astronauten*. Wie ich schon sagte, das wird man nie mehr los. Erinnerst du dich noch, wie wir beide das Buch von Thor Heyerdahl gelesen haben, über die Reise mit der Kon-Tiki? Wie er nachzuweisen versuchte, dass die alten Ägypter schon lange vor unserer Zeitrechnung den Atlantischen Ozean überquert hatten und den Azteken, den

Mayas und Inkas beim Bau ihrer Pyramiden geholfen haben mussten. Es geht nicht darum, ob diese Theorie wahr ist oder falsch, es geht darum, dass man nicht gleich in Gelächter darüber ausbricht, dass man zunächst einmal bereit ist, sie für wahr zu halten. Heutzutage gibt es dafür ein Modewort: out-of-the-box denken. Man macht sich, meist zu Recht, lustig über pseudowissenschaftliche Experimente mit Gedankenwellen, Nahtoderlebnissen und Reinkarnation. Man kann das getrost alles als Unsinn beiseiteschieben, dann liegt man meist richtig, denn schlüssige Beweise für diese Phänomene gibt es schlichtweg nicht. Als Wissenschaftler muss man sehr vorsichtig sein. Ein einziges unfundiertes, schwammiges Experiment und man ist für Jahre, wenn nicht für immer abgeschrieben. Erinnerst du dich noch an Rupert Sheldrake? In Nordengland hatten Spatzen herausgefunden, wie sie die Aludeckel der Milchflaschen aufpicken konnten, die der Milchmann den Leuten vor die Tür stellte. Noch kein halbes Jahr später verstanden sich die Spatzen in Südengland auf den gleichen Trick. Sheldrake meinte, da Spatzen relativ ortstreu seien, könnten sie unmöglich voneinander abgeschaut haben, dafür habe er empirische Beweise. Seine Theorie lautete, dass sich wachsende Intelligenz bei einer kleinen Gruppe auf die ganze Gruppe überträgt. Und was macht Rupert Sheldrake heute? Lebt er noch? Weißt du's? Weiß ich's?«

Die Kellnerin erkundigte sich, ob wir fertig seien. Sie fragte nicht, ob es uns geschmeckt habe, wie sie das sogar in manchen Speiselokalen nach dem Verzehr eines Käsebrötchens tun, sie erkundigte sich nur, ob alles nach Wunsch gewesen sei und ob wir die Dessertkarte noch wollten.

Bernhard und ich brauchten uns nicht einmal anzusehen, bevor ich zwei Espresso und zwei Grappa bestellte. »Den klaren«, fügte ich noch hinzu. »Den normalen.«

»Es ist ein bisschen wie mit dem Glauben an den Kommunismus«, meinte Bernhard. »Daran haben wir doch geglaubt! Wir hatten das Poster von Che Guevara an der Wand, den Vietcong nannten wir nicht Vietcong, wie die Verteidiger des amerikanischen Imperialismus, sondern Nationale Front für die Befreiung Südvietnams. Im Lauf der Jahre verliert man den Glauben, aber auch wieder nicht ganz. Von wem stammt noch mal der Ausspruch: ›Wer mit zwanzig kein Kommunist ist, hat kein Herz. Wer es mit dreißig noch immer ist, hat keinen Verstand‹?«

»George Bernard Shaw?«

»Nein, der hat doch bis zum bitteren Ende daran geglaubt, oder nicht? Anyway, ist auch egal. Was ich sagen wollte, ist, dass man sein Leben lang Sympathie für diese bärtigen Revoluzzer hegt, auch wenn man inzwischen klüger geworden ist. Man fällt nicht so leicht ins andere Extrem. Schwärmt nicht plötzlich von mit Orden behängten Putschisten.«

Der Tisch neben uns war frei. Vor nicht allzu langer Zeit hätten da meine Leibwächter gesessen. Als es noch vier waren, postierte sich einer immer nah an der Tür, der zweite saß an der Bar und ließ die Augen hinter der Sonnenbrille gleichmäßig von links nach rechts über die Gäste im Restaurant wandern, immer im gleichen Tempo, wie ein Radar oder Leuchtturm. Nummer drei und vier saßen am Nachbartisch und taten so, als würden sie nicht hören, was ich mit meinen jeweiligen Gesprächspartnern zu besprechen hatte. Aber es fiel natürlich auf, wie wenig sie miteinander redeten. Ein paar Tische weiter hatte ich einmal mit Bill Clinton geluncht, der damals schon nicht mehr Präsident war. Es war eines der wenigen Male, dass ich die Gegenwart einer stärkeren Persönlichkeit spürte. Oder zumindest einer Persönlichkeit, die andere Persönlichkeiten in sich aufzusaugen schien. Eine Art Turboausführung meiner selbst. Bei Bill Clinton hat man immer das Gefühl, man sei der Einzige, der zählt, es gebe nichts anderes als dieses Gespräch, das er hier und jetzt mit einem führt – die Außenwelt existiert einfach nicht mehr. Und ich bin nicht der Einzige, der es so erlebt hat. Alle, die den amerikanischen Präsidenten einmal aus nächster Nähe erlebt haben, beschreiben es ähnlich. Am Tisch rechts von uns saßen meine beiden Leibwächter, am Tisch links vier Männer vom Secret Service. Sie sahen genauso aus wie im Fernsehen und auf der Leinwand: weiße Hemden, schwarze Anzüge, Sonnenbrillen, Ohrstöpsel. Aus irgendeinem Grund, den ich nicht genau angeben kann, machten sie einen glaubwürdigeren Eindruck als meine Bodyguards. Auch Bill Clinton wirkte echter als die meisten niederländischen Politiker, mit denen ich gelegentlich im Dauphine geluncht hatte. *Larger than life.* Vielleicht hatte das mit den Fernsehbildern zu tun, die ihm vorausgeeilt waren, jedenfalls wirkte sogar sein Oberkörper im Verhältnis zum Tisch überproportional, er umklammerte mit seinen großen Händen die Tischplatte, als wollte er den Tisch jeden Moment durch das Restaurant schleudern.

Ich weiß noch genau, worüber wir uns unterhalten hatten. Nicht alles kann ich hier wiederholen, ohne mich in ernsthafte Schwierigkeiten zu bringen. Am Vormittag hatte er in Den Haag den damaligen niederländischen Ministerpräsidenten getroffen. »Kann ich dich mal was fragen?«, sagte er. »Und ich erwarte eine ehrliche Antwort.« Die Frage bezog sich auf den Ministerpräsidenten, es tut mir sehr leid, sie hier nicht wiedergeben zu können, es war ein Privatgespräch, ohne Clintons Zustimmung kann ich nichts zitieren, er würde das, da bin ich mir sicher, nicht zu schätzen wissen. Es sei hier nur gesagt, dass Bill Clinton große Augen machte, als ich ihm seine Frage so ehrlich wie möglich beantwortete. Er verzog das Gesicht zu einer Grimasse. »Really?« Er schüttelte den Kopf und brach in Gelächter aus. »Unglaublich! Ich hatte schon so eine Vermutung, aber das ist wirklich unglaublich, Bob.« Ja, er nannte mich Bob, nachdem er gesagt hatte, ich solle ihn Bill nennen. Es war witzig, der amerikanische Expräsident ging wie selbstverständlich davon aus, dass wir auch in Holland den Vornamen Robert zu Bob abkürzen. Dann sagte Bill etwas über Königin Beatrix, mit der er am

Abend zuvor diniert hatte. Er sagte es sehr leise, fast flüsternd, ich glaubte erst, ihn nicht richtig verstanden zu haben, aber als er mein Gesicht sah, wiederholte er es.

Ich erinnere mich noch genau, dass ich im selben Moment zu meinen Leibwächtern hinübersah. Sie rührten schweigend in ihrem Kaffee, nichts wies darauf hin, dass sie etwas mitbekommen hatten. Ich konnte Clinton nur recht geben. Könige und Königinnen, es finden sich selten Persönlichkeiten darunter. Nie haben sie ihr Bestes geben müssen. Nie haben sie wie John F. Kennedy oder Barack Obama (oder Clinton selber) Stadt und Land auf Stimmenfang abklappern müssen. Alles ist ihnen in den Schoß gefallen. Man sieht es ihnen an. Mit jeder Generation werden ihre Gesichter leerer. Geistloser. Schon Königin Juliana konnte man kaum ernst nehmen, im Gesicht ihres Enkels passiert fast gar nichts mehr. Es lässt sich nicht länger verheimlichen: Mit dem Geschlecht geht es rapide abwärts. Die Einzigen, denen man noch eine gewisse Persönlichkeit zubilligen kann, sind die angeheirateten Prinzen und Prinzessinnen. Sie sind gescheiter. Ehrgeiziger. Die Ehe mit einem zukünftigen König oder einer Königin wird ihnen alle Türen öffnen. Sie heiraten einen Mann oder eine Frau, von dem jede oder jeder andere die Finger lassen würde. Die Prinzessinnen glänzen neben den ausdruckslosen Gesichtern. Vom Treppenpodest des Palastes winken sie der jubelnden Menge zu. Die angeheirateten Prinzen tragen mittlerweile Uniform. Das Grinsen auf ihren Gesichtern ist hundertprozentig echt. In der Hochzeitsnacht und noch ein paarmal danach erfüllen sie ihre eheliche Pflicht. Für die Nachkommenschaft. Den Thronfolger. Neue Prinzen und Prinzessinnen. Immer schwammigere und ausdruckslosere Gesichter. Kurz nach den Flitterwochen geht der Prinzgemahl auf Elefantenjagd, überschlägt sich in einem Rennboot im Mittelmeer bei Cannes, fährt drei oder vier Sportwagen zu Schrott und zieht von Cocktailparty zu Cocktailparty auf den in der Bucht vor

Anker liegenden Jachten. Da greift er nach allem, was ihm unter die Finger kommt: Filmstars, Herzoginnen, Millionärstöchter. Die Königin weiß Bescheid, aber so genau will sie es gar nicht wissen, von den pikanten Details möchte sie verschont bleiben. Sie weiß, dass es nun einmal so ist, dass das die stillschweigende Übereinkunft zwischen ihnen ist. In einem nur noch von einer Stehlampe erleuchteten Saal des Palastes schaut sie um Mitternacht die letzten Nachrichten. Mit einem weißen Spitzentaschentuch wischt sie sich über die Augen. Ein Lakai steckt den Kopf durch die Tür und fragt, ob sie noch einen jungen Genever wünscht.

»Zwei Parallelen schneiden sich im Unendlichen«, sagte Bernhard. »Erinnerst du dich noch, Robert? Zweite Klasse Gymnasium, Physik-Karstens?«

Ich fragte mich, was ich alles verpasst hatte, mein Gefühl sagte mir, dass ich mit den Gedanken schon einige Zeit ganz woanders gewesen war.

»Ja, klar. Parallelen schneiden sich nie.«

»Weil es unvorstellbar ist.«

»Ja«. Jetzt war ich mir sicher, etwas fehlte, ein Stück war für immer verschwunden, wie man manchmal in einem Film kurz einnickt und nicht kapiert, wieso der Held, der gerade noch im Kasino von Las Vegas war, plötzlich in der Wüste gelandet ist.

»Wir werden das Unvorstellbare vorstellbar machen«, sagte Bernhard. »Die Parallelen werden sich schneiden. Wir werden den Anfang und das Ende des Universums bestimmen. Oder auch nicht natürlich. Die Wahrscheinlichkeit, dass es nicht gelingt, ist unendlich viel größer. Aber wer es nicht versucht, wird es auch nie erfahren. Was das betrifft, fühle ich mich ein bisschen wie Kolumbus. Man muss den Mut haben, die Segel zu setzen, auch wenn man nicht weiß, wo man landen wird.«

»Wann … Wann machst du es?« Ich ertappte mich dabei, dass ich beinahe »Wann brichst du auf?« gefragt hätte.

»In vier Monaten ist es so weit. Also auf jeden Fall davor. Es ist für Christine auch so schon schwer genug, Zwillinge allein großzuziehen. Aber sich dann auch noch um einen schwer kranken Mann kümmern zu müssen, ist ihr einfach nicht zuzumuten.«

Ich sah auf unsere leeren Espressotassen und Grappagläser und winkte der Kellnerin. Es kam mir viel länger vor als eine Woche, dass Bernhard mich angerufen und mir von seinem bevorstehenden Ende erzählt hatte. Der jährliche Gesundheitscheck an der Universität hatte abweichende Werte des Blutzuckerspiegels gezeigt. *Wie lange noch?*, hatte Bernhard gefragt. Der Arzt hatte nicht um den heißen Brei herumgeredet. *Ich hätte Ihnen gerne etwas mehr Hoffnung gemacht, Herr Langer, aber in diesem Stadium ist es eher eine Frage von Monaten.*

»Ich fliege morgen nach Boston zurück«, sagte Bernhard. »Ich möchte noch so lange wie möglich mit ihr zusammen sein.«

Die Kellnerin brachte uns die zweite Runde Espresso und Grappa, eine kurze Stille trat ein, ich nickte ihr freundlich zu. Mir lagen noch ein paar Fragen auf der Zunge, aber für Bernhard war das Thema offenbar erledigt.

»Und du?«, fragte er. »Gibt's noch was Neues? Noch Tratsch?«

Über meine Eltern, die Beerdigung meiner Mutter hatten wir uns schon am Anfang kurz unterhalten. Über meinen Vater, und wie schwer es uns fiel, uns nach seinen konkreten Zukunftsplänen zu erkundigen. Bernhard war auch der Meinung, es sei besser, einfach abzuwarten, bis er selber davon anfing.

»Du hast dich doch ziemlich gut mit deiner Mutter verstanden«, hatte er irgendwann gesagt. »Ich meine, besser als mit deinem Vater, oder?«

»Ja, ich glaube schon. Das heißt, ja, auf jeden Fall. Meine Mutter war immer ausgeglichen, konnte auch gut zuhören. Mein Vater war, ist, wie du weißt, mehr der hyperaktive Typ, ich wurde immer müde in seiner Gegenwart, schon als Kind. Dann hatten wir ein Ferienhaus in der Dordogne gemietet, und schon morgens früh breitete er draußen auf dem Tisch die Karte aus und blätterte in allerlei Reiseführern. Ich hoffte, betete im Stillen, dass wir nicht zu irgendeiner Kirche oder Ruine würden wandern müssen, sondern einfach den ganzen Tag auf der Terrasse herumlümmeln dürften.«

Bernhard musste lachen. »Ja, ich weiß es noch, so war er schon immer. Und merkst du schon was, von deiner Mutter?«

»Wie meinst du das?«

»Ob du schon etwas von ihrer Abwesenheit spürst. Oder nicht. Ich meine, es ist noch nicht lange her. Vielleicht wachst du morgens auf und denkst ein paar Sekunden lang, dass sie noch da ist. Mir erging das so mit meinem Vater, als er gestorben war. Es dauerte ziemlich lange, Monate, vielleicht sogar ein Jahr. Ich musste mich jeden Tag wieder neu daran gewöhnen, dass er nicht mehr da war. Und ich sah die Dinge, wie er sie gesehen hätte. Bei allem, was ich tat, fragte ich mich, ob er es gutheißen würde oder nicht.«

»Aber du warst damals viel jünger. Siebzehn, nicht?«

»Achtzehn. Es war eine Woche nach meinem achtzehnten Geburtstag.«

»Das ist gerade das Alter, in dem wir anfangen, uns von unseren Eltern abzugrenzen. Oder das gerade hinter uns haben. Dann ist es logisch, dass einem die Anerkennung des Vaters wichtig ist. Aber meine Mutter … Ich weiß nicht, ich hab heute Morgen schon daran gedacht, dass ich mich normalerweise heute mit ihr, statt mit dir, zum Lunch getroffen hätte.«

»Ich wollte nur sagen, achte auf alles. Ihr hattet ein vertrautes Verhältnis. Wie wir ein vertrautes Verhältnis haben, aber das mit der Mutter ist doch stärker. Es ist jetzt noch sehr frisch, du bist jetzt noch dafür aufgeschlossen. Für kleine Veränderungen. Für etwas, wofür du keine Erklärung hast, es sei denn, deine Mutter hat ihre Finger im Spiel.«

In dem Moment war das Essen gekommen, und Bernhard wechselte übergangslos zu seiner Theorie über den möglichen Zusammenhang zwischen der Endlichkeit des Universums und der des Menschenlebens.

Beim zweiten Grappa spürte ich den Alkohol dann doch, und weil ich Angst hatte, ich könnte aus einer alkoholbedingten Offenherzigkeit, die ich später bedauern würde, von Sylvia und dem Dezernenten Van Hoogstraten anfangen, gab ich Bernhard eine Kurzfassung der Windraddebatte.

»Am frustrierendsten ist noch, dass ich nicht dabei war«, beschloss ich. »Weil ich … Na ja, weil gerade an dem Tag das mit meinen Eltern passierte.«

Bernhard kippte den Grappa, seine Augen waren höchstens etwas wässriger als am Anfang, aber er war immer schon viel trinkfester gewesen als ich.

Der Espresso folgte gleich hinterher.

»Weißt du, was es ist?«, sagte er. »Diese ganze Klimadebatte haben sie von Anfang an falsch geführt. Irreführend. Sie haben die Akzente einfach falsch gesetzt. Windräder, Sonnenkollektoren, alles wunderbar, sie richten kaum Schaden an. Aber im Grunde brauchen wir sie gar nicht. Wusstest du, dass wir, wenn jeder in Holland die Zimmertemperatur in den Wintermonaten nur um ein Grad senkte, die Energie von zehntausend Windrädern einsparten? Zehntausend! Ein Grad, verstehst du? Die Leute sollen ja nicht frieren; es geht um eine Mentalitätsveränderung. Wir stellen das Thermostat auf zweiundzwanzig Grad und fläzen uns im Pyjama auf der Couch. In kurzer Hose und T-Shirt. Weil wir es so wollen. Weil wir das so gewohnt sind. Aber es gibt keine Regierung, keine politische Partei, die die Leute dazu anhält, im Haus einen Pullover anzuziehen. Viel besser wäre es sogar noch, wenn wir den Pullover gar nicht anziehen, sondern das Thermostat zwei Grad niedriger stellen, dann springt unsere Fettverbrennung automatisch an. Die beste Diät, die es gibt. Man kann so viel essen, wie man will, solange man die Zimmertemperatur immer auf zwanzig Grad einstellt.«

»Aber warum ist das so?«, fragte ich. »Warum haben die Befürworter der Windenergie anscheinend immer das Recht auf ihrer Seite?«

»Was glaubst du, was daran verdient wird? Hast du dir die Berechnungsmodelle mal angeguckt? Die stehen einfach in der Zeitung. Es ist alles unglaublich teuer im Verhältnis zum Ertrag. Aber alle verdienen eben viel Geld daran. Die Fabrikanten der Windräder, aber auch die Bauern, die sich so ein Ding auf ihren Acker stellen lassen, kriegen vom Staat Unsummen. Und die Windräder haben nicht einmal eine besonders lange Lebensdauer, kürzer jedenfalls als das durchschnittliche Kernkraftwerk. Darüber stand vor Kurzem noch ein Artikel in der Zeitung. Über die Firmen, die an der Demontage all der Windräder wieder ordentlich verdienen werden. Ganz zu schweigen von den Auslandsmärkten. Wir haben die Technologie, das Know-how, wir sind schon dabei, der ganzen Dritten Welt Windräder anzudrehen. Das wird in Zukunft netto viel mehr abwerfen als alle unsere noch unerschlossenen Erdgasreserven.«

Mit dem leeren Grappaglas am Mund versuchte er die Kellnerin auf sich aufmerksam zu machen. »Weißt du, Robert«, fuhr er fort, »das Schlimmste ist doch, dass das alles ganz egal ist. Und dass die Leute, die etwas anderes zu verkünden wagen, als ›Klimaskeptiker‹ beschimpft werden. Wir leben in einer Demokratie, aber auf abweichende Meinungen wird nicht sonderlich viel Wert gelegt. Es spielt keine Rolle, wer recht hat. Vielleicht wird es in den nächsten fünfhundert Jahren kälter. Aber auch eine weltweite Hitzeperiode ist möglich. Die paar Grad Erwärmung durch die Einwirkung des Menschen machen den Kohl auch nicht fett. Im Mittelalter trieben Eisberge vor der Küste Mallorcas, ein Jahrhundert später wurde Wein in Nordengland angebaut. Alles ohne die Freisetzung von Treibhausgasen. Die Bewegungen der Erde haben immer viel größere Auswirkungen gehabt als alle menschlichen Aktivitäten. In dieser Hinsicht sind zehn- oder hunderttausend Windräder ein Tropfen auf den heißen Stein. Buchstäblich ein Tropfen auf den heißen Stein: Ein einziger Tropfen spielt keine Rolle, aber wenn man einen ganz Eimer darüber ausleert, kühlt der Stein ab. Wir können es mit einer Zukunft zu tun bekommen, in der wir alles CO_2 und alle Treibhausgase, die uns zur Verfügung stehen, in die Atmosphäre emittieren müssen, um noch ein bisschen Wärme zu erzeugen. Es braucht nur ein einziger Vulkan auszubrechen, und es ist hundert Jahre lang zwei Grad kälter. Ein echter Vulkan, meine ich, einer wie der Krakatau. Noch achtzig Jahre nach dessen Ausbruch konnten wir in Holland von September bis Mitte Mai Schlittschuh laufen. Das erkennt man auf den Gemälden aus der damaligen Zeit, auf all den Winterlandschaften. Oder denk an die Eiszeit. Damals gab es noch keine Umweltbewegung, nur Umwelt. Und diese Umwelt machte, was sie wollte. Welche Protestbewegung wird in Zukunft, wenn unser Land von einer kilometerdicken Eisschicht bedeckt ist, eine Demonstration gegen die neue Eiszeit organisieren? Die Erde ist ein gleichgültiger Planet, Robert. Es ist ihr schnuppe, ob Menschen auf ihr leben oder nicht. Anstieg des Meeresspiegels? Ein Tsunami? So what? Wer hat den Leuten denn gesagt, dass sie sich so nah an der Küste Häuser bauen sollen? Die Erde fühlt sich beengt, irgendwas drückt sie. Sie reckt und streckt sich, zwei tektonische Platten schieben sich übereinander. Es kracht. So, jetzt kriegen wir wieder Luft, das beengte Gefühl ist weg. Aber niemand hat ihr gesagt, dass Menschen auf ihr leben. Dass deren Häuser einstürzen, wenn sie sich reckt und streckt. Die Erde zittert wie eine Mähre, die die Fliegen vertreiben will. Sie schlägt mit dem Schweif, wird aber höchstens einige Zehntausend, ein paar Hunderttausend Menschen los. Manchmal frage ich mich, ist das überhaupt Absicht gewesen, das ganze menschliche Leben? Wir sind auf der Suche nach Stimmen aus dem Weltall, aber stell dir mal vor, wir wären wirklich allein. Ein gigantisches, leeres Universum und irgendwo in unserer Galaxie, kaum wahrnehmbar, ein winziger außer Kontrolle geratener Planet. Ein Irrtum. Eine Kettenreaktion. Wir reden jetzt viel über Umweltverschmutzung, aber was, wenn wir selber die Verschmutzung sind? Nicht nur wir: alles Leben. Ein Schimmel auf der Oberfläche eines Planeten, der dieses Leben nie gewollt hat. Ich habe es mir vorzustellen versucht. Unsere Erde ohne Leben. Keine Bäume, kein Gras, rein gar nichts. Es gibt solche Orte auf Island. Oder beim Grand Canyon. Es ist alles andere als deprimierend, ganz im Gegenteil, es ist wunderbar.«

Ich brachte Bernhard zum Amstelbahnhof, von dort würde er zum Flughafen fahren. Ich befragte die App.

»Am besten, du steigst in Duivendrecht um. Das ist schneller als über den Hauptbahnhof.«

Auf dem Bahnsteig umarmten wir uns.

»Wir brauchen uns nicht richtig zu verabschieden«, sagte er. »Nehmen wir es nicht dramatischer, als es ist. Wir können telefonieren, schreiben ... Wenn es geht, sage ich dir rechtzeitig Bescheid in den nächsten Wochen.«

»Wochen?« Ich setzte die Brille ab und rieb mir die Augen.

»Ende des Monats ist ein Kongress in Las Vegas, da muss ich hin. Ich werde, glaube ich, die Gelegenheit nutzen und den Grand Canyon wieder besuchen. Die Nordseite, da war ich noch nie.«

Ich setzte die Brille wieder auf, aber die Gläser beschlugen. Da kam schon der Zug.

»Weißt du was, Robert«, sagte Bernhard und klopfte mir auf die Schulter. »Tief drinnen glaube ich, dass es letztendlich nichts mehr gibt. Wenn das menschliche Leben ein Irrtum war, dann ist das Leben nach dem Tod ein noch viel größerer Irrtum. Solltest du nichts mehr von mir hören, ist das ja wohl der schlagende Beweis dafür.«

25

Und dann? Dann änderte sich das Verhalten meiner Frau tatsächlich – diesmal war kein Irrtum mehr möglich. Man hat in einem Park gepicknickt. Sonne, ab und zu eine Wolke. Dann frischt der Wind plötzlich auf. Die Äste beginnen sich zu wiegen, den Rasen überläuft es kalt. Man hat gerade noch Zeit, die Decke zusammenzulegen, die halb leeren Flaschen und die Essensreste im Picknickkorb zu verstauen. Dann näher, als einem lieb ist, der erste Donner. Die Blätter halten die ersten dicken Tropfen noch ab, aber dann geht ein gewaltiger Wolkenbruch nieder. Nass bis auf die Knochen, erreicht man den Parkplatz.

»Ich habe dir eine Nachricht geschickt«, sagte sie mit einem tiefen Seufzer. Wir standen einander in der Küche gegenüber. »Hast du es nicht gesehen? Zahnpasta und Fruchtgummis. Wie schwierig kann das sein?«

Der Form halber verteidigte ich mich. Auf dem Rad würde ich das einfach nicht hören. Aber alle meine Sinne waren hellwach. In dieser Woche fauchte sie mich jetzt schon zum dritten Mal an, das zweite Mal innerhalb von zwei Tagen. Normalerweise erkundige ich mich dann, ob alles in Ordnung ist oder ob die Irritation etwa eine tiefere Ursache hat?

Aber das ließ ich diesmal bleiben. Oder nein, ich sollte es anders formulieren: Wir erkundigten uns eigentlich nie, ob etwas war. Nie. Wir warteten geduldig, bis der andere von sich aus darauf zurückkam. Nicht aus Gleichgültigkeit, sondern aus Respekt. Manchmal war der andere nur schlecht gelaunt, dann möchte man gerade nicht gefragt werden, ob etwas ist. Am nächsten Tag war meist alles wieder beim Alten.

»Ist was?«, fragte ich jetzt aber doch und verstieß damit gegen unsere stillschweigende Übereinkunft. »Ich weiß nicht, in letzter Zeit bist du so komisch. Ich meine, Zahnpasta! Ich bitte dich!«

Sylvia wandte den Blick ab und tat, als suche sie das Haltbarkeitsdatum auf einer Büchse Thunfisch. »Lass mich mal, Robert. Ich glaube, ich bin einfach ein bisschen müde. Aber ich finde es doch ziemlich blöd, dass ich dich nie um was bitten kann.«

Dieses Mal beließ ich es dabei. Aber am nächsten Tag passierte es wieder. Wir saßen auf der Couch und sahen Nachrichten. Über eine gelähmte Frau in Texas, die ihr Recht auf Sterbehilfe einforderte.

»Solltest du deinen Vater nicht mal anrufen?«, fragte sie in streitlustigem Ton. »Ein bisschen warten ist ja schön und gut, aber es ist jetzt schon Wochen her.«

Ich hätte etwas Versöhnliches sagen oder notfalls irgendein Klischee hervorkramen können. *Glaubst du nicht, dass wir mal reden müssten? Meiner Ansicht nach steckt etwas ganz anderes dahinter.*

Aber ich tat weder das eine noch das andere. Ich hatte mehr Lust darauf, sie zu provozieren.

»Sei froh«, sagte ich. »Du fandest meine Eltern doch so verwöhnt und kindisch, weil sie ihr Leben selber beenden wollten. So holländisch! Vielleicht hängt mein Vater doch mehr am Leben, als er dachte. Vielleicht ist er ja wieder auf den Geschmack gekommen.«

Erst in dem Moment, als ich das sagte, fiel mir auf, dass ich diese Möglichkeit noch gar nicht in Betracht gezogen hatte. In den vergangenen Wochen hatte ich ihn ein paarmal angerufen, einmal hatte ich ihn besucht. Er hatte vor allem einen mutlosen Eindruck gemacht, beinahe, als schäme er sich dafür, dass er noch lebte. Ich hatte ihn nie darauf angesprochen, aber bei unserem letzten Telefongespräch hatte er selbst davon angefangen.

»Ich überlege …«, sagte er. »Wie es wäre, wenn ich noch ein einziges Mal etwas unternehmen würde. Etwas Besonderes, meine ich. Richtig Abschied nehmen. Es ist merkwürdig, Junge, ohne deine Mutter ist das Leben wirklich ungenießbar, aber andererseits habe ich doch auch wieder mehr Freude an den kleinen Dingen. Dass die Sonne aufgeht, Vögel im Garten. Neulich lag ich im Bett, hatte noch keine Lust, aufzustehen, und irgendwann fiel mir auf, dass ich schon seit einer halben Stunde auf einen Ast starrte. Auf die Blätter. Das ist auch Leben, dachte ich. Na ja, solche banalen Gedanken hat dein Vater im Moment. Aber ich habe mich auch gefragt, ob das Ganze nicht ein einziger großer Irrtum gewesen ist.«

Ein paar Tage später war ich zu ihm gefahren. Ich kann nicht sagen, dass es besonders unaufgeräumt bei ihm aussah, im Spülbecken stapelte sich kein schmutziges Geschirr, und auch er selbst machte einen durchaus gepflegten Eindruck. Nein, es waren mehr Details, die kleinen Dinge, die fehlten: eine Vase mit frischen Blumen, eine mit Obst gefüllte Schale, das Bett, das zwar gemacht war, aber nicht so ordentlich, wie meine Mutter das immer machte. Mein Vater trug eine graue Jogginghose und seine braune Lieblingsjacke, er hatte sich an dem Tag vielleicht nicht rasiert, aber gestern oder vorgestern doch bestimmt. Im linken Mundwinkel klebte etwas weiße Zahnpasta. Er putzte sich also noch die Zähne, guckte aber nicht mehr in den Spiegel.

»Letztens hast du von etwas Besonderem gesprochen«, sagte ich. »Noch einmal etwas Besonderes machen.«

»Ja.«

Wir saßen in der Küche, beide ein Glas jungen Genever vor uns.

Ich nahm einen Schluck. »Du hast demnächst Geburtstag. Wäre das eine Gelegenheit? Wie wär's, wir fahren irgendwohin. Zum Beispiel ans Meer. Was essen. Nur Sylvia, Diana und wir. Oder wir machen bei dir was. Sylvia kocht was Schönes. Du lädst ein paar Leute ein.«

»Bist du noch bei Trost, Robert? Eine Party schmeißen nach alldem? Ich sehe die Leute hier schon rumstehen. Sie trauen sich nicht, es mich direkt zu fragen, aber sie denken es natürlich alle. Nein, mein Junge, dazu habe ich wirklich keine Lust.«

Er schaute auf sein Handy, das neben dem Geneverglas auf dem Tisch lag. Ein nagelneues iPhone. »Es war mal an der Zeit«, hatte er kurz nach der Beerdigung meiner Mutter zu mir gesagt. »Aber deine Mutter … Du weißt, wie sie ist. War. Für sie war das Unsinn, reine Geldverschwendung. *Was ist an deinem alten Telefon nicht in Ordnung?* Du hörst sie es sagen, nicht? Dann habe ich so ein Sonderangebot gesehen. Man kriegte allerdings eine neue Nummer. Aber ich dachte, wem muss ich denn diese neue Nummer mitteilen? Euch. Sonst doch keinem.«

Zu Hause und wenn Mutter dabei war, habe er weiter das alte Nokia benutzt. Er habe keine Lust gehabt, den Kauf zu verteidigen. »Es ist vielleicht kindisch, ich hätte es deiner Mutter ruhig sagen können. Aber du weißt ja, wie sie war, sie konnte so kritisch gucken. Und ich war auch der Meinung, ich könnte mir einfach etwas gönnen, ohne mich rechtfertigen zu müssen.« Er füllte die halb vollen Gläser bis zum Rand. »Manchmal war es wirklich ermüdend, als würde sie mir meine kleinen Vergnügen nicht mehr gönnen. Einmal, und du musst mich unterbrechen, wenn ich dir das schon mal erzählt habe, jedenfalls am Königinnentag, – oder war es schon der Königstag, in meinem Alter hat man ja wohl das Recht, den Tag auch weiterhin Königinnentag zu nennen, oder nicht? – hatten wir einen kleinen Gang durch unser Viertel gemacht und kamen schließlich zu Elsa's Café.«

Er beugte sich vor und nahm schlürfend einen Schluck Genever. »Nun, irgendwann ging deine Mutter aufs Klo, blieb lange weg, musste garantiert Schlange stehen. Ich kam draußen auf der Terrasse mit zwei jungen Mädchen ins Gespräch. Nette Mädchen, ich meine, ich hatte auch schon einen intus, aber die beiden kippten ihren Weißwein zweimal so schnell runter wie ich mein Bier. Die eine, die war sehr hübsch, und die andere etwas durchschnittlicher, aber auch nett, wenn du mich verstehst. Nun ja, kurz und gut, irgendwann merkte ich, dass die Hübsche die Augen immer zusammenkniff, wenn sie mich ansah. Ich erzählte gerade irgendeine Geschichte, ich weiß gar nicht mehr, was, aber das Mädchen kniff die Augen zusammen, und wenn sie lachte, warf sie den Kopf in den Nacken und schüttelte das Haar, dass es eine Art hatte ... Na ja, Junge, das konnte nur eins bedeuten. Das Mädchen flirtete ganz offen mit mir. Mit mir, einem Vierundneunzigjährigen! Womit habe ich das verdient?, dachte ich. Aber gleichzeitig dachte ich auch: So verrückt ist das gar nicht. Ich bin einfach ein netter Mann, ich erzähle Geschichten, die neunzehnjährige Mädchen zum Lachen bringen, das ist auch nicht jedem gegeben. Und über die alte Visage sehen sie einfach hinweg. Natürlich weiß ich, dass ich nicht mehr der Jüngste bin, aber deshalb brauche ich mich doch nicht zu verstecken, denn dann tritt man immer auf die Bremse und erlebt überhaupt nichts mehr.«

Ich betrachtete seine alte Visage, und ich musste zugeben, dass er eigentlich recht hatte. Für sein Alter sah er gut aus. Und ich konnte es mir vorstellen, wie er mit seinem flinken Mundwerk zwei neunzehnjährige Mädchen einwickelte. Er hatte bestimmt mit Begeisterung seine Rolle eines netten alten Mannes gespielt – ich war froh, nicht dabei gewesen zu sein.

»Es war furchtbar aufregend. Ich habe es genossen. Ich tat so, als würde ich das weniger hübsche Mädchen attraktiver finden, ich habe ihr mehr Aufmerksamkeit geschenkt. Früher habe ich das auch immer so gemacht, wenn es um zwei Mädchen ging. Die meisten gehen direkt auf die Hübsche los. Ich nicht. Ich ließ die Flirtlustige einfach ihr Spielchen spielen mit ihrem Gekicher und ihrem Kopf im Nacken und dem Schütteln der Haare. Aber ich sah genau, wie sie glühte. Kennst du das, Robert, wenn Mädchen anfangen zu glühen? Schöneres gibt es nicht, dafür strengen wir uns doch an, wir Männer. Beide Mädchen glühten übrigens. Das andere auch. Manchmal glühen sie buchstäblich, dann kriegen sie so rote Wangen, manchmal ist es auch eine Art Schwelen, dann kommt das Glühen von innen und wird nur um die Augen herum sichtbar. Nun ja, jedenfalls verlor ich die Zeit aus den Augen. Ich war gerade bei dem Punkt angelangt, wo ich das weniger hübsche Mädchen fallen ließ, um mich ganz auf die Hübsche zu konzentrieren. Ich drehe mich also ein wenig um, ohne der anderen ganz den Rücken zuzukehren, aber mache ihr deutlich, dass sie von nun an nicht mehr mitzählt. Und da sehe ich auf einmal deine Mutter. Sie stand neben so einem hohen Tisch mit lauter leeren Plastikgläsern, ganz allein, und der Blick, den sie mir zuwarf, Junge, ich glaube nicht, dass ich dir den zu beschreiben brauche. Sie stand in ziemlicher Entfernung, aber ich konnte fast sehen, wie sie die Nase rümpfte. Wie sie auch die Nase über dieses Ding hier rümpfen würde« – er tippte mit dem Zeigefinger auf das iPhone –, »Spielzeug! Hörst du es sie sagen? *Lass ihm ruhig sein Spielzeug, im Grunde ist er immer ein fünfjähriges Kind geblieben.*«

Er leerte den Genever in einem Zug. Mit dem Handrücken wischte er sich über die Lippen, verfehlte aber den Flecken Zahnpasta, der immer noch im Mundwinkel klebte. Bei meiner Mutter hätte ich ihn mit dem Daumen entfernt, wie ich ihr auch im Oriental City die Krabbe aus dem Haar gefischt hatte, aber bei meinem Vater würde mir das nicht einfallen: So war es einfach, so war es immer gewesen, und so würde es immer bleiben.

»Es war Zeit, Adieu zu sagen. War auch der richtige Moment, denn was soll schon folgen? Ich meine, ich weiß auch, dass es dabei bleibt, bei einem bisschen Flirten und bei glühenden Wangen, ich bin nicht blöd. Aber es gibt mir so einen Kick, ich weiß nicht, wie ich es anders beschreiben soll, eine nicht kaputt zu kriegende gute Laune. Aber genau darauf versteht … verstand deine Mutter sich so besonders gut, mir die gute Laune kaputt zu machen. *Was sollte das jetzt? Wie alt bist du eigentlich?* Nein, sie konnte gar nicht darüber lachen. Auf dem ganzen Heimweg meckerte sie pausenlos über mein pubertäres Verhalten. Irgendwann hatte ich so was von genug davon. Ich wusste, ich würde noch tagelang von meinem Erfolg bei den Mädchen zehren können, aber dann musste meine Frau jetzt sofort den Mund halten. Tut mir leid, Junge, wenn ich das so sage, aber so empfand ich das in dem Moment. Was machte ich also? Ich hatte an dem Tag schon einiges getrunken, natürlich. Und bei Elsa's vielleicht ein paar Bier zu viel. Und auch zu rasch hintereinander. Ein bisschen wacklig war ich also schon auf den Beinen, aber nicht, dass ich nicht mehr gerade gehen konnte, und da hatte ich plötzlich eine Eingebung. ›Ich fühle mich schlecht, glaube ich‹, habe ich gesagt, und dann ließ ich mich zwischen zwei parkende Autos fallen. Das Gemecker deiner Mutter hörte schlagartig auf. Jetzt konnte sie sich Sorgen machen, mich bemitleiden, ich war der alte Mann, der zu tief ins Glas geguckt hatte. Ich ließ mir von ihr aufhelfen, versuchte, nicht zu dick aufzutragen. Wie gesagt, ich hatte einen sitzen, aber ich konnte nicht den ganzen Heimweg den Betrunkenen spielen, früher oder später würde ich auffliegen. Aber es ging gut, ich hatte die Pflegerin in deiner Mutter wachgerufen. Zu Hause legte sie mich auf die Couch und zog mir die Schuhe aus. Und sie machte mir zwei

Käse-Schinken-Toasts. ›Alles dreht sich‹, sagte ich noch, beschloss dann aber, es nicht zu übertreiben.«

Er schüttelte den Kopf, rieb sich die Augen und setzte das Geneverglas an die Lippen, ohne zu merken, dass es leer war.

»Dann habe ich etwas gemacht, worauf ich nicht stolz bin«, fuhr er fort. »Am nächsten Tag beim Frühstück fing deine Mutter wieder davon an. Von den Mädchen und wie betrunken ich gewesen sei. Aber mir reichte es jetzt. Ich wollte die Mädchen für mich haben. Also habe ich so getan, als könnte ich mich an nichts mehr erinnern. ›Ich muss wirklich völlig betrunken gewesen sein, daran erinnere ich mich überhaupt nicht. Wie alt waren die Mädchen, sagst du?‹ Und dann machte ich, was sie wahrscheinlich am liebsten sehen wollte. Ich tat, als schämte ich mich zu Tode. ›Oh, Schatz, wie schrecklich!‹, sagte ich. ›Wie peinlich muss das für dich gewesen sein. Kannst du mir verzeihen?‹ Und ich senkte den Kopf, machte ein Gesicht wie ein in flagranti ertappter Ehemann, ein Ehemann, der sich totschämt. Aber gleich darauf schloss ich die Augen und sah die Mädchen wieder vor mir. Die Hübsche, die mich so lange mit einem Blick angeschaut hatte, der nur eines bedeuten konnte. So, dachte ich, jetzt gehören sie wieder mir.«

»Nächste Woche kommt mein Bruder«, sagte Sylvia.

Unser Gespräch war nach ein paar spitzen Bemerkungen meiner Frau in ruhigeres Fahrwasser gekommen, ein richtiger Krach war definitiv abgewendet. Wir hatten kurz noch über Emmy geredet, unsere jetzt schon seit ein paar Wochen vermisste Katze. »Es wird Zeit, dass wir noch einmal Zettel aufhängen«, hatte Sylvia gesagt. »Diana hat gestern wieder davon angefangen. Die alten sind fast alle durch den Regen fast unlesbar geworden oder weggeweht. Ich habe ein neues Foto vom Handy ausgedruckt, ein etwas deutlicheres Farbfoto. Aber Diana steht kurz vor dem Abi, also ich bin nicht dafür, ihre Handynummer wieder auf die Zettel zu schreiben. Das kann sie jetzt wirklich nicht gebrauchen.«

Ich hatte nichts erwidert, nur darauf gewartet, dass sie sagen würde, sie würde ihre Handynummer drunterschreiben. Aber sie sagte etwas anderes: »Vielleicht kannst du das übernehmen, Robert. Normalerweise macht es mir, wie du weißt, nichts aus, all die Leute, aber machst du es diesmal?«

Sie sah mich dabei nicht an, sie hielt die Hände im Schoß gefaltet und rieb die Daumen aneinander. Wie sie »all die Leute« sagte, hörte es sich an, als würden sich ab morgen oder übermorgen Dutzende Leute melden, die meinten zu wissen, wo unsere Katze war.

Ich hatte geschwiegen, sie nur genau beobachtet, ihre Miene, ihre gefalteten Hände mit den reibenden Daumen, ich wartete auf ein Zeichen, einen Moment der Schwäche – es hätte mich nicht gewundert, wenn sie in Tränen ausgebrochen wäre. *Er hat Schluss gemacht, Robert! Was fällt ihm ein! Ich sei eine zu große Belastung für ihn geworden, er könne es seiner Frau einfach nicht erklären.*

Ich fühlte, wie so etwas wie Wut gegenüber dem Dezernenten Van Hoogstraten in mir hochstieg. In der Tat, was fiel ihm ein? Was unterstand er sich, meiner Frau mir nichts, dir nichts den Laufpass zu geben? Doch im nächsten Moment hatte ich mich wieder unter Kontrolle.

»Klar«, sagte ich. »Mach dir keine Sorgen, ich übernehme das. Wenn du die Zettel machst. Du kannst meine Nummer draufschreiben.«

Ich weiß nicht genau, was ich mir erhoffte. Dankbarkeit, weil ich so rasch nachgegeben hatte? Ein warmes Lächeln, eine Hand auf meinem Arm, Finger, die sanft in mein Handgelenk kniffen? *Tausend Dank, du bist ein Schatz*. Oder doch etwas ganz anderes, Tränen, ein gestammeltes Geständnis. *Ich weiß nicht, was in mich gefahren ist! Oh, bitte, kannst du mir verzeihen, Liebling?*

Zum ersten Mal dachte ich an das andere Szenario. In dem nicht der Dezernent, sondern meine Frau die Affäre beendete. Ein verzweifelter Van Hoogstraten, der sie mit Textnachrichten bombardierte, der ihr ein paar Häuser weiter auflauerte, sie stalkte – ein flennender Dezernent, der drohte, die ganze Affäre publik zu machen, wenn sie ihn nicht wieder zurücknahm.

Ihr verzeihen? Ja, das könnte ich. Wenn sie jetzt alles beichtete, würde ich erst einmal in Wut ausbrechen. Nein, nicht in Wut ausbrechen, ein wütendes Schweigen, das lag mir viel mehr. Zusammengepresste Lippen, den Kopf in den Händen, in regelmäßigen Abständen ein tiefer Seufzer. Ich würde im Zimmer auf und ab wandern, am Fenster stehen bleiben, regungslos nach draußen starren, während hinter mir ihr flehentliches Schluchzen an Lautstärke zunahm. Aber ich würde ihr verzeihen. Ich verzieh ihr jetzt schon, während ich sie betrachtete, ihre reibenden Daumen, ihr ins Gesicht fallendes Haar. Allerdings würde etwas irreparabel beschädigt sein, ein Riss in einer Vase, die man besonders liebt und deswegen nicht wegwirft. Jeden Tag steht sie auf dem Tisch, mit wechselnden Blumen – aber der Riss bleibt immer sichtbar. Ich wusste jetzt schon, wie ich mit diesem Riss umgehen würde. Ich würde dankbar sein. Dankbar, dass die Vase nicht in die Brüche gegangen und im Müll gelandet war. So machte ich es öfter, wenn sich Menschen oder Dinge gegen mich verschworen. Manchmal konnte mich eine vom Neid eingegebene spitze Bemerkung eines Parteifreunds die halbe Nacht um den Schlaf bringen. Eines Parteifreunds, der es nie, aber auch wirklich nie zum Bürgermeister einer Stadt wie Amsterdam bringen würde. Nein, was sage ich, nicht einmal zum Bürgermeister einer gottverlassenen Gemeinde von vierhundert Einwohnern an der deutschen Grenze. Nie, heute nicht und auch nicht in einem nächsten Leben.

Kochend vor Wut überlegte ich dann, wie ich es dem Parteifreund heimzahlen könnte. Wie ich während einer Sitzung eine indirekte Anspielung machen würde, indirekt, aber tödlich.

Und dann auf einmal, ohne merklichen Übergang, dachte ich an das, was ich hatte. An meinen einzigen wahren und kostbaren Besitz. Meine Frau. Meine Tochter. Sylvia. Diana. Ich lauschte dem Atem meiner Frau, ich hörte meine Tochter unten in der Küche hantieren, wenn sie um sechs Uhr früh von einer Party nach Hause kam. Das war genug. Dagegen war der Parteifreund innerhalb weniger Sekunden nur noch bemitleidenswert, im nächsten Moment war er gänzlich verschwunden.

Ja, so würde ich es machen. Ich würde die Vase an mich drücken, den Riss zu mir gedreht, sodass niemand ihn sehen konnte.

26

Und so kam es, dass ich am nächsten Morgen in aller Frühe mit einem Stapel Fotokopien, einer Schachtel Reißzwecken und einer Kleberolle an den Grachten entlangging. Ich fing so weit entfernt wie möglich an, an der Ecke Utrechtsestraat und Prinsengracht (ich hatte beschlossen, mich heute auf zwei bis drei Häuserblocks zu beschränken) – an jeden zweiten Baum heftete ich einen Zettel.

Wer hat mich gesehen?

[Foto]

Ich höre auf den Namen Emmy
[Handynummer]

Meine Nummer. Nicht zum ersten Mal an diesem Morgen fragte ich mich, was ich hier eigentlich machte. Ich hatte meine Sonnenbrille und die schwarze North-Face-Mütze aufgesetzt, was ich hin und wieder tat, wenn ich durch die Stadt ging und nicht alle zwanzig Meter einen Gruß beantworten wollte. Narrensicher war die Maskerade nicht. An der Ecke Keizersgracht und Reguliersgracht kam mir eine ältere Frau mit einem undefinierbaren schwarz-weiß gefleckten Hündchen entgegen.

»Guten Morgen, Herr Bürgermeister!«, sagte sie munter; das Hündchen schnüffelte an dem Baum, an den ich gerade den Zettel geheftet hatte, und hob ein Hinterbein. »Ach, ist das Ihre Katze?«, fragte sie und beugte sich vor. »Wissen Sie, ich wohne ein Stück weiter im selben Block wie Sie, und Ihre Katze war oft in meinem Garten. Das heißt, ich wusste nicht, dass es Ihre war, aber sie ist es ganz bestimmt, mit dem schwarzen Streifen auf dem Kopf, wie eine Haarlocke. Ich werde Ausschau halten. Vielleicht hat sie ja jemand versehentlich in seinen Schuppen eingesperrt, sie sind ja so neugierig. Oder sie ist durch die Katzenklappe zu anderen Leuten. Ist das Ihre Nummer?«

»Ja«, sagte ich, etwas zu leise, widerwillig fast – mich beschlich auf einmal das ängstliche Gefühl, diese Frau könnte sich schon bald, Katze hin oder her, telefonisch bei mir melden.

Ein paar Tage später radelte ich gegen Ende des Nachmittags den Hogeweg entlang, als ich von einem roten Sportwagen mit offenem Verdeck überholt wurde. So knapp – als hätte der Fahrer mich gar nicht bemerkt –, dass ich den Lenker herumreißen musste, um nicht vom Außenspiegel erwischt zu werden.

»He!«, rief ich, und bevor ich noch darüber nachdenken konnte, wie vernünftig es ist, wenn ein Bürgermeister so was macht, hatte ich dem Fahrer schon den Stinkefinger gezeigt. »Pass gefälligst auf, du alter Sack!«

Der Mann – mit seinem kurz geschnittenen grauen Borstenhaar erinnerte er mich entfernt an meinen Vater – hatte offenbar von alldem in seinem Rückspiegel nichts mitbekommen. In ruhigem Tempo bog er auf den Platz mit dem Springbrunnen ab, erst ein wenig nach rechts und dann wieder etwas nach links – und beide Male sah ich sein Gesicht ganz kurz im Profil.

Ich weiß nie genau, ob das Herz in solchen Augenblicken

schneller oder langsamer schlägt oder nur lauter pocht. Vielleicht irrte ich mich ja, sagte ich mir wider besseres Wissen. Vielleicht war der Fahrer des roten Sportwagens einfach ein alter Mann, der meinem Vater verdammt ähnlich sah.

Aber als der Wagen an der nächsten Ecke in die Pythagorasstraat einbog und ich sein Gesicht wieder von der Seite sah, war kein Zweifel mehr möglich. Es war etwas in der Art, wie der alte Mann, wie *mein Vater,* beim Lenken des Wagens mit den Kiefern mahlte, als kaute er auf einem zähen Stück Fleisch, so bewegte er die Kiefer immer, wenn er seine ganze Konzentration brauchte. Früher, als wir noch regelmäßig Schach spielten, konnte ich am Mahlen seiner Kiefer immer erkennen, wann er einen wichtigen Zug vorbereitete.

Um es von vornherein klarzustellen: Bei dem Auto handelte es sich weder um einen Lamborghini noch einen Ferrari, nein, nicht einmal um einen Jaguar oder Porsche, eher etwas Französisches, vermutete ich, zu Recht, wie sich später herausstellte. Obwohl ich von Autos nichts verstand, war ich doch durchaus ein Liebhaber. Nach einem Bentley oder einem Aston Martin drehte ich mich immer noch um, wie andere Männer sich nach einer Frau umdrehen. Letzteres tat ich natürlich auch, ich schaute allen Frauen nach, aber wenn es einen sechsten Sinn gab, den das Amt des Bürgermeisters mir geschenkt hatte, dann war es der, genau den Moment zu bestimmen, in dem es keiner merkte.

Ich hielt genügend Abstand, und als ich ebenfalls in die Pythagorasstraat einbog, war der rote Sportwagen schon beim nächsten Häuserblock, an der Copernicusstraat vorbei.

Später – ein paar Minuten später, aber auch hinterher, in den Tagen, Monaten, ja sogar Jahren danach – habe ich mich noch oft gefragt, ob es eine bewusste Entscheidung meines Vaters gewesen war, den roten auffälligen Wagen mit dem offenen Verdeck direkt vor seinem Haus abzustellen. Ob ihn gerade alle sehen sollten, erst recht in diesem Viertel, in dem fast alle alles sahen. Es war wie mit den vorhanglosen Fenstern, durch die jeder Passant schauen kann und für die Holland bekannt ist: Man zeigt, dass man nichts zu verbergen hat.

Er hätte den Wagen auch ein paar Blocks weiter parken oder ihn in einer Garage abstellen können. Ich hatte meinen Besuch nicht angekündet. Mein Vater konnte auch nicht ahnen, dass ich ihn gerade hatte vorbeifahren sehen. Ein vor seiner Tür stehender roter Sportwagen brauchte noch nichts zu bedeuten, der konnte genauso gut jemand anderem gehören.

All das ging mir durch den Kopf, als ich auf die Klingel drückte, er überrascht die Tür öffnete und mich hereinbat. Fühlte er sich ertappt, habe ich mich im Nachhinein gefragt, oder war seine Überraschung echt? Er hatte letztendlich gar keinen Grund, sich ertappt zu fühlen, vielleicht war der vor seiner Tür parkende rote Sportwagen ja gar nicht seiner. Nein, es gab keinen Grund, es sei denn, er hatte mich schon beim Springbrunnen oder kurz darauf, als ich in die Pythagorasstraat einbog, im Rückspiegel bemerkt. Aber auch das fragte ich mich erst sehr viel später.

Wie auch immer, er nahm die Geneverflasche aus dem Kühlschrank, schenkte uns ein Gläschen ein, setzte sich, beugte sich vor und schlürfte den ersten Schluck, ohne die Hände zu benutzen. Erst dann sah er mich an.

»Ich muss dir was zeigen«, sagte er.

Und so standen wir kurz darauf auf der Straße. Der Tag war sonnig gewesen, er hatte das Verdeck einfach offen gelassen. Vielleicht musste er noch irgendwohin, dachte ich später.

Er zeigte mir die verschiedenen Knöpfe und Schalter am Lenkrad und im Armaturenbrett und erklärte sie mir kurz. »Das ist der Tempopilot, und das S hier ist der Sportmodus, es ist ein Automatikwagen, aber damit kann man schneidiger fahren als in D.« Dann schlug er vor, eine Spazierfahrt zu machen. Und als er mein Gesicht sah, sagte er: »Nur mal rasch um den Block. Ich weiß, was du denkst, aber ich muss dir etwas sagen.«

Die Aussicht auf eine Spazierfahrt – eine Testfahrt war das Wort, das mir dazu einfiel – mit meinem Vater am Steuer eines Sportwagens mit offenem Verdeck schlug mir sofort schwer auf den Magen. Aber mein Vater hatte den Motor schon angelassen und trat das Gaspedal ein paarmal durch, bevor er in S schaltete.

»Du hättest sehen sollen, wie die Leute hier in der Straße guckten, als ich diesen Knaben das erste Mal vor der Tür abstellte«, sagte er, während er vor der ersten der zahlreichen Schwellen abbremste und gleich darauf wieder etwas zu schnell, etwas zu sportlich in die Copernicusstraat einbog. »Sie trauten sich natürlich nicht, den Mund aufzumachen, aber ich sah, was sie dachten: Frau gestorben, Witwer haut auf den Putz. Na ja, seit dem ersten Mal lasse ich den Motor immer erst mal so richtig aufheulen, bevor ich losfahre. Sollen sie doch denken, was sie wollen, es kümmert mich alles einen Dreck.«

Ich schwieg. Ich dachte an eins der letzten Mittagessen mit meiner Mutter im Oriental City, als sie mir von meinem Vater und seinem Traum von einem neuen Wagen erzählte; einen Traum, den sie lachend als Pinocchio-Komplex eines Vierundneunzigjährigen bezeichnete.

»Ich dachte, du würdest nur einmal um den Block fahren«, sagte ich, als mein Vater vom Galileiplantsoen auf den Wethouder Frankeweg fuhr.

»Das ist doch sinnlos, Junge«, sagte er. »Bei all den Scheißhubbeln kann man doch gar nicht spüren, was diese Bestie alles so kann. Ein Pferd muss galoppieren können, sage ich immer.«

Auf dem Middenweg trat er das Gaspedal noch mehr durch, mein Kopf wurde an die Stütze gedrückt, als wir vorbei am Oosterbegraafplaats und Betondorp zur Auffahrt der

Autobahn rasten. »Er wittert das offene Gelände, Junge«, sagte mein Vater und schlug mir aufs Knie.

Es war Stoßzeit; zu meiner nicht geringen Erleichterung bewegte sich der Verkehr auf allen vier Fahrspuren fast im Schritt.

»Scheiße!«, rief er, schlug aufs Lenkrad und steuerte den Wagen mit zwei schroffen Manövern an einem hupenden und blinkenden Lastwagen vorbei auf die mittlere Fahrspur. »Ach ja, wir sind ja in Holland, hatte ich fast vergessen. Hier schließt man Pferde im Stall ein. Die reinste Tierquälerei.«

Ein paar Hundert Meter weiter leuchteten die Tafeln auf, die die Geschwindigkeit angaben: *50*. Kurz darauf kamen wir völlig zum Stillstand. Mein Vater seufzte tief.

»Ich hab mir Gedanken gemacht«, sagte er. »Ich habe darüber nachgedacht. Über meinen Geburtstag, meine ich.«

»Ja?«

»Ich will noch ein letztes großes Finale. Noch ein Mal das Leben feiern, das Leben, wie es gelebt werden sollte. Nächste Woche fahre ich nach Frankreich. In dasselbe Hotel, in dem ich in den letzten zwanzig Jahren so viele glückliche Tage mit deiner Mutter verbracht habe. Stilgerecht. Ich meine, ich fahre stilgerecht hin, daher der Wagen. Deine Mutter hätte den Kauf so oder so missbilligt. Stimmt's oder hab ich recht?«

Ich starrte vor mich hin, auf die reglose Masse der Autos; über den Tafeln mit der Geschwindigkeitsanzeige war der Himmel dunkelgrau.

»Ich werde dort eine Woche wandern gehen«, fuhr er fort. »Gut essen, jeden Tag eine Flasche Wein. Ich sage niemandem etwas. Ich sage dort niemandem, dass ich Geburtstag habe. Sonst kreuzen sie womöglich noch mit einer Torte auf. Oder bemitleiden mich. Das machen sie wahrscheinlich sowieso. Wie ich das managen soll, weiß ich noch nicht. Sie kennen uns schon seit einer Ewigkeit. Das nette rüstige alte Ehepaar. Ich glaube, ich sag's ihnen einfach. *Dieses Jahr bin ich allein. Meine*

Frau ist leider gestorben. Ich freue mich ehrlich gesagt schon darauf. Auf all die betrübten Gesichter. Die Ober und der Hotelbesitzer, die auf Französisch ihre Beileidsbekundungen murmeln. Vielleicht lassen sie mich dafür dann extra in Ruhe.«

Wir standen immer noch still; es war kein normaler Stau im abendlichen Berufsverkehr, manche waren schon ausgestiegen, wahrscheinlich ein Unfall irgendwo – und im nächsten Moment fuhr in der Tat ein Krankenwagen mit Blaulicht auf dem Seitenstreifen an uns vorbei.

»Und was ich danach mache«, sagte mein Vater, »nach meinem Geburtstag, darüber habe ich auch schon nachgedacht. Ich kenne die Gegend wie meine Westentasche. Es gibt da so eine *gorge,* so nennen die Franzosen das, eine enge Schlucht mit steilen Felswänden, durch die ein Fluss fließt, ein bisschen der Grand Canyon im Kleinen. Da verläuft eine schmale Straße mit vielen Kurven, hoch über dem Fluss. Das mache ich. Es ist eigentlich einfach ein natürlicher Tod. Mann mit schlechten Augen, gerade fünfundneunzig geworden, fährt zu schnell, rast durch die Leitplanke und stürzt in die Tiefe. Tot. Vielleicht trinke ich mir vorher mit einer Flasche Wein Mut an. Man wird jedenfalls eine zu hohe Alkoholkonzentration in meinem Blut feststellen. Mir erscheint das viel besser als ein sanfter Tod im Bett. Das Leben mit einem Knall verlassen. Was meinst du, Junge? Ich meine, ich weiß, was du denkst, was du die ganze Zeit seit dem Tod deiner Mutter schon denkst, nur nicht auszusprechen wagst. Nicht zu fragen wagst. Nun, das ist meine Antwort.«

27

»Bleib nicht zu lange oben«, sagte meine Frau. »Es gibt gleich Essen.«

Ich murmelte etwas, gab jedenfalls einen Laut von mir, aus dem Sylvia schließen konnte, dass ich sie gehört hatte. Als ich nach Hause kam, saß sie mit ihrem Bruder am Küchentisch, eine Flasche Rotwein und zwei Gläser zwischen ihnen, und beide gaben sich nicht die geringste Mühe zu verbergen, dass ich sie störte. Die Art Stille, die eintrat, mit einem fast unhörbaren Rauschen im Hintergrund, wie wenn man auf den Pausenknopf des DVD-Spielers gedrückt hat, weil man schnell mal aufs Klo muss, sprach Bände.

Meine Frau hatte ihren Bruder am Nachmittag vom Flughafen abgeholt. Sein Koffer stand noch neben seinem Stuhl, auch seine braune Lederjacke hatte er noch an.

Als er zur Begrüßung aufstand, knisterte das billige Leder seiner Jacke wie eine Plastikflasche, die zerdrückt wird. Wir küssten uns nicht, rieben nur die Wangen – seine war unrasiert – mit einer flüchtigen, unbeholfenen Bewegung aneinander.

Oben in meinem Arbeitszimmer öffnete ich die Balkontüren und trat hinaus. Die Sonne war schon hinter den Dächern verschwunden, aber es war noch hell, aus einem Garten stieg eine dünne blaue Rauchsäule auf.

Weil ich die Drossel nirgends entdecken konnte, weder

auf dem Rasen noch zwischen den Sträuchern und den Blumenbeeten, beugte ich mich weit übers Geländer. Vielleicht saß sie ja auf der Fensterbank des Küchenfensters. Dort hatte sie am Morgen gesessen – wie jeden Morgen, seit unsere Katze weggelaufen war. Wie sie da saß, mit schräg gelegtem Kopf, aufmerksam, neugierig, konnte man sich des Eindrucks nicht erwehren, dass sie durchs Fenster in die Küche guckte.

Ich hatte die Drossel auch schon zu anderen Tageszeiten gesehen; als ich vor ein paar Tagen eine leere Bierkiste in den Schuppen hinten im Garten trug, hüpfte sie plötzlich aus den Sträuchern und folgte mir zum Schuppen und wieder zurück – als würde sie mich begleiten.

Ja, ich hatte sogar was zur ihr gesagt: »Hallo, alles klar?«, wie ich ihr gelegentlich in der Frühe einen guten Morgen wünschte. Auch gestern, als ich bei der Spüle darauf wartete, dass der Kaffee durchlief und meine Scheibe Brot aus dem Toaster sprang, war sie da gewesen. Ich hatte mich vorgebeugt, hatte das Gesicht langsam der Fensterscheibe genähert und erwartet, dass die Drossel jeden Moment auffliegen würde, weil sie nicht verstand, dass das Glas sie vor dem großen Gesicht auf der anderen Seite schützte, aber sie blieb seelenruhig sitzen. Ich konnte sie jetzt aus der Nähe betrachten, ihr in das eine pechschwarz glänzende Auge sehen, in dem sich nichts spiegelte und das von einem dünnen orangefarbenen Ring umgeben war, als hätte sie sich geschminkt.

Am Nachmittag auf der Autobahn waren mein Vater und ich von einem kurzen, heftigen Regenschauer überrascht worden. Es hätte eine Szene aus einem Slapstickfilm sein können: Vierundneunzigjähriger Fahrer eines roten Sportwagens kann den Knopf für das Schließen des Verdecks nicht finden, neben ihm sitzt sein sechzigjähriger Sohn, Bürgermeister von Amsterdam, binnen weniger Sekunden sind beide nass bis auf die Knochen. Einige Autofahrer im Stau hatten mir schon verstohlene Blicke zugeworfen, und ich hatte es bereut, ohne Sonnenbrille und Mütze unterwegs zu sein.

Aber schneller, als ich es für möglich gehalten hätte, hatte mein Vater den richtigen Knopf gefunden. Als hätte er das schon öfter gemacht, war mein erster Gedanke. Ja, seit wann hatte er den Wagen eigentlich? Spielte das eine Rolle? Er hatte ihn mir heute gezeigt, aber was besagte das schon? Vielleicht hatte er ihn viel früher angeschafft. Viel früher bestellt. Wenn ich mich nicht irrte, lagen die Lieferzeiten solcher Autos bei mehreren Monaten.

Es lag also im Bereich des Möglichen, dass er den Wagen schon vor einem halben Jahr bestellt hatte. Allerdings ließ sich ein roter Sportwagen schwerer vor meiner Mutter verbergen als ein iPhone.

Zu Hause nahm er eine neue Flasche jungen Genevers aus dem Gefrierfach. »Möchtest du nicht zum Essen dableiben?«, fragte er. »Ich habe nicht viel, noch etwas Endivieneintopf von gestern. Eine halbe Rauchwurst.«

Ich sagte ihm, mein Schwager würde heute ankommen, noch ein Gläschen und dann müsste ich gehen. Während er an seinem Glas nippte, betrachtete ich ihn und versuchte mir vorzustellen, wie er auf einer kurvenreichen Straße in Südfrankreich zurückschaltete, wie er Gas gab und durch die Leitplanke krachte.

»Wann musstest du noch mal deinen Führerschein verlängern lassen?«, fragte ich – einfach um etwas zu fragen und mich auf keinen Fall nach Einzelheiten seines bevorstehenden Urlaubs erkundigen zu müssen. »Im Juni, oder?«

»Ach«, sagte er, »das ist doch alles nicht mehr wichtig.«

»Nein, mag sein.«

Er kippte den Genever und stellte das Glas mit einem Knall auf den Tisch zurück. »Es ist nicht mehr wichtig, weil ich schon seit über einem Jahr keinen Führerschein mehr habe, Junge. So, jetzt weißt du das auch.«

Ich starrte ihn an.

»Ich bin noch zu unserem Hausarzt gegangen«, sagte er, während ich den Verschluss von der Geneverflasche schraubte. »Ich habe ihn gefragt, ob er nicht einen Augenarzt kenne, der mir den Sehtest beglaubigen würde, dafür konnte er sich aber nicht erwärmen. Das sei ganz unethisch, meinte er. Aber als ich mich vor einem halben Jahr bei ihm erkundigt habe, wie deine Mutter und ich unser Leben einigermaßen manierlich beenden könnten, da hat er sich vor Hilfsbereitschaft geradezu überschlagen und uns mit Broschüren überhäuft! Als könnte er es kaum erwarten, bei uns vorbeizukommen und es eigenhändig zu erledigen. So ist das inzwischen in diesem Land, mein Junge. Wenn du sterben willst, kommen sie gern bei dir vorbei, aber wenn du noch ein Jährchen Freude an deinem Auto haben willst, haben sie auf einmal moralische Bedenken.«

»Aber …« Ich fühlte mich verpflichtet, etwas zu sagen, irgendetwas einzuwenden. Ich dachte an unsere Fahrt im Februar, an der Amstel entlang zum Friedhof in Ouderkerk, als er eine Gruppe Radfahrer für einen Lastwagen gehalten hatte.

»Du hast natürlich völlig recht, wenn du mich jetzt für verantwortungslos hältst«, sagte er. »Ich weiß es. Die Versicherung, das ganze Theater. Deshalb habe ich es dir auch nicht eher gesagt.«

Mit abgewandtem Blick drehte er das Geneverglas hin und her. Auf dem Tisch lag ein kleiner Notizblock, daneben seine Autoschlüssel. Das Markenzeichen erkannte ich erst nach einer Weile. Morgen früh würde ich als Erstes die Peugeot-Werkstatt anrufen. Auf dem Notizblock sah ich ein paar Worte, die ich aber nicht lesen konnte, weil sie auf dem Kopf standen, wahrscheinlich eine Einkaufsliste oder Dinge, die mein Vater nicht vergessen wollte.

Links oben die Zeichnung von einem Vogel.

»Darf ich mal?«, fragte ich, nahm die Kladde und drehte sie um. »Oder ist es was Persönliches?«

»Eh, was? Nein, das ist von deiner Mutter. Habe ich liegen lassen. Ich meine, liegt da schon seit Wochen.«

Jetzt schaute ich genauer hin. Ja, es war ein Vogel. Meine Mutter konnte gut zeichnen, hatte es aber nur noch selten getan. *Brot, Kaffee, Eier, Kessel 1,* las ich in der hastigen Schrift meines Vaters unter der Zeichnung.

»Sie zeichnete in der letzten Zeit wieder öfter«, sagte er, als hätte er meine Gedanken erraten. »Vor allem im Garten. Vögel, Blumen, ein Spinnennetz, erinnere ich mich. Es gibt hier auch immer viel zu sehen. Rotkehlchen, Eichelhäher, neulich landete sogar ein Storch auf dem Schuppen. Das liegt an der globalen Erwärmung. Alles Mögliche kommt aus dem Süden zu uns. Pflanzen, die man hier früher nie sah. Allerlei Tiere. Menschen ...«

Ich sah ihn an.

»Nur ein Scherz, Junge! Guck nicht so ernst, das steht dir nicht.«

»Und das«, sagte ich und zeigte ihm die Zeichnung. »Was für ein Vogel ist das deiner Meinung nach?«

Er beugte sich vor und kniff die Augen zusammen.

»Das ist nicht so schwer«, sagte er. »Wirklich täuschend ähnlich. Mit Bleistift, ohne Farben, aber ohne Zweifel eine Drossel. Eine weibliche Drossel. Man sieht das an dem Schwanz und der Art, wie deine Mutter das Gefieder gezeichnet hat. In echt sind sie braun und haben einen gelben Schnabel.«

Nach dem Essen verkündete meine Frau, sie werde mit ihrem Bruder noch in die Stadt gehen. »Einfach ein bisschen spazieren oder in eine Kneipe oder so. Er ist noch gar nicht draußen gewesen.«

Beim Essen waren wir wenig gesprächig gewesen. Ich hatte mich bei meinem Schwager nach seiner Firma erkundigt, die mit gebrauchten Traktoren und landwirtschaftlichen Maschinen handelte, und er hatte seinerseits ein paar Fragen über die Stadt und meine Arbeit gestellt. Als ich ihm von den Windrädern berichtete, hatte er mich ungläubig angestarrt und lachend den Kopf geschüttelt.

Vielleicht irrte ich mich, aber ich hatte den Eindruck, dass er mehr Wein trank als sonst, schneller sein Glas leerte jedenfalls, woraufhin Sylvia ihm nachschenkte.

Aber als ich ihm beim Nachtisch noch mal das Glas füllen wollte, hielt er die Hand darüber.

»Nein danke, Robert«, sagte er. »Sollen wir mal?«, sagte er zu Sylvia.

Ich wartete, bis ich die Haustür zuschlagen hörte, und öffnete die Tür zum Garten. Es dämmerte schon, ein verwehtes Rot mit rosa Kondensstreifen schwebte über den Dächern der gegenüberliegenden Häuser. Aus einem Garten drangen Gelächter und leise Salsamusik herüber, ein schwacher Geruch von verbranntem Fleisch hing in der Luft.

Ich setzte mich in einen Gartenstuhl, legte die Beine auf das Tischgestell und zündete mir eine Zigarette an. Ich hatte kaum zwei Züge getan, als der Vogel, von dem ich nun wusste, dass es eine weibliche Drossel war, auf der Rückenlehne eines anderen Gartenstuhls Platz nahm. Ein paar Sekunden blieb er dort sitzen, dann flog er wieder auf und landete auf dem Tisch. Ich hörte das Kratzen seiner Zehen auf der Tischplatte, er hüpfte etwas näher zum Rand – und zu mir.

Ich betrachtete sie, die Drossel – die weibliche Drossel –, und sie betrachtete mich. Ich konnte mich zumindest nicht des Eindrucks erwehren, dass sie mich ansah, mit leicht gedrehtem Körper, schräg gestelltem Kopf, sodass ich besser ins Blickfeld ihres einen Auges passte.

»Hallo«, sagte ich.

Ich dachte an das, was Bernhard mich im Restaurant Dauphine gefragt hatte. *Merkst du schon was, von deiner Mutter?* Ich sah die Drossel an und dachte an das letzte Mal, als ich mit meiner Mutter im Oriental City gegessen hatte, an die hellen Stücke Krabbe an ihren Wangen und in ihrem Haar.

»Papa?«

Ich fuhr vom Stuhl hoch, die Drossel flatterte auf und setzte sich ein Stockwerk höher auf die Brüstung unseres Schlafzimmerbalkons.

»Tut mir leid, Papa, ich wollte dich nicht erschrecken«, sagte meine Tochter, zog einen Gartenstuhl heran und setzte sich mir gegenüber. Erst in dem Moment fiel mir ein, dass ich eine halb aufgerauchte Zigarette in der Hand hatte.

»Ich ...« Ich versuchte zu grinsen und drückte die Zigarette an der Unterseite des Tisches aus. »Ich hatte auf einmal ... Lust. Lust auf eine Zigarette.«

Meine Tochter streckte die Hand aus.

»Gib mir auch mal eine«, sagte sie. »Kann ich jetzt gebrauchen. Haben wir was zu trinken im Haus? Am liebsten etwas Starkes.«

»Deine Mutter und dein Onkel haben gerade Wein getrunken. Aber der ist vielleicht alle. Schau doch mal in die Gefriertruhe, da habe ich immer eine Flasche Grasovka liegen.«

Ich nahm die zerknitterte Schachtel aus der Tasche, holte zwei Zigaretten heraus und gab Diana eine.

»Wie lange weißt du es schon?«, fragte ich, während ich ihr Feuer gab und dann meine Zigarette anzündete.

»Was? Dass du wieder rauchst? Seit Weihnachten, nicht? Oder irre ich mich?«

»Bring mir auch ein Glas mit«, rief ich meiner Tochter nach.

Ich schaute nach oben zum Balkon unseres Schlafzimmers, aber die Drossel war verschwunden.

»Wie geht es ...«, fragte ich, nachdem Diana sich wieder gesetzt und die Gläser gefüllt hatte. Jetzt hatte ich *doch* den Namen ihres Freundes schon wieder vergessen.

»Es ist aus«, sagte sie.

Ich wartete.

»Gestern Abend im Club NYX«, sagte Diana. »Ich war kurz auf dem Klo. Als ich zurückkam, knutschte er auf der Tanzfläche mit einem Mädchen.«

Ich sagte immer noch nichts, das heißt, ich hätte gern gesagt, wie nett ich ihren Freund fand, dass er es bestimmt nicht böse gemeint hatte, schluckte es aber noch rechtzeitig hinunter.

Knutschen mit einer anderen … Ist das schlimm, fragte ich mich. War das Grund genug, eine Beziehung zu beenden?

»Er bereut es schrecklich«, sagte Diana. »Auf der Straße hat er sich hingekniet. So peinlich, vor allen Leuten! Und jetzt schickt er mir dauernd Nachrichten. Da, da wieder eine …«

Sie schaute auf ihr Handy.

»Liebste, mein Liebling«, las sie vor. *»Ich tue es nie wieder. Es tut mir sooo leid! Kannst du mir verzeihen? Ohne dich kann ich nicht leben!!!!!* Fünf Ausrufezeichen. Fürchterlich.«

Ich konnte mir das Lachen kaum verkneifen.

»Ja, du lachst, ich seh's«, sagte sie. »Aber lach ruhig.«

»Und jetzt? Was machst du jetzt?«

Meine Tochter schenkte nach und nahm sich eine neue Zigarette.

»Ich lasse ihn erst zappeln«, sagte sie. »Zappeln und betteln. Erst einmal antworte ich ihm nicht. Drei Tage lang. Wenn er hier an der Tür Rotz und Wasser flennt, lass ich ihn nicht rein. Du auch nicht, Papa, versprichst du mir das?«

Ich nickte. »Versprochen. Und dann? Nach den drei Tagen, was dann?«

»Dann nehme ich ihn zurück.«

Offenbar machte ich ein überraschtes Gesicht, denn meine Tochter sagte: »Schau nicht so! Natürlich nehme ich ihn zurück, dafür ist er viel zu nett. Aber zu meinen Bedingungen.«

»Und die sind?«

»Nicht mehr mit anderen Mädchen rumknutschen natürlich. Aber auch nicht mehr andere Mädchen ansehen. Ich bin die Einzige, das will ich fühlen und das Gefühl muss er mir geben. Wenn er das nicht kann, ist es aus.«

Sie nahm das Glas, hielt es hoch.

»In einem Zug?«, fragte sie.

Ich räusperte mich. Sollte ich vielleicht besser den Mund ganz halten? Einerseits bewunderte ich meine Tochter wegen ihrer Selbstsicherheit. Andererseits dachte ich auch an den Jungen – an den Jungen in mir, sollte ich besser sagen, an alle Jungs.

»Ist es nicht ein bisschen unfair? Machst du ihm nicht zu viel Druck?«

Meine Tochter sah mich fragend an. Oder schaute sie fragend auf mein Glas? Kippte ich es in einem Zug hinunter oder war ich ein alter Mann, der lieber nur einen kleinen Schluck nahm?

»Du nimmst ihn zurück«, sagte ich, »aber zu deinen Bedingungen. Von dem Moment an steht er eine Stufe unter dir. Für immer.«

»Und was soll ich deiner Meinung nach machen? Einfach sagen, dass er es bestimmt nicht so gemeint hat? Dass er mit jeder, die er haben will, knutschen kann? Weil ich ja doch nichts sage? Wer steht dann eine Stufe tiefer, wie du das nennst. Er oder ich?«

»Du kannst das Gleiche machen«, sagte ich, bevor ich überhaupt darüber nachgedacht hatte. »Du kannst doch auch mit anderen Jungen knutschen. Dann seid ihr quitt. Nein, das ist keine gute Idee. Hör bloß nicht auf deinen Vater. Vergiss, was ich gesagt habe.«

»Sollen wir darauf anstoßen?«

»Okay. Prost!«

Wir leerten gleichzeitig unsere Gläser. Ihr Handy piepte, zwei Mal … drei Mal kurz nacheinander.

»Ich gucke gar nicht mehr«, sagte meine Tochter. »Und auf jeden Fall lese ich sie dir nicht mehr vor, sonst gibst du mir wieder lauter blöde Ratschläge.«

Jetzt mussten wir beide lachen.

»Etwas anderes«, sagte ich, nachdem Diana unsere Gläser wieder gefüllt hatte. »Hattest du kürzlich noch Kontakt zu Oma?«

Meine Tochter starrte mich an.

»Ich meine, vor ihrem Tod, kurz vor ihrem Tod. Habt ihr noch geredet? Hat sie dir gemailt? Auf Facebook?«

»Ich glaube nicht. Oder, warte mal. Wann habe ich Oma zum letzten Mal … Ja, ich weiß es wieder. Letzte Woche … Ich bin einmal von der Schule zu ihr geradelt. Opa hat im Garten gearbeitet. Und Oma … ja, Oma war auch im Garten, sie lag in einem Liegestuhl, einen Skizzenblock auf dem Schoß. Sie hat gezeichnet.«

»Gezeichnet.«

Ich versuchte, es möglichst unverfänglich klingen zu lassen, nicht einmal als Frage, aber offenbar war mir das nicht gelungen, denn meine Tochter runzelte die Stirn und sah mich forschend an.

»Was?«, sagte ich. »Was ist?«

»Ich weiß nicht, du guckst so … wie du in letzter Zeit öfter guckst. Als wäre … als wäre was. Ist was?«

Ich stellte das Glas auf den Tisch.

»Ich spüre den Wodka«, sagte ich. »Ich muss ein bisschen vorsichtig sein mit dem Zeug.«

Meine Tochter schüttelte den Kopf und warf mir einen fast bedauernden Blick zu, als wäre sie enttäuscht von mir.

»Das meine ich nicht«, sagte sie. »Ich meine, dass du …«

»Was hat Oma gezeichnet?«, unterbrach ich sie.

»Was weiß ich? Irgendwas im Garten.« Sie kniff die Augen zusammen, zog das Haar zu einem Pferdeschwanz hoch und schüttelte es wieder los. »Nein, ich weiß es wieder. Vögel. Sie hat sie mir gezeigt. Sehr gut gemacht. Sie kann wirklich gut zeichnen.«

»Was für Vögel?« Ich konzentrierte mich auf meinen Blick, ich versuchte krampfhaft zu gucken, als wäre nichts.

»Was für Vögel?«

»Ja«, sagte ich. »Was für Vögel?«

Ich lag im Bett und schaute auf mein Handy: 01:15. Sylvia und ihr Bruder waren immer noch nicht zurück. Um Mitternacht hätte ich ihr beinahe eine Nachricht geschickt. Ich sah es vor mir, wie sie irgendwo an einer Bar sitzen, meine Frau guckt auf ihr Handy. *Robert. Wo wir so lange bleiben … Er langweilt sich sicher ohne uns.*

Nein, ein solcher Ehemann wollte ich nicht sein. So ein Ehemann war ich nie gewesen. Ich kannte sie nur allzu gut aus unserem Freundeskreis: die Männer, die ihre Frau keinen halben Abend allein lassen können; die Frauen, die ihrem Mann einen Abend nur mit anderen Männern missgönnen.

Wo bist du?, schrieb ich um 01:27.

Locker bleiben, sagte ich mir. Ich war nicht beunruhigt. Ich war kein Kontrollfreak. Aber überhaupt nichts von mir hören zu lassen war auch nicht richtig. Ein falsches Signal. *Es ist ihm anscheinend ganz egal, wo ich so spät noch bin.*

Ich schaute auf das Display. Ein einzelnes Häkchen: die Nachricht war verschickt, aber noch nicht empfangen worden. Vielleicht hatte sie ihr Handy ausgeschaltet, es wäre nicht das erste Mal.

Ich gehe schlafen. Gute Nacht. Viel Spaß! X

Ich hörte Schritte auf der Treppe und dann im Flur – sie kamen vor der Schlafzimmertür zum Stillstand.

»Paps.« Leise öffnete Diana die Tür. »Schläfst du schon?«

Sie setzte sich zu mir aufs Bett und öffnete ihren Laptop.

»Ich wollte dir das hier noch zeigen«, sagte sie. »Worüber wir im Garten geredet haben.«

Ich knipste die Lampe an. Meine Tochter schaute auf die halb aufgeschlagene Bettdecke, die unbeschlafene Hälfte neben mir.

»Wo ist Mama?«, fragte sie.

»Ich weiß es nicht«, sagte ich wahrheitsgemäß.

»Schau«, sagte Diana. »Das ist Omas Facebook-Seite, die ist immer noch aktiv. Und hier siehst du das Foto, das ich von ihr gemacht habe, bei meinem letzten Besuch. Siehst du, sie hält den Skizzenblock hoch, wie ein Kind, das stolz seine Zeichnung zeigt.«

Ich stützte mich auf und schaute meiner Tochter über die Schulter.

»Kannst du das Foto vergrößern?«

»Nur ein bisschen. Aber warte mal, ich habe es natürlich auch auf meinem Handy.«

Ein paar rasche Bewegungen ihrer Finger, und da war das Foto. Mit Daumen und Zeigefinger vergrößerte sie es.

»Siehst du, Vögel«, sagte Diana.

Die Linien waren unscharf, aber es waren deutlich drei Vögel zu sehen. Der gleiche Vogel, nur immer aus einem anderen Winkel.

»Und das?«, fragte ich und zeigte auf den Bildschirm ihres Laptops. »Was ist das?«

»Das ist ihr Profilfoto. Oh, aber dieses ist neu. Das war beim letzten Mal noch nicht da.«

Sie klickte auf das Foto. Das Foto einer Drossel, wohl von einer Vogelwebsite oder aus einem Fotobuch. *Weibliche Drossel* stand unter dem Foto.

28

Es war fünf nach halb elf am nächsten Vormittag, als meine Sekretärin mir die Nachricht brachte. Ich weiß das noch so genau, weil ich gerade in dem Moment auf mein Handy guckte, ob noch etwas von Sylvia gekommen war. Sie musste doch jetzt in etwa gelandet sein.

Natürlich war nichts da, sonst hätte ich ein Piepen gehört. Ich prüfte, ob ich das Handy etwa versehentlich auf stumm oder in einem zerstreuten Augenblick in den Flugzeugmodus geschaltet hatte.

»Haben Sie mal einen Moment?« Frau Schreuder stand in der Tür. Ich hatte sie nicht klopfen hören, aber nach ihrem Gesichtsausdruck zu urteilen, ging es um etwas, weswegen man auch auf Klopfen verzichten konnte.

Ich hatte in der Nacht kein Auge zugetan. Überhaupt nicht. Um sieben Uhr war ich aufgestanden. Eine Tasse Kaffee. Eine Viertelstunde unter einer glühend heißen Dusche. Aber richtig wach wurde ich nicht.

Dianas Zimmertür stand offen. Ihr Bett war unbeschlafen. Es dauerte eine Weile, bis ich mich erinnerte, dass meine Tochter mir in der Nacht gesagt hatte, sie würde noch kurz bei ihrem Freund – in dem Moment faktisch ihrem Ex-Freund – vorbeigehen.

»Ich weiß es nicht, Papa«, hatte sie gesagt, »aber er klingt wirklich verzweifelt. Ich darf es auch nicht zu weit treiben.«

Sie sah mich mit ihren großen schwarzen Augen an. *Was meinst du?*, fragte ihr Blick.

»Pass bloß auf, dass er dich nicht erpresst«, sagte ich. »Emotional erpresst. Männer, die heulen oder auf die Knie fallen. Wenn du dich davon beeinflussen lässt und nachgibst, weiß er, dass er dich so immer rumkriegt. Dann stehst du da. Das ist nicht das, was du dir wünschst.«

»Nein«, hatte Diana gesagt. »Aber so schlimm ist es nicht. Er sagt, er vermisst mich. Und wenn ich ehrlich bin, ich vermisse ihn auch.«

Um drei Uhr in der Früh hatte ich noch eine Nachricht verschickt. *Sylvia? Mein Schatz* (ich verwendete das Wort für »mein Schatz« in ihrer Sprache)*, lass doch bitte etwas von dir hören. Ich mache mir Sorgen. Wenn ich nur weiß, dass alles in Ordnung ist. X*

Um vier Uhr rief ich sie an. Schon nach zwei Sekunden schaltete sich ihre Voicemail ein.

Ich knipste auch auf ihrer Seite die Nachttischlampe an, stand auf, nahm meine Hose vom Stuhl und holte aus der Tasche die Zigaretten und das Feuerzeug. Rauchen im Bett! Wie lange war das her? Ich nahm die letzten drei Zigaretten heraus und benutzte die Schachtel als Aschenbecher.

Zwei Zigaretten weiter, es wird halb fünf gewesen sein, rief Sylvia an.

»Robert, hab ich dich geweckt?«

»Nein, ich war wach, ich konnte nicht schlafen. Wo bist du?«

»Robert, es tut mir leid, ich wollte schon viel früher anrufen. Ich hatte gehofft, du schläfst einfach. Aber dann sah ich deine Nachrichten und dass du angerufen hast. Ich hatte mein Handy in der Handtasche, ich habe nichts gehört.«

Wider Willen stieß ich einen tiefen, auf der anderen Seite der Leitung höchstwahrscheinlich deutlich vernehmbaren Seufzer aus. »Wo bist du?«, fragte ich noch mal.

»Hör zu, mein Schatz« (auch sie verwendete das Wort in ihrer Sprache, aus irgendeinem Grund ein günstiges Zeichen – wie ich damals noch dachte), »ich bin am Flughafen. Amsterdam Schiphol. Robert, bist du noch da?«

»Ja.«

»Es war so still, ich dachte, die Verbindung ist unterbrochen. Hör zu. Wir haben es heute Nacht gehört. Wir saßen noch bei Schiller. Eigentlich machte es gerade zu. Erinnerst du dich an Damian?«

»Ja.« Vor etwa fünf Jahren hatte mein Schwager wieder geheiratet, eine dreißig Jahre jüngere Frau, und kurz darauf wurde ihr einziger Sohn geboren.

»Seine Frau rief völlig aufgelöst an«, sagte Sylvia. »Damian ist gestern Nachmittag mit hohem Fieber aus der Schule gekommen. Seine Mutter hat ihn sofort ins Bett gesteckt, aber abends hatte er auf einmal überall braune Flecken. Auf dem Rücken, auf den Armen, den Beinen. Sie ist gleich mit ihm ins Krankenhaus. Weißt du noch, das Krankenhaus, sechzig Kilometer vom Dorf.«

Ja, das wusste ich noch. Einmal waren wir dort mit Diana hingefahren, als sie in den Ferien von einer Wespe gestochen worden war und überall Ausschlag bekam. Fünf war sie damals gewesen.

»Mein Bruder wollte sofort nach Hause. Wir haben beim Rembrandtplein ein Taxi genommen. Ich hatte inzwischen nach Flügen gegoogelt, es gab noch einen späten. Aber den hat er nicht mehr gekriegt. Jetzt fliegt gleich einer um zwanzig vor sieben. Er ruft seine Frau alle halbe Stunde an, aber man weiß noch nichts Genaues, Damians Zustand ist noch unverändert. Oh, Robert, es ist so schrecklich. Mein Bruder sitzt hier und weint sich die Augen aus dem Kopf. Das wollte ich dir auch sagen. Ich kann ihn so nicht allein lassen. Nicht allein ins Flugzeug und dann noch die ganze Strecke allein nach Hause. Zum Krankenhaus. Deshalb habe ich mir auch ein Ticket gekauft. Er wollte es mir ausreden, aber ich weiß, wie er ist. Wir sind Geschwister, Robert. Wir lassen einander in so einem Moment nicht im Stich.«

Meine Sekretärin kam herein. Obwohl wir zu zweit waren, redete sie im Flüsterton.

»Es ist was mit Maarten«, sagte sie. »Er hätte um halb zehn zu einer Sitzung kommen müssen. Als er um zehn noch nicht da war, habe ich ihn angerufen, konnte ihn aber nicht erreichen. Auch seine Frau nicht. Vor zehn Minuten rief sie mich an. Er hat … Maarten hat einen Unfall gehabt, Robert.«

Meine Augenlider fühlten sich nach der schlaflosen Nacht schwer an. Ich konnte Frau Schreuder nur anstarren.

»Ich habe noch nicht alle Einzelheiten, er wurde offenbar heute Nacht in einem Fahrradtunnel nicht weit von seinem Haus gefunden. Mit seinem Rad. Wahrscheinlich ist er gestürzt oder auf etwas aufgeprallt, seine Frau wusste es auch noch nicht. Er ist immer noch bewusstlos, liegt im Krankenhaus. Es sieht nicht gut aus. Sie brauchen vorläufig nicht hin. Man lässt bisher niemand zu ihm. Aber ich wollte kurz mit Ihnen besprechen, wie wir das mit den Medien machen. Soll ich mit dem Pressebericht noch warten? Sie kommen schnell genug dahinter. Was meinen Sie?«

29

Und doch sollte es noch ein paar Wochen dauern, bis ich begriff, dass Sylvia nicht mehr zurückkommen würde. Am Anfang schickten wir einander noch täglich Textnachrichten, aber als sie in der Mitte der dritten Woche meine letzte Nachricht nach drei Tagen noch immer nicht beantwortet hatte, rief ich sie an. Unser Gespräch war kurz.

»Ich hoffe, du verstehst, dass ich unter den jetzigen Umständen besser eine Weile hierbleibe, Robert«, sagte sie. Das war wahrscheinlich ihr längster Satz.

Ich sagte, ich verstünde es. Ich weiß noch, dass mir zum ersten Mal in meinem Leben beziehungsweise zum ersten Mal während meiner Amtszeit der Gedanke kam, auch das Telefon eines Bürgermeisters könnte abgehört werden. Ich fragte mich, ob »unter den jetzigen Umständen« ungenau genug klang oder ob es zu neuen Fragen des Polizeipräsidenten Anlass gäbe.

Ich sah ihn schon in meinem Arbeitszimmer stehen, das Transkript des Telefongesprächs in der Hand, sein kantiges Gesicht. *Bist du dir sicher, dass du mir alles gesagt hast, Robert?*

»Weißt du, ob Maarten van Hoogstraten Feinde hatte?« Das hatte er mich am ersten Nachmittag nach dem Unfall des Dezernenten gefragt.

»Feinde?«

»Wir betrachten es zunächst als Unfall«, sagte der Polizeipräsident. »Aber wir dürfen nichts ausschließen. Am Ende des Fahrradtunnels stehen solche Pfosten. Alles ist natürlich möglich, aber den Ärzten zufolge passen nicht alle seine Verletzungen zu einem Sturz vom Rad. Er selber kann sich an nichts mehr erinnern, nicht einmal, ob er gefallen oder auf etwas aufgeprallt ist.«

Von den ersten Wochen ohne Sylvia ist mir ansonsten wenig in Erinnerung geblieben. Weil inzwischen ein Monat verstrichen war, seit die Journalistin mir die Fotos von dem schwer misshandelten Polizisten gezeigt hatte, erkundigte ich mich telefonisch bei der *Volkskrant,* wann denn das Interview erscheine. Nachdem ich ein paarmal durchgestellt worden war, bekam ich jemanden an die Strippe, der mich um meine Telefonnummer bat. Man werde mich baldmöglichst zurückrufen.

Wider Erwarten geschah das bereits innerhalb von fünf Minuten. Eine Männerstimme, die sich als Chefredakteur vorstellte.

»Es handelt sich um eine äußerst delikate Angelegenheit, Herr Bürgermeister«, sagte er. »Ich rechne mit Ihrem Verständnis, aber darf ich es Ihnen erst einmal erklären?«

»Ich bitte darum«, sagte ich. Ich dachte an die Fotos, an die unmittelbaren Konsequenzen für meine Amtsausübung. »Schießen Sie los.«

»Es verhält sich folgendermaßen: Vor Kurzem hatten wir es mit einer ähnlichen Affäre zu tun«, sagte der Chefredakteur. »Ein Praktikant, der den größten Teil seiner Artikel aus anderen Medien übernommen hatte. Aber hier geht es um eine Sache von viel größerem Ausmaß. Die betreffende Journalistin hat sich einen Teil ihrer Artikel einfach aus den Fingern gesaugt. Seit Jahren schon. Ich möchte Sie nicht damit belästigen, um welche es sich handelt, aber glauben Sie mir, es betrifft Artikel, die Aufsehen erregt haben. Vorfälle im Königshaus, Kinderporno bei einem Bankdirektor, ein Interview mit Hillary Clinton. Von A bis Z erfunden. In dieser Größenordnung bewegt es sich, verstehen Sie?«

»Ja«, sagte ich. Ich dachte wieder an die Fotos, doch schon anders – als würden sie irgendwo ganz unten in einer Schachtel liegen, von der man nicht mehr weiß, wo man sie hingestellt hat.

»Zwei solcher Affären hintereinander, das ist genau eine zu viel«, fuhr der Chefredakteur fort. »Wir haben die Journalistin selbstverständlich sofort beurlaubt und vereinbart, dass wir möglichst lange Stillschweigen über die Sache bewahren. Und darum möchte ich Sie nun auch bitten.«

»Aber das Interview mit mir«, sagte ich. »Das ist keine Erfindung. Das hat doch wirklich stattgefunden.«

Ich meinte den Chefredakteur seufzen zu hören, aber vielleicht saß er am offenen Fenster und es war der Wind. Im Nachhinein muss ich zugeben, dass ich längst begriffen hatte, dass das Interview nie erscheinen würde. Nie. Ich dachte an meine Frau. Hatte ich gehofft, ein aufsehenerregendes Interview, das möglicherweise zu meinem Ausscheiden aus dem Amt führen würde, könnte sie zur Rückkehr bewegen?

»Da haben Sie recht«, sagte der Chefredakteur. »Aber ich hoffe, Sie haben Verständnis dafür, dass wir im Moment kein Risiko eingehen möchten. Die Journalistin ist krankgeschrieben, das teilen wir mit, falls jemand sich erkundigt, warum von ihr nichts mehr bei uns erscheint. Das hätte ich auch Ihnen mitteilen können, aber in Anbetracht Ihrer besonderen Funktion und der Art des Interviews wollte ich eine Ausnahme machen.«

»Und die Fotos?«, fragte ich. »Was passiert jetzt mit den Fotos?«

»Die Serie Porträts, die von Ihnen in Ihrem Arbeitszimmer und bei Ihnen zu Hause gemacht wurden, können wir natürlich bei anderen Gelegenheiten verwenden. Mit Ihrem Einverständnis selbstverständlich.«

»Nein, die meine ich nicht. Es gab noch andere Fotos.« Diesmal war ich es, der seufzte. Laut und deutlich, damit am anderen Ende der Leitung kein Missverständnis aufkam. »Fotos von Krawallmachern«, sagte ich. »Eine Bande Krawallmacher, die einen Polizisten verprügelt.«

Ich verwendete absichtlich das Wort *Krawallmacher*, ein Wort, das ich persönlich nie in den Mund nehmen würde, um meine Missbilligung der Jungs mit den Schals und den Motorhelmen schon im Voraus auszusprechen. Aber vielleicht hatte der Chefredakteur das Interview überhaupt nicht gelesen.

»Ich habe die Fotoserie hier nicht zur Hand«, sagte der Chefredakteur. »Aber wenn Sie wollen, kann ich sie mir noch rasch ansehen. Krawallmacher, sagen Sie? Und was hatten die mit dem Artikel zu tun?«

»Ach, lassen Sie ruhig«, sagte ich. »Es ist nicht wirklich wichtig.«

Ich war mir plötzlich sicher, dass die besagte Fotoserie dem Interview nicht beilag. Was konnte man schließlich von einer Journalistin erwarten, die sich ein Interview mit Hillary Clinton aus den Fingern saugte? Eine schwere Müdigkeit wie bei einer angehenden Grippe überkam mich. Ich dachte an die Worte des Chefredakteurs. Dem Pressebericht zufolge war die Journalistin weder entlassen noch beurlaubt worden, nein, sie war »krankgeschrieben«. Vielleicht war es ja auch für mich das Beste, mich krankschreiben zu lassen. Im Unterschied zu den meisten Frauen, die sofort zu stöhnen anfangen, wenn sich die ersten Grippesymptome bei ihrem Ehemann manifestieren, und die ihn im Grunde für einen »Schwächling« halten«, war an Sylvia eine wahre Pflegerin verloren gegangen. Wenn ich auch nur hüstelte oder ein paarmal vernehmlich die Nase hochzog, bedrängte sie mich schon, zu Hause zu bleiben. Und bei einer echten Grippe versorgte sie mich den ganzen Tag mit Bouillon, fiebersenkenden Mitteln und warmer Milch mit Cognac. Sie brachte mir die Zeitung ans Bett und legte mir ihre kalte Hand auf die heiße Stirn.

Ob das ginge, fragte ich mich jetzt. Könnte ich durchs Telefon Halsschmerzen und eine grippige Stimme vortäuschen und sie so bewegen, nach Hause zurückzukommen?

Ich versicherte dem Chefredakteur meine Diskretion und legte auf.

Etwa zehn Tage nach seinem Unfall im Fahrradtunnel wurde Maarten van Hoogstraten aus dem Krankenhaus entlassen.

»Es ist so was von merkwürdig, Robert«, sagte er, als ich ihn ein paar Tage später zu Hause besuchte. »Es fehlt einfach ein Stück Leben. Kennst du das?«

Er lag auf einem hellblauen Sofa im Wohnzimmer, den Kopf gestützt von zwei weißen Kissen. Wahrscheinlich waren das Weiß und das Hellblau daran schuld, dass die Farben in seinem Gesicht dunkler wirkten, als sie es vor einem neutraleren Hintergrund getan hätten. Es gab mehrere Abstufungen und Schattierungen – ein Ölgemälde, war die erste Assoziation, die ich hatte, ein van Gogh. Sattes Ocker direkt unter dem linken Auge, dunkelblaue Striemen auf der linken Wange, ein schwarzer Fleck über der rechten Augenbraue. Unter der Nase und auf der Oberlippe braune Krusten.

Stücke des eigenen Lebens, die fehlen – die letzten Stunden einer Feier bei uns zu Hause, mein sechzigster Geburtstag. Was in den fehlenden Stunden vorgefallen war, hatte mir meine Frau am nächsten Tag berichtet. »Du solltest dich schämen«, hatte sie gesagt, und das tat ich auch – aber gleich darauf war sie in lautes Gelächter ausgebrochen. »Andererseits war es doch auch sehr lustig«, sagte sie. »Von mir aus darfst du dich ruhig öfter mal so gehen lassen.«

»Ich erinnere mich nicht mal mehr daran, woher ich kam und wohin ich wollte«, fuhr der Dezernent fort. »Nur ein paar

Fetzen vom Nachmittag sind übrig, eine Tasse Kaffee in der Kantine, ein aufgefalteter Grundriss auf meinem Schreibtisch. Von einem Platz. Hatte etwas mit der Neugestaltung eines Platzes zu tun, meine ich mich zu erinnern. Aber von welchem genau, und wenn du mich totschlägst, ich weiß es nicht mehr.«

War es nicht charakteristisch für Maarten van Hoogstratens Gradlinigkeit, dass er die Ironie seiner eigenen Worte nicht bemerkte? *Und wenn du mich totschlägst.* Ja, so hätte es auch enden können. Sie hätten ihn totschlagen können.

Sie. War es das erste Mal, dass ich im Plural dachte? Ich war mir nicht sicher. In den seltenen Momenten der vergangenen Woche, in denen ich mir ein Bild von den Ereignissen zu machen versuchte, oder besser, in denen ich das Bild für wenige Sekunden zuließ, hatte der Bruder meiner Frau allein gehandelt. Verschwommene Bilder waren es gewesen, stark unterbelichtete Schwarz-Weiß-Bilder, wie bei der Rekonstruktion eines Verbrechens in einem Fahndungsprogramm. Dabei hatte der Bruder meiner Frau dem Dezernenten aber immer allein am Ende des Fahrradtunnels aufgelauert.

Auf dem Weg zu Maarten van Hoogstraten war auch ich durch diesen Tunnel geradelt. An seinem Ende war ich abgestiegen und hatte mich umgeschaut. Die Platten des Radwegs abgesucht. Ich wusste nicht genau, was ich suchte, einen Hinweis vielleicht, die Kappe einer Fahrradklingel, Blutspritzer, den Knopf eines Mantels. In alten Filmen und Krimiserien findet der Detektiv in einem solchen Moment immer etwas. Den Zigarettenstummel einer bestimmten Marke. Einen Ohrring. Den Zettel von einer chemischen Reinigung. Eine gestreifte Hose führt schließlich zum Täter.

Aber ich fand nichts. Ich versuchte mich an die Worte des Polizeipräsidenten zu erinnern. Hatte er »am Ende des Tunnels« gesagt oder »beim Verlassen des Tunnels«? Ich schaute mich um. Wo würde jemand, der einem anderen auflauert, am besten Posten beziehen? Es gab ein paar Bäume und Sträucher, aber keine dicken Stämme, hinter denen man sich verstecken konnte. Eine Steintreppe führte zur Überführung oberhalb des Tunnels. Ich ging ein Stück zurück und schaute hinauf. Ich versuchte, mir meine Frau vorzustellen, die Hände auf dem Brückengeländer, ihr Bruder, der ihr ein Zeichen gab. *Er kommt …*

»Möchtest du Tee, Maarten? Und Sie, Robert? Auch Tee oder lieber etwas anderes? Ein Glas Wein? Ein Bier?«

Ich hatte die Frau des Dezernenten nicht hereinkommen hören. Eine Viertelstunde zuvor hatte sie mir die Tür geöffnet. Wir hatten einander umarmt, was wir meines Wissens bisher noch nie getan hatten.

Nachdem ich mich aus der Umarmung gelöst hatte, hatte ich ihr kurz in die Augen geblickt. Ich hatte nach etwas gesucht, obwohl ich mir nicht sicher war, ob ich es wirklich finden wollte. Wie viel wusste sie eigentlich? Ahnte sie überhaupt etwas? Hatten sie und Maarten van Hoogstraten schon ein ernstes Gespräch geführt, ein Gespräch mit langen Pausen und gelegentlicher Tränenflut, in dem sie beschlossen hatten, sich zu trennen, sobald er wiederhergestellt wäre? Wer die Kinder unter der Woche nehmen würde und wer am Wochenende?

Aber in ihren Augen las ich nur die Emotionen, die unter den gegebenen Umständen zu erwarten waren. Erleichterung, dass alles noch einmal glimpflich ausgegangen war. Vielleicht gestand sie sich in gewissem Sinn auch ein, dass ihr Mann es sich größtenteils selbst zuzuschreiben hatte. *Wie konntest du nur so blöd sein und vom Fahrrad fallen!* Auf jeden Fall machte sie mir keinen Vorwurf daraus, dass ich ihn nach dem Unfall nicht gleich im Krankenhaus besucht hatte. Das hätte sie durchaus tun können. Denn wäre es nicht mehr als normal gewesen, wenn der Bürgermeister einen seiner Dezernenten nach einem schweren Unfall im Krankenhaus besuchte? Aber was war schon normal in den vergangenen Wochen? Was hätte ich der Frau antworten können, wenn sie mir einen Vorwurf gemacht hätte? *Ich hatte andere Sorgen!*

Und auch jetzt, als sie zum Sofa ging und die Kissen aufschüttelte und ihrem Mann zärtlich durchs Haar strich, schien alles in bester Ordnung zu sein. Aber vielleicht führte das Ehepaar Van Hoogstraten auch nur ein Theaterstück auf, um den Schein zu wahren. Kaum war der Besuch zur Tür hinaus, würden eiskalte Blicke gewechselt. Eine Ehe wie eine Winterlandschaft, ein hartnäckiges, nur vom Pfeifen des Windes unterbrochenes Schweigen. Kaum war der Dezernent einigermaßen wiederhergestellt, konnte die Auflösung der Ehe mit Volldampf in Angriff genommen werden, Gläser und Teller würden nur so durch die Zimmer fliegen.

»Für mich ein Bier bitte«, sagte ich.

Ich sah ihr nach, bis sie das Zimmer verlassen hatte, dann wandte ich mich dem Dezernenten wieder zu. Er hatte die Augen geschlossen.

»Maarten«, flüsterte ich, »Maarten.«

Seine Frau stand an der Spüle. Um sie nicht zu erschrecken, klopfte ich an die Glasscheibe der Küchentür.

»Marianne«, sagte ich und war froh, dass ich meine Sekretärin noch gebeten hatte, mir den Vornamen herauszusuchen. Frau van Hoogstraten lächelte, nahm die Bierdose Jupiler, die schon auf der Spüle stand, und reichte sie mir.

»Möchten Sie ein Glas?«

Ich schüttelte den Kopf.

»Marianne«, sagte ich. »Ich wollte Sie etwas fragen. Hat er noch etwas gesagt? Ich meine, hat er nach dem Unfall noch etwas gesagt? Darüber … was passiert ist? Ich meine, ich bin vorhin auch durch den Tunnel geradelt. Am Ende sind solche Pfosten. Ist er gegen so einen Pfosten gefahren?«

»Er erinnert sich wirklich an nichts mehr«, sagte sie, nahm den Kessel vom Herd und goss heißes Wasser in einen Becher. »Sogar von den ersten drei Tagen im Krankenhaus weiß er nichts mehr. Alles ist weg. Ich weiß, wie so etwas passiert. Ich habe es die Ärzte gefragt. Sie sagen, es kann später wiederkommen, aber genauso gut auch nicht.«

Aus einer Schachtel auf der Spüle nahm sie einen Teebeutel und hängte ihn in den Becher. In dem Moment fiel mir der Sack auf der Fensterbank auf, ein braungelber Sack, wie ich ihn selber so oft gekauft hatte in einer Tierhandlung, die *Der Tierpalast* oder *Das Tierparadies* hieß.

Unwillkürlich tat ich einen Schritt zur Seite, um besser durch die Glastür in den Garten schauen zu können. Aber das war nicht einmal nötig. Ich sah den Stall auch so. Er stand etwa fünf Meter entfernt auf der Terrasse an einem grünen Bretterzaun.

Ab diesem Zeitpunkt verliert mein Gedächtnis den Griff auf die Chronologie. Ich weiß nicht mehr genau, was zuerst kam: das lange Telefongespräch mit Sylvia, in dem wir die direkte Zukunft besprachen, nicht nur unsere gemeinsame Zukunft, die Dauer ihres Aufenthalts in ihrer Heimat, sondern auch die Zukunft unserer Tochter Diana.

»Sie kommt diesen Sommer für ein paar Wochen her«, sagte meine Frau. »Mit ihrem Freund. Das haben wir schon verabredet.«

Ich erinnere mich, dass ich mich in diesen ersten Wochen regelmäßig bei meiner Tochter erkundigte, ob sie noch etwas von Mama gehört habe. Und dass sie mir immer bejahende, wenn auch knappe Antworten gab. Ich fragte nie nach. Ich versuchte, mein Leben normal weiterzuführen. Meine Tochter war mitten im Abitur. Ihre Mutter war müde. Übermüdet. Ich vermied das Wort *gestresst*. Sie vermisste ihre Familie. Ihre Heimat. Warum sie mit ihrem Heimwehanfall nicht bis nach dem Abitur unserer Tochter hatte warten können, ließ ich unbesprochen. Solange Diana selbst die Frage nicht stellte, war es nicht nötig, sie zu beantworten. Ebenso wenig stellte ich Sylvia die Frage.

»Diesen Sommer?«, fragte ich statt der Frage, die ich eigentlich hätte stellen sollen. »Aber wie lange dauert das alles, Sylvia? Wie lange willst du so weitermachen?«

Nein, ich nannte sie nicht beim Namen. Ich sagte »mein Schatz« zu ihr, in ihrer Sprache. Seit der Entdeckung des Kaninchenstalls lauschte ich anders auf ihre Stimme. Auf alle Modulationen und auf alles, was sich hinter ihnen verbergen mochte. Soweit das möglich war, versuchte ich auch, mir alle Gespräche der vergangenen Monate ins Gedächtnis zu rufen, seit dem Abend bei Schiller nach dem Neujahrsempfang, als sie die »komische Story« von den Fernsehkabel durchnagenden Kaninchen erzählt hatte. Ich hörte ihr jetzt anders zu, so wie man ein Musikstück nie mehr anders hören kann, nachdem man es einmal auf der Beerdigung eines befreundeten oder geliebten Menschen gehört hat. Die Geschichte von der betrogenen japanischen Freundin in Paris. Sadako! Ein Name, den man nie mehr vergisst – und auch dieser Name klang aus irgendeinem Grund anders als damals.

»Du musst mir Zeit lassen, Robert«, sagte meine Frau. »Im Augenblick gehöre ich hierher, so empfinde ich es.«

Und das machte ich. Ich ließ ihr Zeit. Ich wartete. Ich wusste nicht genau, worauf ich wartete, aber ich wartete schon jetzt auf etwas anderes als vor der Entdeckung des Kaninchenstalls.

Irgendwann während des Wartens kam eine Nachricht von Bernhard. Es war mitten am Nachmittag, ich saß bei Van Dobben und verzehrte ein Tatarbrötchen mit Zwiebeln. Zur Nachricht gehörte ein Foto. Vom Grand Canyon. *Wovon wir neulich sprachen: unser Planet ohne Leben. Schön, oder?*

Ich schlenderte zum Rathaus zurück, als es plötzlich einen lauten Knall tat. Ein dunkler, schwerer Knall war es, wie ein Donnerschlag. Aber es war ein wolkenloser Tag. Ich war nicht der Einzige, der nach oben blickte und den strahlend blauen Himmel mit den Augen absuchte. Und ich war auch nicht der Einzige, der dort schließlich zwei weiße Punkte ausmachte. Weiße, ab und zu silbern aufleuchtende Punkte, die umeinanderkreisten – als ich die Augen zusammenkniff, konnte ich die Flügel der beiden Düsenjäger erkennen.

Beim Zebrastreifen zur Blauwbrug musste ich kurz warten, bis ein Reisebus vorbeigefahren war; auf der gegenüberliegenden Straßenseite hielt ein roter Sportwagen und ließ eine Familie mit kleinen Kindern und einem Kinderwagen die Straße überqueren.

Ich betrachtete die karierte Mütze des Fahrers, seine Sonnenbrille und den Schal – einen Choker nannte man diese Art Schal, der wie auch das karierte Tweedjackett nur bei Männern eines gewissen Alters noch in Mode war – und richtete schließlich den Blick auf die Frau neben ihm. Ihr Alter ließ sich wegen der Sonnenbrille und dem geblümten Kopftuch schwer schätzen, ihre Lippen waren feuerrot geschminkt, aber aus dieser Entfernung war nicht zu erkennen, ob sie zwischen Oberlippe und Nase schon Falten hatte.

Das Ganze machte einen etwas künstlichen Eindruck, als spielte dieses Paar etwas nach, einen Film vom Ende der Fünfziger-, Anfang der Sechzigerjahre. Einen französischen Film, in dem Alain Delon in genau so einem roten Sportwagen Gas wegnahm, um die Beine der über den Boulevard flanierenden Mädchen besser sehen zu können.

Das Telefon vibrierte in meiner Hosentasche. Während der Sportwagen davonpreschte und zur Blauwbrug abbog, nahm ich den Anruf entgegen.

»Hallo?«

»Hallo, sind Sie es, Herr Bürgermeister?«, meldete sich eine nicht mehr ganz junge Frauenstimme. »Hier ist Frau Van Drimmelen. Sie erinnern sich wahrscheinlich nicht mehr an mich, aber wir sind uns vor einiger Zeit an der Gracht begegnet. Sie hatten Zettel aufgehängt wegen Ihrer vermissten Katze.«

»Ja.«

»Ich habe sie gefunden! Ein paar Häuser weiter bei einem Anwalt und seiner Frau, die hier erst seit Kurzem wohnen. Die Katze ist offenbar einfach bei denen eingezogen. Ich sah sie zufällig von meinem Balkon aus. Sie saßen im Garten, und Ihre Katze lag auf einem der Gartenstühle. Als würde sie schon Jahre dort wohnen! Heute Morgen habe ich bei ihnen geklingelt, und tatsächlich, die Katze ist ihnen vor gut einem Monat zugelaufen.«

Rasch überquerte ich den Zebrastreifen. Auf der Blauwbrug rannte ich schon. Der rote Sportwagen fuhr an der Stopera vorbei Richtung Mr. Visserplein.

»Hallo?«, sagte die Stimme. »Sind Sie noch da?«

»Kann ich später zurückrufen?«, fragte ich, und ohne ihre Antwort abzuwarten, drückte ich sie weg.

Kurz drosselte der Sportwagen das Tempo vor der Ampel, aber als sie auf Grün sprang, schoss er wieder davon – mit einer Hand hielt die Frau das im Wind flatternde Kopftuch fest, als der Wagen rechts auf den Jonas Daniel Meijerplein abbog und meinen Blicken entschwand.

Das spielte sich ein paar Wochen nach meinem Besuch bei Maarten van Hoogstraten ab, denn kaum war ich wieder in meinem Arbeitszimmer, als er leise an die offene Tür klopfte. Vielleicht war es sein erster oder zweiter Arbeitstag – auf seinem Gesicht waren noch die Spuren des Unfalls zu sehen, ein dunkler Strich auf der Wange, eine helle Stelle auf der Oberlippe.

»Hättest du mal einen Moment?«, fragte er.

Ich zeigte auf den Stuhl, er setzte sich und schlug die Beine übereinander.

»Es handelt sich um eine delikate Angelegenheit, Robert«, fing er an. »Und ich hoffe, du wirst sie auch so behandeln.«

Ich drückte mich fest gegen die Rückenlehne. Er würde mir doch nicht auf einmal ein Geständnis machen? Ein Geständnis war wirklich das Letzte, was ich jetzt brauchen konnte. Es würde so gut wie alles, was ich in den vergangenen Wochen aufgebaut hatte – ein noch unstabiles Bauwerk, auf das ich dennoch all meine Hoffnungen für eine gemeinsame Zukunft mit meiner Frau setzte –, mit einem Schlag zerstören.

Und dann, was sollte ich machen? Wie sollte ich auf sein Geständnis reagieren? Mit einem Wutausbruch? Aufspringen und ihn mit beiden Händen am Kragen packen?

Ja, ich könnte alles machen, alle Handlungen ausführen, die von einem betrogenen Ehemann zu erwarten waren. Innerhalb gewisser Grenzen des Anstands natürlich. Ein Faustschlag mitten ins Gesicht – in sein lädiertes Gesicht, durchfuhr es mich – würde man vielleicht noch durchgehen lassen. *Bürgermeister verpasst Dezernenten Denkzettel.* Eine schöne Schlagzeile. Unbegreiflich auch – bis man den Artikel unter der Schlagzeile gelesen hatte. Ich würde mit Verständnis rechnen können. Die Medien würden sich auf den Fall stürzen, wie sie sich auf andere ins Gerede gekommene Bürgermeister gestürzt hatten.

Ich dachte an das Land meiner Frau. Wir kannten die Bilder zur Genüge: von Abgeordneten, die sich prügelten, sich mit Wasser übergossen oder sich Pfefferspray ins Gesicht sprühten. So was passierte in Ländern, über die wir nur die Achseln zuckten. Über die wir uns lustig machten.

Aber in denselben Ländern hatte ein betrogener Ehemann auch mehr Spielraum als bei uns. Das Verständnis hörte nicht bei einem Kinnhaken auf. Ich dachte an die Jericho in der Schublade meines Schreibtisches. Ich könnte mich vorbeugen und sie öffnen. *Hier irgendwo liegt die Akte, glaube ich …* Es würde mich nicht mehr als eine halbe Minute kosten, sie zu laden. Im Land meiner Frau würde man mich freisprechen. Mildernde Umstände. Hier bei uns käme ich für Jahre in den Knast. Wem würde das nützen? Ich dachte an meine Tochter.

An Diana. Sie würde mich bestimmt regelmäßig besuchen, davon war ich überzeugt. Aber es würde sie auch belasten, sie hatte gerade das Abi hinter sich, sie war noch so jung. Ich zwang mich, interessiert dreinzuschauen, und wartete ab.

»In Kürze kommt eine eventuelle dritte Amtszeit zur Sprache, Robert«, fuhr der Dezernent fort. »Ich weiß, wie du darüber denkst. Ich weiß, dass du gerne noch einmal sechs Jahre dranhängen möchtest. Deine Popularität bei den Bürgern ist über alles erhaben, das weiß ich auch. Aber jetzt ist da etwas aufgetaucht … etwas, was … Ich habe es gesehen. Eine Journalistin hat es mir gezeigt. Und jetzt frage ich mich, ob das deine Pläne für eine dritte Amtszeit nicht empfindlich durcheinanderbringt.«

Ich holte erleichtert Luft, nicht allzu laut, nicht allzu sichtbar, aber doch. Das unstabile Bauwerk würde nicht einstürzen. Jedenfalls nicht heute.

»Ich frage mich, ob du es auch gesehen hast«, sagte Van Hoogstraten und schaute mich ernst an. »Die betreffende Journalistin sagte mir, sie hätte es dir auch gezeigt. Ich nehme also an, du weißt, wovon ich spreche.«

»Gewiss, Maarten. Ich habe die Fotoserie auch gesehen. Und ich habe meinen Entschluss längst gefasst. Das hatte ich dir auch mitteilen wollen, aber dann hattest du … diesen Unfall, es kam nicht mehr dazu.«

Beim Aussprechen des Wortes *Unfall* blickte ich den Dezernenten scharf an, aber in seinem Gesicht und in seinem Blick passierte nichts. »Es ist kein gutes Signal«, fuhr ich fort. »Ein Bürgermeister, der in seiner Jugend zu den Krawallmachern gehört hat – darüber kann man vielleicht noch hinwegsehen. Aber ein lebenslang an den Rollstuhl gefesselter Polizist, das geht zu weit. Es erscheint mir nicht opportun, jetzt schon zurückzutreten, aber wenn dies vorläufig unter uns bleibt, kann ich dir hier und jetzt versichern, dass ich mich nicht um eine dritte Amtszeit bemühen werde.«

IV

30

Heute Morgen bin ich den Hügel hinaufgestiegen, durch den Graben hinten im Garten, über den schmalen, sich schlängelnden Pfad nach oben. Dort, in einer Aussparung zwischen den Felsen, liegt ein großer, oben fast flacher Felsbrocken. Auf den habe ich mich gesetzt.

Das alte, verstaubte Hotel, in dem Bernhard und ich uns vor dreiunddreißig Jahren einquartiert hatten, gibt es immer noch. Viele Gäste beherbergt es nicht, ist mein Eindruck; diese Gegend ist bisher vom Massentourismus verschont geblieben.

Heute Morgen auf dem Hügel – von dem aus ich nur die roten Dachziegel des Hotels sehen konnte – dachte ich an den Abend zurück, an dem Bernhard mich dazu überreden musste, noch einen trinken zu gehen.

Ganz kurz, nicht mehr als schätzungsweise fünf Sekunden, ließ ich den Gedanken zu: Was, wenn wir an jenem Abend im Hotelzimmer geblieben und am nächsten Tag einfach wie geplant in die Hauptstadt weitergefahren wären? Dann hätte ich jetzt nicht hier auf dem Felsbrocken gesessen.

Diana wäre nicht auf die Welt gekommen, es würde sie gar nicht geben.

Die nächsten fünf Sekunden sah ich das Gesicht meiner Tochter vor mir, ihr lachendes Gesicht, und wie sie ihr langes schwarzes Haar zurückwarf, wenn sie fand, dass ich eine dumme Bemerkung gemacht hatte.

Wer hätte mich dann auf meine dummen Bemerkungen aufmerksam machen sollen? Ein anderes Kind, andere Kinder, ein Kind von einer anderen Frau als Sylvia.

Natürlich wäre das andere Leben auch gelebt worden, an einem anderen Ort. Die andere Frau hätte mich jetzt vielleicht gefragt, woran ich denke, irgendwo an einem Frühstückstisch in Holland. Und was hätte ich ihr geantwortet? Hätte ich die Wahrheit gesagt? Dass ich nämlich an das andere Leben dachte, das, das ich nicht geführt hatte, weil ich an einem Abend vor dreiunddreißig Jahren auf dem Bett eines Hotelzimmers liegen geblieben war, weil ich Kopfschmerzen hatte?

Auch das Lokal, aus dem Sylvia mit ihrer anderthalb Jahre älteren Schwester getreten war, gab es noch, wenn ich es auch von hier aus nicht sehen konnte. Die Terrassenstühle waren moderner geworden, aber immer noch aus Plastik.

Ich schloss die Augen. Bernhard war damals in das andere Lokal gegangen, das Lokal, das vor etwa einem Jahr zugemacht hatte und als Kiosk wiedereröffnet worden war, wo man Nüsse, Süßigkeiten und Erfrischungsgetränke kaufen konnte – damals vor dreiunddreißig Jahren wollte sich Bernhard unbedingt noch Zigaretten holen.

In meinem anderen, parallelen Leben mit holländischer Frau und holländischen Kindern hätte er noch genug Zigaretten in der Tasche gehabt, und wir wären zusammen zu dem stillen Straßencafé auf der anderen Seite des staubigen Platzes geschlendert. Sylvia hätte nur Augen für ihn gehabt.

An dieser Stelle angekommen, verbot ich mir, weiterzudenken. Ich dachte an Bernhards Beerdigung oder besser gesagt an die kurze Zeremonie, bei der seine Asche verstreut wurde. Denn er hatte detaillierte Anweisungen hinterlassen, wo und wie dies zu geschehen habe und wer wohl und wer nicht zugegen sein solle.

Da standen wir also, eine Handvoll Menschen, am Rand des Salzsees an der Zufahrtsstraße zum Death Valley. Derselbe Salzsee, an dem Bernhard und ich achtzehn Jahre zuvor entlanggefahren waren – wo wir das Scheingefecht der beiden umeinander kreisenden Düsenjäger beobachtet hatten. Wo wir über die Existenz Gottes und den Waffenbesitz diskutiert hatten. Und jetzt standen wir wieder da. Wie gesagt eine Handvoll Menschen: Christine, Bernhards Kinder aus seinen beiden vorigen Ehen, zwei Kollegen aus Harvard und Stephen Hawking. Wie bei allen Menschen, die man von zahllosen Fotos kennt, vom Fernsehen und seit Kurzem sogar von einer Verfilmung seines Lebens fiel es mir schwer, den Gelehrten in seinem angepassten Rollstuhl einfach als Person zu sehen, als könnte er sich keinen Moment von seiner Rolle lösen – ich ertappte mich dabei, dass ich mich umschaute, ob nicht doch irgendwo eine Kamera auf uns gerichtet war und ein Regisseur uns jeden Moment »Äktschn« zurufen würde.

Auch das Schild mit dem Hinweis, auf den nächsten hundertfünfzig Meilen gebe es keine Tankstelle, stand noch da. Vor achtzehn Jahren hatten Bernhard und ich hier über die endlos weiße Fläche des Salzsees geschaut, zu den zwei glitzernden Punkten der Düsenjäger am strahlend blauen Himmel, und jetzt verstreuten wir an derselben Stelle seine Asche. *Zum letzten Mal* waren die Worte, die sich mir aufdrängten, und so abgedroschen sie vielleicht klingen mochten, es waren doch die einzig wahren Worte.

Gut eine Woche zuvor hatte Bernhard sein Hotel in Las Vegas verlassen, wo er an einem Kongress über Raumzeitkrümmung teilnahm, und war mit einem Mietwagen zum Grand Canyon gefahren. Als er am Abend nicht ins Hotel zurückkehrte, wurde nicht gleich Alarm geschlagen. Auf dem Parkplatz des North Rim fiel zwei Rangern am frühen Morgen des nächsten Tages der einzige dort abgestellte Wagen auf. Eine erste Suche hatte keinen Erfolg. Erst durch den Einsatz eines Hubschraubers wurde sein Leichnam gefunden. Bernhard musste wohl den Halt verloren haben, lautete das Urteil, da es keinen Abschiedsbrief gab und auch sonst nichts, was auf Selbstmord hinwies.

»Er war doch nicht depressiv?«, fragte ich überflüssigerweise Christine, nachdem die Asche verstreut worden war und ich sie kurz umarmt hatte.

»Bernhard? Depressiv? *Are you kidding?*«

Ich dachte an unser letztes Treffen im Dauphine, bei dem er mich gefragt hatte, ob mir noch etwas Besonderes nach dem Tod meiner Mutter aufgefallen sei. Damals hatte er den Grand Canyon als den »besten Beweis« dafür bezeichnet, dass unser Planet schon immer ohne menschliches Leben, überhaupt ohne jegliches Leben, bezweckt gewesen sei und unsere Existenz auf einem Irrtum beruhe.

Wenn ich jetzt zurückschaue, bin ich mir sicher, dass meine Mutter schon tot war, als ich in der besagten Nacht die Treppe hinunterging, um nach dem Foto in der Schachtel zu suchen. Die Drossel wartete draußen auf mich, war mein erster Eindruck, als ich die Tür zum Garten öffnete – im Rückblick kann ich sagen, dieser Eindruck hatte nicht getäuscht.

Um 21.45 hatte mein Vater mir die Textnachricht geschickt, in der stand, sie würden es am nächsten Tag tun. Um 6.41 hatte er noch eine Nachricht verschickt oder erhalten. Jedenfalls war er um diese Zeit noch online gewesen.

Ich hatte überlegt, ob ich ihn an seinem Geburtstag anrufen solle, es aber schließlich gelassen. Ich hatte Angst, etwas zu hören, oder besser gesagt, etwas nicht zu hören. Die Art Stille, die eintritt, wenn jemand einen mit Nachdruck auffordert, still zu sein. Der Finger auf den Lippen. In diesem Szenario sah (und sehe) ich immer das geblümte Kopftuch vor mir. Das Kopftuch, das ich vor fünf Jahren neben meinem Vater im offenen roten Sportwagen bei der Blauwbrug gesehen hatte. In Gedanken sehe ich vor mir, wie es in einer Ecke des französischen Hotelzimmers über der Rückenlehne eines Stuhls hing.

Nächste Woche wird mein Vater hundert. Ich weiß noch, was er bei meinem letzten Besuch vor ein paar Monaten sagte: »An meinem hundertsten Geburtstag machen sie ein Foto von uns beiden. Der Bürgermeister muss sich doch immer mit den Hundertjährigen fotografieren lassen.« Ich habe ihm nicht widersprochen, ihm nicht gesagt, dass ich nicht mehr Bürgermeister bin. Doch auch schon zu meiner Zeit war es kaum noch zu bewältigen gewesen: Alle zwei bis drei Wochen kam ein Antrag von der Familie eines oder einer Hundertjährigen. Vor fünf Jahren schon wurden diese Anträge höflich abgewimmelt.

Das mit dem Bürgermeister war noch während eines seiner helleren Momente. Nicht, dass mein Vater mich nicht mehr erkennt, er verliert nur hin und wieder den Faden.

Bei meinem letzten Besuch aßen wir zusammen, unten im Restaurant des Seniorenheims. Es gab Frikadelle, Kartoffelbrei und Apfelkompott, zum Nachtisch Vanillecreme. Die Art von Gerichten, über die Leute in meinen Kreisen die Nase rümpfen oder sarkastische Bemerkungen machen. Mir erging es völlig anders. Mit jedem Bissen stieg ich weiter in eine Zeit hinab, von der ich glaubte, sie für immer verloren zu haben. Wann in den vergangenen fünfzig Jahren hatte ich solche Frikadellen gegessen? Solchen Kartoffelbrei? Solches Apfelkompott? Mein Vater löffelte hingebungsvoll seine Vanillecreme. Ich war hier und zugleich anderswo.

»So«, sagte ich, nachdem wir alles ratzeputz aufgegessen hatten. Ich schob den Stuhl zurück. »Soll ich dich in dein Zimmer zurückbringen?«

»Zimmer?«, sagte er. »Habe ich hier ein Zimmer?«

Ich erklärte ihm, dass sich sein Zimmer im ersten Stock befinde, dass wir vor einer Stunde dort in den Aufzug gestiegen seien, um hier im Restaurant zu essen.

»Hier im Restaurant«, wiederholte er und blickte sich nachdenklich um. »Hier im Restaurant, meinst du. Aber ich frage mich, wo ist hier?«

Das meine ich mit seinen hellen und weniger hellen Momenten. Und es gab noch so einen Moment, als eine Art Zugabe, während ich die Bremse seines Wägelchens löste und es in Richtung des Aufzugs drehte – obwohl ich immer noch schwanke, ob es ein heller oder ein weniger heller Moment war.

»Deine Mutter und ich machen morgen eine Bergwanderung«, sagte er. »Du warst dafür immer zu faul.«

Fünf Jahre zuvor war er mit dem Auto aus Frankreich zurückgekommen. Wenn ich mir diese Fahrt vorstellte, saß er mal ganz allein in seinem roten Sportwagen, mal saß die Frau mit dem geblümten Kopftuch auf dem Beifahrersitz. Wie dem auch sei, er war nicht von der Straße abgekommen, war nicht durch die Leitplanke gerast und in eine Schlucht gestürzt.

»Ich weiß es nicht, Junge«, sagte er, als wir uns ein paar Tage nach seiner Rückkehr im Dauphine zum Mittagessen trafen. »Es fühlte sich komisch an, ich weiß auch nicht, wie ich es sonst ausdrücken soll. Ich habe dort unheimlich viele Wanderungen gemacht, durch ausgetrocknete Flussbetten, an Wasserfällen vorbei. Ich bin den Berg zu der Burg aus dem elften Jahrhundert hinaufgestiegen, wo ich letztes Jahr noch mit deiner Mutter gewesen war. Es ist dort so schön, man kann hundert Kilometer in alle Richtungen schauen. Keine Geräusche, nichts, nur der Wind, der durch die uralten Mauern pfeift. Und als ich so dastand, dachte ich: Haben wir es richtig gemacht? War es nicht hirnverbrannt, selbst die Regie übernehmen zu wollen? War es nicht doch ein arroganter Wunsch, Gott, auch wenn ich nicht an ihn glaube, ein Schnippchen schlagen zu wollen? Das dachte ich dort. Ich hätte auch mit deiner Mutter dastehen können, das dachte ich auch noch. Oben auf dem Berg habe ich sie um Verzeihung gebeten. Für den Fall, dass wir, ich, es falsch gemacht haben. Aber ich hatte auch noch einen anderen Gedanken. Ist es möglich, fragte ich mich. Ist es möglich, dass ich hier in

Frankreich, hier oben auf diesem Berg, wieder Lust aufs Leben bekomme? Und muss ich mich jetzt in den nächsten Jahren deswegen schuldig fühlen?«

Heute Morgen ließ ich den Blick über das Städtchen schweifen, zuerst zu den Feldern in der Ferne, da, wo die Häuser aufhörten, und zu den dunstigen graublauen Silhouetten der Berge am Horizont, dann immer näher über die roten Dächer bis zu unserem Haus. Der Garten, in dem wir vor fünfunddreißig Jahren unsere Hochzeit gefeiert haben. Ich will hier einen Zipfel des Schleiers lüften. Das Tier, das ganze Tier, das sich langsam an einem Spieß über dem Feuer drehte, war ein Schwein. Ich erinnere mich an das Fett, das in die Flammen tropfte, ein Haarbüschel, das knisternd Feuer fing, die Männer mit ihren langen Messern. Es wurde Musik gemacht, Kinder spielten Verstecken hinter den Bäumen und im Gebüsch.

Vor vier Jahren, als ich gerade erst hergezogen war, saß ich mit Sylvias Bruder am Fuß dieses Hügels, in dem Graben. Seitdem treffen wir uns immer hier, wenn es etwas zu besprechen gibt. Wir rauchen ein paar Zigaretten – ich habe inzwischen wieder richtig angefangen, ich brauche mich nicht davonzuschleichen, um mir eine anzuzünden, hier rauchen alle – und reden über die alltäglichen Dinge. Die einfachen Dinge, wie die Geschäfte gehen, über den neuen Supermarkt in der sechzig Kilometer entfernten Provinzhauptstadt, den Dorfladen, der schließt, die nächsten Spiele der Champions League.

Vor vier Jahren legte der Bruder – ich bedaure immer noch, dass ich seinen Namen nicht nennen kann, es würde eine Menge erklären, alles vielleicht, und deshalb lasse ich es bleiben – mir wieder die Hand in den Nacken, wie er es damals am Nachmittag der Hochzeit gemacht hatte.

»Robert«, sagte er, er knetete diesmal nicht meine Schulter, seine Hand bewegte sich nicht. »Es ist natürlich einiges passiert. Wir brauchen keine Worte darüber zu verlieren, und ab heute brauchen wir auch nie mehr darüber zu reden.«

Ich schwieg, ich hatte mir vorgenommen, möglichst wenig zu sagen, weder zu Sylvia noch zu sonst jemandem – denn je weniger gesagt wurde, desto weniger war letztendlich geschehen, so argumentierte ich damals schon.

»Es ist hier bei uns …«, sagte der Bruder langsam. »Niemand würde es dir verübeln, wenn du … wenn du etwas machen würdest.«

Ich schwieg immer noch, ich spürte das Gewicht seiner Hand im Nacken und wagte mich nicht zu rühren.

»Versteh mich recht«, sagte er. »Es ist meine Schwester. Wenn du etwas … machen würdest, dann würde ich mich meinerseits gezwungen sehen, auch etwas zu … machen. Aber ich würde mich zurückhalten, nicht mit dem Gefühl, nur mit dem Verstand, mit meinem Verständnis dafür, wie die Dinge hier laufen. Wie das Gleichgewicht hier wiederhergestellt wird.«

Mir war warm, ich hatte das Bedürfnis, mich zu bewegen, am liebsten wäre ich aufgestanden und hätte so getan, als hätte das Gespräch nicht stattgefunden. Ich weiß nicht mehr, ob es kurz vor oder kurz nach unserer Hochzeit gewesen war, jedenfalls hatte Sylvia mir eines Nachmittags erzählt, was vor vielen, vielen Jahren in diesem Graben passiert war, in einer Zeit – und hier muss ich vorsichtig sein, ein allzu konkreter Hinweis kommt nicht infrage, das Schwein muss vorläufig reichen –, als das Land, die Heimat meiner Frau, eine unruhige Periode durchmachte. Sylvias Eltern waren noch sehr jung gewesen, noch keine zwanzig. Sie hatten bei den Großeltern väterlicherseits gewohnt. Eines Morgens waren sie früh zum Markt in die Provinzhauptstadt aufgebrochen und erst gegen Abend, es war mitten im Sommer, in ihr Dorf zurückgekehrt.

Sie sahen den Rauch schon von Weitem. Auch aus ihrem Haus stieg eine Rauchsäule auf, schwarze Streifen liefen an der Hauswand entlang, drinnen war alles Schutt und Asche.

Sie brauchten nicht lange zu suchen. Sylvias Großeltern lagen im Graben, friedlich und still nebeneinander, als hätten sie sich gerade zu einem Nickerchen hingelegt. Doch um sie summten schon die Fliegen; wenn auch nicht viele, so waren es doch mehr als sonst an einem warmen Sommerabend.

Später, erzählte Sylvia, sobald die Umstände es zuließen, hätten sie sich revanchiert, etwas Vergleichbares gemacht, in einem anderen Dorf – oder im selben Dorf, das weiß ich nicht mehr.

Nach dem Gespräch mit dem Bruder meiner Frau wäre es vielleicht ein einziges Mal möglich gewesen. Es war an einem Abend, an dem der heiße Wind, der aus der Ebene im Süden kam, um das Haus heulte und an den Fensterläden rüttelte. Der heiße Wind, der hier frei übersetzt »der Seufzer« heißt. Die Menschen sind gereizter, wenn der Seufzer weht, das habe ich schon mehrere Male erlebt; es fängt mit einem leichten Druck hinter den Augen an und endet mit stechenden Kopfschmerzen. Der Seufzer wird in Gerichtsverhandlungen als mildernder Umstand angeführt: Vielleicht hätte der Angeklagte nicht zur Axt gegriffen, wenn es an jenem Tag windstill gewesen wäre.

Sylvia war damit beschäftigt, die eingerahmten Fotos des amerikanischen Güterzugs aufzuhängen. Das waren außer etwa dreißig Fotos von unserer Tochter die einzigen, die ich von zu Hause mitgenommen hatte. Es hatte ein paar Monate gedauert, aber eines Tages brachte Sylvia Rahmen mit. Sie verteilte die Güterwaggons auf zwanzig Rahmen, pro Rahmen ungefähr drei Waggons, und hängte sie in gleichen Abständen von circa fünf Zentimetern an die Wände. Von der Küche über das Wohnzimmer bis in unser Schlafzimmer.

Ich stand mit den Händen in den Hosentaschen in der Tür. Erst fragte sie mich, ob der letzte Rahmen gerade hinge. Dann drehte sie sich um.

»Erinnerst du dich noch an den Lärm, den der Zug machte?«,

fragte sie. »Wie er tutete? Drei Mal. Wie der Lokführer uns grüßte und wir ihm winkten?«

Die Fensterläden klapperten. Irgendwo draußen im Hof hatte der Wind einen Eimer oder etwas anderes aus Metall in den Griff bekommen, das jetzt über den Kies geblasen wurde und an der Hauswand zum Stillstand kam.

»Was ist?«, flüsterte Sylvia, ihre Augen wurden groß, sie hob die Hände ans Gesicht. »Robert, bitte, was ist?«

Ich erwiderte nichts. Wenn etwas war, dann war es jetzt schon wieder vorbei. Meine Frau sah mich nicht länger erschrocken an, eher kühl, herausfordernd. Sie schüttelte den Kopf. Sie war mit einem Holländer verheiratet. Auch Holländer fantasieren manchmal, sagte ihr kühler, herausfordernder Blick und ihr Kopfschütteln. Aber am Ende machen sie es dann doch nicht.

Das war der Moment. Der einzige. Später standen wir eng nebeneinander in der Küche bei der Spüle. Sylvia hielt unsere zwei Teller, zwei Gläser, zwei Gabeln und zwei Messer unter den Hahn. Ich trocknete alles ab. Das ist unser festes Ritual geworden. Vielleicht ein- oder zweimal haben wir an eine Spülmaschine gedacht, aber der Gedanke verschwand genauso schnell, wie er gekommen war. Ich glaube, wir hatten beide Angst vor dem Gleichen – Angst, etwas aus dem Gleichgewicht zu bringen.

Wir sagen nicht viel, oft sagen wir auch gar nichts. Wir reden sowieso weniger als früher. Aber wir sind zusammen. Wir stehen uns nahe.

Heute Morgen saß ich auf dem Felsbrocken oben auf dem Hügel und sah Sylvia aus dem Haus kommen. Sie ging ein Stück in den Garten hinaus und schaute um sich. Dann blickte sie hinauf. Ich winkte; sie winkte zurück.

Da ist sie, dachte ich. Meine Frau.

Ich stand auf; ich ging hinunter.